JN216724

神秘大通り［上］

ジョン・アーヴィング

小竹由美子 訳

JOHN IRVING

AVENUE OF MYSTERIES I

SHINCHOSHA

神秘大通り［上］ 目次

AVENUE OF MYSTERIES

by

John Irving

Copyright © 2015 by Garp Enterprises, Ltd.

First Japanese edition published in 2017 by Shinchosha Company
Japanese translation rights arranged with
Intercontinental Literary Agency Ltd.
through Japan UNI Agency, Inc., Tokyo

Illustration by Kihara Misaki
Design by Shinchosha Book Design Division

マーティン・ベルとメアリ・エレン・マークに。
いっしょに始めたことはいっしょに終わらせよう。

また、フィリピンを案内してくれたミニー・ドミンゴ並びに
リック・ダンセルと彼らの娘ニコル・ダンセルに。

そして、メキシコで通訳を務めてくれた息子のエヴェレットと
オアハカを案内してくれたカリーナ・フアレスに。
――ドス・アブラソス・ムイ・フエルテス（ぎゅっと二度ハグ）

旅の終わりは愛しい人とのめぐりあい。

——ウィリアム・シェイクスピア作『十二夜』

神秘大通り ［上］

I 迷い子

フワン・ディエゴは折りにふれこんなふうに言っていた。「私はメキシコ人です——メキシコで生まれ育ったんです」最近では、こう言うようになっていた。「私はアメリカ人です——合衆国に四十年住んでいます」あるいは国籍問題を回避すべく、フワン・ディエゴは好んでこんなふうに言った。「私は中西部人です——じつはね、アイオワの人間なんです」

自分はメキシコ系アメリカ人だとは、けっして言わなかった。フワン・ディエゴがそういうレッテルを嫌っていた、というだけではなかった。それをレッテルとして嫌っていたのは確かだが。フワン・ディエゴの考えでは、世間は常にメキシコ系アメリカ人の体験にある共通したものを求めるのだが、彼自身は自らの体験にそんな共通点など一切見出せなかった。もっと率直に言えば、彼はそんなものを探し求めてはいなかった。

フワン・ディエゴに言わせると、彼にはふたつの人生があった——ふたつのべつべつな、はっきり異なった人生が。子供時代から思春期の初めにかけてのメキシコでの体験は、彼の最初の人生だった。メキシコを離れたあと——彼は一度も戻らなかった——第二の人生を得た。アメリカ人として、というか中西部人としての体験だ（というか、彼はまた、相対的に言ってすべてのことが第二の人生で起こったわけではない、ということも言っていたのではないか？）。

フワン・ディエゴは常に心のなかで——記憶のなかではもちろんだが、夢のなかにおいてもまた——自分のふたつの人生を「平行に並べて」繰り返し、たどり直していた。

フワン・ディエゴの親友——彼女はまた彼の主治医でもあった——は、その平行に並べてというところをからかった。あなたってつねにメキシコ出身の子供かアイオワ出身の大人なのね、と彼女は言った。フワン・ディエゴにはすぐに異を唱えたがるところがあったが、これについては彼女に同意した。

ベータ遮断薬（慢性心不全の悪化を防ぐ薬）に夢を邪魔されるようになるまえは、フワン・ディエゴは友人でもあるこの医師に、繰り返し現れる悪夢のなかでも「いちばん穏やかな」もので目が覚めるのだと話していた。彼の頭にある悪夢というのは本当のところ、彼が障碍（しょうがい）を持つ身となった、成長期のある朝の記憶なのだった。実際には、悪夢あるいは記憶の発端部分だけは穏やかなのだが、このエピソードの源は、メキシコのオアハカで——一九七〇年、市のゴミ捨て場周辺で——起こった出来事だった。フワン・ディエゴが十四歳のときのことだ。

オアハカで、彼はいわゆるゴミ捨て場の子（ダンプ・キッド）だった（ウン・ニーニョ・デ・ラ・バスーラ）。ゴミ捨て場（エル・バスレーロ）で働く家族のための集落であるゲレロの掘っ立て小屋で、彼は暮らしていた。一九七〇年、ゲレロに住んでいるのは十家族だけだった。当時、オアハカ市には約十万人が暮らしていた。人々の多くは、ゴミ捨て場（バスレーロ）でのゴミ選別作業のほとんどをダンプ・キッドたちが担っていることを知らなかった。ガラスやアルミや銅をより分けるのは子供たちの仕事だったのだ。

　ダンプ・キッドが何をしているか知っている人たちは、彼らのことをロス・ペペナドレス——「ゴミ漁り屋（スカベンジャーズ）」——と呼んだ。十四歳のフワン・ディエゴはそういう存在だった。ダンプ・キッドのスカベンジャーだ。だが少年はまた読書家でもあった。噂では、このゴミ捨て場の子（ウン・ニーニョ・デ・ラ・バスーラ）は独学で読むことを覚えたという。ダンプ・キッドたちは通例、読書好きではないし、どんな出自や環境にしろ子供が独学で読書好きになるのは珍しい。だからこそこのゲレロの少年は噂になり、教育を非常に重んじるイエズス会士たちの耳に入ることとなった。イエズス会教会の二人の老司祭は、フワン・ディエゴのことを「ゴミ捨て場の読書家（ダンプ・リーダー）」と呼んだ。

「誰かがダンプ・リーダーに良書を一、二冊持っていってやらないと——いったいバスレーロでどんな読み物を見つけることやら！」アルフォンソ神父かオクタビオ神父のどちらかがそう言った。この二人の老神父が何事であれ「誰かがやらないと」というときは、必ずペペ修道士がその誰かなのだった。そしてペペは大の読書家だった。

　そもそもペペ修道士は車を持っているし、メキシコシティ出身なので、オアハカを動きまわるのは比較的簡単だった。ペペはイエズス会学校の教師だった。学校は長年にわたり成果をあげていた——イエズス会が学校運営に長けているということは誰もが知っていた。一方、イエズス会孤児院のほうは比較的新しく（元の女子修道院が孤児院に改築されてからまだ十年に満たなかった）、誰もが孤児院の名前が大好きだというわけではなかった——オガル・デ・ロス・ニーニョス・ペルディードス（迷い子の家）は長いし、ちょっと素っ気ないんじゃないかと思う者もいたのだ。

だが、ペペ修道士は学校と孤児院に心血を注いでいた。やがては、「迷い子の家」という言葉の響きに異議を唱えていた心優しい人たちのほとんどが、イエズス会は孤児院の経営にも非常に長けていると、はっきり認めるようになった。それに、皆すでにその施設の名前を縮めていた――「迷い子」、と人々は呼んでいた。子供たちの世話をしていた修道女のひとりはさらに直截(ちょくせつ)だった。公平を期するために言っておくと、グロリア修道女はおそらく手に負えない数人の子供たちのことをそう呼んだのであって、孤児たち全員に対してではなかったに違いないが、ときおりぶつくさ「ロス・ペルディードス」と口にしたのだ――きっとその「迷える子ら」という呼称は、修道女がほんの数人の腹立たしい子供たちだけに向けたものだったのだろう。

幸いなことに、ダンプ・リーダー少年のためにゴミ捨て場(バスレーロ)へ本を持ってきたのはグロリア修道女ではなかった。グロリアが本を選んで届けたのであったなら、フワン・ディエゴの物語は始まりもせずに終わっていたかもしれない。だがペペ修道士は読書という行為に敬意を持っていた。彼がイエズス会士になったのはイエズス会のおかげで読書好きになり、そして主イエスへと導かれたからだった。必ずしもこの順番でというわけではないが。読書に救われたのか主イエスに救われたのか、あるいはどちらにより救われたのかなどとペペに訊ねるのはやめておくのが無難だった。

四十五歳の彼は太りすぎで――「神々しいとは言えないとしても、天使のようなぽっちゃりした体型」というのが、ペペ修道士が自分を形容する表現だった。

ペペは善意の塊だった。彼は、あのアビラの聖テレサ（キリスト教神秘家、女子カルメル会改革者）のマントラ「愚かしい礼拝儀礼や仏頂面の聖人たちから、おお神よ、我らを救いたまえ」が服を着て歩いているようなものだった。彼は聖テレサの神聖な言葉を毎日の祈りで真っ先に唱えた。もちろん、子供たちは彼が大好きだった。

　だがペペ修道士はそれまでオアハカのゴミ捨て場（バスレーロ）へ来たことがなかった。当時、燃やせるものはなんでもゴミ捨て場で燃やされていた。いたるところで炎があがっていた（本は焚きつけにもってこいだった）。ペペが自分のフォルクスワーゲン・ビートルから降りると、バスレーロのにおいやあちこちの炎の熱気は、彼が想像する地獄もかくやあらんと思えた――もっとも、子供たちが働く姿はその想像にはなかったが。

　小型フォルクスワーゲンの後部座席には、非常に良い本が何冊か積まれていた。良い本というのは悪に対する最良の防御で、ペペはそれを実際に両手で摑んでいた――主イエスへの信仰は、良い本を摑むのと同じように摑むというわけにはいかない。

「読書家（リーダー）を探してるんだけど」とペペは、ゴミ捨て場で働く大人や子供に告げた。ロス・ペペナドレス、すなわちゴミ漁り屋たちは、さも馬鹿にするような眼差しをペペに向けた。彼らが読書を重んじていないのは明らかだった。まず大人のひとりが口を開いた――女だ、たぶんペペと同じくらいの歳か、もうちょっと若いか、おそらくひとりかそれ以上のゴミ漁り屋の母親だろう。女はペペに、ゲレロのフワン・ディエゴを探せと教えた――エル・ヘフェの掘っ立て小屋の。

　ペペ修道士は困惑した。もしかして、女の言葉を聞き違えたのかもしれない。エル・ヘフェとはゴミ捨て場のボス――バスレーロの親方だった。読書家はエル・ヘフェ（ボス）の子供なのか？　ペペは女性労働者に訊ねた。

　何人かのダンプ・キッドたちが笑い声をあげた。それからそっぽを向いた。大人たちはべつに面白いとは思わず、女はただ「というわけでもないけど」としか答えなかった。女はゲレロの方角を指差した。それはバスレーロの下の、丘の中腹に位置していた。その集落の小屋は労働者たちがゴミ捨て場で見つけてきた物で建てられており、エル・ヘフェの小屋は集落の端のほうにあった――ゴミ捨て場にいちばん近い端っこだ。

ゴミ捨て場(バスレーロ)の上空には黒い煙の柱が何本も高く伸びていた。黒い柱が空へと。ハゲワシが頭上を旋回していたが、ペペの目には頭上だけではなく地面にも腐肉漁り屋どもの姿が映った。バスレーロのいたるところに犬がいて、地獄の火を避け、トラックの男たちにはしぶしぶ道を譲るものの、そのほかはまず誰にも譲らない。犬どもは子供たちのまわりで落ち着かなげだった。どちらもがゴミをあさっていたからだ――同じものを狙っていたのではないとしても(犬はガラスやアルミや銅には興味がなかった)。ゴミ捨て場の犬はもちろんほとんどが野良犬で、死にかけているのもいた。ペペはバスレーロにそれほど長くはいなかったので、死んだ犬を目にしたり、死んだ犬がどうなるか目撃することはなかった――犬は焼かれるのだが、必ずしもハゲワシに見つかるまえに、というわけではなかった。

丘を下ったゲレロで、ペペはさらに多くの犬を目にした。集落に住んでバスレーロで働く一家に飼われている犬だ。ゲレロの犬のほうが栄養状態がいいとペペは思った。それにゴミ捨て場の犬よりも縄張り意識を持っている。こちらのほうがどこの住宅地にでもいるふつうの犬らしかった。ゴミ捨て場の犬よりも怒りっぽく攻撃的だ。あちらのほうは卑屈なこそこそした態度で逃げ隠れするようなところがあった。もっとも、ゴミ捨て場の犬はずる賢く自分の地歩を守ってはいたが。

バスレーロの犬には嚙まれたくない、ゲレロの犬にもだ――ペペは強くそう思った。結局のところ、ゲレロの犬の大部分は元はゴミ捨て場から来ていたのだから。

ペペ修道士は「迷い子」の病気の子供たちをアルメンタ・イ・ロペスの赤十字病院へバルガス医師の診察を受けに連れていっていた。バルガスは孤児院の子供たちとゴミ捨て場の子供たちを何をおいてもまずいちばんに治療することにしていた。バルガス医師はペペに、バスレーロでゴミを漁っている子供たちは犬や針による非常に大きな危険にさらされていると説明していた――ゴミ捨て場には使用済の針がついたままの注射器が大量に捨てられていた。ゴミ捨て場の子は造作もなく古い針にチクッとやられてしまう。

「Bあるいはc型肝炎、破傷風――考え得るあらゆるタイプの細菌感染は言うまでもなく」とバルガス医師はペペに語った。

「それにバスレーロの犬は、というかゲレロの犬もぜんぶ、狂犬病にかかっている可能性があるんじゃないでしょうかね」とペペ修道士は言った。

「ダンプ・キッドたちがああいう犬に噛まれたら、とにかく狂犬病のワクチンを注射しなくちゃならない」とバルガスは答えた。「ところが、ダンプ・キッドたちは異様に注射針を怖がるんですよ。子供たちがああいう古い針を怖がるのはいい、あれは怖がるべきだ。ところがそのせいで注射まで怖がってしまう！　犬に噛まれたとしても、ダンプ・キッドたちは狂犬病よりも注射のほうを怖がる、それが困るんです」ペペの見るところバルガスは良い男だった。バルガスは科学者であって信心深くはなかったが（宗教面ではバルガスが厄介な存在となりかねないことをペペは知っていた）。

フォルクスワーゲン・ビートルから降りてゲレロのエル・ヘフェの小屋へ向かいながら、ペペは狂犬病の危険性のことを考えていた。ペペはダンプ・リーダーのために持ってきた何冊かの良い本を両腕でしっかり抱きかかえ、敵意を見せて吠えるさまざまな犬に警戒を怠らなかった。「オラ！」

ぽっちゃりしたイエズス会士は小屋の入口の網戸に向かって呼びかけた。「読書家のフワン・ディエゴに本を持ってきました――良い本をね！」エル・ヘフェの小屋のなかから荒々しい唸り声が聞こえてきたので、彼は網戸から後ずさった。

あのバスレーロの労働者の女はダンプ・ボス――エル・ヘフェその人――のことを何か言っていた。ボスを名前で呼んでいた。「リベラは見たらすぐにわかるよ」と女はペペに言ったのだ。「おっそろしく怖そうな犬を連れてるから」

だが、ペペ修道士には小屋の網戸のむこうでひどく猛々しく唸っている犬の姿は見えなかった。彼がもう一歩ドアから離れると、ドアがいきなり開いて、リベラすなわちダンプ・ボスらしき人間ではない人物が現れた。エル・ヘフェの小屋の入口で小さいながらもこちらを睨みつけているのは、フワン・ディエゴでもなく、黒っぽい目の野性的な女の子だった――ダンプ・リーダーの妹で、十三歳のルペだ。ルペの言葉はわけがわからなかった――彼女の口から出てくる言葉の響きはスペイン語でさえなかった。フワン・ディエゴだけがその言葉を理解することができた。彼は妹の翻訳者、通訳だった。そして、ルペの奇妙な言葉が彼女にまつわる最大の謎というわけではなかった。この少女は人の心を読むことができたのだ。ルペにはこちらが何を考えているかわかった――それ以上のことがわかることさえあった。

「本をひと抱え持った男の人が来たよ！」ルペは小屋のなかに向かって叫び、姿の見えない犬の、不愉快に響く耳障りな吠え声を引き起こした。「イエズス会士の教師――『迷い子』の慈善家たちのひとり」ルペは言葉を切ってペペ修道士の心を読んだが、その心は軽い混乱状態にあった。ペペは彼女の言っていることが一言も理解できなかったのだ。「あたしのこと、知恵遅れだと思ってる。

孤児院があたしを受け入れないんじゃないかって心配してるよ――イエズス会士たちが、あたしを教育不能だと思うんじゃないかって！」ルペはフワン・ディエゴに叫んだ。

「その子は知恵遅れじゃない！」小屋のなかのどこかから少年の声が叫んだ。「その子はなんでもわかるんだ！」

「私が探しているのは君のお兄さんだと思うんだけど？」イエズス会士は少女に問いかけた。ぺぺが少女ににっこりして見せると、彼女は頷いた。本を何冊も抱えるという骨の折れる仕事のせいで修道士が汗をかいているのがルペの目に映った。

「このイエズス会士はいい人よ――ちょっと太り過ぎだけど」少女はフワン・ディエゴに告げた。

少女がぺぺ修道士のために、網戸が閉まらないよう手で押さえたまま小屋のなかへと後ずさると、修道士はおそるおそる入っていった。唸り声は聞こえるものの姿の見えない犬をそこここに探しながら。

少年、ダンプ・リーダー本人は、なんとか姿が見えた。少年を囲む本棚はたいていのものよりは作りがしっかりしていて、小屋自体もそうだった――エル・ヘフェの仕事だろうとぺぺは思った。若き読書家は大工のようには見えなかった。フワン・ディエゴは、若いが真剣な読書家の多くがそうであるように、夢見るような表情の少年だった。少年はまた、妹とも非常によく似ており、二人ともぺぺに誰かを思い出させた。そのときには、汗かきのイエズス会士はその「誰か」が誰なのか思い出せなかった。

「あたしたちは二人とも母親似なの」とルペは修道士に教えた、客の考えていることがわかっていたからだ。開いた本を胸にのせてボロボロのソファに寝転んでいたフワン・ディエゴは、このときはルペの言葉を通訳しなかった。若き読書家はイエズス会士の教師に超能力を持つ妹がなんと言ったか教えてやらないことにしたのだ。

「何を読んでいるの？」ペペ修道士は少年に訊ねた。

「郷土の歴史です――教会の歴史って言ってもいいかな」とフワン・ディエゴは答えた。

「つまんない本」とルペが言った。

「ルペはつまんない本だと言ってます――確かに、ちょっとつまんないかな」と少年は同意した。

「ルペも本を読むの？」ペペ修道士は訊ねた。ソファの横に、ベニヤ板をオレンジの木箱二つできちんと支えたものがあった――間にあわせのテーブルだが、なかなか出来がいい。ペペは抱えていた重い本をそこへ置いた。

「妹に朗読してやるんです――どの本も」とフワン・ディエゴは教師に答えた。少年は読んでいた本を掲げた。「この本にはあなた方が三番目にやってきたときのことが書いてあります――あなた方イエズス会が」とフワン・ディエゴは説明した。「聖アウグスチノ修道会とドミニコ修道会のふたつがイエズス会よりまえにオアハカに来ましたからね――あなた方は町に三番目にやってきた。そのせいでイエズス会はオアハカではあまり重きをおかれていないのかもしれません」と少年は続けた（これはペペ修道士には驚くほど聞き覚えがある話のように思えた）。

「そして聖母マリアがグアダルーペの聖母を霞ませている――グアダルーペはマリアと孤独の聖母（ラ・ビルヘン・デ・ラ・ソレダー）のせいで不当に扱われている」ルペはわけのわからない言葉でまくしたて始めた。「孤独の聖母はオアハカじゃ郷土の偉人――あの、孤独の聖母とろくでもないブーロ（ロバ）の話！　孤独の聖母（ヌエストラ・セニョーラ・デ・ラ・ソレダー）もグアダルーペのお株を奪ってる。あたしはグアダルーペの娘なの！」ルペは自分自身を指差して言った。腹が立ってたまらないらしかった。

ペペ修道士がフワン・ディエゴの顔を見ると、聖母たちの戦いにはうんざりしている様子ながら、これをぜんぶ通訳してくれた。

「その本は知っている！」ペペは叫んだ。

「ああ、そりゃそうでしょう——これ、おたくの本だから」フワン・ディエゴはそう答え、読んでいた本をペペに渡した。その古い本はゴミ捨て場（バスレーロ）っぽいにおいがぷんぷんしていて、ページは一部焦げているように見えた。例の重厚な学術書——ほとんど誰も読まない類のカトリックの研究書だ。本は元女子修道院、今の迷い子の家（オガル・デ・ロス・ニーニョス・ペルディードス）にあるイエズス会の図書館に所蔵されていたものだった。女子修道院が孤児たちを収容すべく改築された際、イエズス会学校用の棚のスペースを作るために、古くて読まれないような本の多くがゴミ捨て場へ送られたのだ。

きっと、アルフォンソ神父かオクタビオ神父が、どの本をバスレーロへ送り、どの本はとっておく価値があるかを決めたのだろう。イエズス会がオアハカへ三番目にやってきたという物語は、あの二人の老司祭を喜ばせなかったのかもしれない、とペペは考えた。それに、この本はおそらくアウグスチノ会士かドミニコ会士によって書かれたものだろう——イエズス会士ではなく——それだけでもこの本をバスレーロの地獄の業火送りとする理由になったかもしれない（イエズス会は確かに教育を優先してはいたが、競争心がないとは誰も言っていなかった）。

「君に本を何冊か持ってきたんですよ、もっと面白いのを」とペペはフワン・ディエゴに言った。

「小説を何冊か、面白い物語をね——つまり、フィクションを」教師は気持ちをそそろうとするかのように説明した。

「フィクションってどうなのかなあ」十三歳のルペが疑わしげに言った。「なかには期待外れの物語もあるからね」

「またその話を蒸し返すなよ」とフワン・ディエゴは妹に言った。「あの犬の話はおまえには大人過ぎたってだけのことだ」

「犬の話って?」とペペ修道士が訊ねた。

「訊いちゃ駄目ですよ」と少年は注意したが、手遅れだった。ルペはあちこちの棚の本を手探りし、かきわけていた——燃やされるところを救出された本がいたるところにあったのだ。

「あのロシア人ったら」真剣な面持ちの少女はそう言っていた。

「あの子は『ロシア』と言いましたか——君はロシア語は読めませんよねえ?」とペペはフワン・ディエゴに問いかけた。

「いやいや——妹が言ってるのは作者のことです。作者がロシア人なんです」と少年は説明した。

「妹さんの言葉がどうやってわかるんですか?」とペペは訊ねた。「しゃべっているのがスペイン語かどうか私にはわからないこともあるんだけど——」

「もちろんスペイン語よ!」と少女が叫んだ。物語について、フィクションについて自分に疑いを抱かせた本を見つけていた。少女はその本をペペ修道士に渡した。

「ルペの言葉はほんのちょっと違ってるんです」とフワン・ディエゴは答えた。「僕には理解できます」

「ああ、このロシア人ですか」とペペは言った。その本はチェーホフの短篇集『犬を連れた奥さん、その他』だった。

「ぜんぜん犬の話じゃないんだもん」ルペが不満を述べた。「結婚してないのにセックスしてる人たちの話なの」

フワン・ディエゴはもちろんこれを通訳した。「妹は犬のことしか頭にないんです」と少年はぺぺに話した。「あの話はおまえには大人過ぎるって、妹に言ったんですけどね」

ぺぺは『犬を連れた奥さん』の話を思い出そうと苦労していた。当然のことながら犬のことはさっぱり思い出せなかった。あれは不倫の話だ――覚えているのはそれだけだった。「君たちのどちらにとっても、年齢的に適切とは言えないんじゃないかな」イエズス会士の教師は気まずそうに笑いながら言った。

そのとき、ぺぺはその本がチェーホフの短篇集の英訳であることに気がついた。アメリカ版で、一九四〇年代にニューヨークで出版されたものだ。「だけど、これは英語じゃないか！」ぺぺ修道士は叫んだ。「君、英語がわかるの？」と野性的な少女に問いかけた。「君も英語が読めるの？」とイエズス会士はダンプ・リーダーに訊ねた。少年と妹は二人とも肩をすくめた。あの肩のすくめ方をどこで見たんだろう、とぺぺは心のなかで考えた。

「うちの母さんよ」とルペが答えたが、ぺぺには何を言っているのかわからなかった。

「うちの母さんがどうしたんだ？」フワン・ディエゴが妹に訊いた。

「この人、あたしたちの肩のすくめ方のことを気にしていたの」とルペは答えた。

「君は英語も独学で読めるようになったんだね」ぺぺはゆっくりと少年に言った。とつぜん彼は女の子にぞっとするものを感じた、はっきりした理由はなかったが。

「英語はちょっと違ってるけど――僕には理解できます」少年は、まだ妹の奇妙な言語を理解できる話をしているかのように言った。

ぺぺの頭は回転していた。この二人は並外れた子供たちだ——少年はなんでも読める、理解できないことなど何もないのかもしれない。そして少女は——うん、この子は違っている。この子をふつうにしゃべれるようにするのはなかなかの難題だろう。それにしても、このダンプ・キッド兄妹は、まさにイエズス会学校が求めている才能ある生徒と言えるのではないか？　それに、バスレーロで働く女は、エル・ヘフェのリベラは若き読書家の父親「というわけでもない」と言っていなかったか？　この子たちの父親は誰で、どこにいるのだろう？　それに母親の気配はまったくないが——この乱雑な小屋には、とぺぺは考えた。きちんとした大工仕事はなされているものの、ほかはすべてひどい状態だ。

「あたしたちは『迷い子』じゃないってこの人に言って——ちゃんと見つけてもらってるでしょ？」ルペがとつぜん才能ある兄に言った。「あたしたちは孤児院に入るような子供じゃないって言ってよ。あたしはふつうにしゃべる必要なんかない——兄さんはちゃんとわかってくれてるもん」と少女はフワン・ディエゴに言った。「あたしたちには母親がいるって言って——この人たぶん母さんを知ってるよ！」ルペは叫んだ。「リベラは父親同然で、しかも父親よりずっといいんだって言って。エル・ヘフェはどこの父親よりいい父親だって言ってよ！」

「もっとゆっくりしゃべってくれよ、ルペ！」とフワン・ディエゴは言った。「もっとゆっくりしゃべってくれないと、この人に何も言えないよ」ぺぺ修道士に伝えるべき内容が多すぎた。ぺぺがたぶんダンプ・キッド兄妹の母親を知っているという事実に始まって——母親はサラゴサ通りで夜の仕事をしていたが、イエズス会の仕事もしていた。掃除婦頭だったのだ。

ダンプ・キッド兄妹の母親がサラゴサ通りで夜の仕事をしているということは、すなわちたぶん娼婦だということで、そしてペペ修道士は確かに彼女を知っていた。エスペランサはイエズス会の掃除婦だった――子供たちの黒っぽい瞳や無頓着な肩のすくめ方がどこから来たのかは疑いようがなかった。もっとも、少年の読書の才がどこから来たものかははっきりしなかったが。

少年は巧妙にも、エル・ヘフェのリベラのことを父親かもしれない人間として話す際に「というわけでもない」という言葉は使わなかった。フワン・ディエゴは、ダンプ・ボスは自分の父親では「たぶんないだろう」という言い方をした。とはいえリベラが少年の父親だということもあり得る――「もしかしたら」ということもある、フワン・ディエゴはそんなふうに表現した。ルペに関しては、エル・ヘフェは彼女の父親では「ぜったいにない」。自分にはたくさんの父親がいる、「たくさんすぎて名前を挙げられない」というのがルペの考えなのだが、少年はそんな生物学的に不可能なことはさっさと黙殺してしまった。少年はただ、リベラと彼らの母親は、エスペランサがルペを身ごもったときには「もはやそういう関係ではなかった」としか言わなかった。

非常に長いが淡々とした語り口だった――ダンプ・ボスは「父親同然で、しかも父親よりずっといい」という自分とルペの気持ちや、自分たちには家があるとダンプ・キッド兄妹が考えているということをダンプ・リーダーが説明する口調は。フワン・ディエゴは、自分たちは「孤児院に入るような子供じゃない」というルペの言葉を繰り返した。フワン・ディエゴはちょっと潤色していたが。「僕たちは今もこれからも『迷い子』じゃありません。僕たちにはここゲレロに家があります。バスレーロで仕事もある！」

だが、これを聞いてペペ修道士の頭には、なぜこの兄妹はバスレーロでゴミ漁り屋（ロス・ペペナドレス）といっしょに働いていないのだろうかという疑問が生じた。なぜルペとフワン・ディエゴはほかのダンプ・キッドたちといっしょにあそこでゴミ漁りをしていないのだろう？　この子たちはゲレロに住んでバスレーロで働くほかの家族の子供たちよりも良い扱いを受けているのだろうか、それとも悪い扱いを受けているのだろうか？

「良くもあり、悪くもあります」とフワン・ディエゴはためらうことなくイエズス会士の教師に答えた。ペペ修道士はほかのダンプ・キッドたちが本を読むことを軽蔑していたのを思い出した。それに、あの小さなゴミ漁り屋たちが、ペペをぞっとさせた何を言っているのかわからない野性的な少女をどう思っているのか、知れたものではない。

「自分といっしょじゃなければ、リベラはあたしたちをこの小屋から出さない」とルペは告げた。フワン・ディエゴは妹の言葉を通訳しただけではなかった。詳しいことを付け加えた。

　リベラは自分たちをちゃんと保護してくれるのだと、少年はペペに語った。エル・ヘフェが父親同然で父親よりずっといいというのは、彼がこのダンプ・キッド兄妹を養い、見守ってくれているからだ。「それにあの人はあたしたちをぜったいに殴らない」とルペが口を挟んだ。フワン・ディエゴはこれも律儀に訳した。

「なるほど」とペペ修道士は言った。だが、彼にはこの兄妹の状況がわかり始めただけだった。確かに、バスレーロで物を拾ってより分けている多くの子供たちよりはいい境遇だ。そしてまた悪くもある――なぜなら、ルペとフワン・ディエゴはゲレロのゴミ漁り屋たちとその家族から恨まれているからだ。このふたりのダンプ・キッドはリベラの保護を受けているかもしれないが（そのためにふたりは恨まれていた）、エル・ヘフェはふたりの父親というわけではない。そして母親は、サラゴサ通りで夜の仕事をしている娼婦で、実際のところゲレロで暮らしているわけではなかった。

序列（ペッキング・オーダー）というのはどこにでも存在する、とペペ修道士は悲しい気持ちになった。

「ペッキング・オーダーって何？」ルペが兄に訊いた（ペペは今や、こちらが何を考えているか少女にはわかっているということを納得し始めていた）。

「ペッキング・オーダーっていうのはね、ほかのゴミ捨て場の子（ニーニョス・デ・ラ・バスーラ）たちが自分たちは僕らより上だと思ってる、あれだよ」フワン・ディエゴはルペに説明した。

「まさしく」とペペはちょっと落ち着かなげに言った。彼はここへ、ダンプ・リーダーに、このゲレロの名高い少年に、良き教師らしく良い本を持って会いにきた——それがどうだ、イエズス会士のペペ自身のほうが多くを学ぶ側だったのだ。

そのときだった、しばしば不満を訴えながらも姿が見えなかった犬が現れたのは。もしそれが本当に犬だとしたらだが。イタチのような小さな生き物がソファの下から這い出してきた——イヌ科というよりは齧歯動物のようだ、とペペは思った。

「この子はダーティ・ホワイトっていうの——この子は犬よ、ネズミじゃないから！」ルペはペペ修道士に腹立たしげに言った。

フワン・ディエゴはこれを通訳したが、少年はこう付け加えた。「ダーティ・ホワイトは薄汚い（ダーティ）臆病もの——恩知らずなオス犬です」

「あたしがこの子の命を救ったのよ！」とルペは叫んだ。背中を丸めた痩せこけた犬は、少女が差し伸べた両腕のほうへにじり寄りながらも、無意識に唇をまくれあがらせ尖った歯をむき出しにした。

「こいつは『ダーティ・ホワイト』じゃなく『死にぞこない』って名前にすべきだな」フワン・デ

ィエゴは笑いながら言った。「頭を牛乳パックにつっこんで抜けなくなっているのを妹が見つけたんです」

「まだ子犬よ。飢えていたのよ」とルペは抗議した。

「ダーティ・ホワイトはまだ何かに飢えてるな」とフワン・ディエゴは言った。

「やめてよ」と妹は言い返した。子犬は少女の腕のなかで身震いした。

ペペは自分の考えを押さえつけようとしたが、これは思ったよりも難しかった。超能力を持つ女の子に心を読まれるがままになっているよりは、唐突ではあるが立ち去るのがいちばんだ、と彼は心を決めた。ペペは無垢な十三歳の少女に自分の考えていることを知られたくなかったのだ。

彼はフォルクスワーゲン・ビートルを発進させた。リベラの姿も、エル・ヘフェの「おっそろしく怖そうな」犬の影も形も目にしないまま、イエズス会士の教師はゲレロから去っていった。バスレーロの黒い煙が周囲のいたるところで立ちのぼっていた、心根の優しいイエズス会士の、どす黒い思いのように。

アルフォンソ神父とオクタビオ神父はフワン・ディエゴとルペの母親――娼婦のエスペランサ――のことを「堕落している」と見做していた。ふたりの老司祭の考えでは、娼婦ほど堕落した人間はいないのだった。こうした憐れむべき女たちほど惨めで迷える人間はいない。エスペランサをイエズス会の掃除婦として雇ったのは、彼女を救うという聖なる目的のためであるとされていた。

だが、このダンプ・キッド兄妹だって救われる必要があるのではないか？　ペペは考えた。ゴミ捨て場の子（ロス・ニーニョス・デ・ラ・バスーラ）だって「堕落した者」の範疇に入るのではないか、というか、将来堕落する危険性があるのではないか？　あるいはさらに堕落する危険が？

あのゲレロの少年が大人になり、主治医にベータ遮断薬のことで文句を言っていたとき、彼はペペ修道士に付き添ってもらうべきだった。ペペはフワン・ディエゴの子供時代の記憶、それに彼のもっとも凄まじい夢について証言してくれただろう。このダンプ・リーダーの場合、悪夢ですら心に留めおくに値すると、ペペ修道士にはわかっていた。

ダンプ・キッド兄妹が十代の初めだったころ、フワン・ディエゴがもっともよく見る夢は悪夢ではなかった。少年はよく飛ぶ夢を見た——いや、正確にはそうではない。それはぎこちなくヘンテコな空中浮遊行為で、「飛ぶ」のとは似ても似つかなかった。夢はいつも同じだった。集まった人々が見上げている。フワン・ディエゴが空を歩いているのを見ているのだ。下からだと——つまり、地上からだと——少年は逆さまになって慎重にそろそろと空を歩いているように見えた(そしてまた、少年はぶつぶつぶつと数を数えているようにも見えた)。

空を横切るフワン・ディエゴの動きに自由でのびのびしたところはまったくなかった——鳥が飛ぶように気ままに飛んでいるわけではない。飛行機のようなまっすぐ突き進む力もなかった。それでもなお、そのしばしば繰り返される夢のなかで、フワン・ディエゴは自分の居場所にいるのがわかっていた。空で逆さまになっている彼の目には、集まった人々の上を向いた心配そうな顔が見えた。

ルペにこの夢を説明するとき、少年は風変わりな妹にこんなことも言った。「どの人生にも手を離さなければならない瞬間がやってくる——両手をね」当然のことながら、これは十三歳の少女には理解できなかった——たとえふつうの十三歳であったとしてもだ。ルペの返事はフワン・ディエゴにさえ意味不明だった。

一度、空を逆さまになって歩く夢をどう思うかと彼が妹に問いかけたとき、ルペの答えは例によって謎めいていたが、少なくともフワン・ディエゴは妹の言葉をちゃんと理解できた。

「それは未来についての夢よ」と少女は答えた。

「誰の未来?」フワン・ディエゴは訊ねた。

「兄さんのじゃないといいけどね」妹はいっそう謎めいた返事をした。

「だけど僕はこの夢が好きなんだ!」と少年は言った。

「それは死の夢よ」ルペが言ったのはそれだけだった。

しかしフワン・ディエゴがこうして年をとった今、空を歩く子供時代の夢はベータ遮断薬を飲むようになってから失われてしまったし、ゲレロで障碍を負う身となったあのずっと昔の朝の悪夢を追体験することもなくなってしまった。ダンプ・リーダーはあの悪夢が見られないのが寂しかった。

彼は主治医に文句を言った。「ベータ遮断薬が僕の思い出を遮断している!」とフワン・ディエゴは声を張り上げた。「薬が僕の子供時代を奪っている——薬が僕の夢を盗んでるんだ!」医者にとってこうしたヒステリー症状は、フワン・ディエゴがアドレナリンの与えてくれる興奮を味わえず残念がっていることを意味していた(ベータ遮断薬は確かにアドレナリンを打ち負かしてしまう)。

彼の主治医はローズマリー・スタインという名前の生真面目な女性で、二十年にわたってフワン・ディエゴの親しい友人だった。彼女が思うところの彼のヒステリックで大げさな物言いには慣れっこになっていた。

スタイン医師はちゃんとした理由があってフワン・ディエゴにベータ遮断薬を処方していた。彼女の親友は心臓発作を起こす危険があったのだ。血圧が非常に高い（上が一七〇で下が一〇〇）だけでなく、彼によると、母親及び父親かもしれない男のひとりが心臓発作で死んだのは、まず確かなようだった——母親の場合は間違いなく若年で。フワン・ディエゴはアドレナリンには不足はなかった——「闘争か逃走か」のホルモンで、ストレス、恐怖、災厄、パフォーマンス不安に際して分泌される、それに心臓発作の際にも。アドレナリンはまた血液を内臓ではなくほかへ流す——血液は筋肉へ行き、走れるようにしてくれる（ダンプ・リーダーはたいていの人たちよりもアドレナリンが必要なのかもしれない）。

ベータ遮断薬は心臓発作を防ぐわけではない、とスタイン医師はフワン・ディエゴに説明していた。だが、この薬は体のなかのアドレナリン受容体を遮断し、それによって心臓発作の際に分泌されるアドレナリンの破壊的となり得る影響から心臓を守るのだ。

「その忌々しいアドレナリン受容体ってヤツはどこにあるんだ？」フワン・ディエゴはスタイン医師に訊ねた（「ドクター・ローズマリー」、と彼は呼んだ——ただ単に彼女をからかって）。

「肺、血管、心臓——ほとんどどこにでも」と彼女は答えた。「アドレナリンは心臓の鼓動を早くする。はあはあ息をして、腕の産毛が突っ立って、瞳孔が開いて、血管が収縮する——良くないことよ、心臓発作を起こしかけているならね」

「心臓発作を起こしかけているときには、何だったらいいんだ？」フワン・ディエゴは訊ねた（ダンプ・キッドはしつこい——彼らは頑固なのだ）。

「平静な、リラックスした心臓ね——ゆっくりと鼓動して、どんどん早くなったりしないような」

とスタイン医師は答えた。「ベータ遮断薬を摂取していると鼓動がゆっくりになるの、何があろうと早まることはないのよ」

血圧を下げるといくつかの影響がある。ベータ遮断薬を飲んでいる人はあまりアルコールを摂取しないようちょっと気をつけたほうがいい、アルコールは血圧を上げるからだ。だがフワン・ディエゴはさほど飲まない（いや、そりゃあビールは飲む、だがビールだけだ——たいした量じゃないし、と彼は考えた）。それにベータ遮断薬は体の先端部分への血液の循環を減少させる。手足が冷たく感じられるようになる。だがフワン・ディエゴはこの副作用については文句を言わなかった——オアハカ出身の男の子にとっては冷たく感じられるのは贅沢なのだ、と友人のローズマリーに冗談まで言った。

ベータ遮断薬を飲んでいる患者のなかには、それに伴う倦怠感、疲労と運動耐性の低下を嘆く人もいるが、この歳——フワン・ディエゴは今や五十四歳だった——で何を気にすることがあろう？彼は十四歳のときから障碍を負っている。足を引きずって歩くのが彼の運動だった。四十年にわたってじゅうぶんに足を引きずって歩いてきたのだ。フワン・ディエゴはそれ以上の運動などお断りだった！

もっと元気でいたいとは思っていた、こんなに「減退」を感じるのではなく——性的関心が湧かないことをローズマリーに話す際に、ベータ遮断薬のおかげでどんな気分になるか説明しようと彼が使ったのがこの言葉だった（フワン・ディエゴは自分は不能だとは言わなかった。主治医に対してでさえ、彼の会話は「減退」という言葉に終始した）。

「あなたが性的関係を持っているとは知らなかった」とスタイン医師は言った。じつのところ彼女は、彼がそんな関係を持っていないことをよく知っていた。

「あのねえドクター・ローズマリー」とフワン・ディエゴは言った。「もしも性的関係を持つことがあったら、減退しいいいいるだろうと思うんだ」

彼女はバイアグラの処方箋を出してくれた——一か月に六錠、一〇〇ミリ錠だ——そして試してみるようにと彼に話した。

「誰かに会うまで待ってるんじゃなくてね」とローズマリーは言った。

彼は待ってはいなかった。誰とも会ったりしなかったが、ちゃんと試してみた。スタイン医師は毎月処方箋を出してくれていた。「一錠の半分でじゅうぶんかもしれない」と何度か試してみたあと、フワン・ディエゴは医師に語った。彼はあまった錠剤をためこんでいた。バイアグラの副作用については何も文句を言わなかった。薬のおかげでちゃんと勃起する。オーガズムも味わえた。鼻詰まりがどうだというんだ?

ベータ遮断薬のもうひとつの副作用は不眠症だった。だがフワン・ディエゴにとってそれは目新しいことでもなければ、特に苛立つようなことでもなかった。暗闇のなかでお馴染みの悪霊どもとともに眠れないまま横になっているのはほとんど安らぎだった。フワン・ディエゴの悪霊の多くは子供時代からの仲間だった——彼はその悪霊どもをよく知っていた、友だち同様のお馴染みだった。

ベータ遮断薬を過剰摂取すると、眩暈を引き起こすことや、失神発作を起こすことさえある。だがフワン・ディエゴは眩暈や失神についてはは心配しなかった。「足に障碍があると転び方は心得ているからね——僕たちにとって転ぶなんてたいしたことじゃない」と彼はスタイン医師に言った。

とはいえ、勃起不全よりも、ばらばらになってしまった夢のほうがはるかに彼を動揺させた。記憶も夢も時系列を追えないのだと、フワン・ディエゴは語った。ベータ遮断薬がひどく嫌なのは、夢を乱されることで子供時代から切り離されてしまうからだった。そして子供時代は彼にとって、ほかの人たち——ほかのたいていの人たち、とフワン・ディエゴは考えた——にとってそうであるよりもずっと重要なのだった。子供時代、そしてそこで出会った人たち——彼の人生を変えた人たち、あるいはあの重要な時期に彼に起こったことを見ていた人たち——は、フワン・ディエゴにとって信仰の代わりだった。

親しい友人だとはいえ、ローズマリー・スタイン医師はフワン・ディエゴのすべてを知っているわけではなかった。医師は友人の子供時代のことはほとんど知らなかった。フワン・ディエゴがベータ遮断薬について、何やら彼らしくない激しさで口にしたときには、スタイン医師にはおそらく藪から棒に聞こえたことだろう。「言わせてもらうけどね、ローズマリー、もしベータ遮断薬が僕の信仰を奪ったのなら、僕は君に文句なんか言わないよ！ それどころか、ベータ遮断薬をすべての人に処方してくれと頼むね！」

これまた情熱的な友人のさらなるヒステリックな誇張表現ということだ、とスタイン医師は思った。なんといっても、彼は手を火傷しながら火のなかから本を救い出していた人間なのだ——カトリックの歴史に関する本までも。だが、フワン・ディエゴのダンプ・キッド時代についてローズマリー・スタインが知っているのはほんの断片だけだった。彼女がよりくわしく知っているのは友人が成長してからのことだ。ゲレロの少年についてはたいして知らなかった。

2　マリア・モンスター

二〇一〇年のクリスマスの翌日、ニューヨーク市を吹雪が通過した。その翌日、マンハッタンでは除雪されていない通りに車やタクシーが点々と放置されていた。マディソン街の東六二丁目に近いところでは、バスが炎上した。雪道でスピンして後輪が発火し、車体に引火したのだ。黒くなった残骸は、周囲の雪の上に灰をまき散らしていた。

セントラル・パーク・サウス沿いのホテルの宿泊客たちの目には、公園の純白の眺め――それに、その新たに降った雪のなかで遊ぶ、小さな子供のいる何組かの勇敢な家族の姿――は、車が一切通らない幅広い大通りや小さな通りの光景と奇妙な対照をなしていた。白く輝くその朝は、コロンバス・サークルさえも不気味なほど静かで閑散としていた。いつもなら混雑している交差点、たとえば西五九丁目と七番街との角などにも、動いているタクシーは一台もいない。目に入るのは半分雪に埋もれて立ち往生している車ばかりだ。

事実上、月面のような光景、それがその月曜の朝のマンハッタンの状態だったため、フワン・ディエゴの泊まっていたホテルのコンシェルジュは、障碍を持つ客のために特別なサポートを手配することとなった。足の悪い男がタクシーを呼び留めたり、危なっかしく乗り込んだりできる日ではなかったのだ。コンシェルジュはリムジン会社——たいしたところではない——を説き伏せて、フワン・ディエゴをクイーンズまで送ってもらうことにした。もっとも、ジョン・F・ケネディ国際空港が開いているかどうかについては情報が錯綜していたのだが。TVではJFKは閉鎖されていると言っていたが、フワン・ディエゴの乗るキャセイパシフィック航空の香港便は時刻どおり出発することになっていた。コンシェルジュはこれを疑っていたが——欠航にならないまでもフライトが遅れるのは確かだと彼は思っていた——それでもなお、気を揉む足の悪い客の望みに従っていた。フワン・ディエゴは間に合うように空港へ行こうとやきもきしていた——吹雪の影響で、出発している便も、出発した便もないというのに。

彼が気にしているのは香港ではなかった。香港はフワン・ディエゴにとってはしなくてもいい寄り道だったが、わざわざフィリピンまで行くのに途中で香港を観ないなんて、と数人の同僚に説得されたのだ。観るべきどんなものがあるというんだ？　とフワン・ディエゴは思っていた。「マイレージ」というのがいかなるものなのか（というか、どんなふうに計算されるのか）フワン・ディエゴにはよくわかっていなかったが、キャセイパシフィック航空でのフライトが無料だということはわかっていた。友人たちはまた、キャセイパシフィック航空のファーストクラスは経験しておくべきだとも主張した——どうやらこれまた彼が観るべきものらしかった。

友人たちがこんなに気遣ってくれるのは、自分が教職から引退しようとしているからだとフワン・ディエゴは思っていた。この旅の計画に同僚たちがうるさく口出ししようとする理由は、それしかないじゃないか。だが、ほかの理由もあった。退職するにはまだ若いとはいえ、彼は実際のところ「障碍者」だった――それに、親しい友人や同僚は彼が心臓の薬を飲んでいるのも知っていた。「書くことからは引退しません！」と彼は皆に断言した（フワン・ディエゴは版元の招待で、クリスマスを過ごすためニューヨークに来ていた）。辞めるのは教えること「だけ」だとフワン・ディエゴは語った。長年のあいだ、書くことと教えることは分かちがたく、一体となって彼が成人してからの生活のすべてを形づくってきたのだが。そして、創作科の元教え子のひとりが、フィリピン旅行の強引な乗っ取り、と今やフワン・ディエゴが見做している行動に熱を入れていた。この元教え子のクラーク・フレンチは、フワン・ディエゴのマニラにおける使命――と、フワン・ディエゴは長年思っていた――をクラーク自身の使命にしてしまっていた。彼の書くものは自己主張が強いというか、こじつけだったが、恩師のフィリピン旅行を乗っ取ってしまうやり口も同じだった――とまあ、フワン・ディエゴは思っていたのである。

　それでもフワン・ディエゴは、元教え子の善意による手助けに抗（あらが）うようなことは一切しなかった。クラークの気持ちを傷つけたくなかったのだ。それに、フワン・ディエゴにとって旅行は簡単ではなかったし、フィリピンというところはなかなか難儀かもしれない――危険なことさえある――と聞いていた。ちょっと念入りに計画しすぎても悪いことはないだろう、と思った。

　フィリピン・ツアーは彼が気づかないうちに具体化していた。本来のマニラにおける使命から、寄り道の旅や気散じの冒険が生まれていた。フィリピン行きの目的が損なわれていはしまいかと彼は心配したが、クラーク・フレンチならすぐさま恩師に、こんなに熱心に手助けしたいと思うのは、そもそもフワン・ディエゴにこの旅行を思い立たせた気高い目的（かくも長きにわたる！）に対する称讃の念からなのだ、と説明したことだろう。

　十代の初めだったころ、フワン・ディエゴはオアハカでアメリカ人徴兵忌避者に出会った。その青年はベトナム戦争の徴兵を逃れるために合衆国から逃げてきていた。徴兵忌避者の父親は第二次大戦の折りフィリピンで戦死した何千人ものアメリカ人兵士のひとりだった――といっても、「バターン死の行進」でもなければコレヒドールの激戦でもなかったが（フワン・ディエゴは必ずしも詳細を正確に覚えているわけではなかった）。

　アメリカ人徴兵忌避者は、ベトナムで死にたくなかったのだ。死ぬまえに、青年はフワン・ディエゴに、マニラ米軍記念墓地を訪れたい――戦死した父親の墓参のために――と話していた。だが、徴兵忌避者は、メキシコへの逃避行という困難を乗り切ることができなかった。彼はオアハカで死んだ。フワン・ディエゴは死んだ徴兵忌避者のためにフィリピンへ行くと固く誓った、彼のためにマニラへ行こうと。

　とはいえ、フワン・ディエゴはその若いアメリカ人の名前を知らなかった。反戦青年は、フワン・ディエゴと見たところ知恵遅れらしいその妹ルペと友だちになったが、兄妹は青年のことをただ「良い米国人（ザ・グッド・グリンゴ）」と呼んでいただけだった。ダンプ・キッド兄妹が良い米国人（エル・グリンゴ・ブエノ）に会ったのはフワン・ディエゴが障碍を負うまえだった。当初、その若いアメリカ人は非常に気さくで、破滅への道をたどるようには見えなかった。もっとも、リベラは青年のことを「メスカル・ヒッピー」と呼んでおり、ダンプ・キッド兄妹は当時合衆国からオアハカへ来ていたヒッピーたちに対するこのエル・ヘフェの見解は心得ていた。

　マッシュルーム・ヒッピーたちは「阿呆」だとこのダンプ・ボスは考えていた。彼らは自分たちが深遠と見なすものを探し求めているというのだ——エル・ヘフェに言わせると「あらゆるものの相互関連性とかいった馬鹿げたこと」を。とはいっても、エル・ヘフェ自身、マリア崇拝者だということをダンプ・キッド兄妹は知っていた。

メスカル・ヒッピーについては、彼らはもっと頭がいい、とリベラは言った。だが「自滅タイプ」だ。それに、メスカル・ヒッピーというのは娼婦にも溺れるタイプだ、というか、ダンプ・ボスはそう思っていた。グッド・グリンゴは「サラゴサ通りで自滅していく」とエル・ヘフェは言った。ダンプ・キッド兄妹はそうならないよう祈っていた。ルペとフワン・ディエゴはエル・グリンゴ・ブエノが大好きだったのだ。お気に入りの青年に、性的欲望や、リュウゼツランの汁を発酵させ蒸留した、人を酔わせる飲み物によって、破滅してほしくはなかった。

「同じことだ」とリベラはダンプ・キッド兄妹に暗い口調で言った。「いいか、さいごがどうなるかわかったらあまりいい気分にはならないぞ。あの下劣な女どもにメスカルのがぶ飲み——あの小さなイモムシを見つめることになるんだ！」

フワン・ディエゴは、ダンプ・ボスが言っているのはメスカル酒の瓶の底に入っているイモムシのことだと思ったが、ルペは、エル・ヘフェは自分のペニスのことも思い浮かべていたのだと言った——娼婦とことを済ませたあとでどんなふうに見えるかを。

「おまえは男はみんないつも自分のペニスのことを考えていると思ってるんだな」とフワン・ディエゴは妹に言った。

「男はみんないつも自分のペニスのことを考えてるもん」と読心術者は答えた。これはルペにとって、そこを越えたらもはやグッド・グリンゴを大好きではいられないというわかれ目のようなものだった。破滅にむかう運命にあるアメリカ人は想像上のラインを越えてしまったのだ——たぶん、ペニス・ラインを。ルペはぜったいにそんな言い方をしなかっただろうが。

ある夜、ゴミ捨て場の読書家(ダンプ・リーダー)がルペに本を読み聞かせていたとき、リベラもゲレロの小屋に兄妹といっしょにいて、朗読を聴いていた。ダンプ・ボスは新しい本棚でも作っていたか、あるいはバーベキュー用コンロの具合が悪くて修理していたのだったか。もしかするとダーティ・ホワイト（またの名を「死にぞこない」）が死んでいないかどうか確かめに寄っただけだったのかもしれない。

その夜フワン・ディエゴが読んでいたのも、廃棄処分になった大部の学術書、学問の世界の恐ろしく退屈なしろもので、あの二人の老イエズス会司祭、アルフォンソ神父とオクタビオ神父のいずれかによって焼却処分に指定された本だった。

この読まれていない学術書はじつのところとあるイエズス会士によって書かれたもので、テーマは文学的かつ歴史的——すなわち、D・H・ロレンスがトーマス・ハーディについて書いたものの分析だった。ダンプ・リーダーはロレンスの著作もハーディの著作もまったく読んだことがなかったので、ハーディに関するロレンスの文章の検証などわけがわからなかったことだろう——たとえスペイン語であっても。そしてフワン・ディエゴが特にこの本を選んだのは、それが英語で書かれていたからだった。彼はもっと英語を読む練習をしたかったのだ、けっして心を奪われているとはいえない聴衆（ルペとリベラと不機嫌な犬のダーティ・ホワイト）にはスペイン語(エスパニョール)のほうがわかりやすかったかもしれないが。

理解をさらに困難にしたのが、本の何頁かが焼失していたことで、焦げた本にはバスレーロの胸の悪くなる臭いがまだこびりついていて、ダーティ・ホワイトは繰り返し本の臭いを嗅ぎたがった。

ダンプ・ボスもフワン・ディエゴ同様、ルペの「死にぞこない」犬が好きではなかった。エル・ヘフェはルペに「おまえはこいつを牛乳パックにはまり込んだままにしておくべきだったな」としか言わなかったが、ルペは（いつものように）ダーティ・ホワイトを庇って憤慨した。

そしてちょうどそのとき、フワン・ディエゴが皆に、万物の基本的な相関性という誰かの考えについての、またとない一節を読み上げた。

「おい、おい、おい――そこでちょっととまってくれ」リベラがダンプ・リーダーを遮った。「それは誰の考えだ？」

「ハーディって人かも――たぶん彼の考えじゃないかな」とルペが言った。「それとももしかするとロレンスって人かな――そっちのほうみたいに聞こえる」

フワン・ディエゴがルペの言ったことをリベラに通訳すると、エル・ヘフェは即座に同意した。「それとも、本を書いてる人間の考えかも――誰か知らんが」とダンプ・ボスは付け加えた。それもありだとルペは頷いた。不明瞭なままだと本は退屈だった。どうやら具体的な説明は一切できないテーマを、爪楊枝でほじくるように吟味しているらしかった。

「どの『万物の基本的な相関性』なんだ――どんなものが関連してるっていうんだよ？」ダンプ・ボスが叫んだ。「マッシュルーム・ヒッピーが言いそうなことみたいだぜ！」

それを聞いてルペが笑い声をあげた、めったに笑わないのに。たちまち、リベラもいっしょになって笑い始めたが、それはもっとめったにないことだった。妹とエル・ヘフェが二人で笑っているのを聞いて、どれほど嬉しかったか、フワン・ディエゴはずっと忘れなかった。

そして、こんなに年月が経った今――四十年になる――フワン・ディエゴはフィリピンへ赴こうとしていた。名無しのグッド・グリンゴを偲んでの旅だ。けれども、友人たちはただのひとりもフワン・ディエゴに、死んだ徴兵忌避者の代理としてどうやって戦死した兵士の墓参をするつもりなのか訊ねなかった――死んだ息子同様、戦死した父親も名無しだった。もちろん、友人たちは皆フワン・ディエゴが小説家であることを知っていた。たぶん、小説家はエル・グリンゴ・ブエノのために象徴的意味において旅をするつもりなのだろう。

　若い作家だったころ、彼はよく旅行し、その旅におけるさまざまな混乱が初期の作品で繰り返されたテーマだった――とりわけ、あのインドを舞台にしたサーカス小説、仰々しいタイトルの作品では。誰になんと言われようと自分はあのタイトルで押しとおしたのだった、とフワン・ディエゴは懐かしく思い返した。『聖母マリアから始まる物語』――なんとかさ高いタイトル、そしてなんと長くて込み入ったストーリーなのだろう！　おそらく自分が書いたなかでいちばん込み入っている、とフワン・ディエゴは考えた――人気（ひとけ）のない、雪に閉ざされた通りを、フランクリン・D・ルーズベルト・イースト・リバー・ドライブに向かってあくまで進むリムジンのなかで。車はSUV（スポーツタイプの多目的車）で、運転手は他の車や運転手を軽蔑していた。リムジンの運転手によると、この街の他の車は雪に対する装備ができておらず、「ほぼ正しい」装備ができている少数の車は「間違ったタイヤ」を履いている。他の運転手はといえば、彼らは雪のなかでの運転の仕方を知らないのだった。

「ここをどこだと思ってんだ――ファッキン・フロリダかよ？」運転手は窓越しに、スリップして横向きになり、市内を走る狭い通りを立ち往生したまま塞いでいる運転手に向かって怒鳴った。

　フランクリン・D・ルーズベルト・イースト・リバー・ドライブの上では、タクシーがガードレールを乗り越えて、イースト・リバー沿いに伸びるジョギング・コースの腰まである雪のなかに突っ込んでいた。タクシー運転手は後輪を、シャベルではなく雪かきスクレーパーで掘り出そうとしていた。

「どこの出身だよ、このセンズリかきめ――ファッキン・メキシコかい？」リムジンの運転手はその男に向かってわめいた。

「じつはね」とフワン・ディエゴは運転手に言った。「私はメキシコ出身なんだ」

「お客さんのことを言ったんじゃありません――ＪＦＫには時間どおり着きますからね。問題は、お客さんはそこで待たなきゃならないってこってす」と運転手はあまり感じのよくない口調で答えた。「なんも飛んでませんからね――ご存知ないといけないんで言っときますが」

　じつのところ、フワン・ディエゴは飛行機がまったく飛んでいないのは知らなかった。彼はとにかく空港に行って、自分の乗る便が出るときに乗れるようにしておきたかったのだ。遅延があったとしても、それは構わなかった。考えられないのは、この旅行ができなくなることだった。「すべての旅には理由がある」と自分が考えていることに彼は気がついた――それから、自分がすでにこの言葉を書いているのを思い出した。『聖母マリアから始まる物語』で、もっとも力を込めて書いた言葉だった。そして今私はこうして、また旅をしている――常に理由があるのだ、と彼は思った。

「過去が群衆の顔のように彼を取り囲んでいた。その中にひとつ彼の知った顔があった――でもあれは誰の顔だろう？」一瞬、周囲を雪に包まれ、ガラの悪いリムジンの運転手に脅かされながら、フワン・ディエゴはこれもすでに書いていることを忘れていた。彼はこれをベータ遮断薬のせいにした。

フワン・ディエゴの乗ったリムジンの運転手は、物言いは荒っぽくて嫌な男だったが、クイーンズのジャマイカ地区の道はよく心得ていて、そこの広い通りは、かつてのダンプ・リーダーにペリフェリコ通りを思い出させた――オアハカの、線路で分断されていた通りだ。ペリフェリコ通りはエル・ヘフェがよくダンプ・キッド兄妹を食料の買い出しに連れていったところだった。あそこの市場、ラ・セントラルでは、腐る寸前のものが最安値で買えた――学生運動のさなかにラ・セントラルが軍隊に占拠され、食品市場がオアハカ中心部の中央広場（ソカロ）へ移動した一九六八年をのぞいて。

あの年フワン・ディエゴとルペは十二歳と十一歳で、オアハカのソカロ周辺地域に初めて慣れ親しむこととなった。学生運動は長くは続かなかった。市場はペリフェリコ（あのみすぼらしい歩道橋が線路を跨いでいる）のラ・セントラルへ戻った。それでもソカロは、ダンプ・キッド兄妹の心に残った。そこは兄妹にとって町のお気に入りの場所となった。兄妹はなるべくゴミ捨て場を離れてソカロで過ごすようになった。

ゲレロの男の子と女の子が、物事の中心に興味を持たないわけがないだろう。二人のゴミ捨て場の子（ニーニョス・デ・ラ・バスーラ）が町にあふれる観光客を見たいと思わないわけがないではないか？　市のゴミ捨て場は観光地図には載っていなかった。バスレーロ観光に行く観光客なんているものか。ゴミ捨て場の臭いがぷんとでもしたら、あるいは、あそこで絶えず燃えている炎で目がひりひりしたら、ソカロへ逃げ帰ることだろう。ゴミ捨て場の犬どもを（というか、あの犬どもがこちらに向ける目つきを）ひと目見たら、逃げ帰るだろう。

まだ十一歳だったルペが――一九六八年に学生たちが暴動を起こし、軍隊がラ・セントラルを占拠して、ダンプ・キッド兄妹がソカロをうろつき始めたこの頃に――オアハカのさまざまな聖母たちに熱狂的で矛盾した執着を抱き始めたのは無理もない。自分がしゃべることを理解してくれるのは兄だけだったので、ルペは大人と意味のある会話をすることがまったくなかった。そしてもちろん、これらは神聖な聖母、奇跡を行う聖母だった――十一歳の少女たちのみならず、信者の多い聖母だった。

ルペがまずはあの聖母たちに惹きつけられることは、予想できたのではないか？（ルペはひとの心を読むことができた、彼女は自分と同じ能力を持つ生身の人間をひとりも知らなかった）とはいえ、どこのダンプ・キッドが、奇跡について多少の疑念を抱かずにいられただろう。これら競い合う聖母たちは、今この場で自らの能力を証明するために何をしているというのか？　これら奇跡を行う聖母たちは、最近何か奇跡を起こしたか？　ルペならば、もてはやされるばかりで何もしないこういう聖母たちをきつく批判しそうなものではないか？

オアハカには聖母グッズの店が一軒あった。ダンプ・キッド兄妹はソカロ地区へ出かけるようになったばかりのある日、その店を見つけた。ここはメキシコだ。この国はスペインの征服者（コンキスタドール）で溢れていた。ずっと布教にいそしんできたカトリック教会は、長年にわたって聖母グッズ販売を手掛けてきたのではなかったか？　オアハカはかつて、ミステカ及びサポテカ文化の中心地だった。スペイン人征服者は何世紀ものあいだ先住民に聖母を売りつけてきた――まずはアウグスチノ会士たちとドミニコ会士たち、そして三番目にイエズス会士たち、皆自分たちの聖処女マリアを押しつけてきたのではないか？

今では扱われているのはマリアだけではない――とルペはオアハカのさまざまな教会を見て気が

ついた――だが、市内のどこにも、インデペンデンシア通りの聖母ショップで見られるほどけばけばしく、いがみ合う聖母たちが（販売用に）陳列されているところはなかった。等身大の聖処女や、等身大より大きい聖処女があった。主役はたったの三人なのだが、さまざまな安っぽく悪趣味な複製が店のいたるところにあった。聖母マリアはもちろん、グアダルーペの聖母も、そして当然のことながら孤独の聖母（ヌエストラ・セニョーラ・デ・ラ・ソレダー）も。孤独の聖母（ラ・ビルヘン・デ・ラ・ソレダー）はルペが単なる「郷土の偉人」として軽んじている聖処女だった――孤独の聖母と「ろくでもないブーロの話」はひどく貶されていた（あのブーロ、小型の荷役用ロバにはおそらく罪はなかった）。

　聖母ショップではまた、等身大の（そして等身大よりも大きな）十字架上のキリスト像も販売していた。もし力持ちならば、巨大な「血を流すキリスト」を担いで家に持ち帰ることもできたが、一九五四年からずっとオアハカで店を開いている聖母ショップの主たる目的は、クリスマスパーティー（ラス・ポサダス（クリスマス時期にメキシコで行われる祭り））のための物品を提供することだった。

　じつのところ、インデペンデンシア通りの店を聖母ショップと呼んでいるのはダンプ・キッド兄妹だけだった。ほかの皆はクリスマスパーティー・ストアと呼んでいた――ラ・ニーニャ・デ・ラス・ポサダス（文字どおりに訳せば「クリスマスパーティーの女の子」）というのがその悪趣味な店の本当の名前だった。「女の子」というのは客が家に持ち帰ろうと決めた聖処女のことだ。販売されている等身大の聖処女は、明らかにクリスマスパーティーを活気づけた――十字架上で苦しむキリストよりはずっと。

　オアハカの聖処女たちについてルペは真剣だったが、クリスマスパーティーの店のほうはフワン・ディエゴにとってもルペにとってもお笑いぐさだった。ダンプ・キッド兄妹はときおり聖母シヨップのことを「ザ・ガール」と呼び、笑うためにそこへ出かけた。売り物の聖処女たちはサラゴサ通りの娼婦たちの半分もリアルではなかった。お持ち帰り用の聖処女たちは、空気で膨らませるセックス・ドールの範疇に近かった。そして「血を流すキリスト」は、ただもうグロテスクだった。

オアハカのさまざまな教会に飾られている聖母にも序列（ペッキング・オーダー）（とペペ修道士なら言っただろう）があった――嗚呼、このペッキング・オーダーと聖母たちが、ルペに深甚な影響を与えていたのだ。カトリック教会はオアハカに独自の聖母ショップを持っていた。ルペにとって、これらの聖母は笑いごとではなかった。

あの「ろくでもないブーロの話」や、孤独の聖母（ラ・ビルヘン・デ・ラ・ソレダー）に対するルペの深い嫌悪感を考えてみればいい。

ラ・ソレダー教会（バジリカ・デ・ヌエストラ・セニョーラ・デ・ラ・ソレダー）は壮大な聖堂――モレロス通りとインデペンデンシア通りのあいだにある仰々しい目障りな建物――で、ダンプ・キッド兄妹が初めて訪れたときは、騒がしい巡礼の一団に邪魔されて祭壇に近づけなかった。田舎の人たち（農夫か果物摘みだろうとフワン・ディエゴは思った）で、大声で叫ぶように祈るだけでなく、跪（ひざまず）いたまま、事実上中央通路を端から端まで這いながら、輝く孤独の聖母像にこれ見よがしに近づいていくのだ。祈る巡礼たちはルペをムカつかせた。ちょうど孤独の聖母がもつ郷土の偉人的要素――「オアハカの守護聖人」と呼ばれることもあった――にムカつくのと同じように。

もしもこのときペペ修道士がいれば、この親切なイエズス会士の教師はルペとフワン・ディエゴ自身のペッキング・オーダー的偏見に気づかせてくれたかもしれない。ダンプ・キッド兄妹は、誰かに対して自分たちのほうが優れていると思う必要があった。ゲレロの小さな集落で、ゴミ捨て場の子（ロス・ニーニョス・デ・ラ・バスーラ）は、自分たちは田舎者より上だと思っていた。ラ・ソレダー教会で騒々しく祈る巡礼たちのふるまいとみすぼらしく垢ぬけない晴れ着を見て、フワン・ディエゴとルペはほぼ確信したのだ。自分たちダンプ・キッドは確かに、跪いてわめくあのような農夫あるいは果物摘みたち（粗野な田舎者たちがなんであれ）よりは上だと。

ルペはまた、孤独の聖母（ラ・ビルヘン・デ・ラ・ソレダー）の衣装もちっとも好きになれなかった。三角形の厳（いか）めしいローブは黒で、金がちりばめられていた。「あれじゃ悪の女王みたい」とルペは言った。

「金持ちに見える、ってことだろ」とフワン・ディエゴは答えた。

「孤独の聖母はあたしたちの仲間じゃない」とルペは断言した。現地人ではないという意味だ。スペイン人、つまりヨーロッパ人だという意味だった（白人だと言いたかったのだ）。

孤独の聖母は、「白い顔だし、高級なドレスを着こんでいる」とルペは言った。ラ・ソレダー教会（バジリカ・デ・ヌエストラ・セニョーラ・デ・ラ・ソレダー）ではグアダルーペが二流の扱いを受けているのもルペをさらに苛立たせた。グアダルーペの祭壇は中央通路の左側だった――褐色の肌の聖母の肖像画（像でさえない）が照明すらなく掲示されていた。グアダルーペの聖母は現地人だった。先住民、インディオだった。ルペの言う「あたしたちの仲間」だった。

フワン・ディエゴがどれほどゴミ捨て場で本を読んできたか、そしてルペがどれほど一心にそれに耳を傾けてきたかをペペ修道士が知ったら、びっくりしたことだろう。アルフォンソ神父とオクタビオ神父は、ひどく異質で扇動的な書物はイエズス会図書館から追放したものと思っていた。ところが、若きダンプ・リーダーは多くの危険な本をバスレーロの地獄の業火から救い出していたのだ。

メキシコ先住民に対するカトリックの布教活動を詳述した類の本も見過ごしにはされなかった。イエズス会はスペイン人による征服における人心操作の役割を担っており、ルペとフワン・ディエゴはふたりして、ローマ・カトリック教会のイエズス会士征服者たちについて多くを学んでいた。そもそもフワン・ディエゴがダンプ・リーダーとなったのは、字を読むすべを独学で学ぶためだった。一方ルペは耳を傾けることで学んできた――さいしょから、注意を集中していたのだ。

ラ・ソレダー教会には、大理石の床の部屋があり、ブーロの物語の絵が何枚か展示されていた。誰にも伴われない一頭だけのブーロに出会って後追いされた農民たちが、祈っている。その小さなロバの背には長い箱が詰まれている――棺桶みたいに見えた。

「すぐに箱のなかを見ないバカがいる?」とルペはいつも言った。ところが愚かな農民たちは見なかった――彼らの脳は頭にかぶったソンブレロのせいで酸素が不足していたに違いない(ダンプ・キッド兄妹に言わせれば、おバカな田舎者だ)。

ブーロがどうなったかについては、議論があった――いまだにある。ある日、ただ歩くのをやめて横たわったのだろうか、それとも、倒れて死んだのだろうか? その小型のロバが歩く途中で足を止めたかぽっくり死んだかしたところには、ラ・ソレダー教会（バジリカ・デ・ヌエストラ・セニョーラ・デ・ラ・ソレダー）が建立された。なぜなら、そのときになって初めておバカな農民たちがブーロの箱を開けたからだ。箱のなかには孤独の聖母の像が入っていた。気になるのは、股間をタオルで覆っただけの、ずっと小さいサイズの裸のイエスが、孤独の聖母の膝に横たわっていることだった。

「縮んだイエスはあんなところで何してるのよ?」とルペはいつも訊ねた。二つの像の大きさの不一致はひどく気になった。大きな孤独の聖母と、その半分のサイズのイエス。しかも「幼子イエス」ではない。髭(ひげ)の生えたイエスなのだが、不自然に小さくて、タオルしか身にまとっていない。

ルペの意見では、ブーロは「酷使」されたのだ。膝に半分裸の小さなイエスをのせた大きな孤独の聖母は、ルペに、「さらにひどい酷使」について語りかけた――初めから箱のなかを確かめるだけの頭がなかった農民たちがいかに「馬鹿」かということについては言うまでもなく。

かくしてダンプ・キッド兄妹はオアハカの守護聖人にしてもっともちやほやされている聖母を、でっちあげ、あるいはまやかしであると決めつけてしまった――ルペは孤独の聖母(ラ・ビルヘン・デ・ラ・ソレダー)を「カルト聖母」と呼んだ。インデペンデンシア通りの聖母ショップとラ・ソレダー教会(バジリカ・デ・ヌエストラ・セニョーラ・デ・ラ・ソレダー)の距離が近いことについては、ルペはただ「ちょうどいいじゃない」と言っただけだった。

ルペは数多くの大人の本に（かならずしも良い文章ではない場合もあったが）耳を傾けてきた。彼女の話はフワン・ディエゴを除いて誰にとっても理解不能だったかもしれないが、言葉に――しかも、バスレーロの本のおかげで学識溢れる語彙に――触れてきたことで、ルペは自分の年齢や体験を越えていた。

ラ・ソレダー教会に対する思いとは裏腹に、ルペはアルカラ通りのドミニコ会教会を「美しい豪華な建物」と呼んだ。孤独の聖母の金をちりばめたローブには文句を言ったくせに、ルペはサント・ドミンゴ教会(テンプロ・デ・サント・ドミンゴ)の金箔張りの天井をひどく気に入った。サント・ドミンゴが「まさにスペイン・バロック様式風」であること――「まさにヨーロッパ風」であること――にはなんの文句も言わなかった。そしてルペは、グアダルーペのための金をちりばめたお堂も気に入った――グアダルーペの聖母がサント・ドミンゴの聖母マリアに見劣りすることもなかった。

自称グアダルーペの娘として、ルペはグアダルーペが「マリア・モンスター」に見劣りすることに神経質だった。ルぺが言いたいのは、マリアがカトリック教会の聖母「集団」のなかでもっとも優位にあるということだけではなかった。ルぺは、聖母マリアはまた「独裁的な聖母」であるとも考えていた。

そしてこれが、ルぺがマゴン通りとトルハノ通りの角にあるイエズス会のラ・コンパニーア教会（テンプロ・デ・ラ・コンパニーア・デ・ヘスス）に抱く不満だった——このイエズス会教会は、聖母マリアを一番の呼び物としていたのだ。入っていくと、聖水盤——聖イグナチオ・デ・ロヨラの水（アグワー・デ・サン・イグナチオ・デ・ロヨラ）——と、畏敬の念を起こさせる聖イグナチオその人の肖像画に目を惹かれる（よく描かれる構図だが、ロヨラは導きを求めて天を見上げている）。

聖水盤を過ぎると、誘い込まれるような一隅に、地味だが魅力的なグアダルーペのお堂があり、跪拝（きはい）用クッションのある信者席からもよく見える、大きな文字で書かれた褐色の肌の聖母のもっとも有名な言葉がとりわけ注目される。

「ノ・エストイ・アキ、ケ・ソイ・トゥ・マドレ？」ルぺはぶつぶつとこの言葉を繰り返しながらその場所で祈るのだった。「あなたの母だからこそ、わたしはここにいるのではないですか？」

そう、確かにこのルぺがしっかと抱く忠誠心は奇妙だった——対象は母である聖処女像、娼婦（そしてイエズス会の掃除婦）であるルぺの実の母親の代わりだ。子供たちにとってはろくな母親ではない女、いないことが多い母親、ルぺとフワン・ディエゴとはべつに暮らしている母親の。おまけにエスペランサはルぺを父なし子にしてしまった。父親代わりのダンプ・ボスがいたし——それにルぺは自分には複数の父親がいるという考えを持っていたけれど。

だがルぺは、心底グアダルーペの聖母を崇拝すると同時に、また猛烈な疑念を抱いてもいた。ルぺの疑念は、グアダルーペは聖母マリアに服従している——グアダルーペは聖母マリアに支配権を握らせることに加担している――という手厳しい子供ならではの批判精神から生まれたものだった。

ルペがこんなことを学んだ可能性があるゴミ捨て場読書体験を、フワン・ディエゴはひとつも思い出すことができなかった。ダンプ・リーダーにわかる限りでは、ルペはまったく自分ひとりの考えで、褐色の肌の聖母に信頼と不信の両方を抱いていた。バスレーロの本のなかには、読心術者をこの苦しい道へと導いたものは一冊もなかった。

そして、グアダルーペの聖母に払われる敬愛の念はきわめて趣のある適切なものだったとはいえ――イエズス会教会はけっして褐色の肌の聖母を軽んじてはいなかった――中心的地位にいるのは、間違いなく聖処女マリアだった。聖処女マリアはそびえ立っていた。聖母は巨大だった。マリアの祭壇は高くなっていた。聖処女はそそり立っていた。比較的小さなイエスが、すでに十字架にかけられて苦しんでいる姿で、血を流しながら巨大な聖母マリアの足元に横たわっていた。

「この縮んだイエスはなんなのよ？」とルペはいつも訊ねた。

「すくなくともこのイエスは、ちょっとは服を着てるな」とフワン・ディエゴは答えるのだった。

聖母マリアの巨大な足がしっかりと据えつけられているところには――三段になった台座の上――雲のなかで凍りついたように見える天使の顔がいくつもあった（わけがわからないのだが、台座そのものが雲といくつもの天使の顔でできていた）。

「あれはどういうつもり？」とルペはいつも訊ねた。「聖処女マリアが天使を踏んづけてる――なるほどね！」

そして巨大な聖処女の両側には、目立って小さな、時を経て黒ずんだ、あまり知られていないふたりの像があった。聖母マリアの両親だ。

「両親がいたの?」とルペはいつも訊いた。「どんな顔をしていたかなんて、いったい誰にわかるのよ? 誰も知るわけないでしょ!」

間違いなく、イエズス会教会のそびえ立つ聖母マリア像は「マリア・モンスター」だった。ダンプ・キッド兄妹の母親は、特大の聖母を掃除するのは大変だと愚痴をこぼした。梯子は相当な高さだった。聖処女マリア自身に立てかけるよりほか、梯子をもたせかける安全なというか、「適切」な場所はなかった。そしてエスペランサはマリアに向かって延々と祈った。イエズス会でいちばんの掃除婦にして、サラゴサ通りで夜の仕事をする彼女は、疑うことを知らない聖母マリアのファンだったのだ。

大きな花束――七つも!――が聖母マリアの祭壇を囲んでいるが、この花束でさえ、巨大な聖母のそばでは小さく見えた。聖母はそそり立っているだけではなかった――すべての人やものを脅かしているように見えた。聖母を崇拝しているエスペランサでさえ、この聖母マリア像は「大きすぎる」と考えていた。

「だから、独裁的なんだ」とルペは繰り返した。

「ノ・エストイ・アキ、ケ・ソイ・トゥ・マドレ?」フワン・ディエゴは、雪景色のなかを今やJFKのキャセイパシフィック航空ターミナルに近づいているリムジンの後部座席で、自分がその言葉を復唱していることに気づいた。元ゴミ捨て場の読書家(ダンプ・リーダー)は声に出して呟いていた。スペイン語と英語の両方で。この、グアダルーペの聖母の控えめな――あの威圧的な大女、イエズス会の「聖処女マリア」像の射貫くような眼差しよりもずっと控えめな――主張を。「あなたの母だからこそ、わたしはここにいるのではないですか?」フワン・ディエゴはひとり繰り返した。

そのバイリンガルの呟きに、喧嘩腰のリムジン運転手はバックミラーで乗客を見た。ルペが兄といっしょでないのは残念だった。彼女ならばリムジン運転手の心を読んでいたことだろう——この嫌な男が何を考えているのかフワン・ディエゴに教えてくれただろう。成功を手にした不法入国者(ウェットバック)だな、とリムジン運転手は思っていた——それがメキシコ系アメリカ人乗客に対する運転手の判定だった。

「もうすぐあんたのターミナルだぜ」と運転手は言った。「お客さん」という呼び方だったときも、感じの悪さはいっしょだった。しかしフワン・ディエゴはルペのことを、そしてオアハカでいっしょに過ごしたときのことを思い出していた。ダンプ・リーダーは夢想にふけっていた。運転手の無礼な口調はあまり耳に入っていなかった。それに、ひとの心が読めるかわいい妹がかたわらにいないので、この偏見に満ちた男が何を考えているのかフワン・ディエゴにはわからなかった。

メキシコ系アメリカ人に共通する体験にフワン・ディエゴが遭遇したことがなかったわけではない。むしろ彼の心の問題、心がどこを彷徨(さまよ)っているかという問題だった——彼の心はどこかほかの場所にあることが多かったのだ。

3　母と娘

体に障碍を抱える男は、ＪＦＫ空港で二十七時間も足止めされることになろうとは予測していなかった。キャセイパシフィック航空は彼を英国航空のファーストクラス・ラウンジへと送りこんだ。こちらはエコノミー運賃の乗客が味わわされる状況――業者は食料品を切らしていて、トイレはちゃんと掃除されていなかった――よりは快適だったが、十二月二十七日午前九時十五分出発予定のキャセイパシフィック航空香港行きは翌日の正午まで飛ばないというのに、フワン・ディエゴはベータ遮断薬を洗面用具といっしょに預入れ荷物に入れてしまっていた。香港までの飛行時間は十六時間ちょっとだ。フワン・ディエゴは四十三時間以上薬なしでやっていかなくてはならない。ほぼ丸二日、ベータ遮断薬なしになるわけだ（ゴミ捨て場の子（ダンプ・キッド）たちは、概してパニックには陥らない）。

ローズマリーに電話して、いつまでかかわからないんだけど、そのあいだ薬を飲まずにいるのは危険かな、と訊いてみようか考えたものの、フワン・ディエゴはそうしなかった。彼はローズマリー・スタイン医師の言葉を思い出していた。なんらかの理由でベータ遮断薬の服用をやめざるをえない場合は、じょじょにやめなくてはいけない、と言われたのだ（なぜか、じょじょにという言葉で、服用をやめたり再開したりしてもまったく危険はないと彼は思ってしまった）。

ＪＦＫの英国航空ラウンジで待っているあいだはろくに眠れないだろうとフワン・ディエゴは思った。香港まで十六時間かかる飛行機にそのうち乗れさえしたら、睡眠は取りもどせるだろうと彼は踏んでいた。フワン・ディエゴがスタイン医師に電話しなかったのは、ベータ遮断薬の服用をやめるのが楽しみだったからだ。運が良ければ、以前の夢を見られるかもしれない。大事な大事な子供時代の思い出が蘇るかもしれない――時系列に沿って、と彼は期待していた（小説家である彼は、やや古くさい、時系列に沿った流れに、ちょっとしたこだわりを持っていた）。

英国航空は足の不自由な男が居心地よく過ごせるよう最善を尽くしてくれた。他のファーストクラスの乗客たちはフワン・ディエゴが足を引きずっていることや、損傷を受けた足に特注の不恰好な靴を履いていることに気づいていた。誰もが思いやりを示し、ファーストクラスのラウンジで足止めを食っている乗客全員が座れるだけの椅子はなかったにもかかわらず、フワン・ディエゴが椅子を二つくっつけて使っていることには誰も文句を言わなかった――彼は自分用のソファみたいなものをこしらえて、例の痛々しげな足を持ち上げられるようにしていたのだ。

確かに、不自由な足のせいでフワン・ディエゴは実際よりも老けて見えた――五十四歳ではなく、すくなくとも六十四歳くらいに見えた。それに、ほかにも。あきらめの気配の漂う、遠くを眺めるような表情がかなりはっきり目につくのだ。フワン・ディエゴの人生における興奮に満ちた最良の時は、遠い昔、子供時代から思春期のとば口までの時期にあったのだといわんばかりに。結局彼は愛する人たちの誰よりも長生きしてしまった――明らかに、このことが彼を老けこませていた。

彼の髪はまだ黒かった。近づいてはじめて——そしてしげしげと見つめてはじめて——ところどころに白いものが混じっているのがわかった。髪はぜんぜん薄くなっておらず、伸ばしているので、反抗的なティーンエイジャーと老いぼれヒッピーを混ぜ合わせたように見えた——つまり、わざとダサい恰好をしているように。焦げ茶の瞳はほとんど髪と同じ黒に見えた。彼はいまでもハンサムで、ほっそりしていたが、「老けた」印象を与えた。女たち——とりわけ若い女たち——は、彼がとくに必要としていないのに手を貸そうとした。

彼には宿命のオーラが色濃く漂っていた。その動きはゆっくりしていた。考えごとや空想にふけっているように見えることがよくあった——あたかも、自分の未来はすでに決められていて、それに抗いはしないのだとでも言いたげに。

フワン・ディエゴは、自分は多くの読者に顔を知られているほど有名作家ではないし、自分の作品を読んだことのない人には知られていないと思っていた。彼に気づくのは、筋金入りの愛読者と言える人たちだけだった。たいていは女性で——もちろん、年配の女性たちだったが、熱心な読者のなかには女子大生もけっこう混じっていた。

フワン・ディエゴは自分の小説のテーマが女性読者を惹きつけているわけではないと思っていた。彼はつねづね、小説のもっとも熱心な読者は女性であって男性ではないと口にしていた。これを理論的に説明するつもりはなかったが。事実として目にしてきただけのことだった。

フワン・ディエゴは理論家ではなかった。考察はあまり好きではなかった。とあるインタビューでジャーナリストからある陳腐なテーマについて考察してもらいたいと言われたときの返答は、ちょっと世に知られさえしていた。

「考察はしません」とフワン・ディエゴは答えたのだ。「観察するだけです。描写するだけです」とうぜんのことながら、相手のジャーナリストは——しつこい若者だった——その点を追及してきた。ジャーナリストは考察が好きだ。彼らはいつも小説家に、小説は死んだのか、あるいは死にかけているのか、などと訊ねる。思い出していただきたい。フワン・ディエゴは人生で最初に読んだ何冊かの小説を、バスレーロの地獄の業火のなかから引っ張り出したのだ。本を救おうとして両手を火傷したのだ。ダンプ・リーダーに、小説は死んだのか、あるいは死にかけているのか、などと訊ねたりするものではない。

「女性のお知り合いはいますか?」とフワン・ディエゴはその若者に訊ねた。「つまり、本を読む女性という意味です」と言いながら、彼は声高になった。「あなたは女性と話すべきだ——何を読んでいるか、女性たちに訊いてみなさい!」(この頃には、フワン・ディエゴは叫んでいた)「女性が本を読まなくなったら——それが、小説の死ぬときだ!」とダンプ・リーダーは大声で言った。

話に耳を傾けてくれる人がいる作家には、自分が知っている以上の読者がいるものだ。フワン・ディエゴは自分で思っているよりも有名だった。

今回、彼を見つけたのは母親と娘だった——非常に熱心な愛読者だけがなしうることだ。「どこにいらしてもあなたならわかります。たとえ正体を隠そうとなさったって、わたしの目はごまかせませんよ」なかなか押しの強そうな母親はフワン・ディエゴに言った。彼女の話し方ときたら——いやまったく、彼が実際に正体を隠そうとしていたといわんばかりだった。それにこんな射貫くような眼差しを以前に見たのはどこだったろう? 紛れもなく、あのそそり立つ貫禄たっぷりの聖処女マリア像だ――あの像はこんな眼差しだった。聖処女はそんな眼差しでこちらを見下ろしているのだが、あの聖母マリアの表情が憐（あわれ）みなのか赦（ゆる）しなのか、フワン・ディエゴにはわからなかった（彼の読者であるエレガントなこの母親の場合もまた、よくわからなかった）。

これまた愛読者だという娘のほうは、多少はわかりやすいところがあるとフワン・ディエゴは思った。「暗いなかでもわかるわ――ちょっと話しかけてくれたら、完全な文章になっていなくたって、あなたが誰だかわたしにはわかっちゃう」と娘は、いささか真剣すぎる口調で言った。「あなたの声」と彼女は言いながら身震いした――とても続けられないとでも言いたげに。彼女は若くて芝居がかっていたが、農家の娘のような美しさがあった。手首や足首は厚みがあり、腰や下がり気味の乳房はみっしりしていた。肌は母親より浅黒かった。顔立ちはより派手というか、洗練度が低いというか、そして――とくにしゃべり方が――母親よりぶっきらぼうでがさつだった。

「どっちかっていうとあたしたちの仲間って感じ」フワン・ディエゴの脳裏にそう言う妹の姿が浮かんだ（先住民に近い顔、とルペなら思っただろう）。

おかげで気持ちが波立ち、フワン・ディエゴは不意に、オアハカの聖母ショップならこの母娘をどんなゴテゴテしたレプリカにすることだろうと想像してしまった。あのクリスマスパーティー・ストアなら娘の服装のちょっとだらしないところを強調するのではないか、それにしても、いささかだらしなく見えるのは服のせいなのだろうか、それとも彼女の無頓着な着こなしのせいなのだろうか？

あの聖母ショップならこの娘の等身大のマネキンに自堕落なポーズをとらせただろう、とフワン・ディエゴは思った――誘うような姿勢、みっしりした腰がはじけそうだといわんばかりの（それともこれは、フワン・ディエゴがこの娘に抱く妄想なのだろうか?)。

あの聖母ショップ、ダンプ・キッド兄妹が「ザ・ガール」と呼ぶこともあったあの店では、この二人の母親のほうに匹敵するマネキンは作りだせなかったことだろう。この母親には洗練と特権の雰囲気があり、その美しさは古風な種類のものだった。母親は高級感と優位性にあふれていた――その特権意識は持って生まれたもののように思えた。もしもこの母親が、ほんの一時のあいだJFKのファーストクラス・ラウンジで足止めされているにすぎない彼女が、聖処女マリアだったなら、誰も彼女を飼い葉桶のところへなんかやらなかっただろう。誰かが彼女のために、宿屋に居場所をこしらえていたはずだ。インデペンデンシア通りのあの品のない聖母ショップには、たぶん彼女のレプリカは作れなかっただろう。この母親は定型化とは無縁だ――たとえ「ザ・ガール」でも、彼女のようなセックス・ドールを作ることはできなかったろう。母親は「あたしたちの仲間」というよりは「比類のない」に近かった。クリスマスパーティー・ストアはこの母親にはそぐわない、とフワン・ディエゴは結論を下した。彼女が売りに出されることはないだろう。それに彼女を家に持ち帰りたくはない――すくなくとも、客を楽しませたり、子供たちを面白がらせたりするためには。いや、とフワン・ディエゴは思った――彼女はひとり占めしておきたい。

彼はこの母親と娘に彼女たちをどう思っているか一言もしゃべっていないのに、二人の女はなぜかフワン・ディエゴのことはすべてわかっているらしかった。そしてこの母と娘は、明らかな違いがあるにもかかわらず、一体となって動いていた。二人はチームだった。二人はたちまち、フワン・ディエゴの在り方そのものではないとしても、まったくどうしようもなくなっていると二人が考える彼の状況に介入してきた。フワン・ディエゴは疲れていた。彼はためらうことなくベータ遮断薬のせいにした。たいした抵抗はしなかった。おおむね、この女たちに世話されるがままになっていた。それに、これは皆が英国航空のファーストクラス・ラウンジで二十四時間待ったあとのことだった。

フワン・ディエゴの善意溢れる同僚たち、親しい友人たちは、香港で二日過ごす乗り継ぎスケジュールを組んでくれていた。それがどうやら、香港で一晩だけ過ごしてマニラへ飛ぶ早朝の乗り継ぎ便に乗ることになりそうだった。

「香港ではどちらにお泊り?」と、ミリアムという名前の母親が訊ねた。彼女はまわりくどい言い方はしなかった。あの射貫くような眼差しで、まったくの単刀直入だった。

「どこに泊まるつもりだったの?」ドロシーという名前の娘のほうが言った。彼女には母親に似たところはほとんどない、とフワン・ディエゴは気づいていた。ドロシーもミリアム同様押しが強かったが、あれほど美しくはなかった。

いったいフワン・ディエゴのどういうところが他人の強引さをかきたてて、彼のなすべきことを代わりにやってやらなくてはと思わせてしまうのだろう? 元教え子のクラーク・フレンチはフワン・ディエゴのフィリピン旅行に介入してきた。そして今度は二人の女——見ず知らずの二人——が、作家の香港での段取りを引き受けようとしていた。

フワン・ディエゴは、この母親と娘に旅慣れない旅行者だと思われたに違いない、香港で泊まるホテルの名前を旅程表を見て確かめなくてはならなかったのだから。彼が老眼鏡を取り出そうとまだ上着のポケットを探っているうちに、母親のほうが彼の手から旅程表を取り上げた。「あらあら——インターコンチネンタル・グランド・スタンフォード香港になんか、お泊りになりたくないでしょうに」とミリアムは言った。「空港から車で一時間もかかるのよ」

「実際には九龍(クーロン)にあるんだから」とドロシーが言う。

「空港にそこそこのホテルがありますよ」とミリアム。「あそこにお泊りになるべきだわ」

「わたしたちはいつも、あそこ」ドロシーがため息をつきながら言った。

フワン・ディエゴは、ならば、一方をキャンセルしてもう一方を予約しなくてはなりませんねと言いかけた——彼にはそれだけはわかった。

「決まり」と娘のほうが言った。彼女の指はノートパソコンのキーボードの上を飛び回っていた。若者たちが絶えずノートパソコンを使っているように見えるのは、フワン・ディエゴにとっては驚嘆すべきことだった。しかも、きまってコンセントには繋いでいない。なぜバッテリーがなくならないのだろう？　と彼は考えた（それに、ノートパソコンを抱え込んでいないときには、携帯で凄まじい勢いでメールを打っているが、これまた充電の必要はないらしい！）。

「長旅なので、ノートパソコンは持ってこられないと思ったんです」とフワン・ディエゴが母親に言うと、彼女は憐みの眼差しを返した。「私のは家に置いてきちゃったんです」彼はせっせと作業してくれている娘におずおずと言ったが、娘は変化し続けるパソコンの画面から一度も顔を上げなかった。

「予約なさってるハーバービューの部屋はキャンセルしますからね——インターコンチネンタル・グランド・スタンフォードに二泊、キャンセル。どっちみち、わたし、あのホテルは好きじゃないし」とドロシーは言った。「そして香港国際空港のリーガル・エアポート・ホテルのキングスイートを取るわ。名前の響きほど味気なくはないの——クリスマス飾りはゴテゴテあるけれど」

「一泊よ、ドロシー」母親は娘に念を押した。

「了解」とドロシーは答えた。「リーガルでひとつ言っておかなくちゃ。明りをつけたり消したりするやり方がヘンテコなの」と彼女はフワン・ディエゴに言った。

「教えてあげればいいわ、ドロシー」と母親は言った。「お書きになったものはぜんぶ読んでいるんですよ——一言残らず」ミリアムは言いながら、手を彼の手首に置いた。

「わたしもほとんどぜんぶ読みました」とドロシーも言った。

「読んでいないのが二冊あるでしょ、ドロシー」と母親。

「二冊でしょ、たかが」とドロシーは応じた。「ほとんどぜんぶって言えない？」娘はフワン・ディエゴに訊ねた。

もちろん彼は「そうですよね——ほとんど」と答えた。この若い女が気を惹こうとしているのか、それとも母親のほうがそうしているのか、彼にはわからなかった。たぶんどちらもそんなつもりはないのだろう。そもそもそれがわからないというところからしてフワン・ディエゴは早々に老いこんでいたともいえるが——正直言うと——彼はもうしばらくのあいだ、誰ともつきあっていなかったのだ。最後にデートしたのはずいぶんまえのことだ。といっても、そもそもそれほどデート経験があるわけではなかったが。そんなことは、この母娘のような世慣れた風情の旅人なら察知していたことだろう。

彼と出会った女たちには、彼が傷を負っているように見えるのだろうか？　彼は、生涯の恋人を失った類の男なのだろうか？　フワン・ディエゴのどこが女たちに、彼には忘れられない人がいるのではと思わせるのだろう？

「わたし、あなたの小説に出てくるセックスがすごく好きなの」とドロシーが言った。「やり方がね」

「あのほうがいいわね」ミリアムが言いながら、わかってるわよと言いたげな視線を娘に投げた。

「ほんとうにひどいセックスがどんなものかはわかっているつもりよ」とドロシーの母親は娘に言った。

「母さん、頼むから――説明するのはやめてよね」とドロシーは答えた。

ミリアムは結婚指輪をはめていない、とフワン・ディエゴは気がついていた。彼女は背が高く、ほっそりした女性で、気の短そうな引き締まった表情、シルバーがかったTシャツの上にパールグレイのパンツスーツをまとっていた。ベージュがかった金髪は明らかに生まれつきの色ではなく、それにたぶん顔にもちょっと手を加えているのではないだろうか――離婚したすぐあととか、寡婦となってしばらくしてから（フワン・ディエゴはそういった類のことに詳しくはなかった、ミリアムのような女性とつきあった経験はまったくなかった、女性読者や小説の登場人物はべつとして）。

娘のドロシーは、フワン・ディエゴの小説を初めて読んだのは、「課題本」――大学の――としてだと話していたが、いまでも大学生くらいの歳か、ほんのちょっと上くらいにしか見えなかった。

この二人の女はマニラへ向かっているのではなかった――「今はまだ」と二人は彼に言った――が、香港のあとに二人がどこへ行くのか、聞いていたのだとしてもフワン・ディエゴは覚えていなかった。ミリアムは苗字は告げなかったが、話し方にはヨーロッパの訛りがあるように聞こえた――その外国風なところが、フワン・ディエゴの印象に残った。もちろん彼は訛りに詳しいわけではなかった――ミリアムがアメリカ人だということもあり得た。

ドロシーはと言えば、母親ほど美人ではなかったが、この娘には、仏頂面の、なおざりにされた可愛らしさがあった――ちょっと太り気味の若い女の子ならさらに二、三年持ち続けられるような類の（ドロシーといえばつねに「肉感的な」という言葉が浮かぶ、ということはないだろうとフワン・ディエゴは思った――この有能な女性たち二人に手助けされるがままになりつつも、心のうちでだけとはいえ、彼女たちのことを自分が書いているのを自覚しながら）。

二人が誰であれ、そして、どこへ行こうとしているのであれ、この母と娘はキャセイパシフィック航空のファーストクラスで移動することにかけてはベテランだった。８４１便香港行きにやっと乗り込むと、ミリアムとドロシーはキャセイパシフィックの上下一体型パジャマの着方や繭のような睡眠カプセルの操作法を、人形のような顔をした客室乗務員任せにはせずフワン・ディエゴに教えた。ミリアムは子供っぽいパジャマを身に着ける過程を彼にたどらせ、ドロシー――この女二人家族におけるテクノロジーの達人――は、フワン・ディエゴが飛行機で出会ったもっとも快適なベッドの機能を実演してみせてくれた。二人の女は文字通り彼を寝かしつけた。

二人ともこっちの気を惹こうとしていたんじゃないかな、とフワン・ディエゴは考えながら、眠りに落ちていった――娘のほうはぜったいだ。もちろんドロシーは、長年にわたって接してきた学生たちをフワン・ディエゴに思い出させたのだった。彼女たちの多くは彼の気を惹いているように見えたがそれだけだった、と彼は思った。あの年頃の若い女のなかには――そこには孤独を好む、跳ねっかえりのライターも何人か含まれていた――二種類の社会的行動しか知らないのではと年配の物書きに思わせるタイプがいるのだ。気を惹くすべと、取り消しようのない軽蔑を示すすべだ。

フワン・ディエゴはほとんど眠りに落ちながら、ベータ遮断薬の服用をそんなつもりなしに中断していることを思い出した。すでに夢を見始めたときに、いささか心乱される思いが浮かんだ。ほんの短いあいだだけで、すぐ消えてしまったが。その思いとは、ベータ遮断薬の服用をやめてまた再開したらどういうことが起こるのか、きちんと理解しているわけではない、ということだった。

だが夢（あるいは思い出）が押し寄せてきて、彼はそれに身を委ねた。

4　壊れたサイドミラー

ヤモリが一匹いた。夜明けのさいしょの光を嫌って、小屋の網戸の網にしがみついている。瞬きするあいだに、少年が網戸に触れるよりほんの一瞬はやく、ヤモリは消えていた。明りを点けたり消したりするよりはやい、ヤモリが姿を消すあの一瞬が、フワン・ディエゴの夢の始まりとなることがよくあった――ヤモリが姿を消すことでゲレロでの少年の朝が始まることが多かったのと同じように。

　リベラは自分用に建てた小屋の内部を、子供たちのために改装していた。もしかしたらフワン・ディエゴの父親ではないのかもしれず、ルペの父親でないのは間違いなかったが、このエル・ヘフェ（ボス）は子供たちの母親と関係を持っていた。十四歳とはいえ、今や二人のあいだにたいした関係がないことは、フワン・ディエゴにもわかっていた。エスペランサは、希望という名前を与えられたにもかかわらず、子供たち二人の希望の源であったことはなかったし、リベラの気持ちをそそることもなかった――フワン・ディエゴの見るかぎり。十四歳の少年がかならずしもそういったことに気がつくわけではなかったし、十三歳のルペは、自分の母親とダンプ・ボスとのあいだがどういうことになっているのか、あるいはなっていないのかということについては、当てになる目撃者ではなかったが。

「当てになる」と言えば、リベラは、この二人のダンプ・キッドが面倒を見てもらえると当てにできるただひとりの人間だった――ゴミ捨て場の子（ロス・ニーニョス・デ・ラ・バスーラ）を保護できる範囲内において。リベラはこの二人に唯一の避難所を提供し、フワン・ディエゴとルペをほかの方法でも保護していた。

エル・ヘフェは夜家に帰るとき――というか、実際にどこへ行くのであろうと――トラックと犬をフワン・ディエゴのところへ置いていった。トラックは、必要な場合は子供たちの第二の避難所になった――小屋と違って、トラックの運転席はロックできた――それにフワン・ディエゴかルペ以外は誰も、リベラの犬に近づく勇気はなかった。ダンプ・ボスでさえ、この犬を警戒していた。栄養不良みたいに見えるオスで、テリヤとハウンドの雑種だった。

エル・ヘフェによれば、この犬にはピットブルとブラッドハウンドの血が混じっているということだった――だから喧嘩っぱやく、臭いを追跡する習性があるのだ。

「ディアブロは生物学的に、攻撃的になる傾向があるんだ」とリベラは言ったことがある。

「遺伝的にそういう傾向があるってことでしょ」とフワン・ディエゴは訂正した。

ダンプ・キッドがどの程度そういった高級語彙を吸収できていたのか判断するのは難しい。オアハカのイエズス会のペペ修道士が学校教育を受けていない少年に注ぐ好意に満ち溢れた気遣いはべつとして、フワン・ディエゴは教育というものを受けたことがなかったのだが、それでも少年は独学で字を読めるようになる以上のことを成し遂げていた。彼はまた、話すのも非常にうまかった。

このダンプ・キッドは英語までしゃべれた。話し言葉に触れる機会はアメリカ人旅行客を通してに限られていたのだが。当時オアハカでは、国を出てきたアメリカ人たちが、アーツ&クラフツ集団とお決まりの大麻愛好者集団を形成していた。ベトナム戦争が長引くにつれ──戦争を終わらせるという約束で、ニクソンが大統領に選出された一九六八年を過ぎて──ほとんどが徴兵忌避者からなるあの迷える人々(「自分探しをしている若者たち」とぺぺ修道士は呼んでいた)がますます増化していた。

フワン・ディエゴとルペは、ポットヘッドとしゃべる機会はほとんどなかった。マッシュルーム・ヒッピーたちは、幻覚誘発剤によって知覚を拡大するのに忙しすぎた。子供とのおしゃべりで時間を無駄にしたりはしなかった。メスカル・ヒッピーは──しらふでいるときだけにせよ──ダンプ・キッド兄妹とのおしゃべりを楽しみ、なかにはときおり読書家もいた。こうした読書家の記憶力はメスカル酒の影響を受けてはいたが。徴兵忌避者は相当数が読書家だった。彼らはフワン・ディエゴにペーパーバックの小説本をくれた。もちろん、ほとんどがアメリカの小説だった。フワン・ディエゴはそういう本を読んで、アメリカでの暮らしを思い描いた。

そして早朝のヤモリが姿を消し、小屋の網戸がフワン・ディエゴの背後で叩きつけるように閉まった数秒後には、リベラのトラックのボンネットからカラスが一羽飛び立ち、ゲレロのすべての犬が吠え始めた。少年は飛んでいるカラスを見つめた──飛ぶことを想像する口実ならどんなものでも彼の心を捉えた──一方でディアブロは、リベラのピックアップの荷台から起き上がると、凄まじい声で吠え始め、ほかの犬をぜんぶ黙らせてしまった。ディアブロの吠え声は、このリベラの恐ろしい犬の、内なるブラッドハウンドの遺伝子だった。ピットブルの部分、闘犬の遺伝子は、この犬のけっして閉じることのない血走った左目のまぶたが失われた原因だった。まぶたがあった部分のピンクがかった傷のせいで、ディアブロは悪意をみなぎらせて凝視しているような表情になっていた（たぶん犬同士の喧嘩か、それともナイフを持った人間の仕業か、人間にしろ動物にしろ、ダンプ・ボスは争いを見てはいなかった）。

犬の長い耳の片方の、縁がギザギザになった三角形の、けっして外科的に切除されたのではない部分――いや、これについては誰にもわからなかった。

「お前がやったんだろ、ルペ」と、リベラがにやにやしながら少女に言ったことがある。「ディアブロはお前のなすがままだからな――たとえ耳を齧られたって」

ルペは両手の人差し指と親指で完璧な三角形を作っていた。彼女の言葉は、いつものようにフワン・ディエゴの通訳が必要だった。でないと、なんと言ったのかリベラにはわからなかっただろう。

「動物だろうと人間だろうと、あんなふうに嚙みちぎれる歯は持っていない」と少女は議論の余地のない返答をしたのだった。

リベラが毎朝いつ（それに、どこから）ゴミ捨て場（バスレーロ）へやってくるのか、ゴミ捨て場の子（ロス・ニーニョス・デ・ラ・バスレーラ）の兄妹にはさっぱりわからなかったし、このエル・ヘフェ（ボス）がどういう手段でゴミ捨て場から丘を下ってゲレロまで来るのかもわからなかった。ダンプ・ボスを見かけるのはいつも例のトラックの運転席でまどろんでいる姿で、網戸がバンと閉まる音か犬どもの吠え声で目を覚ますのだった。あるいはディアブロの凄まじい吠え声で、ほとんど誰も目にしないあのヤモリの、半秒あとに――あるいはまえに。

「ブエノス・ディアス、ヘフェ」とフワン・ディエゴはいつも挨拶した。

「なにをやるにもよさそうな、いい天気だな、アミーゴ」とリベラはよく少年に答えた。ダンプ・ボスはこう付け加える。「で、天才のお姫さまはどこだ？」

「いつものところ」とルペは答え、その背後で網戸が叩きつけるように閉まる。この二番目のバンという音はバスレーロの地獄の業火まで届いた。さらにカラスが何羽か飛び立つ。吠え声の不協和音が起こる。ゴミ捨て場の犬たちとゲレロの犬たちが吠える。つづいてまたもディアブロの恐ろしげな、皆を黙らせてしまう吠え声が響いた。犬の湿った鼻づらは、今や少年のぼろぼろになった半ズボンの下のむき出しの膝に触れていた。

ゴミ捨て場の火はとっくに燃えていた——高く積まれた生ゴミや掻きまわされたガラクタの山がくすぶっている。リベラは最初の光が差した頃に火をつけたに違いない。それからトラックの運転席でうとうとしていたのだ。

オアハカのバスレーロはゴミ焼き場だった。その場に立っていようと、ゲレロのような離れたところにいようと、いくつもの炎から、空の果てまで高く立ち昇る煙の柱が見渡す限り並んでいた。フワン・ディエゴがあの網戸の外へ出たときには、すでに目が潤んでいた。ディアブロのまぶたのない目からはいつも涙がにじんでいた。犬が——何も見ていない左目を開けたまま——眠っているときでさえ。

その朝、リベラはバスレーロでまた水鉄砲を見つけていた。彼がピックアップの荷台に投げ込んだ水鉄砲を、ディアブロはちょっと舐めてから放っておいたのだ。

「お前にひとつ持ってきてやったぞ！」リベラはジャムをつけたコーンミールトルティーヤを食べているルペに声をかけた。顎と片頰についたジャムを、ルペはディアブロを呼んで舐めさせた。トルティーヤの残りもディアブロに食べさせてやった。

ハゲワシが二羽、道路の犬の死骸にかがみこんでいて、頭上にはもう二羽が舞っていた。くるくる旋回しながら降下中だ。バスレーロでは、ふつう毎朝少なくとも一匹は犬が死んでいた。死骸は長いあいだ無傷ではいられなかった。ハゲワシが犬の死骸を見逃した場合、というか、死肉食らいどもにさっさと始末されなかった場合は、誰かが焼くことになる。火はいつでも燃えていた。

ゲレロで死んだ犬の扱いは違った。そういう犬にはおそらく飼い主がいる。他人の犬を焼くわけにはいかない――それに、ゲレロでは火を熾すのにルールがある（小さな集落が焼失する恐れがあった）。ゲレロでは死んだ犬はそのままにしておく――ふつうは長いあいだそのままになっていることはなかったが。死んだ犬に飼い主がいれば飼い主が処分したし、でなければそのうち死肉食らいどもが片づけた。

「あの犬は見おぼえないなあ――あんた、知ってる？」ルペはディアブロに話しかけながら、エル・ヘフェが見つけた水鉄砲を検分した。ルペが言ったのは道路で二羽のハゲワシに処理されている死んだ犬のことだったが、ディアブロはその犬のことを知っていたのだとしても、口を噤んでいた。

ダンプ・キッド兄妹には今日は銅の日なのだとわかった。エル・ヘフェのピックアップの荷台には銅が山になっていた。空港の近くに銅を扱う製造工場があり、同じ地区にアルミを必要とするべつの工場もあった。

「少なくとも、ガラスの日じゃないね――ガラスの日は嫌い」とルペはディアブロに話した、というか、ただ独り言を言っていた。

ディアブロがいると、ダーティ・ホワイトの唸り声は一切聞こえなかった——あの臆病者はクンとも言わないな、とフワン・ディエゴは思った。「あの子は臆病者なんかじゃない！　あの子はまだ子犬なのよ！」ルペは兄にむかって叫んだ。それから、リベラがバスレーロから持ち帰った水鉄砲の種類についてぺらぺらまくしたてた（自分に向かって）——なにやら「噴出の機能が弱い」みたいなことを。

ダンプ・ボスとフワン・ディエゴはルペが小屋へ駆け込むのを見守った。きっと新しく手に入れた水鉄砲をコレクションに加えにいったのだ。

エル・ヘフェは子供たちの小屋の外のプロパンボンベを調べていた。漏れていないかいつも確認していたのだが、この朝は、ボンベの残量がどのくらいか、そろそろ空になっていないか調べようとしていた。リベラはこれを、ボンベを持ち上げて重さを確かめることで判断した。

ダンプ・ボスは何を根拠に、自分はおそらくフワン・ディエゴの父親ではないと考えたのだろうと、フワン・ディエゴはよく不思議に思った。どこにも似たところがないのは事実だ、だが——ルペもそうだが——フワン・ディエゴはあまりに母親そっくりなので、たぶんどの父親にも似ていないんじゃないかと本人は思っていた。

「リベラの親切なところは似てるといいがね」とペペ修道士はフワン・ディエゴに、あれやこれや本をひと抱え届けにきたときに言ったことがある（少年の父親である可能性がもっとも高い男のことについてペペが何を知っているか、あるいは聞いているか、フワン・ディエゴは探りを入れていた）。

なぜ自分を「たぶん違う」カテゴリーに入れるのかとフワン・ディエゴがエル・ヘフェに訊ねる

と、ダンプ・ボスは必ず、自分はダンプ・リーダーの父ちゃんにしては「たぶんそこまで頭が良くない」からだといつも笑いながら答えた。

フワン・ディエゴはリベラがプロパンボンベを持ち上げる（満タンだと非常に重い）のを眺めながら、いきなりこう言った。「ねえヘフェ、いつか僕もそのプロパンボンベを持ち上げられるくらいの力持ちになるよ――満タンのやつでもね」（この言葉は、ダンプ・ボスが父親であってくれたらという思いを、ダンプ・リーダーがリベラに伝えられるぎりぎりのところだった）

「もう行かなくちゃな」リベラはそれだけ言って、トラックの運転席に乗り込んだ。

「まだサイドミラー直してないの？」フワン・ディエゴはエル・ヘフェに訊いた。

ルペが何かぺちゃくちゃ言いながらトラックに駆け寄ってきた。背後で小屋の網戸が叩きつけるような音をたてて閉まった。網戸が閉まるバンという音は、道路の犬の死骸にかがみこんでいるハゲワシにはなんの影響も及ぼさなかった。今や四羽が作業中だったが、一羽もたじろがなかった。

水鉄砲のことで卑猥な冗談を言ってルペをからかってはならないと、リベラは学んでいた。一度、リベラはこう言ったことがあった。「お前たちときたら、その手の水鉄砲が馬鹿みたいに好きなんだな――人工授精の練習をしてると思われるぞ」

これは医学界で長らく使われている言葉だが、ダンプ・キッド兄妹がこれを初めて知ったのは燃やされるところを救い出したSF小説からだった。ルペにはぞっとすることだった。エル・ヘフェが人工授精のことを口にするのを聞くや、ルペは思春期直前の女の子の烈火の如き怒りを爆発させた。当時彼女は十一か二だった。

「人工授精がどういうものかは知ってるってルペは言ってる――あれは最悪だと思うって」とフワ

ン・ディエゴは妹の通訳をした。

「ルペは人工授精がどういうものかなんて知らんよ」とダンプ・ボスは言い張りながらも、憤慨する少女を心配気に見つめていた。ダンプ・リーダーが妹にどんなものを読んで聞かせているか、わかったものじゃないからな、とエル・ヘフェは思った。小さな女の子だとはいえ、ルペは破廉恥あるいは卑猥なものすべてに対して強く反発し、用心深かった。

さらなる道徳的な怒り（理解不能な形での）がルペによって表明された。フワン・ディエゴはただ、「いや、あの子は知ってる。人工授精について、あの子に説明してもらいたい？」と言っただけだった。

「いらん、いらん！」とリベラは叫んだ。「俺は冗談を言っただけだ！　わかった、水鉄砲は水鉄砲でしかない。そういうことにしておこう」

ところがルペは黙らなかった。「あんたはいつもセックスのことを考えてるって妹は言ってる」とフワン・ディエゴはリベラに通訳した。

「いつもじゃないぞ！」とリベラはわめいた。「お前たち二人のいるところではセックスのことはなるべく考えないようにしてるんだ」

ルペはべらべらまくしたてた。彼女は地団太踏んでいた――履いているブーツは大きすぎた。彼女がゴミ捨て場で見つけたものだった。リベラを非難し続けるうちに、地団太は即興のダンスになった――つま先旋回も含まれていた。

「娼婦を非難しておいて自分はあいかわらず娼婦とつるんでるなんて最低だって言ってる」とフワン・ディエゴは説明した。

「わかった、わかった！」リベラは叫び、筋肉隆々の両腕をさっと上へあげた。「ウォーター・ピストルは、水鉄砲は、ただのおもちゃだ――あんなもんじゃ誰も妊娠しない！　お前の言うとおりだよ」

　ルペはダンスをやめた。彼女はリベラに向かって唇を尖らせながら、自分の上唇を指し示していた。

「今度はなんだ？　ありゃあなんだよ――手話か？」リベラはフワン・ディエゴに訊ねた。

「あんたには娼婦じゃない恋人はできないだろうってルペは言ってる――そんなバカみたいな口ひげを生やしてたんじゃね」と少年は通訳した。

「ルペは言ってる、ルペは言ってる」リベラはぶつぶつ言ったが、黒っぽい目の女の子はじっと彼を見つめたままだった――そのあいだずっと、自分の唇の上のすべすべした部分の、存在しない口ひげをなぞっていた。

　あるときルペはフワン・ディエゴに言ったことがあった。「リベラは兄さんの父親にしては醜男（ぶおとこ）すぎる」

「エル・ヘフェは心のなかは醜くないぞ」と少年は答えた。

「あの人、だいたいはいいことを考えてるんだけどね、女のこと以外は」とルペは言った。

「リベラは僕たちを可愛がってくれてる」フワン・ディエゴは返した。

「そうね、エル・ヘフェはあたしたちを可愛がってくれてる――あたしたちを両方とも」とルペは認めた。「あたしはあの人の子供じゃないのに――それに兄さんだってたぶんあの人の子供じゃなさそうなのに」

「リベラは僕たちに自分の苗字をくれたじゃないか——僕たちの両方に」少年は妹に思い出させた。

「あれはどっちかっていうと貸してくれてるんだと思うな」とルペは言った。

「名前を貸してくれてるってどういうことだよ？」少年は妹に訊ねた。妹は彼らの母親が肩をすくめるのと同じように肩をすくめた——解釈が難しいやつだ（いつもちょっとだけ同じで、毎回ちょっとだけ違う）。

「たぶん、あたしはルペ・リベラで、ずっとそうなんだ」少女はちょっとはぐらかすように言った。

「でも兄さんはべつの名前。兄さんはこのままずっとフワン・ディエゴ・リベラじゃない——兄さんはそうじゃない」ルペはこのことについてはそれしか言わなかった。


フワン・ディエゴの人生が変わろうとしていたあの朝、リベラは卑猥な水鉄砲の冗談など一切言わなかった。エル・ヘフェはトラックの運転席にうわの空で座っていた。ダンプ・ボスは配送に出かけようとしていた。銅を積み込んで——重い積荷だ——出発しようとしていた。

遠くで飛行機が速度を落としていた。着陸するぞ、とフワン・ディエゴは心のうちで思った。彼はなおも、飛んでいるものがないか空を眺めていた。オアハカの外側には空港（当時は、滑走路が一本あるにすぎなかったが）があり、少年はバスレーロの上空を飛ぶ飛行機を眺めるのが大好きだった。彼は飛んだことがなかった。

もちろん、夢のなかでは、その朝、あの飛行機に誰が乗っていたか、ありありとわかっている——だから、空に飛行機が現れるや、同時にフワン・ディエゴのその先もわかってしまう。あの朝、現実の世界では、じつにどうということのないものがフワン・ディエゴの注意を、まだ遠いけれど降下しかけている飛行機から逸らせていた。少年は羽根らしきものを見つけたのだ——カラスやハゲワシのものではなかった。見た目の違う羽根（でもそれほど見た目が違っているわけではない）がトラックの左後輪の下に挟まっていた。

ルペはすでに運転席のリベラの隣に乗っていた。

ディアブロは、痩せて見えるがたっぷり餌を与えられていた——この点だけに限らず、この犬はゴミを漁るゴミ捨て場の犬たちよりずっと優位に立っていた。ディアブロは超然とした、マッチョな雰囲気の犬だった（ゲレロでは、皆から「オス」と呼ばれていた）。

前足をリベラの道具箱に乗せると、ディアブロは首のところまでピックアップの助手席側へ差し入れることができた。犬が前足をエル・ヘフェのスペアタイヤに掛けると、ディアブロの頭で遮られてリベラはサイドミラー——運転席側の、壊れているほう——で後ろが見えなくなった。ダンプ・ボスがその壊れたミラーに目をやると、多面的な視界が広がった。蜘蛛の巣状に割れた鏡にディアブロの四つ目の顔が映る。犬は突然口がふたつ、舌もふたつになっていた。

「兄貴はどこだ？」リベラは少女に訊ねた。

「クレイジーなのはあたしだけじゃないよ」とルペは答えたが、ダンプ・ボスにはさっぱりわからなかった。

エル・ヘフェはトラックの運転席でうたた寝するときはよく、運転席の床についているシフトレバーをバックに入れておいた。ギアをローに入れたまま眠ろうとすると、ノブが脇腹に当たることがあったのだ。

ディアブロの「まともな」顔が今度は助手席側のミラー——壊れていないほう——に現れたが、

リベラが運転席側のミラーを見たときには、蜘蛛の巣状に割れた鏡のなかには、フワン・ディエゴがトラックの左後輪の下に挟まったちょっと風変わりな赤茶色の羽根を取ろうとしている姿はまったく映っていなかった。トラックはガタガタとバックして少年の右足を轢いた。ただのニワトリの羽根だ、とフワン・ディエゴは気がついた。その同じ瞬間に、彼は生涯足を引きずることとなったのだった——ゲレロの土くれと同じくらいありふれた一本の羽根のために。オアハカの郊外では、ニワトリを飼っている家はたくさんあった。

　左後輪が小さな隆起を越えた振動で、ダッシュボードの上のグアダルーペ人形が腰を揺すった。「妊娠しないように気をつけなさいね」とルペは人形に言ったが、なんと言ったのかリベラにはさっぱりわからなかった。エル・ヘフェにはフワン・ディエゴの悲鳴は聞こえた。「奇跡を起こす力は失くしちゃったんだね——もう売り切れ」とルペはグアダルーペ人形に話しかけていた。リベラはブレーキをかけてトラックを停めた。運転席から降りて怪我をした少年のほうへ走った。ディアブロは気が違ったかのように吠えていた——違う犬のような吠え声だった。ゲレロじゅうの犬が吠えはじめた。「ほら、あんたが何をしたか見てごらん」ルペはダッシュボード上の人形を諭しながらも、素早く助手席から降りて兄の元へ走った。

　少年の右足は潰されていた。ぺちゃんこになり、血まみれで、損なわれた足は脛（すね）に対して二時の角度で外を向いていた。その足は、なぜか実際より小さく見えた。リベラはフワン・ディエゴを運転台に運んだ。少年はずっと叫び続けていたいところだったが、痛みで息が止まり、そしてまた息を吸い込もうとあえぎ、また息が止まり、という繰り返しだった。ブーツは脱げてしまった。

「ふつうに息をしろ、でないと気を失ってしまうぞ」とリベラが声を掛けた。

「これでようやくあんたもあの忌々しいミラーを直すだろうね!」ルペがダンプ・ボスに向かってわめいた。

「あの子は何て言ってるんだ?」とリベラは少年に訊いた。「俺のサイドミラーのことじゃないといいんだが」

「ふつうに息をしようとはしてるよ」とフワン・ディエゴは答えた。

ルペが最初にトラックの運転台に乗りこんで、兄が頭を妹の膝にのせて怪我した足を助手席側の窓から突き出せるようにした。「兄さんをバルガス先生のところへ連れていって!」と少女は叫び、リベラにはバルガスという言葉はわかった。

「先に奇跡にすがってみよう——それからバルガスだ」とリベラは答えた。

「奇跡なんか期待しちゃだめ」とルペは言った。彼女がダッシュボード上のグアダルーペ人形をつつくと、人形の腰はまた揺れはじめた。

「イエズス会士たちの好きにさせないで」とフワン・ディエゴは言った。「僕が好きなのはぺぺ修道士だけだ」

「お前たちの母さんには、俺が話すべきなんだろうな」とリベラは子供たちに言った。ゲレロの犬は一匹も殺したくないのでゆっくり進んでいたが、トラックが幹線道路に出ると、エル・ヘフェはスピードを上げた。

運転台ががたがた揺れ、フワン・ディエゴはうめいた。潰れた足は開いた窓の外で血を滴らせ、運転台の助手席側には血の筋ができていた。壊れていないサイドミラーに、血が点々とついたディアブロの顔が映っていた。吹き付ける風で、怪我した少年の流す血が運転台の後部へと走り、それをディアブロが舐めていたのだ。

「人食いめ！」とリベラが叫んだ。「恩知らずな犬め！」

「人食いっていうのは正しくないよ」とルペが、いつもの道徳的怒りをみなぎらせてきっぱりと言った。「犬は血が好きなんだもん――ディアブロはいい犬よ」

痛みに歯を食いしばっているフワン・ディエゴには、血を舐める犬を弁護する妹の言葉を通訳するのはとうてい無理で、ルペの膝でただ頭を左右にくねらせていた。

頭を動かさないでいられるときに、フワン・ディエゴは、リベラのダッシュボードの上のグアダルーペ人形と熱くなっている妹とのあいだに威嚇するような眼差しが交わされたのを見たような気がした。ルペはグアダルーペの聖母から名前をもらった。フワン・ディエゴは、一五三一年に褐色の肌の聖母に出会った先住民の名前をもらった。ロス・ニーニョス・デ・ラ・バスーラ（ゴミ捨て場の子たち）は新世界の先住民を親として生まれたが、スペイン人の血も混じっていた。これはつまり（兄妹の考えでは）コンキスタドールの私生児ということだった。フワン・ディエゴとルペには、グアダルーペの聖母はかならずしも自分たちに気を配ってくれるとは限らないように思えた。

「聖母に祈れよ、この恩知らずの異教徒め――つつくんじゃなく！」リベラは今度は少女に向かって言った。「兄貴のために祈れ――お救いくださいとグアダルーペに頼むんだ！」

フワン・ディエゴはこの宗教問題についてのルペの悪口雑言をそれまでにさんざん通訳していた。彼は歯を食いしばり、唇を固く結んで、一言も発しなかった。

「グアダルーペはカトリック教徒に汚されてる」とルペは言いはじめた。「あたしたちの聖母だったのに、カトリック教徒たちが盗んだんだ。聖母マリアの褐色の肌の召使にされちゃった。マリアの奴隷と呼んだっていいくらい――マリアの掃除婦かもね！」

「冒瀆だ！　瀆聖だ！　不信心者め！」リベラは叫んだ。ダンプ・ボスはルペの痛烈な非難をフワン・ディエゴに通訳してもらう必要はなかった――ルペがグアダルーペについてまくしたてるのをまえにも聞いたことがあったのだ。ルペがグアダルーペの聖母に対して愛憎入り混じった気持ちを抱いていることを、リベラはよく知っていた。エル・ヘフェはまた、ルペが聖母マリアを嫌っていることも知っていた。聖処女マリアは、この頭のおかしい子供の意見によると、騙りだった。グアダルーペの聖母は本物だったが、ずる賢いイエズス会士たちが自分たちのカトリックの儀式のために盗んだのだ。ルペに言わせると、褐色の肌の聖処女は傷つけられ――したがって「汚された」。少女は、グアダルーペの聖母はかつては奇跡を行う力があったが、もはやそうではないと思っていた。

今度はルペの左足がグアダルーペ人形に必殺キックに近いものを見舞ったが、基部の吸着カップはしっかりダッシュボードにくっついており、人形は率直に言ってけっして生娘らしくはないふるまいで、体を揺すってシミーダンスを踊った。

ルペはダッシュボードの人形を蹴飛ばすために、膝をフロントガラスのほうへ曲げる程度のことしかしなかったのだが、これだけの動きでさえ、フワン・ディエゴに悲鳴を上げさせた。

「ほら見ろ。今度はお前の兄貴に痛い思いをさせたじゃないか！」リベラは大声をあげたが、ルペはフワン・ディエゴのうえにかがみこんだ。彼女が兄の額にキスすると、その煙臭い髪が怪我をした少年の顔の両脇に垂れた。

「覚えておいて」ルペはフワン・ディエゴに囁いた。「あたしたちは奇跡なの――兄さんとあたしは。あいつらじゃない。あたしたちだけが。あたしたちが奇跡なの」と彼女は言った。

目を固く閉じたまま、フワン・ディエゴは飛行機が頭上で轟音を響かせるのを聞いた。そのときは、自分たちは空港の近くにいるのだということしか知らなかった。その飛行機に誰が乗ってこちらへ近づいているのかということについては、何も知らなかった。夢のなかでは、もちろん、彼はすべてを知っていた——将来のことも(その一部は)。

「あたしたちが奇跡」とフワン・ディエゴは呟いた。彼は眠っていた——まだ夢を見ていた——唇は動いていたが。誰も彼の言葉を聞いてはいなかった。眠りのなかで文章を書いている作家の声は誰の耳にも届かない。

それに、キャセイパシフィック航空841便はなおも香港に向かって飛んでいた——飛行機の片側には台湾海峡、もう一方の側には南シナ海。だがフワン・ディエゴの夢のなかでは、彼はまだ十四歳だった——痛みに苦しみながら、リベラのトラックに乗っている——そして、少年にできるのは超能力者の妹の言葉を繰り返すことだけだった。「あたしたちが奇跡」

おそらく、機内の乗客は全員眠っていたのだろう、おそろしいほど洗練された母親とそのやや危険度が低く見える娘さえも、彼の言葉を聞いてはいなかったのだから。

5　いかなる風にも屈することなく

その朝オアハカに降り立ったアメリカ人――フワン・ディエゴの将来にとって、彼はあのとき到着した飛行機の乗客のなかでもっとも重要な人物だった――は、司祭になるべく修行中の神学生だった。イエズス会学校と孤児院の教師として雇われたのだ。ペペ修道士が応募者のリストのなかから彼を選んだ。アルフォンソ神父とオクタビオ神父、あのイエズス会教会（テンプロ・デ・ラ・コンパニーア・デ・ヘスス）の二人の老司祭は、アメリカ人青年のスペイン語力について疑念を呈した。ペペは、神学生がこの職に必要なレベルをはるかに越える学歴を有していると主張した。彼は素晴らしい学生だった――きっとスペイン語能力も追いつくに違いない。

迷い子の家（オガル・デ・ロス・ニーニョス・ペルディードス）では皆が彼を待っていた。グロリア修道女はべつとして、「迷い子」で孤児たちの世話をしている尼僧たちは、若い教師の写真を気に入ったとペペに打ち明けていた。ペペは誰にも言わなかったが、彼もまたその写真は魅力的だと思っていた（もしも写真でひたむきに見えるなどということが可能なのだとしたら――うん、この青年がそうだった）。

アルフォンソ神父とオクタビオ神父はペペ修道士を飛行機で着く新しい宣教師の出迎えに行かせた。アメリカ人教師の人物調査書の写真から、ペペ修道士は大柄な、大人びた男を予想していた。エドワード・ボンショーは最近体重を大幅に減らしていただけではなかった。まだ三十にならないこのアメリカ人青年は、体重が減ってからも新しい服を買っていなかった。着ている服はだぶだぶで、滑稽でさえあり、おかげで極めて生真面目な表情の神学生には、子供っぽくいい加減な雰囲気が漂っていた。エドワード・ボンショーは大家族の末っ子という感じだった――年上の、大きくなった兄弟姉妹やいとこたちの要らなくなったり小さくなったりしたお古を着ている子だ。アロハシャツの半袖は肘の下まできていて、たくしこまれていない裾（ヤシの木にオウムの柄）は膝まで垂れ下がっている。飛行機から降りるとき、ボンショー青年は自分のだらんとしたズボンの裾につまずいた。

いつものように、飛行機は着陸の際に、滑走路をめったやたらと走りまわっているニワトリを一羽かそれ以上轢いていた。赤茶色の羽根が、みたところ偶然生じたらしい風の渦に舞い上がっていた。東シエラマドレ山脈が南シエラマドレ山脈と合わさるところでは、風が起きるのだ。だが、エドワード・ボンショーはニワトリが一羽（あるいは数羽）死んだことには気づいていなかった。彼は、特に自分に向けられた温かい歓迎の挨拶ででもあるかのような表情を、羽根と風に示した。

「エドワード？」ペペ修道士は言いかけたが、ニワトリの羽根が一枚下唇に張り付いたので、唾を吐かなくてはならなかった。修道士は即座にアメリカ人青年のことを薄っぺらに見えると思った。場違いだし、心構えができていない。だがペペは、あの年頃の自分も不安定だったことを思い出し、彼の心にはボンショー青年に対する同情の念が湧いた――この新しい宣教師もまた「迷い子」の孤児のひとりであるかのように。

司祭になるための準備としての三年間の奉仕は修練期（リージェンシー）と呼ばれていた。こののち、エドワード・ボンショーはもう三年間神学の勉強をすることになる。神学のあとには叙階式が続くんだ、とペペは、ニワトリの羽根を払いのけようとしている若き神学生を見定めながら、思い起こした。そして叙階式がすむと、エドワード・ボンショーは神学の勉強の四年目と向き合うこととなる――この可哀そうな男がすでに英文学の博士課程を修了しているのは言うまでもなく！（そりゃあいくらか体重も減るだろう、とペペ修道士は思った）

だが、ペペはこのひたむきな青年を過小評価していた。青年は渦を巻くニワトリの羽根に包まれて、征服者の英雄を気取ろうと不自然な努力をしているかのように見えた。じつのところ、ペペ修道士は知らなかったのだが、エドワード・ボンショーの祖先は並外れた集団だった、イエズス会の基準に照らしてさえも。

ボンショー一族はスコットランドの、イングランドとの国境に近いダンフリース地区の出身だった。エドワードの曾祖父アンドルーはカナダの沿海州へ移民した。エドワードの祖父ダンカンは合衆国へ移民した――慎重に、ではあったが（ダンカン・ボンショーは「メイン州までだ、合衆国のほかの土地へは行かない」と好んで口にした）。エドワードの父親、グレアムは、さらに西へ移動した――じつを言えば、西といってもアイオワどまりだったが。エドワード・ボンショーはアイオワシティで生まれた。メキシコへ来るまで、中西部から出たことはなかった。

ボンショーがいかにしてカトリック教徒になったかは、神と曾祖父しか知らなかった。曾祖父アンドルー・ボンショーは多くのスコットランド人同様プロテスタントとして育った。プロテスタントとしてグラスゴーから船に乗ったアンドルー・ボンショーは、ハリファックスで下船したとき、ローマと固く結ばれていた——彼はカトリック教徒として上陸したのだ。

改宗は、危うく死ぬところだったといった類の奇跡ではないにしろ、その船の上でなされたに違いない。大西洋を横断するあいだに何か奇跡的なことが起こったに違いない、だが——老齢になってからも——アンドルーはそれについてはけっして話さなかった。その奇跡を彼は墓まで持っていった。アンドルーが航海について口にしたのは、ただ尼僧に麻雀のやり方を教えてもらったということだけだった。麻雀をしているときに、何かが起こったに違いない。

エドワード・ボンショーは大半の奇跡なるものには懐疑的だった。奇跡に並外れた関心を持ってはいたが。しかしながらエドワードはカトリック信仰には一度も疑問を抱いたことがなかった——曾祖父の原因不明の改宗についてさえも。当然のことながら、ボンショー家は全員、麻雀ができた。「もっとも熱心な信者の生活においても、しばしば説明のつかない、あるいは単に説明されることのない矛盾があるように思われる」とフワン・ディエゴは彼のインド小説『聖母マリアから始まる物語』に記していた。あの小説は架空の宣教師についての物語だが、おそらくフワン・ディエゴの頭にはエドワード・ボンショーの人柄があったのだろう。

「エドワード?」ペペ修道士はもう一度呼びかけた——さっきよりはほんのちょっとだけ、ためらいを捨てて。「エドゥアルド?」ペペは今度はそう言ってみた(ペペは英語に自信がなかった、「エドワード」の発音がどこかおかしかったのではないかと思ったのだ)。

「ああ!」とエドワード・ボンショー青年は叫んだ。これといった理由もなく、神学生はそのあとラテン語に頼った。「ハウド・ウリス・ラベンティア・ウェンティス!」と彼はペペに告げた。

ぺぺ修道士のラテン語は初心者レベルだった。ぺぺは、風を意味する言葉が聞こえたように思った。あるいは風の複数形か。エドワード・ボンショーが学のあるところをひけらかしているように彼は思った。ラテン語にも熟達しているのだ。それにたぶん、風に舞うニワトリの羽根のことで冗談を言っているわけでもなかろう。じつは、ボンショー青年は一族の紋章――スコットランド文化だ――にある言葉を唱えていたのだった。ボンショー一族には一家を象徴する格子柄があった――タータンというやつだ。緊張したり不安を感じたりすると、エドワードはこの家紋に記されたラテン語を唱えた。

ハウド・ウリス・ラベンティア・ウェンティスというのは、「いかなる風にも屈することなく」という意味だった。

おお神よ、いったいどういうことなのでしょう？　とぺぺ修道士は驚いた。哀れなぺぺはこのラテン語を宗教的な内容だと思ったのだ。ぺぺは、自らの行動をイエズス修道会――イエズス会――の創始者である聖イグナチオ・ロヨラの生き方にあまりに狂信的に擬するイエズス会士たちを見てきた。かのローマで、聖イグナチオは、ひとりの娼婦に一夜の罪を犯させないためなら命をも差し出すと宣言した。ぺぺ修道士は生まれてからずっとメキシコシティとオアハカで暮らしてきた。ひとりの娼婦に一夜の罪を犯させないために命を差し出すなどという提案をするなんて、聖イグナチオ・ロヨラは頭がどうかしていたに違いないとぺぺは思っていた。

巡礼だって馬鹿がやれば馬鹿げた無駄足だぞ、ぺぺ修道士は胸のうちで思いながら、若きアメリカ人宣教師に挨拶しようと羽根の散ったタールマカダム舗装の上を進み出た。

「エドワード――エドワード・ボンショーですね」とぺぺは神学生に言った。

「エドゥアルドはよかったな。新しい――すごくいいですよ！」エドワード・ボンショーはそう言って、熱烈な抱擁でペペ修道士を仰天させた。ペペは抱きしめられてひどく嬉しくなった。熱意あるアメリカ人の表現力の豊かさが気に入った。そしてエドワード（あるいはエドゥアルド）はすぐさまさきほどのラテン語の声明の説明を始めた。「いかなる風にも屈することなく」が宗教的なものではなく――プロテスタント起源でないかぎり、とペペ修道士は考えた――スコットランドの金言であることを知ってペペは驚いた。

　中西部出身の青年は明らかに前向きな人物で、社交的な性格だった――楽しい存在だ、とペペ修道士は思った。だが、ほかの人たちはどう思うだろう？　とペペは自問した。ペペに言わせれば、ほかの人たちは楽しさとは無縁の連中だった。彼はアルフォンソ神父とオクタビオ神父のことを考えていたのだが、たぶん、とりわけ、グロリア修道女のことも頭にあっただろう。ああ、抱擁されたらあの連中はどれほど狼狽することか――ヤシの木にオウム柄の突拍子もないアロハシャツは言うに及ばず！　ペペ修道士は思った、けっこうじゃないか。

　それからエドゥアルド――アイオワ州人（アイオワン）の好みにしたがって――は、メキシコシティで税関を通ったときに荷物をどれほど粗末に扱われたかペペに見せたがった。

「ほら、僕の荷物がどんなにめちゃくちゃにされたか見てくださいよ！」と興奮したアメリカ人は叫んだ。ペペに見せようとして、彼はスーツケースを開いた。この情熱的な新任教師は、オアハカ空港を行きかう人々に散らかった自分の持ち物を見られるのは構わないらしかった。

　メキシコシティで、税関の検査係はカラフルな服装の宣教師の荷物を猛烈な勢いで引っかきまわしたに違いない――そして同じような、サイズの大きすぎる似つかわしくない服がどんどんでてきたのだろう、とペペは見てとった。

「なかなか地味ですな――きっとローマ法王からの新しい支給品なんでしょう！」ペペ修道士は（小さい乱雑なスーツケースのなかの）さらなるアロハシャツを指して、ボンショー青年に言った。

「アイオワシティじゃ大人気なんです」とエドワード・ボンショーは答えた。冗談だったのかもしれない。

「アルフォンソ神父にとっては軟膏のなかのモンキーレンチかも」とペペは神学生に注意した。そうではないだろう。軟膏のなかのハエ（玉に瑕の意）かも、と言うつもりだったのだ、もちろん――あるいはおそらく、「その手のシャツはアルフォンソ神父には不真面目（モンキー・ビジネス）に見える」と言いたかったのか。それでもエドワード・ボンショーには彼の言わんとするところはわかった。

「アルフォンソ神父はちょっと保守的なんですね？」とアメリカ人青年は訊ねた。

「アンダーディスクリプションですね」とペペ修道士は言った。

「控えめな言い方（アンダーステートメント）」とエドワード・ボンショーは訂正した。

「私の英語は小規模に錆びついています」とペペは認めた。

「当分のあいだは、僕のスペイン語を聞かせるのは勘弁してあげますよ」とエドワードは言った。

ペペは税関職員が一本目の鞭を、ついで二本目を発見したときのことを聞かされた。「拷問の道具ですか？」と職員はボンショー青年に問いただした――最初はスペイン語で、それから英語で。

「信仰の道具です」とエドワード（またはエドゥアルド）は答えたのだった。ペペ修道士は思った、おお、慈悲深き神よ――私たちは英語教師を望んでいたのに、ここにいるのは我が身を鞭打つ哀れな人間ではありませんか！

めちゃくちゃになった二番目のスーツケースは本でいっぱいだった。「またも拷問道具だ」と税関職員はスペイン語と英語で続けた。

「さらなる信仰の道具です」とエドワード・ボンショーは職員の言葉を訂正したのだという（少なくともこの鞭打ち苦行者は本は読むんだな、とペペは考えた）。

「孤児院の修道女たちは――あの人たちの一部、あなたの同僚教師の何人かは――写真のあなたをすっかり気に入っていたんです」ペペ修道士は荒らされた荷物を詰め直そうと奮闘している神学生に言った。

「ははあ！　だけど僕はあれからずいぶん痩せてしまいましたから」と若き宣教師は答えた。

「そのようですね――病気でなかったのならいいのですが」ペペは言ってみた。

「節制です、節制――節制はいいですよ」エドワード・ボンショーは説明した。「僕はタバコをやめました。酒もやめました――アルコールゼロのおかげで食欲が減退したみたいなんです。昔ほど腹が減らないんですよ」と狂信者は語った。

「ははあ！」とペペ修道士は返事した（おやおや、今度は私にこう言わせたぞ！　ペペは心のなかで思った）。ペペはアルコールを嗜んだことはなかった――一滴たりとも。「アルコールゼロ」がペペ修道士の食欲を減退させたことは一度もなかった。

「服、鞭、読み物」と税関職員はアメリカ人青年に向かってスペイン語と英語でまとめた。

「最小限の必需品だけです！」エドワード・ボンショーはきっぱりと言った。

慈悲深き神よ、彼の魂をお救いください！　この神学生の現世における残りの日々がもう幾ばくもないかのように、ペペは心中でそう唱えた。

メキシコシティの税関職員はアメリカ人青年のビザについても質問した、ビザは一時的なものだった。

「どのくらいの期間滞在する予定ですか？」職員は訊ねた。

「すべて順調なら、三年間です」とアイオワン青年は答えた。

目の前のパイオニアの見通しは、ペペ修道士には芳しくないものに思えた。エドワード・ボンショーの宣教師生活は半年ももちそうに見えなかった。このアイオワンにはもっと服が必要になるだろう――体に合ったものが。読む本がなくなってしまうだろうし、鞭が二本では十分でない――絶望的な狂信者が自分を鞭打ちたくなりそうな回数を考えると。

「ペペ修道士、あなたはフォルクスワーゲン・ビートルに乗ってるんですか！」二人のイエズス会士が駐車場に停まっている埃まみれの赤い車のほうへ行くと、エドワード・ボンショーは叫んだ。

「どうか、ペペと呼んでください――修道士なんて、つけなくて構いませんよ」とペペは言った。アメリカ人というのは皆、わかりきったことに大声をあげるのだろうか、と彼は思ったが、若い神学生がなんにでも熱狂するのは大いに気に入った。

熱狂の権化でありまた熱狂を称賛しているペペのような男のほか誰に、あの賢いイエズス会士たちが自分らの学校の運営を任せるだろうか？ イエズス会士たちがほかの誰に、迷い子（ニーニョス・ペルディードス）の世話を委ねるだろうか？ すべてを監督する、ペペ修道士のような心根の優しい心配性の人物がいなければ、上首尾で運営されている学校に孤児院を併設して「迷い子」なんて名前をつけたりはしない。

だが、心配性の人間でも、そしてまた心根の優しい人間でも、運転が注意散漫になることはある。

おそらくペペはダンプ・リーダーのことを考えていたのだろう。もしかしたらペペは、ゲレロへまた本を運んでいるような気分になっていたのかもしれない。理由がなんであれ、ペペは空港を出ると違う道に入ってしまった——オアハカのほうへ曲がって町へもどる代わりに、バスレーロへ向かってしまったのだ。ペペ修道士が間違いに気づいたときには、車はすでにゲレロに入っていた。

ペペはこの区域にそれほど詳しくはなかった。安全に方向転換できる場所を探していた彼は、ゴミ捨て場に続く砂利道を選んだ。道幅は広く、いつもあの何台もの臭いトラック——ゆっくりバスレーロへ入っていくか出てくるかしている——だけが通っていた。

当然のことながら、ペペが小さなフォルクスワーゲンをいったん停めてから向きを変えると、二人のイエズス会士はゴミ捨て場から立ち昇る黒い噴煙に包まれた。くすぶる生ゴミや廃棄物のいくつもの山が道路の向こうにそそり立っている。ゴミ漁りの子供たちが見えた。強い悪臭を放つ小山に這い上がったり降りたりしている。ゴミ漁りたちに気をつけて運転しなければならなかった——浮浪児のような子供たちにも、ゴミ捨て場の犬たちにも。煙が運んでくる悪臭に、若きアメリカ人宣教師は吐き気を催した。

「ここはどういう場所なんですか？　冥界のような光景だ、臭いもそれらしいし！　あのかわいそうな子供たちは、いったいここでどんな恐るべき通過儀礼をくぐり抜けなくちゃならないんですか？」何事も大げさなボンショー青年は訊ねた。

私たちはこの憎めない狂人を我慢できるだろうか、とペペ修道士は自問した。この狂信者に悪意はないということが、オアハカの人たちにはちゃんと伝わらないのではないだろうか、と。だがペペは、こう言っただけだった。「ただの市のゴミ捨て場ですよ。犬の死骸を焼いているからこんな臭いなんです、ほかのものと一緒にね。私たちは布教活動として、ここにいる二人の子供たちにも手を差し伸べています――ドス・ペペナドレス、二人のゴミ漁り屋に」

「ゴミ漁り屋！」とエドワード・ボンショーは叫んだ。

「ゴミ捨て場の子（ロス・ニーニョス・デ・ラ・バスーラ）」とペペは穏やかに言いながら、ゴミ漁りの子供たちとゴミ漁りの犬どもを多少離しておけたらいいのだが、と思った。

ちょうどそのとき、煤けた年齢不明の男の子――間違いなくダンプ・キッドであることは、その大きすぎるブーツを見てもわかった――が震えている小さな犬をペペ修道士のフォルクスワーゲン・ビートルの助手席側の窓に押し付けた。

「いや、要りません」エドワード・ボンショーは礼儀正しくそう言った――ダンプ・キッドにというよりはむしろ悪臭を放つ小さな犬に向かって言ったのだが、男の子は、その飢え死にしかけの生き物はただだとぶっきらぼうに答えた（ダンプ・キッドは物乞いではなかった）。

「その犬に触っちゃだめだ！」ペペはダンプ・キッドにスペイン語で叫んだ。「嚙まれるかもしれないじゃないか！」ペペは小僧にそう言った。

「狂犬病のことは知ってるよ！」と汚れた子供は叫び返した。男の子は縮みあがっている犬を窓から離した。「注射のことも知ってらあ！」小さなゴミ漁り屋はペペ修道士に向かってわめいた。

「なんて美しい言葉なんだ！」とエドワード・ボンショーが感嘆した。

なんと神様――この神学生はスペイン語がぜんぜんわからないんだ！　とペペは推測した。フォルクスワーゲン・ビートルのフロントガラスは灰に覆われており、ワイパーは灰を塗りたくるだけであることにペペは気づいた――バスレーロから出る道がなおさら見えにくくなってしまった。ペぺ修道士が新しい宣教師にダンプ・リーダーのフワン・ディエゴについて話したのは、車から降りて使い古しの雑巾でフロントガラスを拭かなくてはならなくなったからだった。できればぺぺは少年の妹のこともっと話しておくべきだったのかもしれない——とくに、ルペにはどうやら人の心を読む能力があるらしいこと、それに、この少女がわけのわからない言葉をしゃべることを。だが、楽天的で熱狂しやすい人間であるぺぺ修道士は、明白で単純なことに注意を向ける傾向があった。

あの少女、ルペには、なんとなく心をかき乱されるところがあったが、一方で少年は——そう、フワン・ディエゴは単純に素晴らしかった。バスレーロで生まれ育って、独学で二つの言語を読むすべを身に着けた十四歳の少年には、矛盾するところなど何もなかった！

「ありがとうございます、イエスさま」イエズス会士二人の乗った車がまた動きだすと——オアハカへ戻る、正しい方向へと——エドワード・ボンショーが言った。

何に感謝してるんだ？　とぺぺが思っていると、アメリカ人青年はひどく熱のこもった祈りを続けた。「私がもっとも必要とされているところに全身浸礼させてくださりありがとうございます」と神学生は言った。

「あれはただの市のゴミ捨て場ですよ」ぺぺ修道士はまた言った。「ダンプ・キッドたちはちゃんと面倒を見てもらっています。ほんとうですよ、エドワード——あなたはバスレーロでは必要とされていない」

「エドゥアルド」とアメリカ人青年は訂正した。

「シ、エドゥアルド」ぺぺがなんとか言えたのはそれだけだった。長年にわたって、彼はひとりでアルフォンソ神父とオクタビオ神父に立ち向かってきた。あの司祭たちはぺぺ修道士より年も上だし、神学の知識も豊富だった。アルフォンソ神父とオクタビオ神父はペペに、自分がカトリックの裏切り者であるかのような気分を抱かせることができた――頭のおかしな世俗の人道主義者か、もっとひどい人間であるかのような（イエズス会的見地からして、これより最悪の人間がいようか？）。アルフォンソ神父とオクタビオ神父はカトリックの教義を丸暗記していた。ペペ修道士を議論で打ち負かし、ペペの信仰が不十分であるかのように思わせる二人の司祭は、どうしようもないほど教条主義的だった。

　エドワード・ボンショーのなかに、おそらくペペはあの二人のイエズス会司祭に対する好敵手を認めたのだろう――頭はおかしいが肝の据わった戦う男、迷い子（ニーニョス・ペルディードス）における活動の性質そのものを批判できるかもしれない人間だ。

　若き神学生は、なんと二人のダンプ・キッドを救う任務に、彼曰く「全身浸礼」させられたことを神に感謝したのではなかったか？　このアメリカ人はダンプ・キッド兄妹が救済の候補者だと本当に思っているのだろうか？

「ちゃんと歓迎の挨拶もせずに、すみません、セニョール・エドゥアルド」とペペ修道士は今や言っていた。「ロ・シエント（ごめんなさい）――ビエンベニード（ようこそ）」ペペは喜ばしげに付け加えた。

「グラシアス（ありがとう）！」と狂信者は叫んだ。灰で曇ったフロントガラスを透かして、二人とも前方のロータリーに小さな障害物があるのに気づいた。車の流れはその何かを避けていた。

「動物がはねられたのかな？」とエドワード・ボンショーは問いかけた。

　犬とカラスの集団が正体のわからない死骸を巡って騒々しく争っていた。赤いフォルクスワーゲン・ビートルが近づくと、ペペ修道士はクラクションを鳴らした。カラスが何羽か飛び立った。犬どもも散っていった。道路に残っていたのは血のシミだけだった。はねられた動物がこの血を流したのだとしても、それは消えていた。

「犬とカラスが食べてしまったんだ」とエドワード・ボンショーが言った。またもや見ればわかることを叫んで、とペペ修道士は考えたが、そのときフワン・ディエゴが口を開いた——長い眠りから、彼の夢から、というか厳密にいうと夢ではなかったのだが（それはむしろ記憶によって操作されている夢というか、その逆というか、子供時代と非常に重要な思春期初期をベータ遮断薬によって奪われてから彼がずっとまた見たいと思っていたものだった）、一瞬のうちに目を覚まして。

「いや——それははねられた死骸じゃない」とフワン・ディエゴは言った。「僕の血だ。リベラのトラックから滴り落ちたんだ——ディアブロは一滴残らず舐めたわけじゃないから」

「書いていらっしゃるの？」かの横柄な母親がフワン・ディエゴに訊ねた。

「むごたらしい話みたいね」娘のドロシーが言った。

二人の女たちの天使のような、とは言えない顔が彼を見下ろしていた。二人とも化粧室へ行って歯を磨いてきたんだな、と彼は気がついた——二人の吐息は極めて爽やかで、彼のは違った。客室乗務員がファーストクラスの世話をしていた。

キャセイパシフィック航空８４１便は香港へ降下しかけていた。あたりには馴染みのない異国の、だが歓迎できるにおいが漂っていた。明らかにオアハカのバスレーロではない。

「わたしたちが起こそうとしたら、あなたが目を覚ましたの」とミリアムが言った。

「抹茶マフィンを逃したくはないでしょ——セックスと同じくらい素晴らしいの」とドロシーが言

った。

「セックス、セックス、セックス――セックスはたくさんだわ、ドロシー」と母親が言った。

フワン・ディエゴは、自分の口はきっとひどく臭うだろうと気がついて、唇を引き結んだまま二人ににっこりしてみせた。自分がどこにいるのか、この二人の魅力的な女たちが誰か、彼の頭にしだいに認識が蘇ってきた。ああ、そうだ――ベータ遮断薬を飲まなかったんだ、と彼は思い出した。ちょっとの間、古巣へ戻っていたんだ！　と彼は思った。あそこへ戻りたくて、どれほど胸の締めつけられる思いをしたことか。

それに、これはなんだ？　彼は滑稽なキャセイパシフィック航空の寝間着のなかで、すなわち道化師みたいな太平洋横断用パジャマのなかで、勃起していた。しかも、バイアグラ半錠を服用してもいないのに――灰青色のバイアグラの錠剤はベータ遮断薬とともに、預けた荷物のなかだった。

フワン・ディエゴは十六時間十分の飛行時間のうち十五時間以上眠っていたのだ。彼は足を引きずりながら化粧室へ向かった、いつもより目に見えて素早く軽い足取りで。

彼の天使（守護者のカテゴリーとまでは行かなくとも）役を自ら引き受けた二人は、その後ろ姿を見守った。母も娘もいずれも彼を愛しく思っているようだった。

「彼ってかわいいわよね？」ミリアムが娘に問いかけた。

「確かに、キュートよね」とドロシーは答えた。

「わたしたちが見つけてあげて、良かった（サンク・グッドネス）――わたしたちがいなければ、彼、まるっきりお手上げよ！」と母親は言った。

「良かった（サンク・グッドネス）」ドロシーは繰り返した。この娘の熟れすぎた唇からこぼれると、良い（グッドネス）という言葉はなんとなくそぐわなかった。

「彼、書いていたんだと思う――眠りながら書くだなんて、考えてみてよ！」ミリアムは大声をあげた。

「トラックから血が滴ってるって話をね！」とドロシーは返事した。「ディアブロって『悪魔』って意味じゃない？」彼女が訊ねると、母はただ肩をすくめた。

「あのね、ドロシー――あなたは抹茶マフィンのことをあれこれ言うけれど。ただのマフィンでしょ、まったく」とミリアムは娘に言った。「マフィンを食べることなんて、セックスすることとこれっぽっちも同じじゃないわ！」

ドロシーはやれやれという表情でため息をついた。彼女の姿勢は座っていようが立っていようがいつも猫背気味だった（寝そべっている姿を思い浮かべるのがいちばんいいだろう）。

フワン・ディエゴが化粧室から出てきて、すこぶる魅力的な母娘に笑顔を向けた。彼はキャセイパシフィック航空の馬鹿げたパジャマからなんとか脱出していて、それを客室乗務員に渡した。彼は抹茶マフィンを食べるのを楽しみにしていた、ドロシーの待ちわびようほどではないにしても。

フワン・ディエゴの勃起はわずかに弱まっただけで、彼はありありとそれを感じていた。結局のところ、勃起しないのをずっと寂しく思っていたのだ。通常ならば、勃起するにはバイアグラを半錠服用しなければならなかった――今までは。

彼の損なわれた足は、寝て起きた直後はいつもちょっとズキズキするのだが、いま足がズキズキしている感覚はこれまでにないものだった――というか、フワン・ディエゴにはそんな気がした。頭のなかで、彼はまだ十四歳で、リベラのトラックに右足をぺちゃんこにされたところだった。首から後頭部にかけて支えてくれているルペの膝の温もりが感じられた。リベラのダッシュボードのグアダルーペ人形が左右に揺れた――よく女性が、口にもせず認めないまま何かを約束しているように見える、あんな様子で。ちょうど今、ミリアムと娘のドロシーもフワン・ディエゴに対してそれをやっていた（母娘の腰が揺れていたわけではない！）。

だが、作家はしゃべれなかった。フワン・ディエゴは歯を固く嚙みしめ、唇をぎゅっと閉じていた。あたかも、ずっと昔に逝ってしまった妹の膝で、苦痛の悲鳴をあげたり頭を左右に振ったりすまいと今なお努めているかのように。

6　セックスと信仰

　香港国際空港のリーガル・エアポート・ホテルへ伸びる通路は、中途半端なクリスマスグッズで飾り立てられていた——楽しげな顔のトナカイとサンタの手伝いをするこびとみたいな連中、だが橇(そり)はないし、プレゼントもないし、サンタ自身もいない。

「サンタはヤってる最中なのよ——たぶんコールガールを呼んだんじゃないの」ドロシーがフワン・ディエゴに解説した。

「セックスはたくさんよ、ドロシー」母親は勝手気ままに見える娘に注意した。

　とても母娘間のものとは思えない二人の冗談に滲んだトゲトゲしさから、フワン・ディエゴは、この母娘は何年ものあいだ——あり得ないことだが、何世紀ものあいだ——いっしょに旅をしているのではないかと思いたくなった。

「サンタはぜったいここに泊まってる」とドロシーはフワン・ディエゴに言った。「あのクリスマスのガラクタは一年じゅうあるんだから」

「ドロシー、あなたここに一年じゅういるわけじゃないでしょ」とミリアムは言った。「知ってるはずないじゃないの」

「わたしたち、ここにはじゅうぶんいるわよ」娘は不機嫌に答えた。「ここに一年じゅういるような気がするくらい」と彼女はフワン・ディエゴに言った。

三人がエスカレーターで上がっていくと、横にキリスト生誕像があった。フワン・ディエゴには、一度も外へ出ていないのが奇妙に思えた――雪に埋もれたニューヨークの、JFK空港に着いて以来ずっと。生誕像はお決まりの役者たち、人間や厩(うまや)の動物に囲まれていた――動物のなかには一匹だけエキゾチックな生き物が混じっている。それに、奇跡の聖母マリアがただの人間だったとは考えがたい、とフワン・ディエゴはいつも思っていた。ここ香港では、彼女は、はにかんだ笑みを浮かべながら崇拝者たちから目をそらしていた。生誕のこの一時、すべての注意は彼女の尊い息子に向けられているのでは？ どうやら違うらしい――聖処女マリアは主役を食う脇役だった（香港だけのことではなく、フワン・ディエゴはいつもそう思った）。

ヨセフがいた――かわいそうな間抜け、とフワン・ディエゴは見做していた。だが、もしもマリアが本当に処女だったにせよ、ヨセフは期待し得るかぎり、誕生のエピソードにうまく対処しているように見えた――興味津々の王や賢人や羊飼いたちにも、飼い葉桶にぽかんと見とれている他の取り巻きたち、牛、ロバ、雄鶏、ラクダ（もちろん、エキゾチックな生き物というのはラクダだ）にも、燃えるような眼差しや疑り深い顔を向けてはいなかった。

「きっと、父親はあの賢人のひとりね」とドロシーが言った。

「セックスの話はたくさんよ、ドロシー」と母親は答えた。

フワン・ディエゴは、生誕群像から幼子キリストが欠けている――あるいは埋もれているのかもしれない、たぶん、干し草のなかで窒息しているのでは――のに気づいたのは自分ひとりだとうっかり思いこんでしまった。「赤ん坊のイエスが――」と彼は言いかけた。

「何年もまえに、誰かが聖なる幼子を誘拐しちゃったの」とドロシーが説明した。「香港の中国人はべつに気にしていないんじゃないかしら」

「幼子キリストはたぶんフェイスリフトを受けてるわね」ミリアムが言った。

「誰もがフェイスリフトを受けるわけじゃないのよ、お母さん」とドロシーが答えた。

「あの聖なる幼子は子供じゃないわ、ドロシー」と母親は返した。「ほんとうよ――イエスはフェイスリフトを受けてるんだから」

「カトリック教会は外見の美しさを増すためにフェイスリフト以上のことをやってきています」とフワン・ディエゴは険しい口調で言った――あたかも、クリスマスもさまざまな生誕像の広報活動も完全にローマ・カトリック教会の問題なのだと言わんばかりに。母親も娘も、彼の怒った口調に戸惑いを隠さず不審げに彼の顔を見た。だが、もちろんミリアムとドロシーがフワン・ディエゴの声音のトゲに驚いたはずはない――彼の小説を読んでいるのならそんなはずはないし、二人は読んでいるのだから。彼は反感を抱いていた――信仰を持っている人々あるいはなんらかの種類の信者に対してではなく、カトリック教会のある種の社会的、政治的方針に対して。

とはいえ、彼の口調にときおり混じる辛辣さはフワン・ディエゴの周囲の誰をも驚かせた。彼は非常に温厚に見えるし、それに――右足の障碍のせいで――動作がうんとゆっくりしていた。フワン・ディエゴにはあえて危険を冒すようなところはなかった、想像の世界となるとべつだが。

エスカレーターを昇りつめると、三人の旅行者は地下通路が交わるごちゃごちゃした交差点に着いた——九龍と香港島を指す表示があった、それに西貢（サイクン）半島とかいうところを。

「電車に乗るんですか？」フワン・ディエゴは自分の女性ファンたちに訊いた。

「今は乗りません」ミリアムはそう答えると、彼の腕を摑んだ。電車の駅に接続しているようだ、とフワン・ディエゴは考えたが、洋服屋やレストランや宝石店のよくわからない広告があった。宝石については、「エンドレス・オパール」が提供されていた。

「どうして無限（エンドレス）なんだ？　オパールの何がそんなに特別なんだろう？」フワン・ディエゴは訊ねたが、二人の女は耳を傾ける言葉に妙なえり好みがあるらしかった。

「まずホテルにチェックインするのよ、ちょっとさっぱりしなくちゃ」とドロシーが告げ、彼のもう一方の腕を摑んだ。

フワン・ディエゴは足を引きずりながら進んだ。いつもほど足を引きずっていないような気がした。でもどうして？　ドロシーは自分のといっしょにフワン・ディエゴが預けていたバッグも転がしていた——やすやすと、片手で二つのバッグを。彼女はどうしてこんなことができるんだろう？　とフワン・ディエゴが不思議に思っていると、床まで届く大きな鏡のところへ来た。彼らが泊まるホテルのフロントの近くだ。ところが、フワン・ディエゴがちらと鏡に映る自分に目をやると、横に二人の連れの姿はなかった。不思議なことに、二人の有能な女性たちは鏡に映っていなかったのだ。たぶん、ほんのちらっとしか鏡を見なかったせいだろう。

「電車で九龍へ行きましょうね——香港島の摩天楼が見えるわ、ビルの明りが港の水面に映るの。暗くなってから見るほうがいいわ」ミリアムがフワン・ディエゴの耳元で囁いた。

「軽く何か食べて――なんなら一、二杯飲んで――それから電車でホテルへ帰るのよ」ドロシーがもう片方の耳元で言った。「そのころには眠くなってるわ」

この二人の女性にはまえにも会っている、と何かがフワン・ディエゴに告げた――だが、どこで、そして、いつ？

ガードレールを乗り越えて、イースト・リバーに沿ったジョギング・コースの腰まである雪のなかに突っ込んだタクシーに乗っていたのだろうか？　運転手は後輪を掘り出そうとしていた――除雪用シャベルではなく雪かきスクレーパーで。

「どこの出身だよ、このセンズリかきめ――ファッキン・メキシコかい？」フワン・ディエゴの乗っていたリムジンの運転手はわめいたのだった。

タクシーの後部座席の窓から外を見つめる二人の女性の顔がのぞいていた。母と娘だった可能性もある。だが、あの怯えた表情の二人の女性がミリアムとドロシーだったとは、フワン・ディエゴにはおよそあり得ないように思えた。怯えているミリアムとドロシーなんて、フワン・ディエゴには想像しがたかった。誰が、何が、この二人を怯えさせるというのだ？　しかし、思いはなおも去らなかった。この二人の侮りがたい女たちに彼は以前にも会ったことがある――それは確かだった。

「じつに現代的ですね」ミリアムとドロシーといっしょにエレベーターに乗りながら、リーガル・エアポート・ホテルについてフワン・ディエゴが思いついた言葉はそれだけだった。母娘は彼に代わってチェックインを済ませてくれた。彼はパスポートを見せるだけで済んだ。支払いが済んでいるとは思っていなかった。

クレジットカードみたいなルームキーが使われるタイプのホテルだった。部屋へ入ったら、ドアのすぐ内側の壁についているスロットにカードを差し込む。

「そうしないと、照明も点かないし、テレビのスイッチも入らないの」とドロシーが説明してくれた。

「現代的な装置のことで何か困ったら、わたしたちに電話して」とミリアムはフワン・ディエゴに言った。

「現代的なガラクタのトラブルだけじゃなく、どんなトラブルでもね」とドロシーはつけ加えた。

フワン・ディエゴのカードキーのホルダーに、彼女は自分のルームナンバーを書いた——それに母親のも。

　二人同室じゃないのか？　部屋でひとりになったフワン・ディエゴは考えた。

　シャワーを浴びていると、勃起が戻ってきた。ベータ遮断薬を飲まなくてはならないのはわかっていた——間隔があき過ぎているのは承知していた。だが、勃起はためらいをうんだ。もしかしてミリアムが、あるいはドロシーが、その気になってくれたらどうする——さらにいっそう考えられないことではあるが、もしかして二人ともその気になったら？

　フワン・ディエゴはベータ遮断薬を洗面用具のなかから取り出した。彼は錠剤をバスルームのシンクの横に、水のコップと並べて置いた。錠剤の商品名はロプレッサー——楕円形で、灰青色だった。彼はバイアグラの錠剤も取り出して、見つめた。バイアグラは楕円形とはちょっと違っていた。どことなくフットボールみたいだが、四角形だった。バイアグラとロプレッサーがもっと似ているのは錠剤の色だった——どちらも灰青色だ。

　もし仮にミリアムかドロシーがその気になるなどという奇跡が起こるとしたら、今バイアグラを飲むのは早すぎるとフワン・ディエゴにはわかっていた。それでもなお、彼は錠剤を切る道具を洗面用具のなかから取り出した。バスルームのシンクの同じ側に、バイアグラの錠剤と並べてそれを置いた――バイアグラは一錠の半分でじゅうぶんなのだということを自覚しておくためだ（小説家として、彼は常に未来にも備えていた）。

欲情したティーンエイジャーみたいなこと考えてるじゃないか！　フワン・ディエゴは二人の女性とふたたび合流するために身支度しながら思った。彼は自分の振る舞いに驚いていた。こうしたいつもとは違う状況下で、彼は薬を一切服用していなかった。ベータ遮断薬で自分の能力が衰えるのはいやだったし、バイアグラ半錠を早すぎる段階で服用するほど馬鹿ではない。アメリカへ帰ったら、とフワン・ディエゴは考えた。忘れずにローズマリーに、実験してみろと言ってくれたことに礼を言わなくては！

フワン・ディエゴが医者の友人といっしょに旅行していなかったのは不運だった。作家が忘れてはいけなかったのは、「ローズマリーに礼を言う（バイアグラの使用についての指示のことで）」ことではなかった。スタイン医師がいれば、フワン・ディエゴに、彼が老いた作家の体をまとって足を引きずりながら歩きまわる薄幸のロメオみたいな気分でいる理由を思い出させていたはずだ。ベータ遮断薬の服用者が、中断したなら、ご用心！　アドレナリンに飢えていた体が、急により多くのアドレナリンを作る。それに、より多くのアドレナリン受容体を。あの間違って夢と呼ばれているもの、あれはじつのところ、子供時代から思春期初期までの、誇張された高解像度の記憶なのだが、フワン・ディエゴがロプレッサー一錠を服用しなかった結果だった。見知らぬ二人――見知らぬ人たちにしては見覚えがあるように思える母親と娘――に対して突然過熱した欲望を抱いたのと同じく。
電車で、エアポートエクスプレスで九龍まで行くには、九十香港ドルかかった。たぶんフワン・ディエゴは気恥ずかしさから、電車のなかでミリアムとドロシーをしげしげと見ることができなかったのだろう。彼がほんとうに興味があって往復切符の両面の単語を一語残らず二度も読んだのかは、疑わしい。中国の文字をそれに対応する英語と見比べるのは、多少は興味深かった。SAME DAY RETURN（同日往復）は小さい大文字で記されているが、変化のない中国の文字には小さい大文字に当たるものはなさそうだった。

フワン・ディエゴのなかの作家の部分が「1片道（シングル・ジャーニー）」にケチをつけた。数字の1は単語として書くべきなんじゃないか？「ワン・シングル・ジャーニー」のほうが見た目がいいのでは？まるでタイトルみたいだ、とフワン・ディエゴは思った。彼はいつも持っているペンで切符に何か書いた。

「何をしていらっしゃるの？」ミリアムがフワン・ディエゴに訊いた。「電車の切符に何か面白いところでも？」

「また書いてる」とドロシーは母親に言った。「この人、いつも書いている」

「アダルト・チケット・トゥー・シティー」フワン・ディエゴは声に出した。自分の電車の切符を女性たちに読み上げていたのだ。それから切符をシャツのポケットにしまった。彼はデートの際の振る舞い方がよくわからなかった。わかったためしはなかったが、この二人の女性にはとりわけ落ち着かない気分にさせられた。

「アダルトって言葉を聞くと、いつも何かポルノ系のことが思い浮かんじゃう」ドロシーはフワン・ディエゴににやにやして見せながらそう言った。

「いいかげんにしなさい、ドロシー」と母親が叱った。

三人の乗った電車が九龍駅に着いたころにはもう暗くなっていた。九龍のハーバーフロントは旅行客でいっぱいで、摩天楼が並ぶ景色を写真に撮っている人が大勢いたが、ミリアムとドロシーは目を向けられることもなく人ごみのなかをすり抜けていった。ミリアムかドロシーに腕や手を取られているといつもほど足を引きずらないような気がすることからも、この母娘に対するフワン・ディエゴののぼせようが知れるというものだ。彼はあの二人と同様自分も人目を引かずにすり抜けていると思いこんでさえいた。

女たちがカーディガンの下に着ているぴったりした半袖のセーターは乳房が丸わかりだった。セーター自体はなんとなく古風な感じだったのだが。もしかするとこの古風な感じのおかげでミリアムとドロシーは人目を引かないのだろうか、とフワン・ディエゴは考えた。それとも、ほかの旅行客たちはほとんどがアジア人なので、それでこの二人の魅力的な西洋女には興味がないように見えるのだろうか？　ミリアムとドロシーはスカートにセーターといういで立ちだった――これまた丸わかり、つまりぴったりしている、とフワン・ディエゴなら言っただろう、だが彼女たちのスカートはあまり人目を引かなかった。

この女たちから目が離せないのは私だけなのだろうか？　フワン・ディエゴは考えた。彼はファッションに通じていなかった。中間色がどういう働きをするか、わかろうはずもなかった。フワン・ディエゴは、ミリアムとドロシーの着ているスカートとセーターがベージュとブラウン、あるいはシルバーとグレイであることに気づいてはいなかったし、二人の服のデザインが非の打ちどころのないものであることにも気づいていなかった。素材については、触るのを歓迎しているように見えると思ったかもしれない、だが、彼が気がついたのは、ミリアムとドロシーの乳房だった――それにもちろん、二人の腰にも。

フワン・ディエゴは九龍駅までの電車の移動についてはほとんど何も覚えていなかったし、九龍の賑やかなハーバーフロントのことはまったく覚えていなかった――三人で夕食を食べたレストランのことでさえ、自分がいつになく空腹で、そしてミリアムとドロシーとともに過ごすのが楽しかったということしか記憶になかった。じつを言えば、最後にこんなに楽しかったのがいつだったのか、彼には思い出せなかった。ところがそのあと――一週間も経っていなかったのに――三人で何をしゃべったのか彼は思い出せなかった。彼の小説？　彼の子供時代？

読者に出会ったときには、フワン・ディエゴは自分のことをしゃべりすぎないよう気をつけなければならなかった――なんといっても、読者は作家自身について訊ねがちだったからだ。彼はよく、会話を読者の人生のほうへ向けようとした。きっとミリアムとドロシーにも彼女たち自身のことを聞かせてくれと頼んだはずだ。子供時代はどうでした、思春期のころは？　そしてフワン・ディエゴはあのご婦人たちに、控えめにではあるが、彼女たちの生活における男の存在について訊ねたはずだ。特定の相手がいるかどうか、きっと知りたがったはずだった。それなのに、彼は九龍での会話をひとつも覚えていないのだ――エアポートエクスプレスで九龍駅へ向かう途中、電車の切符に向けた馬鹿げた関心以外は一言も、それと、リーガル・エアポート・ホテルへ戻る電車のなかでの本についてのちょっとした会話だけしか。

帰路では、変わったことがひとつあった――小ぎれいで衛生的な九龍駅の地下で、フワン・ディエゴが二人の女性とプラットホームで電車を待っていたときの気まずい一瞬のことだ。

ピカピカ光るステンレスのゴミ箱――清潔さの監視員のように立っている――を備えた、金色がかった鏡面のような駅の内部は、プラットホームを病院の廊下のような雰囲気にしていた。フワン・ディエゴが、自分の携帯電話のメニューとかいうところにカメラあるいはフォトというアイコンを見つけられないでいると――ミリアムとドロシーの写真を撮りたかったのだ――なんでもわかっている母親が携帯を奪い取った。

「ドロシーとわたしは写真は駄目なの――写真に写った自分に耐えられないんです――だけど、あなたの写真を撮ってあげる」とミリアムは言った。

プラットホームにはほかに人はほとんどいなかったが、若い中国人カップル（子供だ、とフワン・ディエゴは思った）が手を繋いでいた。男の子のほうは、母親の手からフワン・ディエゴの携帯をひったくったドロシーを、じっと見つめていた。

「ねえ、わたしにやらせて」とドロシーは母に言った。「お母さん、写真撮るの下手なんだもの」

ところが、中国人青年がドロシーから携帯を取り上げてしまった。「僕が撮れば、皆さん全員入りますよ」と男の子は言った。

「ああそうだね――助かるよ！」とフワン・ディエゴは答えた。

ミリアムは娘に、ドロシーったら、わたしにやらせておけばこんなことにはならなかったのに、と言いたげな表情を向けた。

一同の耳に電車が入ってくる音が聞こえ、中国娘が恋人に何か言った――電車が来たのだから、きっと、急げと言ったのだろう。

青年は言われたとおりにした。フワン・ディエゴも、ミリアムとドロシーも、不意を打たれたところを撮られた。中国人カップルは写真の出来が悪いと思ったようだった――たぶん、ピンボケとか？――でもそのとき、電車が来てしまった。カップルから携帯を取り上げたのはミリアムだった。そしてドロシーが――さらに素早く――それを母親から取り上げた。ドロシーが携帯を返してくれたときには、フワン・ディエゴはもうエアポートエクスプレスの座席に腰を下ろしていた。携帯電話はもはやカメラモードではなかった。

「わたしたち、写真うつりがよくないの」ミリアムが言ったのはそれだけだった――中国人カップルに向かって。二人はこの出来事にひどく困惑しているようだった（おそらく、いつもはもっとうまく撮れていたのだろう）。

フワン・ディエゴはもう一度、携帯電話のメニューのところを探したが、彼にとっては謎の迷路だった。メディアセンターのアイコンはどういう働きをするんだ？ 用のないものばかりだ、とフワン・ディエゴが思っていると、ミリアムの手が彼の両手を包んだ。彼女は身を寄せてきた。まるで、電車の音がうるさいとでもいうように（そんなことはなかった）。そして、その場に二人だけしかいないみたいに話しかけた。ドロシーがちゃんといっしょにいて、話がはっきり聞こえているのに――一言残らず。

「セックスについてじゃないんだけど、ねえフワン・ディエゴ、お訊きしたいことがあるの」とミリアムは言った。ドロシーが耳障りな笑い声をあげた――同じ車両の近くの席でひそひそ囁き交わしていたあの若い中国人カップルの注意を引くほど大きな（女の子は男の子の膝に座ってはいたものの、何らかの理由で男の子に腹を立てているようだった)。「ほんとうに違うんだからね、ドロシー」ミリアムはぴしゃりと言った。

「どうだか」娘はあざ笑うような顔で答えた。

「『聖母マリアから始まる物語』のなかで、あの宣教師が――なんて名前だったかしら」ミリアムは言葉を途切らせた。

「マーティン」とドロシーがそっと教えた。

「そうそう、マーティン」ミリアムはすぐさま答えた。「あなたもあれは読んでるわよね」と娘に向かって付け加えた。「マーティンはイグナチオ・ロヨラを崇拝しているんでしょ?」ミリアムはフワン・ディエゴに問いかけたが、小説家が返事しないうちに先を続けた。「聖人があのラバに乗ったムーア人と出会うところ、そのあとの聖処女マリアについての二人の議論のことを考えていて」とミリアムは語った。

「ムーア人も聖イグナチオも両方ともラバに乗っていたのよ」とドロシーが母の話に口を挟んだ。

「わかってるわ、ドロシー」ミリアムはうるさそうに返事した。「そしてムーア人が、聖母マリアが男なしで妊娠したということは信じられるけれど、出産後もずっと処女のままでいるとは思えないって言うでしょ」

「あの部分はセックスに関することでしょ」とドロシー。

「違いますよ、ドロシー」と母親はぴしゃっと言い返した。

「そしてムーア人がそのまま行ってしまうと、若きイグナチオはムスリムを追いかけて殺すべきなのだろうかと考える、そうよね?」ドロシーはフワン・ディエゴに問いかけた。

「そうです」フワン・ディエゴはなんとか答えたものの、彼の頭にはずっと以前に書いた小説のことも、自分がマーティンと名付けた、聖イグナチオ・ロヨラを崇拝している宣教師のこともなかった。フワン・ディエゴが考えていたのはエドワード・ボンショーのこと、それと彼がオアハカにやってきた、あの、人生の一大転機となった日のことだった。

怪我をしたフワン・ディエゴをイエズス会教会（テンプロ・デ・ラ・コンパニーア・デ・ヘスス）へ運ぼうとリベラが車を走らせ、少年はルペの膝に頭を載せて苦痛に顔をゆがめていたとき、エドワード・ボンショーもまたイエズス会教会へ向かっていた。リベラが、聖母マリアならできるはずだと彼が想像する類の奇跡を願っていたいっぽうで、かの新しいアメリカ人宣教師が、フワン・ディエゴの人生で起こり得る最大の奇跡になろうとしていたのだ——聖人ではなく、ふつうの人による奇跡、人間の弱さが混じり合った奇跡だ、そんなものがあるとすれば。

ああ、セニョール・エドゥアルドがいなくなってどれほど寂しいことか！　フワン・ディエゴは思い、涙で視界がぼやけた。

「聖母マリアの処女性をあくまで擁護しなくてはならないという聖イグナチオの思いは、並々ならぬものであった」とミリアムはしゃべっていたが、フワン・ディエゴが泣きだしそうになっているのを見て小声になった。

「聖処女マリアの出産後のヴァギナの状態を誹謗するのは、不適切で容認しがたい振舞いであった」ドロシーが口を挟んだ。

このとき、涙をこらえながら、この母娘が自分が書いた『聖母マリアから始まる物語』の一節を引用していることにフワン・ディエゴは気がついた。しかし、どうやってあの小説の一節をこんなにきちんと、ほとんど一字一句そのままに思い出せるんだろう？　そんなことのできる読者がいるんだろうか？

「あらいやだ、泣かないで――お願いだから！」ミリアムがとつぜんそう言った。彼女は彼の顔に触れた。「わたしはただ、あの一節がすごく好きなだけ！」

「お母さんが泣かせたのよ」とドロシーが母親に言った。

「いや、違う――君たちが思っているようなことじゃないんだ」フワン・ディエゴは言いかけた。

「あなたの宣教師ね」とミリアムが続けた。

「マーティンよ」ドロシーが念を押した。

「わかってるわよ、ドロシー！」ミリアムは答えた。「ほんとうに心に響くの、ほんとうにステキ。あの、マーティンがイグナチオを素晴らしいと思うところ」とミリアムは続けた。「だって、聖イグナチオの言ってることはまるで正気じゃないでしょ！」

「ラバに乗った縁もゆかりもない男を殺したいと思うのよね――聖処女マリアの出産後のヴァギナの状態に疑問を抱いたというだけの理由で。どうかしてる！」ドロシーはきっぱりと言った。

「だけど、いつものことだけど」とフワン・ディエゴは二人に言って聞かせた。「イグナチオはそこに神のご意志を見出そうとするんだ」

「神のご意志なんて、まっぴら！」ミリアムとドロシーは口をそろえて叫んだ――まるで、べつべつにしろ一緒にしろ、こう言うのが癖になっているかのように（この叫びは若い中国人カップルの注意を引きつけた）。

「『そして道がわかれているところへ来ると、イグナチオは自分のラバの手綱を緩めた。もしラバがムーア人のあとを追えば、イグナチオはあの異教徒を殺すつもりだった』」とフワン・ディエゴは諳んじた。あの物語は目を閉じていても語ることができた。作家が自分の書いた文章を、ほとんど一字一句違えずに覚えているのはそれほど珍しいことではない、とフワン・ディエゴは考えた。だが、読者が言葉をそのまま覚えているとなると――いや、それは珍しいことなのではないか？

「『だが、ラバはもう一方の道を選んだ』」母娘は声をそろえて言った。フワン・ディエゴには、母娘がギリシャ悲劇のコロスのような、すべてを知る存在であるかのように思えた。

「『だが、聖イグナチオは正気ではなかった――彼は狂人だったに違いない』」フワン・ディエゴは諳んじた。母娘がその部分を理解しているかどうか、彼にはわからなかった。

「そう」とミリアムが言った。「あんなこと言うなんて、ほんとうに勇気があるわ――たとえ小説のなかでも」

「誰かさんの出産後のヴァギナの状態ってテーマは性的よ」とドロシーが言った。

「違います――テーマは信仰よ」ミリアムは言い返した。

「テーマはセックスと信仰です」とフワン・ディエゴは呟いた。その場の駆け引きとして言ったわけではない――本心からだった。二人の女たちには彼が本気で言っているのがわかった。

「あの宣教師みたいに聖イグナチオを崇拝していたお知り合いがいらしたの？」とミリアムが訊ねた。

「マーティン」ドロシーが、またもそっと言った。

ベータ遮断薬を飲んだほうがよさそうだ――そう口にしたわけではないが、それがフワン・ディエゴの考えていたことだった。

「母が言ってるのはつまり、マーティンは実在の人物だったの？」ドロシーは彼に訊ねた。母の質問に作家が身を強張らせるのを彼女は目にした。ミリアムが彼の手を離したほどはっきりと。

　フワン・ディエゴの心臓は激しく打っていた――彼のアドレナリン受容体はものすごい勢いで受容していた、だが彼はものが言えなかった。「なくしてしまった、うんと大勢の人を」フワン・ディエゴはそう言おうとしたのだが、人をの部分は理解不能だった――ルペが発する言葉のように。

「きっと実在の人だったのね」ドロシーは母親に言った。

　今や二人とも、自分の席で震えているフワン・ディエゴの体に手をかけていた。

「私が知っていた宣教師はマーティンではなかった」フワン・ディエゴが出し抜けに言った。

「ねえドロシー、この人は大切な人を何人もなくしているのよ――二人であのインタビューを読んだでしょ」ミリアムは娘に言った。

「わかってる」とドロシーは答えた。「だけど、お母さんはあのマーティンという登場人物について訊いたのよ」と娘は母親に言い返した。

　フワン・ディエゴは首を振ることしかできなかった。それから涙がこみあげた、たくさんの涙が。なぜ（そして誰のために）自分が泣いているのか、この女性たちに説明することはとてもできなかった――そう、すくなくともエアポートエクスプレスの車中では。

「セニョール・エドゥアルド！」フワン・ディエゴは叫んだ。「ケリード（大好きな）・エドゥアルド！」

　そのときだった、まだ恋人の膝に座ったままの中国人の女の子が――そして彼女は相変わらず何かに腹を立てていた――明らかに興奮状態に陥ったのは。彼女は恋人を殴りはじめた。怒りからというよりもじれったさから、ほとんどふざけるように（実際の暴力へと発展していくようなものとは正反対だった）。

「彼に言ったのよ、あなただって！」女の子は突然フワン・ディエゴに呼びかけた。「あなただってわかってたのに、彼ったら信じないんだもん！」

おそらくは最初から、あの作家だとわかっていたと彼女は言っているのだった。なのに、恋人は納得しなかった――あるいは彼のほうは読者ではなかったのか。フワン・ディエゴには、中国人の男の子は読者のようには見えなかったし、男の子の彼女が読者であることには、驚くはずもなかった。これこそフワン・ディエゴが繰り返し指摘していることではなかったか？　女性読者のおかげでフィクションは生き続けている――ここにもまた実例があった。フワン・ディエゴがかの神学生の名前を叫ぶにあたりスペイン語を使ったとき、中国人の女の子は彼が自分の思っていた人物だと確信したのだ。

またいつものように、あの作家だと悟られてしまったわけか、とフワン・ディエゴは納得した。すすり泣きを止められたらいいのに、と彼は思った。中国人の女の子に手を振り、微笑みかけようとした。ミリアムとドロシーが若い中国人カップルを見つめる表情に気がついていたら、この見知らぬ母娘といっしょにいて、自分の身は安全なのだろうかと自問していたかもしれない。だが、ミリアムとドロシーが縮みあがらせるような一瞥をくれて彼の中国人読者を完全に黙らせてしまった様子を、フワン・ディエゴは見ていなかった――いや、あれはむしろ脅迫の一瞥だった（ほんとうのところ、その眼差しはこう言っていた。こっちが先に彼を見つけたんだからね、この嫌らしいチビめ。とっととどっかへ行って、あんたのお気に入り作家を見つけてきな――彼はあたしたちのものだよ！）。

なぜエドワード・ボンショーはいつもトマス・ア・ケンピスを引用していたのだろう？　セニョール・エドゥアルドは『キリストに倣いて』のあの「若き人や見知らぬ人とは極力交わらないこと」という部分をちょっとやんわり茶化すのが好きだった。

ああ、そうだ――ミリアムとドロシーのことをフワン・ディエゴに注意するには、もう遅すぎた。ベータ遮断薬の服用を中断しておいて、この母娘のような女性二人を無視することなどできない。ドロシーはフワン・ディエゴを自分の胸に抱き寄せていた。驚くほど力強い腕で彼を揺すり、そうされながら彼はすすり泣きを続けていた。彼はきっと、この若い女が乳首がわかるタイプのブラを着けているのに気づいていたはずだ――ブラと、それに、羽織ったカーディガンの下にドロシーが着ているセーター越しに、乳首の形がわかった。

今彼の首の後ろをさすっているのはミリアムに違いない（とフワン・ディエゴは思った）。彼女はまたも彼に身を寄せると、耳元で囁いた。「可愛い人、もちろん、あなたでいるのは辛いことよね！　あなたの感受性！　あなたが感じるものを、たいていの男は感じないのよ」とミリアムは言った。「『聖母マリアから始まる物語』のあのかわいそうな母親――ああ！　彼女に何が起こるか考えると――」

「やめてよね」とドロシーが母親に警告した。

「聖母マリアの像が台座から倒れて彼女を押し潰すのよ！　彼女、即死しちゃうの」とミリアムは続けた。

ドロシーはフワン・ディエゴが自分の胸元で身震いするのを感じた。「もう、お母さんったら」

娘は非難がましく言った。「この人にもっと辛い思いをさせようっていうの?」

「わかってないわね、ドロシー」と母親はさっと切り返した。「あの本にはこう書いてあるのよ。『すくなくとも、彼女は幸せだった。すべてのキリスト教徒が聖処女によって即死するという幸運に恵まれるわけではないのだ』あれは滑稽なシーンなのよ、まったくもう!」

だが、フワン・ディエゴは首を振った(またも)、今度は若きドロシーの胸元で。「あれはあなたのお母さんじゃないんでしょ――あなたのお母さんに起こったことじゃないわよね?」ドロシーは彼に問いかけた。

「自伝的小説なのでは、みたいな言い方するのはおよしなさい、ドロシー」母親はたしなめた。

「なによ偉そうに」とドロシーはミリアムに言い返した。

もちろん、フワン・ディエゴはミリアムの乳房もまた魅力的であることに気づいていた。セーター越しに乳首が見えていることはなかったが。ああいう今風のブラじゃないんだろう、とフワン・ディエゴは思いながら、自分の母親についてのドロシーの質問になんとか答えようとした。母親は、倒れてきた聖処女マリアの像に押し潰されて死んだわけではなかった――正確には違う。

ところが、またもフワン・ディエゴは口がきけなかった。感情的かつ性的に過充電状態だったのだ。彼の体にはアドレナリンがどっと分泌され、欲望も涙も抑えることができなかった。これまでかかわりを持った誰も彼もが恋しかった。ミリアムもドロシーも両方とも欲しかった。この二人のうちのどちらにより欲望を感じているのかはっきり言えないほどに。

「かわいそうなベイビー」ミリアムがフワン・ディエゴの耳に囁いた。彼は首の後ろにキスされるのを感じた。

ドロシーがしたのは息を吸い込むことだけだった。フワン・ディエゴは、顔を押しあてている彼女の胸が膨らむのを感じた。

心弱き人の世は神のご意志に従わなくてはならない、とかの狂信者が感じるような場合、エドワード・ボンショーがいつも口にしていた言葉はなんだっただろう――われわれただの人間にできるのは、神のご意志がなんであれそれに耳を傾け、実行することだけだというような場合に？　フワン・ディエゴの耳には今でもセニョール・エドゥアルドがこう言うのが聞こえた。「アド・マーヨーレム・デイー・グローリアム――神のより大いなる栄光のために（イエズス会のモットー）」

こんな状況では――ドロシーの胸に抱かれ、その母親にキスされる――フワン・ディエゴにできることはそれしかないのでは？　神のご意志がなんであろうとそれに耳を傾け、実行するしか？　もちろんこれには矛盾がある。フワン・ディエゴはべつに「神のご意志」タイプの二人の女性といるわけではなかった（ミリアムとドロシーは「神のご意志なんてまっぴら！」タイプの女性だった）。

「アド・マーヨーレム・デイー・グローリアム」作家はつぶやいた。

「きっとスペイン語ね」ドロシーが母親に言った。

「まったく、ドロシーったら」とミリアムは答えた。「これはファッキン・ラテン語よ」

フワン・ディエゴはドロシーが肩をすくめるのを感じた。「何語であれ」と反抗的な娘は言った。

「セックスに関することよ――わたしにはわかる」

7　二人の聖処女

　フワン・ディエゴのホテルの部屋のナイトテーブルの上には、押しボタンの並んだパネルがあった。戸惑うのは、そのボタンが薄ぼんやりと光っていることだった——というか、点いたり消えたりしている——フワン・ディエゴのベッドルームとバスルームの照明スイッチだ。だが、ボタンはラジオやテレビにも効力を発揮するので、まごつかせられた。

　サディスティックなメイドがラジオをつけっぱなしにしていた——こういう屈折した態度は、すぐにわかるようなレベルではないことが多いが、世界中のホテル・メイドに染みついているに違いない——フワン・ディエゴは、ラジオを消すことはできなかったものの、なんとか音量をミュートにすることができた。照明は確かに薄暗くしてあった。だが、そのかすかな光は、フワン・ディエゴがいくら消そうとしても消えなかった。テレビはつかのま賑やかになってから、また暗く静まり返った。最後の手段は部屋のドアの横のスロットからクレジットカード（じつはルームキー）を引き抜くことだと、フワン・ディエゴもわかっていた。そうすれば、ドロシーから注意されたように、電気製品はすべて消える、そして彼は真っ暗闇のなかで手探りで動きまわることになるだろう。

薄暗くてもやっていける、と作家は考えた。飛行機で十五時間も寝たのに、いったいなぜまたもこうして疲れているのか、わからなかった。たぶん、あの押しボタンのパネルのせいだ、それともこの新たに見出した欲情のせいだろうか？　そして無慈悲なメイドはバスルームのものを並べ替えていた。錠剤を切る道具は、シンクの、彼が細心の注意をはらってベータ遮断薬（バイアグラもいっしょに）を並べたのとは反対側に置かれていた。

そう、ベータ遮断薬の服用間隔が今やうんとあき過ぎているのはわかっていた。にもかかわらず、灰青色のロプレッサーを一錠、口に入れようとはしなかった。楕円形の錠剤を手に取ってはみたものの、それから処方薬の容器へ戻してしまった。フワン・ディエゴは代わりにバイアグラを一錠飲んだ——一錠ぜんぶ。半分でじゅうぶんだということを忘れたわけではない。ドロシーが電話してくるか、この部屋のドアをノックしたりすれば、バイアグラ半錠では足りないかもしれない、などと考えていたのだ。

薄暗いホテルの部屋で、辛うじて眠らずにいる状態で横になりながら、ミリアムが訪れてきたとしてもやはりバイアグラは丸一錠必要かもしれないと、フワン・ディエゴは考えた。そして、ふだんはバイアグラを半錠しか——一〇〇ミリグラムではなく、五〇ミリグラム——飲まないので、鼻がいつもより詰まった感じになり、喉が渇いていることに気がついた。それに、頭痛の兆候も感じられた。いつも慎重な彼は、バイアグラといっしょに水をたくさん飲んでいた。水は副作用を軽減してくれるように思えた。それに、水を飲めば夜中に小便したくなる、ビールだけではじゅうぶんでなかったとしても。そうすれば、もしドロシーもミリアムも現れなかった場合、朝まで待たずに減退感を引き起こすロプレッサーを服用できる。もうずいぶんベータ遮断薬を飲んでいないから、ロプレッサーは二錠飲むべきなのかもしれない、とフワン・ディエゴは考えた。だが、アドレナリンの影響を受けたこの心を乱す欲望には、倦怠感と、それに相も変わらぬ自信のなさが混じり合っていた。あの魅力的な女性たちのどちらかが、こんな男と寝たいと思うなんてことがあるんだろうか？　小説家は自問した。そのころには、もちろん彼は眠っていた。誰も気がつかなかったが、眠っていてさえも、彼は勃起していた。

　アドレナリンの高まりが彼の女性にたいする――なんと、母親とその娘にたいする――欲望を刺激していたのだとしたら、フワン・ディエゴは、自分の夢（彼の人格形成にもっとも寄与している思春期の体験の再現）についても、細部がどぎつく現れることを予期しておくべきだった。

　リーガル・エアポート・ホテルでの夢のなかで、フワン・ディエゴはリベラのトラックを判別できないところだった。少年の血が、風にさらされたトラックの運転台の外側に縞模様を作っていた。ほぼ同様に見誤りそうになったのが、エル・ヘフェの犬ディアブロの、血の飛び散った顔だった。イエズス会教会（テンプロ・デ・ラ・コンパニーア・デ・ヘスス）に停められた血まみれのトラックは、教会を訪れた旅行客や信者の注目を集めていた。血が飛び散った犬も、気づかれずにいるのは難しかった。

　リベラのピックアップの荷台に残されたディアブロは、猛烈な縄張り意識を持っていた。野次馬がトラックに近づきすぎるのを犬は許さなかったが、大胆な男の子がひとり、助手席側のドアにこびりついた血の筋に手を触れた――まだべとべとしているそれがほんとうに血だと確かめられるくらいのあいだ。

「血だ！」と勇敢な少年は叫んだ。

最初に誰かがつぶやいた。「ウナ・マタンサ」（これは『大量殺戮』とか『皆殺し』という意味だ）ああ、野次馬の出す結論ときたら！

古ぼけたトラックにちょっと滴った血と、血の付いた犬から、この人たちは結論に飛びつく――つぎつぎと。一部の人たちは教会のなかへと駆け込んだ。どうやらギャングの銃撃事件らしきものの犠牲者が大きな聖母マリアの足元に横たえられているという噂が流れたのだ（そんなもの、誰だって見逃したくはないだろう？）。

こんな噂が飛び交い、そして一部の群衆がとつぜん移動――教会のなかで展開されるドラマを見ようと、犯行現場（縁石のところに停まっているトラック）から猛然とダッシュ――した直後だった、ペペ修道士が埃まみれの赤いフォルクスワーゲン・ビートルを停める場所を、べっとり血のついた車と残忍な顔をしたディアブロの隣に見つけたのは。

ペペ修道士はエル・ヘフェのトラックだと気がついた。血を目にした彼は、リベラの保護下にある（とペペが承知している）あのかわいそうな子供たちが、口にできないような酷い目に遭ったのではないかと思いこんだ。

「ああ――ロス・ニーニョス」とペペは言った。ペペはエドワード・ボンショーに向かって素早く指示した。「荷物はそのままで。どうやら事故があったようだ」

「事故？」と狂信者は、彼らしい熱心な様子で繰り返した。群衆のなかの誰かがペロという言葉を口にし、エドワード・ボンショーは――体を揺らしながら進むペペ修道士のあとに急ぎ足で続きながら――ディアブロの恐るべき姿をちらと目にした。「あの犬はどうしたんですか？」エドワードはペペ修道士に訊いた。

「エル・ペロ・エンサングレンタド」とペペは繰り返した。「血まみれの犬」

「あの、それは見ればわかります！」とエドワード・ボンショーはちょっと不機嫌に答えた。

　イエズス会教会は呆然とした見物人でいっぱいだった。「ウン・ミラグロ！」野次馬のひとりが叫んだ。

　エドワード・ボンショーのスペイン語は、まったくの未熟というよりは偏りがあった。彼は、ミラグロという言葉を知っていた――その言葉は彼の心のなかの変わらぬ興味に火をつけた。

「奇跡？」とエドワードは人をかきわけて祭壇へと進むペペに問いかけた。「なんの奇跡ですか？」

「知らんよ――来たばかりなんだから！」ペペ修道士はあえいでいた。我々は英語の教師が欲しかったのに、ここにいるのはウン・ミラグレロだ、と哀れなペペは思った――「奇跡オタク」。

　声に出して奇跡を祈っていたのはリベラで、集まった馬鹿ども――というか、群衆のなかの一部の馬鹿ども――はきっとそれを耳にしたのだ。今や誰もが口々に奇跡という言葉を発していた。

　エル・ヘフェはフワン・ディエゴを注意深く祭壇の前に下ろしたが、それでも少年の悲鳴はやまなかった（夢のなかで、フワン・ディエゴは痛みを軽くみていた）。リベラは十字を切っては威圧的な聖母マリア像に頭を下げて祈り続け、そうしながらも、ダンプ・キッド兄妹の母親の姿が見えないかしょっちゅう後ろを振り返っていた。ダンプ・ボスのリベラが、フワン・ディエゴが治るよう祈るのと同じくらい、自分がエスペランサの怒り――つまり、事故の責任はリベラにある（彼女ならきっとそう言うだろう）と咎められること――から救われる奇跡をも願っていたのかどうかは、さだかではない。

「悲鳴はまずいなあ」とエドワード・ボンショーは呟いた。彼にはまだ少年の姿は見えていなかったが、痛みに苦しむ子供があげている悲鳴には、奇跡がもたらされる可能性などなさそうだった。

「うまい考えというやつですな」ペペ修道士があえぎながら言った。自分の言い方はちょっと違うのではないかと彼は思った。彼はルペに、何が起こったのか訊ねたが、ぺぺには逆上した子供が何を言っているかわからなかった。

「この子は何語をしゃべっているんですか?」エドワードがいそいそと訊ねた。「ちょっとラテン語みたいに聞こえますが」

「めちゃくちゃな言葉です、といっても、この子は非常に聡明で——先のことまで見通します」ペペ修道士は新顔の耳元で囁いた。「この子の言っていることは誰にもわかりません——あの男の子にしか」悲鳴は耐え難かった。

そのときだった、エドワード・ボンショーの目に、そそり立つ聖母マリアの前で血を流しながら横たわっているフワン・ディエゴの姿が映ったのは。「慈悲深き聖母よ! かわいそうな子供をお救いください!」アイオワンの叫びに群衆のざわめきは静まったが、少年の悲鳴は続いていた。

フワン・ディエゴの意識には、教会にいるほかの人々のことはなかったが、喪に服しているらしい二人連れだけはべつだった。二人は信者席の最前列に跪いていた。全身黒ずくめの二人の女——ヴェールをつけているので顔は完全に隠れていた。不思議なことに、喪服姿の二人の女を目にすると、泣き叫んでいる子供は慰められた。二人の姿が目に映ると、フワン・ディエゴの痛みは和らいだ。

これは奇跡というほどではなかったが、とつぜんの痛みの軽減はフワン・ディエゴに、二人の女が悼んでいるのはもしかしたら自分なのだろうかという疑問を抱かせた——死んだのは自分なのだろうか、それとも自分は死にかけているのだろうか。少年がまた二人のほうへ目をやると、沈黙したままの喪服の女たちは動いていなかった。黒ずくめの二人の女は、頭を垂れたまま、像のように静止していた。

痛もうが痛むまいが、聖処女マリアが自分の足を治してなどくれないのは、フワン・ディエゴには自明のことだった。少年は、あとに続くグアダルーペの聖母による奇跡を固唾をのんで待ち受けてもいなかった。

「ぐうたらな聖処女たちは今日は働いていないか、でなきゃ兄さんを助けたくはないみたいね」とルペは兄に言った。「あの変な格好のグリンゴ（アメリカ人）は誰？　何の用なんだろう？」

「彼女はなんて言ったの？」エドワード・ボンショーは怪我をした少年に訊ねた。

「聖処女マリアは騙りだ」と少年は答えた。とたんに、痛みがぶり返すのが感じられた。

「騙り——我らがマリアがそんなわけない！」エドワード・ボンショーは叫んだ。

「これが、あのお話ししたダンプ・キッドですよ、ウン・ニーニョ・デ・ラ・バスーラ（ゴミ捨て場の子）です」ペペ修道士は説明しようとした。「彼は頭がよくて——」

「あんた誰？　なんの用？」フワン・ディエゴはヘンテコなアロハシャツを着たグリンゴに訊ねた。

「うちの新しい先生だよ、フワン・ディエゴ——礼儀正しくしなさい」ペペ修道士は少年に注意した。「私たちの仲間だ、ミスター・エドワード・ボンショー——」

「エドゥアルド」とアイオワンはペペを遮って主張した。

「エドゥアルド神父？　エドゥアルド修道士？」とフワン・ディエゴは訊ねた。

「セニョール・エドゥアルド」ルペがとつぜん口を出した。アイオワンでさえ、その言葉はわかった。

「あのね、エドゥアルドだけでいいよ」とエドワードはつつましく言った。

「セニョール・エドゥアルド」とフワン・ディエゴは繰り返した。なぜかわからないながら怪我をしたダンプ・リーダーはこの言葉の響きが気に入った。少年は信者席最前列の二人の喪服の女へ目をやったが、見つからなかった。二人がただ消えてしまったのは、痛みの変動と同様あり得ないことのようにフワン・ディエゴには思えた。痛みは一時おさまっていたのだが、今は（またも）激しくなっていた。あの二人の女についていては、うん——もしかしたらあの二人はいつもただ現れたり消えたりしているのかもしれない。こんなひどい痛みに苦しむ少年のところへは何がただ現れたり消えたりするか、わかったものではない。

「どうして聖処女マリアは騙りなの？」エドワード・ボンショーは聖母の足元にじっと横たわる少年に問いかけた。

「およしなさい——今はだめです。そんな場合じゃないでしょう」とぺぺ修道士が言いかけたが、ルペはすでにわけのわからないことをまくしたてていた——最初に聖母マリアを指差し、ついで、つつましい祭壇に祀られているので見過ごされることがよくある、もっと小さな褐色の肌の聖母を指差して。

「あれはグアダルーペの聖母ですか？」と新しい宣教師は訊ねた。彼らのいる、マリア・モンスターの祭壇から見ると、グアダルーペの肖像画は小さく、教会の片側のほうへ隔離されていた——わざと隠されているかのように、ほとんど見えない。

「シ！」ルペは叫び、地団太を踏んだ。彼女はとつぜん床に唾を吐いた、ほぼ完全に二人の聖処女の中間に。

「こっちも騙りかもしれない」フワン・ディエゴは、妹が思わず唾を吐いた説明をしようとこう言った。「でもグアダルーペは完全に悪いわけじゃない。ちょっと堕落しているだけだ」

「あの女の子は――」とエドワード・ボンショーは言いかけたが、ペペ修道士がアイオワンの肩に手を置いて押しとどめた。

「それを言うのはおやめなさい」とペペはアメリカ人青年に警告した。

「いや、そうじゃありません」とフワン・ディエゴは答えた。口にされなかった知恵遅れという言葉が、教会のその空間に、奇跡を起こす力のある聖処女の一方が発したかのように浮揚した（もちろん、ルペには新しい宣教師の心が読めていた、彼が何を考えているかわかっていた）。

「この男の子の足はまともじゃない――ぺちゃんこになって、それに変な方へ向いています」とエドワードはペペ修道士に言った。「医者に診せるべきじゃないんですか？」

「シ！」とフワン・ディエゴは叫んだ。「バルガス先生のところへ連れていってください。奇跡を当てにするつもりだったのはボス・マンだけです」

「ボス・マン？」セニョール・エドゥアルドはあたかもこれが全能の神を指す宗教的な言葉であるかのように訊ねた。

「そのボス・マンじゃない」とペペ修道士は答えた。

「どのボス・マンなんですか？」アイオワンは訊いた。

「エル・ヘフェだよ」フワン・ディエゴはそう言って、罪の意識にうちひしがれた心配そうなリベラを指差した。

「ははあ！　この子の父親ですね？」とエドワードはペペに問いかけた。

「いや、たぶん違う――彼はダンプ・ボスなんだ」とペペ修道士は答えた。

「あいつがトラックを運転してたのよ！　あのぐうたら、サイドミラーを直してなかったんだ！　それにあのバカみたいな口ひげを見てよ！　娼婦でもなかったら、唇の上に毛むくじゃらの毛虫がくっついてるあんな男を欲しがるわけない！」ルペはわめいた。

「なんてことだ――彼女、自分の言葉を持ってるんですね？」エドワード・ボンショーはペペ修道士に問いかけた。

「こちらはリベラ。バックして僕を轢いたトラックを運転していたんです。でも、僕たちにとっては父親みたいな人で――父親よりいいんです。僕たちを見捨てたりしません」フワン・ディエゴは新しい宣教師にそう説明した。「それに、ぜったい僕たちを殴ったりしません」

「ははあ」とエドワードは珍しく用心深く言った。「で、君たちのお母さんは？　どこに――」

　本日休業の二人のぐうたら聖処女に呼び出されたかのように、エスペランサが祭壇の息子のもとへ駆けよった。うっとりするような美人の若い女で、いつどこへ現れようと人目を引いた。彼女はイエズス会の掃除婦のようには見えなかっただけでなく、アイオワンの目には、およそ誰かの母親のようには見えなかった。

　ああいう胸の女性たちはなんでああなんだろう？　ペペ修道士は不思議に思った。どうして彼女たちはいつも胸をあえがせているのだろう？

「いつもくるのが遅くて、たいていヒステリー起こしてるんだから」ルペが不機嫌に言った。少女が聖母マリアとグアダルーペの聖母を見る眼差しは不信に満ちていた——自分の母親に対しては、ルペは単にそっぽを向いた。

「きっと違うんでしょうね、あの少年の——」とセニョール・エドゥアルドは言いかけた。

「いや、違いません——あの女の子の母親でもあります」としかペペは言わなかった。

エスペランサは支離滅裂にまくしたてた。彼女は聖母マリアに懇願しているように見えた。いったいどうしたのかフワン・ディエゴに訊ねるなどというありきたりなことをするのではなく。彼女の呪文のような言葉は、ペペ修道士の耳にはルペのたわ言と似ているように聞こえた——やはり遺伝だな、とペペは思った——するとルペが(もちろん)口を挟み、べらべらまくしたてているところへ、自分のメチャクチャ語を付け足した。当然のことながら、ルペはダンプ・ボスを指差しつつ、多面的ミラーとバックして足をぺちゃんこにしたトラックの物語を再演した。毛虫クチビルのリベラに対する憐みはこれっぽっちもなく、リベラは今にも聖処女マリアの足元に身を投げ出しそうに見えた——というか、聖母がじつに冷静に立っている台座に頭をガンガン打ち付けそうに。だが、聖母は冷静だったのだろうか?

そのときだった、フワン・ディエゴがいつもは感情を表さない聖処女マリアの顔を見上げたのは。痛みが少年の視覚に影響を及ぼしていたのだろうか、それとも、聖母マリアはほんとうにエスペランサを睨んだのだろうか——その名前にもかかわらず、息子の人生にほとんど希望をもたらしたことのないこの母を? そして、聖母は正確には何に不満を示したのだろう? 何が原因で、聖処女マリアは子供たちの母親をあれほど怒りを込めて睨みつけたのだろう?

エスペランサの露出度の高いブラウスの大きくくった襟ぐりからは、掃除婦には見えないその胸の谷間がきっとかなり見えていたに違いなく、台座上にそびえ立つ聖処女マリアは、エスペランサのデコルテを包括的な高さから見下ろすこととなった。

　エスペランサ本人は、そそり立つ像から容赦なく非難されていることには気づいていなかった。フワン・ディエゴは、怒りに燃えた娘が何をわめいているのか母親が理解したことに驚いた。フワン・ディエゴはルペの通訳を務める――エスペランサに対してでさえ――ことに慣れていたのだが、今回は必要なかった。

　エスペランサは聖処女マリアのつま先付近へ向かって懇願するように両手をもみ合わせるのをやめた。肉感的な掃除婦はもはや無反応の像に泣きついてはいなかった。フワン・ディエゴはいつも母親の非難――つまり、他人を非難する――能力を甘く見ていた。今回の場合は、リベラ――サイドミラーを修理していなかったエル・ヘフェ、ギアをバックに入れてトラックの運転台で寝ていた男――がエスペランサの威勢のいい非難の対象だった。彼女はダンプ・ボスをぎゅっと拳を固めた両手で殴った。向う脛を蹴飛ばした。髪を引っ張り、ブレスレットが彼の顔を引っかいた。

「リベラを助けてやってよ」フワン・ディエゴはペペ修道士に言った。「でないと、あの人もバルガス先生に診てもらわなきゃならなくなるよ」怪我をした少年は、つぎに妹に話しかけた。「聖処女マリアが僕たちの母さんを睨んだの、見てた？」だが、すべてを知っているように見える女の子は、肩をすくめただけだった。

「聖処女マリアは誰のことでも非難するんだから」とルペは言った。「あのでかいビッチは、誰でも気に食わないんだ」

「彼女、なんて言ったの？」エドワード・ボンショーが訊ねた。

「神のみぞ知る」とペペ修道士が返事した（フワン・ディエゴは通訳しようとはしなかった）。

「何か気にしたいなら」とルペが兄に言った。「グアダルーペがどんな顔して兄さんを見ていたかを気にしなさい」

「どんな顔？」とフワン・ディエゴは少女に訊ねた。二人の聖処女のうちあまり人目を引かない方を振り向くと、足が痛んだ。

「兄さんについてはまだ考えているところだ、みたいな顔」とルペは答えた。「グアダルーペは兄さんについてはまだ心を決めてないの」超能力を持つ子供は説明した。

「僕をここから連れ出してください」フワン・ディエゴはペペ修道士に言った。「セニョール・エドゥアルド、僕を助けてください」怪我をした少年はそう付け足して、新しい宣教師の手を握った。

「リベラが僕を運んでくれます」とフワン・ディエゴは続けた。「とにかくまずリベラを助けないと」

「エスペランサ、頼むよ」ペペ修道士は掃除婦に呼びかけた。彼は手を伸ばして彼女のほっそりした両手首を摑んでいた。「私たちはフワン・ディエゴをバルガス先生のところへ連れていかなきゃならない――リベラと、それにあのトラックが必要なんだ」

「あのトラック！」母親は芝居がかった叫びをあげた。

「祈りなさい」エドワード・ボンショーはエスペランサに言った。なぜか、彼はこれをスペイン語でどう言うか知っていた――彼の言い方は完璧だった。

「祈る？」エスペランサは彼に問いかけた。「この人、誰？」彼女はいきなりペペに訊いた。ペペは自分の親指を見つめていた。血が出ている。エスペランサのブレスレットで切られたのだ。

「うちの新しい教師だ――皆が心待ちにしていた人だよ」ペペ修道士は急にしゃんとしたかのように答えた。「セニョール・エドゥアルドはアイオワから来たんだ」とペペは厳かに言った。そのアイオワという言葉の響きは、まるでローマと言っているかのようだった。

「アイオワ」とエスペランサは、独特の魅せられたような調子で繰り返した――彼女の胸は上下していた。「セニョール・エドゥアルド」と彼女は繰り返し、ぎこちないながらも胸の谷間をしっかり見せつけて、アイオワンに向かって膝を曲げるお辞儀をしてみせた。「どこで祈るの？　ここで祈るの？　いま祈るの？」彼女は派手なオウム柄のシャツを着た新しい宣教師に訊ねた。

「シ」とセニョール・エドゥアルドは答えた。彼はどこでもいいから彼女の胸元以外のところへ目を向けようとしていた。

この男はたいしたものだ。この男には何かがある、とペペ修道士は思った。

リベラはすでにフワン・ディエゴを、聖処女マリアが堂々と立つ台座から抱き上げていた。少年は痛みに叫び声をあげた。ちょっとの間ではあったが――群衆のざわめきを鎮めるにはじゅうぶんだった。

「彼を見て」ルペが兄に言った。

「見ろって――」フワン・ディエゴは妹に問い返そうとした。

「彼よ、あのグリンゴ――あのオウム男！」とルペは言った。「彼は奇跡をもたらす人だよ。わからない？　彼なのよ。彼はあたしたちのために来たの――兄さんのためにね、ともかく」とルペは告げた。

「どういうことだよ、『彼はあたしたちのために来た』って――それはどういう意味なんだ？」フワン・ディエゴは妹に訊ねた。

「兄さんのためにね、ともかく」ルペはまたそう繰り返し、そっぽを向いた。ほとんど無関心になっていた。まるで、自分が言っていることに興味を失ったか、あるいはもはや自分自身を信じてはいないとでも言いたげに。「考えてみたら、あのグリンゴはあたしには奇跡をもたらしてはくれない――兄さんにだけ」少女はがっかりした口調で言った。

「オウム男！」とフワン・ディエゴは笑いながら繰り返した。だが、リベラに運ばれながら、ルペが微笑んでいないのが少年の目に映った。ひどく生真面目な表情で群衆を見渡している様子の彼女は、自分に奇跡をもたらしてくれそうな男を探しているのに見つけられずにいるように見えた。

「あんたたちカトリックは」フワン・ディエゴはそう言ったが、イエズス会教会の外の混み合った通路をリベラが肩で人を押し分けながら進むと、痛みに顔をしかめた。少年が自分たちに話しかけたのかどうか、ペペ修道士とエドワード・ボンショーにはよくわからなかった。「あんたたちカトリック」は野次馬の群れに向けられている可能性もあった、けたたましいが効果はないダンプ・キッド兄妹の母親の祈りも含めて――エスペランサはいつもルペのように声に出して、ルペの言葉で祈った。そして今や、これまたルペのように、エスペランサは聖処女マリアに懇願するのをやめていた。美しい掃除婦の真剣な目が注がれているのは、もっと小さな褐色の肌の聖処女だった。

「ああ、一度は信じてもらえなかった御方――疑われた御方、自分が何者であるか証明してくれと言われた御方」エスペランサはグアダルーペの聖母の子供サイズの肖像画に祈った。

「あんたたちカトリックは」とフワン・ディエゴはまた言いかけた。ダンプ・キッド兄妹がやってくるのを見たディアブロは尻尾を振りはじめたが、怪我をした少年は今度は新しい宣教師の大きすぎるアロハシャツのオウムをむんずと摑んだ。「あんたたちカトリックは僕たちの聖処女を盗んだ」フワン・ディエゴはエドワード・ボンショーに言った。「グアダルーペは僕たちのものだった、そしてあんたたちが彼女を奪った——あんたたちは彼女を利用した、あんたたちの聖処女マリアの単なる侍者にしてしまった」

「侍者！」アイオワンは繰り返した。「この子の英語は素晴らしく流暢ですね！」とエドワードはペペ修道士に言った。

「シ、素晴らしい」とペペは答えた。

「でも、たぶん痛みのせいでもうろうとしているんでしょうね」新しい宣教師は推測した。ペペ修道士にはフワン・ディエゴの痛みが関係しているとは思えなかった。ペペは以前にも少年のグアダルーペについてのご高説を聞かされていたのだ。

「ダンプ・キッドにしては、この子はミラグロッソなんです」というのがペペの言い方だった——奇跡的。「うちの生徒たちより読解力が上ですし、それに、思い出してください——独学で学んだんですよ」

「はい、わかっています——驚くべきことだ。独学とは！」セニョール・エドゥアルドは叫んだ。

「それに、どこでどうやって英語を学んだかは、神のみぞ知るです——バスレーロ（ゴミ捨て場）だけではないんですよ」とペペは話した。「この子はヒッピーや徴兵忌避者とつきあってるんです——進取の気性満々の子でね！」

「だけど、あらゆるものが最後はバスレーロにやってくる」フワン・ディエゴは痛みの波の合間になんとかそう言った。「英語の本でさえ」彼はあの二人の喪服の女を探すのをやめていた。痛むということはあの二人の姿を見ることはないということだ、死にかけているのではないってことだから、と考えたのだ。

「毛虫クチビルといっしょには乗らない」とルペが言った。「オウム男といっしょがいい」

「僕たちはディアブロといっしょに荷台に乗りたいんだけど」とフワン・ディエゴはリベラに言った。

「シ」とダンプ・ボスはため息をつきながら答えた。拒否されるとわかるのだ。

「その犬は人懐こいんですか？」セニョール・エドゥアルドはペペ修道士に訊ねた。

「私はフォルクスワーゲンであなたたちの後をついていきます」とペペは答えた。「もしあなたがズタズタにされたら、私が目撃者になれます――あなたが最終的に聖人に列せられるよう、昇格推薦をしますよ」

「真面目に訊いてるんですよ」とエドワード・ボンショーは言った。

「私も真面目に答えたんです、エドワード――失礼、エドゥアルド――真面目にね」とペペは返事した。

ちょうどリベラが怪我をした少年をピックアップの荷台のルペの膝に寝かせたとき、二人の老司祭が現場へやってきた。エドワード・ボンショーはトラックのスペアタイヤにもたれて体を支えていた――子供たちを挟んで向こうには犬のディアブロがいて、新しい宣教師を疑わしそうに眺めており、瞼（まぶた）がないその左目からは絶えまなく涙がにじみ出ていた。

「ここではいったい何が起きているのかね、ペペ？」オクタビオ神父が訊ねた。「誰かが気絶したか、心臓発作でも起こしたのかね？」

「あれはダンプ・キッドたちじゃないか」アルフォンソ神父は眉をひそめた。「あのゴミトラックは天国からでも臭うぞ」

「エスペランサは今度は何を祈っているんだ？」オクタビオ神父はペペに訊ねた。掃除婦が泣き叫ぶ声もまた、天国からでも聞こえそうだったからだ——というか、すくなくともイエズス会教会の正面の歩道からでも。

「フワン・ディエゴがリベラのトラックに轢かれたんです」ペペ修道士が説明を始めた。「あの子は奇跡を求めてここへ連れてこられたんですが、我らが二人の聖処女には奇跡を起こすことができなかったんです」

「じゃあこれからバルガス先生のところへ行くんだね」とアルフォンソ神父が言った。「だが、なぜグリンゴがいっしょにいるんだ？」二人の司祭は人並み外れて敏感でしょっちゅう非難がましくなる鼻に皺を寄せた——ゴミトラックに対してだけではなく、ポリネシアのオウム柄のセンスの悪いテントみたいなシャツを着たグリンゴに対しても。

「リベラが旅行客まで轢いたなんて言わんでくれよ」とオクタビオ神父が言った。

「あれは私たち皆が待っていた男です」とペペ修道士は、茶目っ気のある笑いを浮かべながら司祭たちに説明した。「あれはアイオワから来たエドワード・ボンショーです——うちの新任教師ですよ」セニョール・エドゥアルドはミラグレロ——奇跡オタク——なのだと喉まで出かかったが、ペペはなんとか自分を押しとどめた。ペペ修道士はオクタビオ神父とアルフォンソ神父に、自分たちでエドワード・ボンショーを発見してもらいたかったのだ。ペペの言い方は、この二人のひどく保守的な司祭を刺激するよう計算されたものだったが、彼は用心深く、奇跡というトピックについては極力さりげなくしか口にしなかった。「セニョール・エドゥアルド・エス・バスタンテ・ミラグロッソ」とペペは話したのだった。「セニョール・エドゥアルドはなかなか奇跡的なのです」

「セニョール・エドゥアルド」とオクタビオ神父は繰り返した。

「奇跡的！」アルフォンソ神父は嫌悪感を込めて叫んだ。この二人の老神父は、ミラグロッソという言葉を軽々しく使うことはなかった。

「ああ、そのうちわかります——そのうちわかりますよ」ペペ修道士は何食わぬ顔で言った。

「ペペ、あのアメリカ人はほかのシャツは持っているのかね？」オクタビオ神父が訊ねた。

「体に合ったものを？」アルフォンソ神父が付け加えた。

「シ、シャツはまだうんとたくさんあります——ぜんぶアロハです！」とペペは答えた。「それに、どれも彼にはちょっと大きすぎるんじゃないかと思います、彼はうんと体重が減っていますので」

「どうしてだ？　死にかけているのかね？」とオクタビオ神父が訊ねた。体重が減ったなどという話は、オクタビオ神父とアルフォンソ神父にはけしからんアロハシャツと同様好ましからざるものだった。二人の老司祭はペペ修道士とほとんど同じくらい太り過ぎだった。

「彼は——つまりその、死にかけているのか？」アルフォンソ神父がペペ修道士に訊ねた。

「私の知る限りではそんなことはありません」ペペはいたずらっぽい笑みをちょっと抑えようと努力しながら答えた。「それどころか、エドワードは健康そのもののようです——それに、役に立ちたくてたまらないようです」

「役に立つ」オクタビオ神父はこれが死刑宣告であるかのように繰り返した。「なんと功利主義的な」

「おお、神よ」とアルフォンソ神父が言った。

「私は彼らについていきます」ペペ修道士は司祭たちに告げた。彼は埃まみれの赤いフォルクスワーゲン・ビートルのほうへよたよたと急いだ。「何か起こると困りますから」

「おお、神よ」とオクタビオ神父が繰り返した。

「役に立つのはアメリカ人に任せよう」とアルフォンソ神父が言った。

リベラのトラックは縁石から離れていき、ペペ修道士がそれに続いて車を走らせた。前方に、フワン・ディエゴの小さな顔が風変わりな妹の小さな両手で守るように抱えられているのが見えた。ディアブロはまたも前足をピックアップの道具箱に掛けていた。風が犬の不揃いな両耳を顔から吹き飛ばしていた――正常な耳も、縁がギザギザの三角の形に切り取られているほうの耳も、両方とも。だが、ペペの注意を捉えて離さなかったのはエドワード・ボンショーだった。

「あの人を見て」とルペがフワン・ディエゴに言った。「あの人、あのグリンゴ――オウム男を！」

ペペ修道士がエドワード・ボンショーに見たのは、いるべきところにいるように見える男――いつも居場所がないように感じていたのに、とつぜん世の枠組みのなかに自分の場所を見つけた男だった。

自分がわくわくしているのか不安を感じているのか、それとも両方なのか、ペペ修道士にはわからなかった。今や彼には、セニョール・エドゥアルドはほんとうに目的を持った男なのだとわかっていた。

そんなふうに、フワン・ディエゴは夢のなかで感じていた――すべてが変わり、この瞬間がこれからの人生の先触れとなるのだとわかっているときの、あの感じだ。

「もしもし？」電話から若い女の声が聞こえていた。フワン・ディエゴは今ようやく自分が受話器を握っていることに気づいた。

「もしもし」とぐっすり眠りこけていた作家は応じた。今ようやく、彼は自分がギンギンに勃起していることに気づいていた。

「ねえ、わたしよ——ドロシー」と若い女は言った。「あなた、ひとりよね？ うちの母はいっしょじゃないわよね？」

8　ふたつのコンドーム

フィクション作家の夢の何を信じることができようか？　夢のなかではもちろんフワン・ディエゴは、ペペ修道士が何を考え、感じているか、自由に思い描けた。だが、フワン・ディエゴの夢は誰の視点なのだろう？（ペペの視点ではない）

フワン・ディエゴはこの問題や、それに蘇った夢の世界について喜んでしゃべっていたいところだったが、今はそんなことをしている場合ではなさそうだった。ドロシーが彼のペニスで遊んでいた。小説家の観察したところでは、娘はこの性交後の戯れに、彼女が携帯電話やノートパソコンと向き合うときに見られるのと同じ確固たる精査の態度で臨んでいた。そしてフワン・ディエゴは、男の妄想にはさほど関心がなかった。小説家としてでさえ。

「もう一回できちゃいそう」と裸の娘は言っていた。「まあね――今すぐは無理かもしれないけど、けっこうすぐに。ほら、この子を見てよ！」と彼女は叫んだ。彼女は初めてのときも内気ではなかった。

この歳になると、フワン・ディエゴはあまり自分のペニスをつくづく見てみることなどなかったのだが、ドロシーはやっていた――最初から。

前戯はどうなったんだろう？　フワン・ディエゴは考えた（べつに前戯にしても後戯にしてもたいした経験があるわけではなかったが）。彼はドロシーにメキシコにおけるグアダルーペの聖母への賛美について説明しようとしていた。二人はフワン・ディエゴの薄暗いベッドで寄り添い、ミュートにしたラジオがほんの微かに聞こえていた――遠くの惑星から聞こえてくるかのように――すると、ずうずうしい娘は上掛けをはぐって、アドレナリンがチャージされた、バイアグラで元気になった勃起を眺めたのだ。

「問題の始まりは、一五二一年にアステカ帝国を征服したコルテスだ――コルテスは熱心なカトリック教徒だった」とフワン・ディエゴは娘に語った。ドロシーは暖かい顔を彼の腹にくっつけて横になり、ペニスを見つめていた。「コルテスはエストレマドゥーラ出身だった。エストレマドゥーラのグアダルーペ、つまり、聖処女の像は、伝道者聖ルカが彫ったものだと言われている。十四世紀に発見されたんだ」とフワン・ディエゴは続けた。「例の巧妙な顕現によって掘り出された――ほら、貧しい羊飼いとかの前に現れるってあれだよ。彼女は羊飼いに自分が現れた場所を掘るよう命じた。羊飼いはその場で像を見つけたんだ」

「これはおじいさんのペニスじゃない――ここにいるのはキビキビした若い子よ」ドロシーはグアダルーペの話題とはこれっぽっちも関係ないことを言った。こんなふうに彼女は始めたのだ。ドロシーは時間を無駄にしなかった。

フワン・ディエゴは極力彼女を無視しようとした。「エストレマドゥーラのグアダルーペは褐色の肌なんだ、メキシコ人の多くとたいして違わない」とフワン・ディエゴはドロシーに説明した。黒い髪の娘の後頭部に話しかけるのはどうも落ち着かなかったが。「だから、エストレマドゥーラのグアダルーペは、コルテスに続いてメキシコへやってきたあの宣教師たちにとって、完璧な改宗推進の道具だったんだ。グアダルーペは先住民をキリスト教に改宗させるための理想的な象徴だった」

「ふうん」ドロシーは答え、フワン・ディエゴのペニスをつるっと口に含んだ。

フワン・ディエゴは性的に自信はなかったし、それまでもあったためしがなかった。最近では、バイアグラを飲んでひとりで行うもの以外、性的関係は一切持ったことがなかった。にもかかわらず、フワン・ディエゴはドロシーに自身を含まれて、尊大な態度に出てしまった――話し続けたのだ。それは彼のなかの長篇作家のなせるわざだったに違いない。彼は長時間にわたって集中力を保つことができた。彼は短篇作家ではなかった。

「スペイン人に征服された十年後、メキシコシティ郊外の丘の上で――」とフワン・ディエゴは自分のペニスをしゃぶっている娘に語った。

「テペヤック」ドロシーがちょっと中断して言った。完璧に発音すると、また彼のおチンチンを口に含んだ。フワン・ディエゴはおよそ学究肌ではなさそうな娘がその地名を知っていたことにまごついたが、フェラチオに対するのと同様、無頓着なふりを装おうとした。

「一五三一年十二月のある早朝――」とフワン・ディエゴはまた話しはじめた。

直情的な娘が彼のペニスを口から出す手間をかけずに早口でしゃべると、ドロシーの歯が鋭く当たるのが感じられた。「スペイン帝国ではその朝は無原罪の御宿りの祝日だった――偶然じゃないんじゃないの、ねえ？」

「そうだね、だけど――」フワン・ディエゴは言いかけたが、言葉を切った。ドロシーが彼をしゃぶる様子は今や、この娘にはもはや、明確にしておきたい事柄をわざわざ口を挟んでまで指摘するつもりはないことを示していた。小説家はなんとか先を続けた。「私がその名をもらった農夫のフワン・ディエゴは、少女の幻影を見た。少女は光に囲まれていた。まだほんの十五、六だったが、話しかけられたとたん、この農夫フワン・ディエゴは、少女は聖母マリアか、または、なんというか、聖母マリアのようなものだと――その言葉から、というかまあそう思うことになってるんだが――わかったとされている。そして彼女の望みは、彼女が彼の前に姿を現したその場所に教会を――彼女に敬意を表して教会をそっくりひとつ――建立してほしいというものだった」

　これに対して、たぶん疑念を表したのだろう、ドロシーは唸った――というか、同じような曖昧な、どうとでも解釈できる声を発した。フワン・ディエゴが推測するとするならば、ドロシーはこの話を知っており、聖母マリア（あるいは彼女のようなもの）がティーンエイジャーの少女の姿で現れて、不運な農夫に向かって自分のために教会をそっくりひとつ建立してくれと望むという展開をめぐるドロシーの言葉によらない発言には、ちょっとどころではない皮肉が満載されているようだった。

「哀れな農夫に何ができよう？」とフワン・ディエゴは問いかけた――修辞疑問は、ドロシーがこの話を聞いたことがあるならば、この娘の突然の鼻息で裁断された。この乱暴な鼻息はフワン・ディエゴ――農夫ではなく、もうひとりのフワン・ディエゴ――をたじろがせた。小説家はもちろん、忙しなく動く娘の歯がまたも鋭く突きたてられるのではないかと恐れたのだが、さらなる痛みは免れた――すくなくとも当面は。

「そこで、農夫はその信じがたい体験談をスペイン人の大司教に話した――」作家は頑として話を続けた。

「スマラガ！」ドロシーはぱっとそう叫ぶと、一瞬喉を詰まらせたような声をあげた。

なんとまあとんでもなく物知りな娘だろう――疑り深い大司教の名前まで知っているとは！　フワン・ディエゴは驚いた。

どうやらドロシーがこうした詳細まで把握しているらしいと知って、フワン・ディエゴはちょっとの間、彼の解釈によるグアダルーペの歴史の話を続けるのをやめた。あの物語の、奇跡の部分の手前で止まってしまったのだ、彼が長年にわたってとりつかれてきたテーマをめぐるドロシーの知識に威圧されたものか、あるいは（やっと！）フェラチオに気を散らされたかで。

「そして、その疑り深い大司教はどうしただろう？」とフワン・ディエゴは問いかけた。彼はドロシーをテストしたのだが、秀でた娘は彼を失望させはしなかった――彼のおチンチンをしゃぶるのをやめたことを除いては。彼女はポンという音を立ててペニスを口から離し、またも彼をたじろがせた。

「ろくでなしの大司教は農夫に証明してみろって言ったのよ、それは農夫の仕事だと言わんばかりにね」ドロシーは軽蔑の口調で答えた。彼女は彼のペニスを乳房のあいだで滑らせてフワン・ディエゴの体の上のほうへせりあがった。

「そして哀れな農夫は聖処女のところへ戻り、あなたの正体を証明できるしるしを下さいと頼んだ」とフワン・ディエゴは続けた。

「それはアンタの仕事だろう、みたいにね」とドロシーは言った。そのあいだずっと彼女は彼の首にキスし、耳たぶを甘噛みしていた。

そのあたりで、ごちゃごちゃになってきた――つまり、誰が誰に何を言ったかきちんと説明するのが不可能に。結局のところ、二人はともにこの物語を知っていて、物語を語り聞かせる行為はさっさと終わらせてしまおうとしていたのだ。聖処女はフワン・ディエゴ（農夫の）に、花を集めるようにと告げた。十二月に花が咲いていたという事実は信憑性の度合を高めるのではないか――農夫が見つけた花がメキシコ原産ではないカスティリアン・ローズだったとなると、なおさらだ。

だが、これは奇跡の物語であり、ドロシーあるいはフワン・ディエゴ（小説家の）が物語の、農夫がバラを大司教に見せる――聖処女はバラを農夫の粗末なマントの内側に挿していた――くだりにきたころには、ドロシーはすでに彼女自身の小さな驚異を出現させていた。この積極的な娘は自分のコンドームを持ちだして、二人で話しているあいだにフワン・ディエゴにかぶせてしまっていたのだ。この娘は複数のことを同時にやってのける。それは作家がその教師生活において知った若者たちのなかに認め、そして大いに称賛してきた資質だった。

フワン・ディエゴが性的関係を持った数少い例のなかには、自分のコンドームを持ち歩いていてそれをかぶせるのが非常に上手い女性はいなかった。それにドロシーのように慣れ切った様子でしごく積極的に自分が上になる女の子にも遭遇したことがなかった。

女性経験の少なさ――とりわけ、ドロシーのような積極性と高度な性知識を持った若い女性との――のせいで、フワン・ディエゴは言葉を失ってしまった。フワン・ディエゴにグアダルーペ物語のこの最重要部分――すなわち、貧しい農夫がスマラガ大司教に向かってバラを包んだマントを広げて見せたときに何が起きたか——を語り終えることができたかは疑わしい。

　フワン・ディエゴのペニスの上にしっかり身を落ち着けていたというのに——前のめりになった彼女の乳房は作家の顔をこすっていた——物語のこの部分をあらためて語ったのはドロシーだった。マントから花が落ちると、貧しい農夫の質素なマントの花のあったところにくっきりと浮かんでいたのは、なんとグアダルーペの聖母の姿だったのだ、両手を祈りの形に合わせ、目はつつましく伏せられていた。

「グアダルーペの姿がバカげたマントに刷り込まれていたっていうよりはむしろ」と娘はフワン・ディエゴに乗っかって体を前後に揺すりながら話した。「それは聖処女そのものだった——つまり、彼女の見た目そのままってこと。きっと大司教には効果絶大だったでしょうね」

「どういうこと？」フワン・ディエゴは息をはずませながらなんとか訊ねた。「グアダルーペの見た目って？」

　ドロシーは頭をのけぞらせ、髪を揺すった。彼の上で乳房がゆらゆらし、その谷間を汗の川が流れるのを見てフワン・ディエゴは固唾をのんだ。

「彼女の態度ってことよ！」ドロシーは息を切らせていた。「両手をあんなふうに、オッパイも見えないように合わせちゃってさ。ほんとにオッパイがあればだけど。目は伏せてるけど、それでも目に薄気味悪い光があるのは見える。黒目のことを言ってるんじゃないのよ——」

「虹彩の——」とフワン・ディエゴは言いかけた。

「虹彩のなかじゃない——瞳孔のなかよ！」ドロシーはあえいだ。「つまり、真ん中の部分——彼女の目にはぞっとするような光があった」

「そうなんだ！」フワン・ディエゴは呻いた。彼はいつもそう思っていたのだ――ただ、これまで同意してくれる人には会ったことがなかった。「だけどグアダルーペは違うんだ――あの褐色の肌だけじゃなく」彼はなんとか頑張って話そうとしていた。どんどん呼吸しにくくなっていた、なにしろ体の上でドロシーが跳びはねているのだ。「彼女はナワトル語をしゃべっていた、土地の言葉だ――彼女は先住民だ、スペイン人じゃない。彼女が聖処女だとしたら、アステカの聖処女だったんだ」

「アホタレ大司教がそれの何を気にしたっていうのよ？」とドロシーが問いかけた。「グアダルーペの態度はまさに謙虚ケキョケキョで、まさにマリア的なんだから！」と激しく体を動かす娘は叫んだ。

「シ！」フワン・ディエゴは大声をあげた。「あの人心操作のうまいカトリック教徒ども――」と彼が言いかけたとたん、ドロシーが超自然的とも思える力で彼の両肩を掴んだ。彼女は彼の頭と肩を完全にベッドから引っぺがし――くるりとひっくり返して自分の上にのせた。

だが、彼女がまだ上になっていて、フワン・ディエゴが彼女を――彼女の瞳を――見上げていた一瞬、ドロシーがどんなふうに自分を凝視しているのか彼は目にしていた。

ずっと昔、ルペが言っていたのはなんだっただろう？「何か気にしたいなら、グアダルーペがどんな顔して兄さんを見ていたかを気にしなさい。兄さんについてはまだ考えているところだ、みたいな顔。グアダルーペは兄さんについてはまだ心を決めてないの」あの超能力を持つ子は彼にそう言ったのだった。

それこそ、ドロシーがフワン・ディエゴに組みついて、くるりと自分の上にのっける一瞬まえに彼のことを見つめていた顔つきではなかったのか？　ほんのつかのまではあったが、恐ろしい顔つきだった。そして今、彼の下になっているドロシーは、憑りつかれた女のようだった。頭を左右に打ち振り、凄まじい勢いで腰を力いっぱい上へ突き上げるので、フワン・ディエゴは落っこちるのを恐れているかのように彼女にしがみついた。だがどこ、へ落ちるというのだ？　ベッドは広大だ。落ちる心配はなかった。

最初彼は、オーガズムに近づいているせいで聴覚が鋭くなっているのだと思っていた。音を消しているラジオが聞こえているのだろうか？　その未知の言語は不安をかきたてると同時に妙に聞き覚えがあった。ここの人たちは北京官話をしゃべるんじゃなかったっけ？　とフワン・ディエゴは考えたが、ラジオから聞こえる女の声には中国語らしいところはまったくなかった――それにミュ、ー、ト、になってもいなかった。激しい性行為の最中に、ドロシーが振りまわした手――あるいは腕、あるいは脚――がナイトテーブルの押しボタンが並んだパネルに当たったのだろうか？　ラジオの女は、どの外国語をしゃべっているにしろ――じつのところ――叫、ん、で、い、た。

そのときだった、叫んでいる女はドロシーだとフワン・ディエゴが気づいたのは。ラジオはずっとミュートのままだった。いかなる予想をも上回るとてつもなく増幅した音量を響かせているのは、ドロシーのオーガズムだった。

フワン・ディエゴがつぎに考えた二つのことは、嫌な具合に重なった。自分がこれまで経験したことがないほど素晴らしい絶頂に達しつつあるという完全に肉体的な認識と同時に、ベータ遮断薬をぜったい二錠――できるだけ早い機会に――飲むべきだという確信があった。だが、この吟味されざる思いには弟（あるいは妹）がいた。フワン・ディエゴはドロシーのしゃべっている言葉が何語なのか知っていると思ったのだ。誰かがその言葉をしゃべるのを最後に聞いたのはもう遠い昔のことになるが。達する直前にドロシーが叫んでいたのは、ナワトル語のように聞こえた——グアダルーペの聖母がしゃべっていた言葉、アステカ族の言葉だ。だが、ナワトル語はメキシコ中央部及び南部と中央アメリカの言語グループに属している。いったいなぜドロシーがそれをしゃべるんだ——どうしてしゃべれるんだ？

「電話に出ないの？」ドロシーは平静な口調で、英語でそう訊ねた。両手で枕の上の後頭部を抱えるようにして背を丸め、フワン・ディエゴが彼女越しにナイトテーブルの電話へ手を伸ばしやすいようにした。ドロシーの皮膚が実際より黒く見えるのは、薄暗いせいなのだろうか？ それとも、本当は、フワン・ディエゴがこれまで思っていたより肌が黒かったのだろうか？

鳴っている電話を取るには、体を伸ばさなければならなかった。まず胸部を、ついで腹部を、ドロシーの乳房でこすられながら。

「うちの母よ、きっと」気だるげな娘が彼に言った。「あの人のことだから、まずわたしの部屋に電話してるわね」

もしかしたらベータ遮断薬は三錠にしたほうがいいかもな、とフワン・ディエゴは考えた。「もしもし」彼はおずおずと受話器に向かって話しかけた。

「きっと耳鳴りしてるんでしょ」とミリアムの声がした。「よくまあ電話が鳴るのが聞こえたわね」

「あなたの声も聞こえてますよ」とフワン・ディエゴは自分で思っていたよりも大きな声で答えた。まだ耳鳴りしていた。

「ホテル全体とは言わないまでも、きっとフロア全体にドロシーの声が聞こえてたわ」とミリアムは付け加えた。フワン・ディエゴには返す言葉が思いつかなかった。「うちの娘の会話機能が回復してるんなら、ちょっと話したいんだけど。それともあなたに話して」とミリアムは続けた。「そしてあなたからドロシーに伝えてもらってもいいけど——娘がまた娘に戻ったらね」

「彼女は彼女ですよ」とフワン・ディエゴは、まるで見当違いな、大げさな威厳をこめて答えた。誰かについてこんなことを言うだなんて、なんとばかばかしい！　ドロシーがドロシーじゃないわけがないではないか。このベッドでいっしょにいる娘が、ほかの誰だというんだ？　フワン・ディエゴはそう思いながら、ドロシーに受話器を渡した。

「びっくりしたわ、お母さん」娘はぶっきらぼうに言った。ミリアムが娘に何を話しているのか、フワン・ディエゴには聞こえなかったが、ドロシーがあまりしゃべっていないことには気づいていた。

この母娘の会話はこっそりコンドームを外すには良いチャンスかもしれないとフワン・ディエゴは考えたが、ドロシーから体を離して、彼女に背中を向けて横向きになると、なんと——驚いたことに——コンドームはすでに外されていた。

世代の差というやつに違いない——今時の若い者ときたら！　フワン・ディエゴは驚嘆した。どこからともなくコンドームを取り出せるだけではなく、同様にぱっと、コンドームを消し去ることもできるのだ。だけど、どこにあるんだろう？　フワン・ディエゴは考えた。ドロシーのほうを向くと、娘は力強い腕の片方を彼の体に回し——彼を自分の胸に抱きよせた。ナイトテーブルのアルミの包装が目に入った——彼はそれまで気づいていなかった——が、コンドーム自体はどこにも見当たらなかった。

自分のことを「細部の記録者」（小説家として、という意味で）と称したこともあるフワン・ディエゴは、使用済みのコンドームはどこへいったのだろうと気になった。おそらくドロシーの枕の下に押し込まれたのか、それとも乱れたベッドにぞんざいに放り出されたものか。たぶん、コンドームをこんなふうに処理するというのも、世代の違いというやつなのだろう。

「彼が早朝の便だっていうことはわかってるわ、お母さん」とドロシーが言っていた。「うん、だからわたしたち、ここに泊まってるんでしょ」

小便したいなあ、とフワン・ディエゴは思っていた。それに、今度バスルームへ行ったら、ロプレッサーを二錠飲むのを忘れないようにしなくては。だが、薄明りに照らされたベッドから出ようとすると、ドロシーの逞しい腕が、彼の首の後ろでぎゅっと力を込めた。彼の顔は近くにあったほうの乳房に押し付けられた。

「だけど、わたしたちの便は何時なの」ドロシーが母親に訊ねるのが聞こえた。「わたしたちは、次はマニラへ行くんじゃないんでしょ？」ドロシーとミリアムがマニラでもいっしょかもしれないという思いのせいか、はたまた顔にすりつけられているドロシーの乳房の感触のせいか、フワン・ディエゴはまたも勃起していた。すると、ドロシーがこう言うのが聞こえた。「まさか、冗談でしょ？　いつからお母さんもマニラへ『行く予定』になったのよ？」

おやおや、とフワン・ディエゴは思った――だが、ドロシーのような若い娘といっしょにいても心臓がなんとかなるなら、マニラでミリアムといっしょでもきっと生き延びられる（とまあ、彼は思った）。

「あのね、彼は紳士よ、お母さん――もちろん、彼は電話なんかしてこなかったわ」ドロシーはそう言いながら、フワン・ディエゴの手を取って遠い方の乳房に押し付けた。「そう、わたしが彼に電話したの。そんなことは考えてもみなかっただなんて、言わないでよね」辛辣な娘は言った。

　片方の乳房に顔を押し付けられ、もう片方には無力な手をぎゅっと押し付けられながら、フワン・ディエゴはルペが好んで口にしていた言葉を思い出した——しばしば、適切ではないときに。「ノ・エス・ブエン・モメント・パラ・ウン・テレモト」とルペはよく言っていた。「地震が起こるにはタイミングがよくない」

「そっちこそ、クタバレ！」ドロシーは電話を切った。地震が起こるにはタイミングがよくなかったかもしれないが、フワン・ディエゴがバスルームへ行くのに適切なタイミングでもなさそうだった。

「いつも見る夢があってね」と彼は話しはじめたが、ドロシーはいきなり上体を起こし、彼を仰向けに押し倒した。

「わたしがどんな夢を見るか、聞きたくはないでしょうね——ぜったい」と彼女は言った。彼女は顔を彼の腹に押し当て、でも彼から顔を背けて体を丸めた。またもフワン・ディエゴはドロシーの後頭部の黒髪を見つめることとなった。ドロシーがペニスをもてあそびはじめると、小説家はこれを正式にはなんと呼べばいいのだろうと考えた——この後戯、かな。

「もう一回できちゃいそう」と裸の娘は言っていた。「まあね——今すぐは無理かもしれないけど、けっこうすぐに。ほら、この子を見てよ！」と彼女は叫んだ。彼は初回と同じくらい硬くなっていた。娘はすぐさま彼に乗っかった。

　おやおや、とフワン・ディエゴはまた思った。小便をしたいということばかり考えながら——べつに象徴的な喋り方をするつもりはなかった——彼は言った。「地震が起こるにはタイミングがよくない」

「わたしが地震を見せてあげる」とドロシーは答えた。

自分は死んで地獄へ落ちたのだと感じながら、小説家は目を覚ました。彼はずっと、もし地獄が実在するなら（彼は疑わしいと考えていた）、そこには絶え間なくひどい音楽が流れているだろうと思っていた——外国語のニュースと競い合うように最大限の音量で。彼が目覚めたときの状況はそれだった。だが、フワン・ディエゴは相変わらずベッドにいた——リーガル・エアポート・ホテルの明るく照らされた大音量が鳴り響く部屋で。彼の部屋のすべての照明はもっとも眩い明るさで点けられていた。ラジオから流れる音楽とテレビから流れるニュースの音量は最大になっていた。

ドロシーが出ていくときにこうしていったのだろうか？　あの娘はいなくなっていたが、彼女流の愉快なモーニングコールをフワン・ディエゴに残していったのだろうか？　それとももしかしたら、あの女の子は怒って出ていったのかもしれない。フワン・ディエゴには思い出せなかった。これまでなかったほどぐっすり眠っていたように感じるのだが、たった五分間ほどのことなのだ。

彼はナイトテーブルの押しボタンのパネルを叩き、右手の付け根を痛めた。ラジオとテレビの音量はじゅうぶん下がり、電話が鳴っているのが聞こえたので、出た。誰かがアジア風な響きの言葉（「アジア風な響き」というのがどういうものにしろ）で彼に怒鳴った。

「すみません——おっしゃっていることがわからないんです」とフワン・ディエゴは英語で答えた。

「ロ・シエント——」彼はスペイン語で話しはじめたが、相手は聞こうとしなかった。

「このアハァめ！」アジア風な響きの相手は叫んだ。
「阿呆とおっしゃりたいんですね——」と作家は答えたが、怒れる相手は切ってしまった。そのとき初めてフワン・ディエゴは、彼の使ったひとつ目とふたつ目のコンドームのアルミの包装がナイトテーブルからなくなっているのに気がついた。ドロシーが持ち去ったに違いない、あるいは、ゴミ箱に捨てたか。

ふたつ目のコンドームがまだペニスに装着されたままなのがフワン・ディエゴの目に映った。じつのところ、それは彼にとって自分がもう一度「できた」という唯一の証拠だった。ドロシーがもう一度試みようと彼の上にまたがったあの瞬間から先の記憶はまったくなかった。彼女が見せてやると約束した地震は時の彼方に消えてしまった。あの娘がまたもナワトル語のような（そんなはずはないのだが）言葉で防音壁を破っていたとしても、その瞬間は記憶にも夢にも捕らえられてはいなかった。

小説家にわかっているのは自分は眠っていたが夢は見なかった——悪夢さえも——ということだけだった。フワン・ディエゴはベッドから起きて、足を引きずりながらバスルームへ行った。小便をしたくないという事実が彼に、すでにしちまっているということだぞ、と注意してくれた。ベッドで小便したのではありませんように、と彼は祈った。あるいはコンドームのなかとか、それともドロシーの体の上とか。小便をしに起きたときにベータ遮断薬を一錠（か二錠）飲んだに違いない。だが——バスルームに行くと——ロプレッサーの容器の蓋が開いているのが目に入った。

だが、それはどのくらいまえなのだろう？　ドロシーが立ち去るまえだろうか、あとだろうか？

そして、ロプレッサーは指示されたとおり一錠しか飲まなかったのだろうか、それとも、そうすべきだと思った二錠を飲んだのだろうか？　実際には、もちろん、二錠飲むべきではなかった。服用を一回飛ばした埋め合わせにベータ遮断薬を倍量飲むのは、好ましくないことだった。

外はすでに薄明るく、ホテルの彼の部屋はもちろん煌々と明りに照らされていた。自分は早朝の便に乗るのだとフワン・ディエゴは承知していた。さほど荷ほどきはしていなかったので、たいしてすることはなかった。だが彼は、洗面用具のしまい方には注意を払った。今回は、ロプレッサー（それとバイアグラ）は機内持ち込みの手荷物に入れるつもりだった。

彼はふたつ目のコンドームを便器に流したが、ひとつ目が見つからないのが気になった。それに、いつ小便をしたのだろう？　この瞬間にも、ミリアムが電話をよこすかあるいはこの部屋のドアをノックして、もう出かける時間だと告げないともかぎらない、と彼は思った。そこで彼はひとつ目のコンドームが見つかるのではないかと、上掛けをはぐり、枕の下を確かめた。問題の物はどのゴミ箱にも入っていなかった――アルミの包装もなかった。

シャワーの下に立っていたときに、フワン・ディエゴは見当たらなかったコンドームがバスタブの底の排水口でくるくる回っているのを見つけた。コンドームは伸びていて、溺死したナメクジみたいだった。ドロシーに使ったひとつ目のコンドームは彼の背中もしくは尻もしくは脚の裏に張り付いていたと考えるしかなさそうだった。

なんと恥ずかしい！　ドロシーに見られていないことを彼は祈った。もしシャワーを浴びずにいたら、使用済みのコンドームを体にくっつけたままマニラ行きの飛行機に乗るところだった。

間の悪いことに、電話が鳴ったとき、彼はまだシャワーを浴びていた。自分のような歳では、とフワン・ディエゴは承知していた――それに、この歳で足が悪ければいっそう分が悪いに違いない

——バスタブではひどい事故が起きる。フワン・ディエゴはシャワーを止め、上品に、といっていいくらいの仕草でバスタブから出た。ぽたぽた滴を垂らしながら、バスルームの床のタイルがひどく滑りやすいことに気がついた。ところがタオルを摑むと、タオル掛けから離れようとしない。フワン・ディエゴは必要以上に強くタオルを引っ張った。アルミのタオル掛けがバスルームの壁から引っこ抜け、磁器製の土台までくっついてきた。土台は床で砕け、濡れたタイルの上に透明なセラミックの破片が散らばった。アルミの棒はフワン・ディエゴの顔に当たり、額の、片方の眉の上が切れた。彼はぽたぽた水を垂らしながら、血の出る額にタオルを押し付け、足を引きずってベッドルームへ行った。

「もしもし!」彼は電話に向かってわめいた。

「あら、起きてたのね——まずはよかった」とミリアムは言った。「ドロシーに二度寝させちゃだめよ」

「ドロシーはここにはいません」とフワン・ディエゴは答えた。

「あの子に電話しても出ないの——きっとシャワーを浴びるか何かしてるのね」と母親は言った。

「出発の準備はできた?」

「十分後でいかがです?」フワン・ディエゴは訊ねた。

「八分にして、でも五分を目指してね——お迎えに行くわ」とミリアムは言った。「ドロシーは最後にしましょ——あの歳の女の子は準備がいちばん遅いんだから」と母親は説明した。

「出られるようにしておきます」とフワン・ディエゴは告げた。

「あなた、だいじょうぶ?」ミリアムは問いかけた。

「はい、もちろん」と彼は答えた。

「話し方がいつもと違うわ」と彼女は言って、電話を切った。

違うだって？　とフワン・ディエゴは思った。むき出しになったベッドシーツに血がついているのが目に映った。髪からしたたる水で額の傷から流れる血が薄まっている。水のせいで血はピンク色になり、実際より量が増えていた。小さな傷なのに、血は止まらなかった。

そうだ、顔の傷は血がたくさん出る――それに彼は熱いシャワーを浴びたばかりだった。フワン・ディエゴはベッドの血をタオルで拭き取ろうとしたが、タオルはシーツよりもっと血まみれだった。結局汚れはいっそうひどくなった。ベッドのナイトテーブルにいちばん近い部分は、セックス殺人儀式の現場みたいだった。

フワン・ディエゴはバスルームに戻った。そこはさらに多くの血が流れ、水浸しだった――しかも砕けた磁器製の土台の破片まで散らばっている。彼は冷たい水を顔に浴びせた――間抜けな切り傷の血を止めようと、とりわけ額に。もちろん彼は、事実上一生分のバイアグラと、うっとうしいベータ遮断薬を持っていた――それにあの錠剤を切るためのこだわりの道具も忘れてはいけない――が、バンドエイドは一枚も持っていなかった。出血はひどいが小さな傷にトイレットペーパーの束を押しあてて、一時的に止血した。

ミリアムがドアをノックし、彼が招じ入れたときには、出発の準備はできていた――あとは具合の悪い足に特別誂えの靴を履くだけで。これがいつもちょっと厄介なのだ。時間がかかることもあった。

「さあ」とミリアムは言いながら、彼をベッドに座らせた。「お手伝いするわ」彼はベッドの足元のほうに座り、彼女に特製の靴を履かせてもらった。驚いたことに、彼女はやり方を心得ているらしかった。実際のところ、じつに巧みに、しかも無造作にやってのけたので、フワン・ディエゴの悪いほうの足に靴を固定しながら、彼女は血で汚れたベッドをしげしげと眺めることまでできた。「処女喪失とか殺人とかじゃないわよね」ミリアムは血と水とで恐るべき様相を呈しているシーツのほうへ顎をしゃくりながら言った。「まあべつに、メイドがどう思おうが関係ないけれど」「切り傷ができちゃって」とフワン・ディエゴは話した。もちろんミリアムは、フワン・ディエゴの額の眉の上に貼りつけられた血の浸みたトイレットペーパーに気づいていた。「どう見ても髭剃りの傷じゃないわね」と彼女は言った。ベッドからクローゼットのほうへ歩いてなかを覗きこむ彼女を彼は見守った。それから彼女は衣類の忘れ物がありそうな引き出しを開けては閉めた。「ホテルの部屋を出るまえには、いつもさっと見てまわるの――どのホテルでも」と彼女は言った。

バスルームを覗かれるのも止めるわけにはいかなかった。洗面用具は一切残していないとフワン・ディエゴにはわかっていた――バイアグラも、ロプレッサーの錠剤も、間違いなくないはずだ、機内持ち込みの手荷物に移したのだから。ひとつ目のコンドームについては、このときになって彼はバスタブにそのままにしてきたのを思い出した。排水口にわびしく横たわっていることだろう――あたかも、卑しむべきみだらな行為を象徴しているかのように。

「あらあら、ちっちゃなコンドームさん」バスルームからミリアムの声が聞こえた。フワン・ディエゴはまだ血で汚れたベッドの足元のほうに座ったままだった。「まあべつに、メイドがどう思おうが関係ないけれど」とベッドルームに戻ってきたミリアムはまたそう言った。「でも、ああいうものって、たいていの人はトイレに流すんじゃないの?」

「シ」フワン・ディエゴはそれしか言えなかった。男の妄想にはさほど関心のないフワン・ディエゴは、間違いなくこんなことを妄想しはしなかったろう。

ロプレッサーの錠剤を二錠飲んだに違いない、と彼は思った。ふだんよりも減退感があった。たぶん飛行機で眠れるだろう、と彼は思った。自分の夢がどうなるのかいま考えてみてもしかたがないと彼にはわかっていた。フワン・ディエゴはひどく疲れていたので、ベータ遮断薬によって一時的に夢の生活を短縮されるほうがいいように思えた。


「お母さんったら、あなたのこと殴ったの?」フワン・ディエゴとミリアムがかの若い女性の部屋へ行くと、ドロシーはそう訊ねた。

「そんなことしませんよ、ドロシー」と母親は答えた。ミリアムはすでに娘の部屋を見まわりはじめていた。ドロシーは服を半分しか身に着けていなかった——スカートは穿いていたが、ブラだけで、ブラウスもセーターも着ていなかった。開いたスーツケースはベッドの上だった(大型犬が入れるくらいの大きさだった)。

「バスルームでの事故だよ」フワン・ディエゴは額に当てたトイレットペーパーを指差しながら、それだけ言った。

「もう血は止まってるんじゃないの」とドロシーは返事した。彼女はブラのまま彼の前に立ち、トイレットペーパーをつまんだ。ドロシーが額からペーパーをさっと剝がすと、小さな傷はまた出血しはじめた——だが、たいしたことはなかったので、彼女は片方の人差し指を湿らせて彼の眉の上に押しあてて血を止めた。「じっとしてて」と娘は言い、フワン・ディエゴは魅力的なブラを見ないように努めた。

「まったくもう、ドロシーったら――ちゃんと服を着なさい」と母親は娘に命じた。

「で、わたしたち、どこへ行くの――わたしたち全員がってことだけど？」娘は母親に、あまり無邪気とは言えない口調で訊ねた。

「まずは服を着なさい、そうしたら教えてあげる」とミリアムは答えた。「あら、忘れるところだった」彼女はとつぜんフワン・ディエゴに言った。「あなたの旅程表を預かっていたのよね――返しておかなくちゃ」まだJFK空港にいたときに、ミリアムに旅程表を取り上げられたのをフワン・ディエゴは思い出した。返してもらっていなかったことに、彼は気づいていなかった。ミリアムは、今度はそれを手渡してくれた。「ちょっとメモを書いておいたわ――マニラではどこに泊まるべきか。今回じゃないわよ――初めての今回は短いから、どこに泊まろうと問題じゃないでしょ。でもね、わたしの言うことを信じて。泊まる予定のホテルはきっとあなたの気に入らない。マニラへ戻ってきたら――つまり二度目のときは、もうちょっと長くいるでしょ――どこに泊まるべきか、いくつか案を書いておいたわ。それにわたしたち用にあなたの旅程表をコピーしておいたから」とミリアムは彼に話した。「あなたの動静を確認できるようにね」

「わたしたち用に？」とドロシーが胡散臭そうに繰り返した。「それともお母さん用にってこと？」

「わたしたち用に――『わたしたち』って言ったでしょ、ドロシー」とミリアムは娘に言い返した。

「またお会いできることを願っています」フワン・ディエゴはいきなり言った。「おふたりの両方に」と彼は付け加えた――ぎこちなく。なにしろ彼はドロシーだけを見つめていたのだから。娘はブラウスを羽織ったが、まだボタンを留めはじめてはいなかった。彼女は自分の臍（へそ）を見つめていた。ついで、臍を突ついた。

「ああ、またお会いできるわ――間違いなく」ミリアムはそう言いながら、見回りの続きでバスルームへ入っていった。

「うん、間違いなく」ドロシーはまだ自分の臍に関心を向けながら言った――相変わらずボタンは留めないままだ。

「ボタンを留めなさい、ドロシー――そのブラウスにはボタンがあるのよ、まったく！」母親がバスルームから叫んだ。

「忘れ物はないわよ、お母さん」ドロシーはバスルームに向かって大声をあげた。ボタンを留めてしまった娘は、さっとフワン・ディエゴの口にキスした。彼女が手に小さな封筒を持っているのが彼の目に入った。ホテル備え付けのもののようだ――あの種の封筒だった。ドロシーは封筒を彼の上着のポケットに滑り込ませた。「今は読んじゃだめ――あとで読んで。ラブレターだから！」娘は囁いた。彼女の舌がさっと彼の唇のあいだをかすめた。

「あなたには驚いちゃうわね、ドロシー」ミリアムはそう言いながらベッドルームへ戻ってきた。「フワン・ディエゴのバスルームの惨憺たる有様に比べたら、あなたのほうがましだったわ」

「わたしはお母さんを驚かせるために生きているの」と娘は返事した。

フワン・ディエゴは二人に向かって心もとなげに微笑んだ。彼はずっとこのフィリピン旅行を一種の感傷旅行（センチメンタル・ジャーニー）だと思っていた――自分のための旅行ではないという意味において。じつのところ彼はずっと、この旅を他人のためにするのだと考えていた――この旅をしたいと願っていたのに行けるようになるまえに死んでしまった亡き友人のために。

ところが、フワン・ディエゴが実際にしている旅は、ミリアム及びドロシーと切り離せなくなっているように思えた。しかし、彼がまったく自力で行っているのではないその旅は、いったいなんなのだろう?

「で、あなた方、あなたたちふたりは、そもそもどこへいらっしゃるんですか?」フワン・ディエゴは世界中飛びまわっている旅のベテラン(明らかに)の母娘に、思い切って訊いてみた。

「やんなっちゃう——わたしたちには、片づけるべきクソの山があるの!」ドロシーは暗い口調で言った。

「やらなくちゃいけないことでしょ、ドロシー——あなたたちの世代は、クソって言葉を使い過ぎよ」とミリアムはたしなめた。

「あなたが思っているより早く会えるわ」ドロシーはフワン・ディエゴに言った。「わたしたち、最後はマニラへ行くんだけど、今日じゃないの」娘は謎めいた言い方をした。

「そのうちにマニラで会えるわ」ミリアムはちょっとじれったそうに説明した。そして付け加えた。

「すぐにってわけじゃなくても」

「すぐにってわけじゃなくても」とドロシーが繰り返した。「そう、そう!」

娘は唐突に、フワン・ディエゴが手を貸すよりも早くベッドの上からスーツケースを持ち上げた。ひどく大きく重そうなのに、ドロシーはまるで重さがないかのように持ち上げた。フワン・ディエゴはそれを見て、この娘にどんなふうに持ち上げられて——頭と両肩を完全にベッドから——くるりと彼女の上にのせられたかを思い出し、ギクッとした。

なんと力の強い娘だろう！　フワン・ディエゴはそうとしか思わなかった。機内持ち込み用ではない、自分のスーツケースを取ろうと振り向いた彼は、ミリアムがそれを持っているのを見て驚いた――彼女自身の大きなスーツケースといっしょに。なんと力の強い母親だろう！　とフワン・ディエゴは思った。彼は足を引きずりながらホテルの廊下に出て、二人の女たちに遅れまいと急いだ。自分がほぼ足を引きずっていないことに、彼はほとんど気づいていなかった。

どうも妙だった。思い出せない会話の最中、香港国際空港の保安検査場を通り抜けるあたりで、フワン・ディエゴはミリアムやドロシーとはぐれていた。金属探知機のほうへ進みながらミリアムを振り返ると、彼女は靴を脱いでいた。彼女の足の爪がドロシーの足の爪と同じ色に塗られているのが目に留まった。そして金属探知機を通り抜けた彼がまた二人の女たちを探すと、ミリアムもドロシーもいなくなっていた。二人ともあっさり（あるいはそれほどあっさりではなく）消えてしまったのだ。

フワン・ディエゴは保安要員のひとりに、同行の二人の女性のことを訊いてみた。どこへ行ってしまったのだろう？　だがその保安要員はせっかちな若者で、金属探知機に明らかに問題が起きていることに気を取られていた。

「どんな女の人たちなんですか？　どの女の人たちです？　ありとあらゆる女の人たちを見てるんですよ――きっと先へ行ったんでしょう！」と保安要員は言った。

携帯電話であの二人にメールするか電話するかしようと思ったが、フワン・ディエゴは携帯電話の番号を聞き忘れていた。彼は連絡先をスクロールして、あるはずのない名前を見つけようとむなしい努力をした。それにミリアムは、彼の旅程表に記したメモのなかに、自分の携帯番号もドロシーの番号も残していなかった。フワン・ディエゴが目にしたのは選択肢として挙げられたマニラのホテルの名前と住所だけだった。

ミリアムはなんだって「二度目」にマニラに来たらどうこうとあんなに言っていたんだろう、とフワン・ディエゴは思ったが、それについて考えるのはやめ、ゆっくりと自分の乗るフィリピン行きの便の搭乗口へ向かった――初めてマニラへ行くのだ、と彼は心のうちで考えた（そのことについて考えていたのだとしたら）。異常に疲れていた。

ベータ遮断薬のせいだ、とフワン・ディエゴは思った。二錠も飲むんじゃなかったなあ――飲んだのだとしたらだが。

キャセイパシフィック航空――今回はずっと小さい飛行機だった――の抹茶マフィンでさえ、いささかがっかりだった。彼とミリアムとドロシーが香港に到着しようとしていたときに、初めて抹茶マフィンを食べたあの経験ほどの高揚感はなかった。

飛び立ってから、フワン・ディエゴはドロシーが上着のポケットに入れてくれたラブレターのことを思い出した。封筒を取り出して開けてみた。

「またすぐ会いましょう！」とドロシーはリーガル・エアポート・ホテルの便せんに書いていた。彼女は便せんに――明らかに、口紅を塗ったばかりの――唇を押しあてて、すぐという言葉に自分の唇のスタンプを重ねていた。彼女の口紅は、彼は今ようやく気づいたのだが、足の爪のペディキュアと同じ色だった――彼女の母親の足の爪とも。マゼンタって色だな、とフワン・ディエゴは思った。

ラブレターと称するものといっしょに封筒に入っていたものも、見逃しようがなかった。二つの空になったアルミ包装、ひとつ目とふたつ目のコンドームが入っていたものだ。香港国際空港の金属探知機は具合が悪かったのかもしれない、とフワン・ディエゴは考えた。装置はコンドームのアルミ包装を探知しなかった。明らかに、とフワン・ディエゴは考えた、これは自分が思っていたような感傷旅行ではなさそうだが、もうずいぶん来てしまったのだし、今さら引き返すわけにもいかなかった。

9　どうしたのだろうと思っておられるかもしれませんが

エドワード・ボンショーは額にL字型の傷があった——子供のころに転んでできたものだ。小さな手に麻雀牌を握りしめて走っているときに、寝ている犬につまずいたのだ。小さな牌は象牙と竹でできていた。美しい牌の角がエドワードの青白い額の鼻梁の上のところに食い込み、ブロンドの眉のあいだに完璧なチェックマークをつけたのだった。

彼は体を起こしたが、めまいがして立てなかった。両目のあいだを血が流れ、鼻先から滴った。目を覚ました雌犬は、尾を振りながら血を流している男の子の顔を舐めた。

犬の愛情のこもった世話はエドワードには心地よかった。男の子は七歳だった。猟は嫌いだと表明したというだけの理由で、エドワードは父親から、「ママの坊や」というレッテルを貼られていた。

「どうして生きているものを撃つの？」と彼は父親に訊いたのだ。

その犬も猟が好きではなかった。ラブラドル・レトリーバーのその雌犬は、まだ子犬のときに隣家のプールへうっかり落ちて、危うく溺れ死ぬところだった。そのあと犬は水を怖がるようになった——ラブラドルにとっては正常ではなかった。エドワードの専横な父親の揺るぎない意見によると、同じく「正常ではなかった」のが、ものを取ってこないというその犬の性癖だった（ボールだろうが、棒だろうが——死んだ鳥なんてもってのほか）。

「ものを取ってくる（レトリーバー）の部分はどうなったんだ？　あいつはラブラドル・レトリーバーのはずじゃなかったのか？」エドワードの冷酷な叔父イアンはいつもそう言った。

だがエドワードは、ものは取ってこないしぜったい泳がないラブラドルが大好きで、優しい犬もこの男の子を溺愛していた。どちらもエドワードの父親グレアムの手厳しい判定では「臆病」だった。幼いエドワードにとって、父親の弟——弱い者いじめの叔父イアン——は、意地の悪い間抜けだった。

つぎに起こったことを理解するには、これだけの背景が必要だ。エドワードの父親とイアン叔父は雉猟（きじ）をしていた。二人は殺された鳥を二羽ほど持って帰ってきて、車庫に続くドアからキッチンにずかずか入ってきた。

この家はコーラルヴィルにあった——当時は街からうんと離れているように思えたアイオワシティの郊外だ——そしてエドワードは血まみれの顔でキッチンの床に座り込み、ものを取ってこない、ぜったい泳がないラブラドルは、男の子を頭から食らっているように見えた。キッチンに突入してきた男たちはイアン叔父のチェサピーク・ベイ・レトリーバーを連れていた。イアンと同じ攻撃的な性格の無分別な雄の猟犬で、これといって特徴がなかった。

「ベアトリスの畜生め！」エドワードの父親は叫んだ。

グレアム・ボンショーはラブラドルにベアトリス、、、、と名付けていた。思いつけるうちでもっとも馬鹿女っぽい名前だったのだ。避妊手術を受けさせるべきだ――「こいつが子を産んで高貴な品種をこれ以上弱くすることがないようにな」――とイアン叔父が言う犬にふさわしい名前だった。

二人のハンターは、エドワードをそのままキッチンの床に座らせておいて、ベアトリスを外へ連れ出すと、車庫への進入路で撃ち殺した。

のちになって、エドワード・ボンショーが額のL字型の傷を指差しながら、愛想よく、なんてこともなさそうに、「この傷はどうしたのだろうと思っておられるかもしれませんが――」と話し始めるとき、聴き手はまさかこんな話を聞かされるとは思いもよらないのだが、聞かされるのはベアトリスの、幼いエドワードが熱愛していたこのうえなく優しい性質をもつ犬の、むごたらしい殺害事件なのだった。

そして、セニョール・エドゥアルドがその美しい小さな麻雀牌――彼の白い額に一生消えないチェックマークをつけた牌――をずっと持っていたことを、フワン・ディエゴは覚えていた。

フワン・ディエゴの人生においてかくも深く愛されていたエドワード・ボンショーの、この悪夢のような思い出を蘇らせたのは、やっと血の止まったフワン・ディエゴの額の、タオル掛けによるどうということのない切り傷だったのだろうか？ 香港からマニラまでの飛行では、フワン・ディエゴがぐっすり眠るには短かすぎたのだろうか？ 彼が思っていたほど短くはなかったが、どうも落ち着かず、飛んでいる二時間のあいだずっと半分目が覚めている状態で、見る夢は支離滅裂だった。フワン・ディエゴの睡眠がとぎれとぎれで夢の流れがめちゃめちゃであるという事実は、彼にとって自分がベータ遮断薬を倍量服用したのだというさらなる証拠だった。

彼はマニラに着くまでずっととぎれとぎれに夢を見ることとなった——まずは、エドワード・ボンショーの傷についての忌まわしい経緯だ。まさにロプレッサーを二錠飲んだら見そうな夢だ！　しかしながら、疲れていたにもかかわらず、フワン・ディエゴは、支離滅裂ではあってもとにかく夢を見られたということについてはありがたく思った。過去は、彼がもっとも自信を持って生きられる場所であり、自分がどういう人間であるか——小説家としてだけではなく——わかっているという、これ以上ないほど確かな感覚を持っていられる場所だった。

ばらばらな夢のなかでは、ともすると会話ばかりとなり、物事は何の前触れもなく乱暴に起こった。オアハカのクルース・ロハ、すなわち赤十字病院の医師の診察室は、救急入口からなぜかやたらと近かった——ろくでもない思い付きのせいか、あるいは設計によるものか、それともその両方か。オアハカの屋根犬に嚙まれた女の子が、救急処置室の代わりにバルガス医師の整形外科診察室へ連れてこられていた。女の子は顔を守ろうとして両手と前腕をずたずたにされていたが、見たところ整形外科的問題はまったくなかった。バルガス医師は整形外科医だった——サーカスの連中（主に子供の芸人たち）やダンプ・キッドや「迷い子」の孤児たちに整形外科の範疇にかぎらない治療を確かに施してはいたが。

バルガスは犬に嚙まれた被害者が連れてこられたことに腹を立てていた。「だいじょうぶだよ」彼は泣いている女の子にそう繰り返していた。「この子は救急処置室へ行くべきだ——僕のところではなくて」バルガスは女の子の半狂乱になっている母親に何度もそう言っていた。傷ついた少女を目にして、待合室の全員が動揺していた——つい先ほど町へやって来たばかりのエドワード・ボンショーを含めて。
「屋根犬というのはなんですか？」セニョール・エドゥアルドはペペ修道士に訊ねた。「犬の種類、じゃありませんよね！」一同はバルガス医師について検査室へ向かっていた。フワン・ディエゴはストレッチャーでごろごろ押されていた。

ルペがぺらぺらと何か言ったが、怪我した兄は訳したくなさそうだった。屋根犬の一部は超自然的存在なのだとルペは言ったのだった——故意に痛めつけられ殺された犬の本物の幽霊なのだと。幽霊犬たちはこの市の屋上に出没し、罪のない人々を攻撃する——犬たちは（罪もないのに）攻撃されたので、復讐しようとしているのだ。犬たちが屋上に住んでいるのは飛べるからだ。彼らは幽霊犬なので、誰からも危害を加えられることはない——もうこれ以上は。

「長い答えだね！」エドワード・ボンショーはフワン・ディエゴに言った。「彼女、なんて言ったの？」

「おっしゃるとおり、犬の種類じゃありません」フワン・ディエゴは新しい宣教師にそれだけしかしゃべらなかった。

「ほとんどは雑種なんだ。オアハカには野良犬がたくさんいてね。野生化したのもいる。とにかく屋上にたむろしてるんだ——犬どもがどうやって屋根に上がるのか、誰にもわからない」とペペ修道士が説明した。

「犬は飛びませんし」とフワン・ディエゴは付け加えたが、ルペはぺらぺらしゃべり続けた。一同は今やバルガス医師とともに検査室に入っていた。

「で、君はどうしたんだね？」バルガス医師はわけのわからないことを言っている少女に訊ねた。

「ちょっと気を落ち着けてゆっくりしゃべってごらん、僕にわかるようにね」

「患者は僕です——この子は僕の妹なんです」フワン・ディエゴは若い医師に言った。たぶんバルガスはストレッチャーに気づいていなかったのだろう。

ペペ修道士はすでにバルガス医師に、このダンプ・キッド兄妹はまえにも診てもらったことがあると話していたのだが、バルガスはあまりにも大勢の患者を診ていた——彼には子供たちを識別するのは難しかった。それに、フワン・ディエゴの痛みは一時おさまっていたので、叫び声をあげていなかった。

バルガス医師は若くてハンサムだった。成功した人間から発散されることがある投げやりで高貴なオーラが漂っていた。彼は正しくあることに慣れていた。バルガスは他人の無能さに心を乱されやすかったが、この印象的な青年には初めて会った人間をすぐさま品定めしてしまうところがあった。バルガス医師がオアハカで最高の整形外科医であることは誰もが承知していた。肢体不自由児は彼の得意分野だった——そして、肢体不自由児のことを気にかけない人間がいるだろうか？　それなのにバルガスは、あらゆる人の気持ちを逆撫でした。子供たちはバルガスが顔を覚えてくれないのでむくれた。大人たちは彼を傲慢だと思った。

「じゃあ、君が患者なんだ」とバルガス医師はフワン・ディエゴに話しかけた。「君のことを教えてくれ。ダンプ・キッドだって話はいいよ。臭いでわかる。バスレーロのことは知っているからね。僕が言ってるのは君の足のことだ——そのことを話してくれ」

「僕の足の話はダンプ・キッドの話なんです」とフワン・ディエゴは医師に答えた。「僕の足はゲレロでバックしたトラックに轢かれたんです、バスレーロの銅を積んでました——重い積荷です」

ルペはときどき箇条書きでしゃべることがあった。今回もそうだった。「一、この医者は哀れなろくでなしだ」とすべてお見通しの女の子は始めた。「二、彼は生きているのを恥じている。三、彼は自分は死ぬべきだったのだと思っている。四、兄さんにレントゲンを撮らなくちゃならないと言おうとしているんだけど、ちょっとぐずぐずしてる――自分には兄さんの足は治せないって、彼はすでにわかってる」

「サポテカ語とかミステカ語にちょっと似てるけど、違うな」とバルガス医師は言った。彼はフワン・ディエゴに妹は何と言ったのかとは訊かなかったが、（ほかの皆と同じく）フワン・ディエゴはこの若い医者には好感が持てず、ルペが並べ立てたことをぜんぶ言ってやることにした。「この子はそれだけのことをぜんぶ言ったのかい？」とバルガスは問いかけた。

「妹は過去のことについてはいつも正しいんです」とフワン・ディエゴは話した。「未来についてはそれほど正確じゃありません」

「確かに君はレントゲンを撮らなくちゃならない。僕はたぶん君の足を治せないだろう。だけど、まずレントゲン写真を見なくては、君にどう話せばいいのかわからないからね」とバルガス医師はフワン・ディエゴに告げた。「君は神のご加護を願って我らが友人のイエズス会士を連れてきたの？」医師はペペ修道士のほうへ頷いて見せながら少年に訊ねた（オアハカでは、誰もがペペを知っていた。そしてほとんど同じくらいの人々がバルガス医師のことを耳にしていた）。

「母さんがイエズス会士のところで掃除婦をしてるんです」とフワン・ディエゴはバルガスに説明した。少年はそれからリベラのほうへ顎をしゃくった。「でも、僕たちの面倒をみてくれているのはあの人です。エル・ヘフェ――」と少年は言いかけたが、リベラに遮られた。

「俺がトラックを運転していたんだ」ダンプ・ボスはすまなそうな表情で言った。

ルペがお馴染みの壊れたサイドミラーの話を始めたが、フワン・ディエゴはわざわざ通訳しようとはしなかった。そのうえ、ルペはすでに先へ進んでいた。バルガス医師がなぜこんな哀れなろくでなしなのかということについて、さらに詳細が加えられていた。

「バルガスは酔っぱらった。寝過ごした。飛行機に乗り遅れた――家族旅行のね。そのろくでもない飛行機は墜落した。彼の両親が乗っていた――彼の姉も、夫と二人の子供といっしょに。みんないなくなっちゃった！」とルペは叫んだ。「バルガスが寝て酔いを覚ましているあいだにね」と彼女は付け加えた。

「なんて張りつめた声なんだ」とバルガスはフワン・ディエゴに言った。「この子の喉を診てみなくちゃ。たぶん、声帯をね」

フワン・ディエゴはバルガス医師に、飛行機の墜落で若き医師の家族全員が死んだことについてお悔やみを述べた。

「この子が君にその話をしたのか？」バルガスは少年に訊ねた。

ルペはペラペラしゃべるのをやめようとしなかった。バルガスは両親の家や財産のすべてを相続した。彼の両親は「非常に信心深かった」。バルガスが「信心深くない」ことは、長年にわたって家族の摩擦の源だった。今では若き医師は「あまり信心深くなく」なっているのだとルペは言った。

「そもそも『信心深くない』のに、どうやったら彼はまえよりも『あまり信心深くなく』なれるんだよ、ルペ？」フワン・ディエゴは妹に訊ねたが、少女は肩をすくめただけだった。彼女にはある事柄がわかる。メッセージが彼女のところにやってくるのだが、ふつう説明は一切ないのだ。

「あたしはただ兄さんに知ってることを話してるだけ」ルペはいつもそう言うのだった。「それはどういうことか、なんて訊かないで」

「待て、待て、待ってくれ！」エドワード・ボンショーが英語で口を挟んだ。「誰が『信心深くない』から『あまり信心深くなく』なったって？　僕はこのシンドロームについて知ってるよ」とエドワードはフワン・ディエゴに言った。

フワン・ディエゴはセニョール・エドゥアルドに英語で、ルペがバルガス医師についてしゃべったことをすべて伝えた。ペペ修道士でさえすべての話は知らなかったのだ。そのあいだずっと、バルガスは少年の潰されて捻じれた足を調べていた。フワン・ディエゴはバルガス医師のことがこれまでよりちょっと好きになりかけてきた。赤の他人の過去を見抜く（そして、程度は下がるものの、その人物の未来も）というルペの癇に障る能力のおかげで、フワン・ディエゴは気が紛れて痛みをさほど感じなかった。それに、そうして気が紛れている隙を利用してバルガスが検査してくれているのも、少年はちゃんと察していた。

「このダンプ・キッドはどこで英語を覚えたんです？」バルガス医師はペペ修道士に英語で訊いた。「あなたの英語はこれほど上手くないけれど、ねえペペ、きっとあなたがこの子に手を貸して教えたんでしょうね」

「この子は自分で身に着けたんですよ、バルガス——話せるし、聞き取れるし、読めます」とペペは答えた。

「これは育んでいくべき才能だよ、フワン・ディエゴ」とエドワード・ボンショーは少年に言った。

「ご家族のご不幸、本当にお気の毒に思います、バルガス先生」とセニョール・エドゥアルドは付け加えた。「家族内での災難については、私もいささか覚えがありますが――」

「このグリンゴは誰なんだ?」バルガスはスペイン語でぶしつけにフワン・ディエゴに訊ねた。

「エル・オンブレ・パパガヨ」とルペが答えた(「オウム男」)。

フワン・ディエゴはこれをバルガスに通訳した。

「エドワードはうちの新しい先生なんです」ペペ修道士がバルガス医師に説明した。「アイオワから来たんですよ」ペペは付け加えた。

「エドゥアルドです」とエドワード・ボンショーは言った。アイオワンは手を差し出してから、バルガス医師がゴム手袋をはめていることに気がついた――手袋は少年のグロテスクに潰れた足の血で汚れていた。

「彼がハワイから来たんじゃないのは確かなんですか、ペペ?」バルガスは訊ねた(新しい宣教師のアロハシャツの派手派手しいオウム模様は見過ごしようがなかった)。

「バルガス先生、あなたと同じく」とエドワード・ボンショーは、青年医師と握手しようという考えは賢明にも捨てて話しはじめた。「私の信仰も疑念に襲われたことがあります」

「僕はどんな信仰も持ったことないから、疑念も一切ないです」とバルガスは返事した。彼の英語はぶっきらぼうだが正確だった――曖昧なところはまったくなかった。「僕がX線を好きなのはね、フワン・ディエゴ」とバルガス医師は彼の単刀直入な英語で続けた。「X線が霊的なものじゃないからだ――実際、現時点で僕に考えられるさまざまな要素と比べてずっと曖昧ではない。君は怪我をして、そしてイエズス会士二人とともに僕のところへ来た。君は――君自身が言うところでは――未来よりも過去について正確にわかる、物事が見通せる妹を連れてきた。君のご立派なヘフェもいっしょだ——君の面倒をみていて、かつ君を轢いたダンプ・ボスもね」(バルガスの診察がスペイン語ではなく英語でなされていたのはリベラにとって幸いだった、リベラはすでに事故のことでひどく後悔していたのだから)「そしてX線が僕たちに見せてくれるのは、君の足に対してできることの限界だ。僕は医学的な話をしているんだよ、エドワード」バルガスは言葉を切って、エドワード・ボンショーだけでなくペペ修道士の顔も見た。「神のご加護というやつについては——うん、そっちはあなたたちイエズス会士に任せます」

「エドゥアルドです」とエドワード・ボンショーはバルガス医師に訂正した。セニョール・エドゥアルドの父親グレアム(あの犬殺し)は、ミドルネームがエドワードだった。これはエドワード・ボンショーにとってエドゥアルドと呼ばれたいと思うじゅうぶんな理由であり、フワン・ディエゴもそっちの呼び方のほうを気に入っていた。

バルガスはペペ修道士にすかさずきつい言葉を投げつけた——今回はスペイン語で。「このダンプ・キッド兄妹はゲレロに住んでいて、母親はテンプロ・デ・ラ・コンパニーア・デ・ヘスス(イエズス会教会)の掃除をしている——なんとまあイエズス会的な! きっと母親はニーニョス・ペルディードス(迷い子)の掃除もやってるんでしょうね?」

「シ——孤児院のほうもやってます」とペペは答えた。

フワン・ディエゴはバルガスに、母のエスペランサは掃除婦だけやっているわけではないと言いそうになったが、エスペランサがほかに何をしているかは(よく言って)不確かだし、青年医師が不確かなどということをよく思っていないのは少年にもわかっていた。

「君のお母さんは今どこにいるの?」とバルガス医師は少年に訊ねた。「今はきっと掃除はしていないよね」

「母さんは教会で、僕のためにお祈りしてます」とフワン・ディエゴは答えた。

「レントゲンを撮ろう――先へ進めましょう」バルガス医師は穏当なことを言った。祈りの力を貶すようなことを口にすまいと努めてこらえているのは見え見えだった。

「ありがとう、バルガス」とペペ修道士は言った。いつもの彼らしくないとってつけたような言い方に、全員が彼の顔を見た――つい先ほど彼と会ったばかりのエドワード・ボンショーまでもが。

「いつもの無神論を私たちに聞かせるのをぐっとこらえてくれて、ありがとう」とペペはより端的に述べた。

「僕はいつもあなたには聞かせていませんよ、ペペ」とバルガスは答えた。

「そりゃあね、あなたが信仰を持たないのはあなたの勝手です、バルガス先生」とエドワード・ボンショーが言った。「だけど、今はそういうことを言うべきときではないのでは――この子のためにも」と新しい宣教師は付け加え、無信仰問題を自分が背負い込んだ。

「いいんですよ、セニョール・エドゥアルド」フワン・ディエゴはほぼ完璧な英語でアイオワンに言った。「僕もたいして信仰は持っていませんから――せいぜいバルガス先生程度がいいところです」だが、フワン・ディエゴはそう見せかけているよりは信心深かった。彼は教会に対しては疑念を抱いていた――本人がこの地の聖処女の政治学と考えているものも含めて――だが、奇跡には惹きつけられた。彼は奇跡は受け入れていた。

「そんなこと言っちゃいけないよ、フワン・ディエゴ――信仰と関係を絶つには君は若すぎる」とエドワードは諭した。

「この少年のためには」バルガスがあのぶっきらぼうな英語で言った。「今は信仰よりも現実のほうがふさわしいんじゃないかな」

「あたしとしては、何を信じたらいいのかはわからないけど」とルペが誰に理解できようが（そして、できなかろうが）おかまいなしに話しはじめた。「グアダルーペは信じたいけど、見てよ、あして利用されるがままになっちゃって——見てよ、聖母マリアに操られちゃってさ！　マリア・モンスターにボスをやらせちゃってるグアダルーペを、どうすれば信じられるのよ？」

「グアダルーペはマリアからいいようにされるがままになってるんだ、ルペ」とフワン・ディエゴは言った。

「おいおい！　やめなさい！　そんなこと言っちゃいけない！」エドワード・ボンショーが少年に注意した。「君はシニカルになるにはどう考えたって若すぎる」（話題が宗教がらみになると、新しい宣教師のスペイン語理解力は最初の印象よりもよかった）

「さあ、レントゲンを撮ろう、エドゥアルド」とバルガス医師は言った。「さっさと進めよう。この子たちはゲレロに住んでゴミ捨て場で働いていて、母親は君たちのために掃除する。それはシニカルじゃないのかな？」

「さっさと進めましょう、バルガス」とペペ修道士が言った。「レントゲンを撮りましょう」

「あそこはいいゴミ捨て場よ！」ルペが断言した。「あたしたちはゴミ捨て場が大好きなんだってバルガスに言ってよ、フワン・ディエゴ。バルガスとオウム男の板挟みになってたら、あたしたち、しまいに『迷い子』で暮らすようになっちゃう！」ルペは叫んだが、フワン・ディエゴは何も通訳しなかった。彼は黙っていた。

「レントゲンを撮りましょう」と少年は言った。彼はとにかく自分の足のことが知りたかった。

「兄さんの足は手術しても意味がないってバルガスは考えてる」とルペは兄に告げた。「バルガスは、血液の供給に支障をきたすようなら、切断しなくちゃならないだろうって考えてる！　片足しかなかったり、足を引きずってたりしたら、兄さんはゲレロで生きていけないとバルガスは思ってる！　十中八九、兄さんの足は直角になったまま――この先ずっと――自然に治るだろうってバルガスは思ってる。兄さんはまた歩けるようになるけど、二か月ほどは無理。もうけっして足を引きずらずには歩けない――それが彼の考えていること。どうしてオウム男がここにいて、あたしたちの母親はいないんだろうとバルガスは首を傾げてる。あたしには彼の考えがわかってるって、言ってやってよ！」ルペは兄に向かってわめいた。

フワン・ディエゴは話しはじめた。「先生はこう考えてるんだって妹が言ってることを話しますね」彼はルペが言ったことを、思わせぶりに中断しては、英語でなにもかもエドワード・ボンショーに説明しつつ、バルガスに伝えた。

バルガスはペペ修道士に、その場に自分たち二人しかいないような口調で話しかけた。「あなたのダンプ・キッドはバイリンガルで、妹のほうは人の心が読める。この子たちはサーカスのほうが実力を発揮できるんじゃないかな、ペペ。ゲレロで暮らしてバスレーロで働く必要なんかないですよ」

「サーカス？」とエドワード・ボンショーが問いかけた。「彼はサーカスって言ったんですか、ペペ？　この二人は子供だ！　動物じゃない！　きっと『迷い子』で面倒見てもらえますよね？　足の悪い男の子！　しゃべれない女の子！」

「ルペはいくらでもしゃべるよ！　しゃべりすぎなくらいだ」とフワン・ディエゴが言った。

「彼らは動物じゃない！」セニョール・エドゥアルドは繰り返した。おそらく動物という言葉（たとえ英語であっても）のせいで、ルペはオウム男をいっそうしげしげと見つめたのだろう。

　おやおや、とペペ修道士は思った。この頭のおかしい女の子に心を読まれたりしませんように！

「サーカスはふつう子供の団員の面倒を見る」とバルガス医師は、罪悪感に打ちひしがれたリベラにちらと目をやりながら、アイオワンに英語で言った。「この子たちはサイドショーができる――」

「サイドショー！」セニョール・エドゥアルドは両手をもみ合わせながら叫んだ。たぶん、その両手をもみ合わせる様子が、ルペにエドワード・ボンショーが七歳の男の子だったときの姿を見せたのではないか。少女は泣きだした。

「ああ、ひどい！」ルペは泣きわめいた。彼女は両手で目を覆った。

「また心を読んでるのか？」とバルガスは無関心を装いながら訊ねた。

「この女の子は本当に心が読めるんですか、ペペ？」エドワードが問いかけた。

　ああ、今はそうじゃないことを願いたいが、とペペは思ったが、つぎのように言っただけだった。

「この男の子は独学で二か国語が読めるようになりました。私たちはこの少年を手助けしてやれます――彼のことを考えてください、エドワード。女の子のことは助けてやれません」ペペは英語でそっと付け加えたが、たとえスペイン語（エスパニョール）で言ったとしてもルペには聞こえていなかっただろう。少女はまたも叫んでいた。

「ああ、ひどい！　あいつら、彼の犬を撃った！　彼の父親と叔父さんが――あいつら、オウム男のかわいそうな犬を殺したんだ！」ルペはいつものハスキーなファルセットで泣き叫んだ。妹がどれだけ犬を愛しているか、フワン・ディエゴにはわかっていた。彼女はそれ以上しゃべれないか、あるいはしゃべろうとしなかった――彼女は慰めようがないほど泣きじゃくっていた。

「今度はなんだって？」とアイオワンがフワン・ディエゴに訊ねた。

「犬を飼ってたんですか？」少年はセニョール・エドゥアルドに問い返した。

エドワード・ボンショーはがくんと跪いた。「キリストの母なる慈悲深いマリアさま――私を居るべき場所へ連れてきてくださったことを感謝いたします！」新しい宣教師は叫んだ。

「どうやら彼は犬を飼っていたようだな」バルガス医師はスペイン語でフワン・ディエゴに言った。

「犬は死んだんです――誰かに撃たれて」少年はバルガスにできるだけ小さな声で教えた。ルペは泣くわ、アイオワンは聖処女マリアへの称賛を絶叫するわというあの状況では、この医師と患者の短いやり取りが――あるいは、二人のあいだのつぎの会話が――誰かの耳に入ったとは考えにくい。

「サーカスに誰か知り合いはいますか？」とフワン・ディエゴはバルガス医師に訊ねた。

「しかるべきときに君が知り合いになっておいたほうがいい人なら、知っているよ」とバルガスは少年に告げた。「君のお母さんも巻き込んでおく必要があるだろうな――」ここでバルガスはフワン・ディエゴが本能的に目を閉じたのに気づいた。「それともぺぺがいいかもしれない――君のお母さんにこの考えに賛成してもらう代わりに、ぺぺの承認が要るだろう」

「エル・オンブレ・パパガヨ（オウム男）――」フワン・ディエゴは言いかけた。

「オウム男と建設的話し合いをするには、僕は最適ではないよ」バルガス医師は患者の言葉を遮った。

「彼の犬！　あいつら、彼の犬を撃った！　かわいそうなベアトリス！」ルペが泣きわめいた。

ルペの張りつめた、理解不能なしゃべり方にもかかわらず、エドワード・ボンショーはベアトリスという言葉を聞き取った。

「超能力は神の贈り物です、ペペ」エドワードは同僚に言った。「この女の子は本当に予知能力があるんですか？　あなたはそうおっしゃいましたが」

「女の子のことは忘れてください、セニョール・エドゥアルド」ペペ修道士は静かに答えた――またも、英語で。「男の子のことを考えてください――私たちは彼を救えます、あるいは彼が自分を救えるよう手を貸すことができます。あの男の子は救出可能です」

「だけど、女の子にはいろんなことがわかる――」とアイオワンは言いかけた。

「彼女のためになるようなことではありません」ペペは素早く言い返した。

「孤児院はこの子たちを受け入れてくれますよね？」セニョール・エドゥアルドはペペ修道士に問いかけた。

ペペは「迷い子」の修道女たちのことが気になっていた。修道女たちは必ずしもダンプ・キッド兄妹を好ましく思っていないわけではなかった――以前から存在する問題はエスペランサ、夜の仕事を持っている掃除婦である、兄妹の母親だった。だがペペはアイオワンには「シ――ニーニョス・ペルディードスはこの子たちを受け入れるでしょう」としか言わなかった。ペペはここで言葉を切った。彼はつぎに何を言うべきか考えていた、そして、それを言うべきかどうか――彼には疑問だった。

ルペがいつ泣き止んだのか、誰も気づいていなかった。「エル・シルコ」と超能力を持つ女の子は、ペペ修道士を指差して言った。「サーカス」

「サーカスがどうしたって？」フワン・ディエゴは妹に訊ねた。

「ペペ修道士は、いい考えだと思ってる」とルペは兄に告げた。

「サーカスはいい考えだとペペは思ってるって」フワン・ディエゴは英語とスペイン語で全員に教えた。だがペペはそれほど確信がありそうな顔ではなかった。

それで会話はしばらく打ち切りとなった。レントゲン撮影にはかなり時間がかかった。放射線医の判定を待つ時間がほとんどだったのだが、結局のところ、待ち時間が長くなるにつれ、一同のあいだでは、どんなことを聞かされるかほとんど疑問の余地はなくなった（バルガスはすでにそう考えていたし、ルペはすでに彼の考えを皆に教えていた）。

放射線医から話があるのを待っているあいだ、フワン・ディエゴは、じつのところバルガス医師のことはきらいじゃないな、と思った。ルペはちょっと違う結論に達していた。少女はセニョール・エドゥアルドが大好きになっていた――それだけが理由ではないが、主として七歳のとき彼の犬に起こった出来事のために。少女はエドワード・ボンショーの膝に頭をのせて眠りこんでいた。すべてを見通せる子供と親密な絆を結んだことで、新任教師には熱意がさらに加わった。アイオワンはじっとペペ修道士を見つめていた。あたかもこう言いたげに。で、私たちは彼女を救えないとでも？　もちろん救えますとも！

ああ、神よ、とペペは祈った――私たちの行く手にはなんと危険な道が待ち受けていることか、頭のおかしい者と未知の者の手に委ねられて！　どうか私たちをお導きください！

そのとき、バルガス医師がエドワード・ボンショーとペペ修道士の隣に座った。バルガスは眠っている少女の頭に軽く手を触れた。「この子の喉を診てみたいんですが」青年医師は二人に思い出させた。同じくこのクルース・ロハ病院で診察している同僚に連絡を取るよう、看護師に頼んだのだと彼は話した。ゴメス医師は耳鼻咽喉科医だった——彼女にルペの喉頭を診てもらえれば申し分ない。だが、ゴメス医師自身が診察できなくとも、少なくとも必要な器具を貸してくれるだろうとバルガスにはわかっていた。特別な照明と、それに喉の奥まで差し入れる小さな鏡だ。

「ヌエストラ・マドレ」眠っているルペが言った。「あたしたちのお母さん。母さんの喉を診させておけばいい」

「目は覚ましちゃいないよ——ルペはいつも寝言を言うんだ」とリベラが言った。

「なんて言ってるんだ、フワン・ディエゴ?」ペペ修道士が少年に訊ねた。

「僕たちの母さんのことです」とフワン・ディエゴは答えた。「ルペは寝ながらでもあなたの心が読めます」少年はバルガスに警告した。

「ルペの母親のことをもっと聞かせてくれませんか、ペペ」バルガスは頼んだ。

「この子の母親のしゃべり方も同じように聞こえますが、また違うんです——興奮すると、あるいは祈っているときは、何を言っているのか誰にもわかりません。でもエスペランサは当然、もっと年上です」とペペは説明しようとした——自分の言いたいことを思うように言えないまま。彼は英語とスペイン語の両方で自分の思うことを伝えようと奮闘していた。「エスペランサは自分の言うことを理解してもらうことができます——いつも理解不能というわけじゃないんです。エスペランサはときどき、娼婦をやってます!」ペペは、ルペが間違いなくまだ眠っていると確認したうえで、そう口走った。「一方、この子は、この無垢の少女は——そう、彼女は自分の言いたいことを伝えられません、兄以外の人には」

バルガス医師がフワン・ディエゴの顔を見ると、少年はただ頷いた。リベラも頷いた――ダンプ・ボスは頷き、かつ泣いていた。バルガスはリベラに訊ねた。「幼児の頃、小さな子どもだった頃、ルペは呼吸困難に陥ったことはありませんでしたか――何か思い出せることはありますか?」

「クループ、クループ（偽膜性喉頭炎）にかかったな――咳ばっかり出て」リベラはすすり泣きながら話した。

ぺぺ修道士がルペのクループの病歴のことをエドワード・ボンショーに説明すると、アイオワンは訊ねた。「クループにかかる子はたくさんいるんじゃないんですか?」

「独特なのは、彼女のあのしわがれ声なんだ――喉に負担がかかっているという、耳で聞こえる証拠だ」バルガス医師はゆっくりと言った。「やはりルペの喉を診てみたいな、喉頭を、声帯をね」

エドワード・ボンショーは、超能力を持つ女の子を膝に寝かせて、凍り付いたように座っていた。自分の誓いのとてつもなさに、同じ嵐のような一瞬、攻めたてられ、かつまた力を与えられているように見えた。ひとりの娼婦に一夜の罪を犯させないためなら命を差し出すと、かの聖人が宣言したから、という非常識な理由ゆえの聖イグナチオ・ロヨラへの彼の傾倒、危険か救済のどちらか――たぶん両方だ――の瀬戸際にいる、才能を持った二人のダンプ・キッド。そして今度は無神論者の若き科学者、バルガス医師だ、彼はあの子の超自然的な喉を調べることしか思いつかない、あの子の喉頭、あの子の声帯を――ああ、なんという好機、そしてまたなんという衝突コースなのだろう、これは!

そのとき、ルペが目を覚ました、というか――しばらくまえから目覚めていたのだとしたら――目を開いた。

「あたしの喉頭がどうしたって?」小さな女の子は兄に訊ねた。「バルガスに診せるのなんか嫌よ」

「妹は喉頭とは何か知りたがってます」フワン・ディエゴはバルガスに通訳した。

「気管の上部だよ——そこに声帯があるんだ」とバルガスは説明した。

「誰もあたしの気管には近寄らせないから。気管って何？」とルペは訊ねた。

「今度は気管のことを気にしてます」フワン・ディエゴは伝えた。

「気管というのは管の組織の本管だよ。空気はこれらの管を通ってルペの両肺を出入りするんだ」

バルガス医師はフワン・ディエゴに教えた。

「あたしの喉には管があるの？」とルペは訊ねた。

「僕たちはみんな、喉に管があるんだ、ルペ」とフワン・ディエゴは答えた。

「ゴメス先生っていうのが誰だか知らないけど、バルガスは彼女とセックスしたがってる」ルペは兄に告げた。「ゴメス先生は結婚してる、子供もいる、彼よりずっと歳が上。だけどバルガスは、それでも彼女とセックスしたいの」

「ゴメス先生は耳鼻咽喉科医だよ、ルペ」フワン・ディエゴは常人ではない妹にそう教えた。

「ゴメス先生にならあたしの喉頭を見せてもいいけど、バルガスはだめ——感じ悪いもん！」とルペは言った。「喉の奥に鏡を突っ込まれるのなんか嫌——今日は鏡のことじゃ、いい日じゃないもん！」

「ルペは鏡のことをちょっと気にしてます」フワン・ディエゴはバルガス医師にそれだけしか伝えなかった。

「鏡は痛くないからって、彼女に言ってくれ」とバルガスは言った。

「彼がゴメス先生にしたいことは痛くないのかって訊いてよ！」ルペは叫んだ。

「ゴメス先生か僕かどちらかがガーゼでルペの舌を押さえるんだ――舌を喉の奥からどけておくためにね――」バルガスは説明したが、ルペは彼に話を続けさせようとはしなかった。

「ゴメスって女にはあたしの舌を押さえさせてもいい――バルガスは駄目」とルペは言った。

「ルペはゴメス先生に会うのを楽しみにしています」フワン・ディエゴが説明したのはそれだけだった。

「バルガス先生」エドワード・ボンショーは息を深く吸い込んでから言った。「お互いに都合のいいときに――もちろん、またべつの機会にってことですが――私たちの信仰について二人で話すべきではないでしょうか」

寝ている女の子にあんなに優しく触れたその手で、バルガス医師は――もっと力を込めて――新しい宣教師の手首をぎゅっと握った。「僕の考えはこうだ、エドワード――というか、エドゥアルド、というか、名前なんかなんでもいいけど」とバルガスは言った。「僕が思うに、この女の子は喉に何かある、たぶん喉頭に問題があって、声帯に影響が出ているんだろう。そしてこの男の子のほうはこの先一生足を引きずるようになる、あの足をそのまま持っていようと、失おうとね。これが我々が対処しなければならない事態だ――つまりこの、現世でね」とバルガス医師は語った。

エドワード・ボンショーが微笑むと、その白い肌が輝いたように見えた。薄気味悪いことながら、内側で突然ぱっと光が灯ったというのが妥当なように思えた。セニョール・エドゥアルドが微笑むと、狂信者の額に刻まれたあの完璧なチェックマーク――ブロンドの眉毛のあいだにもたらされた一撃――の白く光る皮膚組織に、稲妻のような非常にはっきり目立つ皺が横切った。「この傷はどうしたのだろうと思っておられるかもしれませんが」とエドワード・ボンショーは話しはじめた。

彼はいつもこの話をこうやって始めるのだった。

10 中道などない

「あなたが思っているより早く会えるわ」ドロシーはフワン・ディエゴに言った。「わたしたち、最後はマニラに行くの」あの娘は謎めいた言い方をした。

興奮状態になったとき、ルペはフワン・ディエゴに、自分たちはしまいに「迷い子」で暮らすようになると言った――結局のところ、これは半分あたっていた。ダンプ・キッド兄妹は――ほかの皆と同様、修道女たちは兄妹を「ゴミ捨て場の子（ロス・ニーニョス・デ・ラ・バスーラ）」と呼んだ――持ち物をゲレロからイエズス会孤児院へ移した。孤児院での暮らしは、リベラとディアブロだけに守られているゴミ捨て場での暮らしとは違っていた。ニーニョス・ペルディードスの修道女たちが――ペペ修道士とセニョール・エドゥアルドもいっしょに――ルペとフワン・ディエゴの面倒をもっときちんとみてくれることになった。

自分が用済みとなるのはリベラにとっては痛恨の極みだったが、彼はひとり息子の足を轢いたことでエスペランサのクソッタレ一覧表に載せられており、ルペはサイドミラーを修理していなかったことを許そうとしなかった。自分にとって会えなくなって寂しいのはディアブロとダーティ・ホワイトだけだが、ゲレロのほかの犬たちとダンプ・ドッグたちのことも恋しくなるだろう――死んだ犬たちでさえ――とルペは言った。リベラ、あるいはフワン・ディエゴに手伝ってもらって、ルペはバスレーロの死んだ犬をいつも焼いていた（そしてもちろんリベラは、そばにいないのを寂しがられることになる――フワン・ディエゴもルペも二人ともエル・ヘフェを恋しく思うだろう、ルペが口ではなんと言おうと）。

「迷い子」の修道女たちについては、ペペ修道士は正しかった。修道女たちは、しぶしぶながらではあるものの子供たちを受け入れることはできた。修道女たちを立腹させるのは兄妹の母親エスペランサだった。だが、エスペランサには誰でも立腹させられた――耳鼻咽喉科専門医のゴメス医師を含めて。彼女は非常に感じのいい女性だった。バルガス医師が彼女とセックスしたいと思うのは、彼女の責任ではなかった。

ルペはゴメス医師を気に入った――不快にもバルガスをすぐ近くでうろつかせておいたままルペの喉頭を診察するという状況だったにもかかわらず。ゴメス医師にはルペと同い年の娘がいた。この耳鼻咽喉科医は年若い女の子との話し方を心得ていた。

「アヒルの足はどこが違うか知ってる？」マリソルという名前のゴメス医師は、ルペに訊ねた。

「アヒルは歩くより泳ぐほうが得意」とルペは答えた。「足指の上に平らなものが広がって、指をぜんぶ繋いでる」

ルペの言ったことをフワン・ディエゴが通訳すると、ゴメス医師はこう返事した。「アヒルは足に水かきがあるの。足指の上に薄膜が張ってるのね――それは水かき（ウェブ）と呼ばれている。あなたにはウェブがあるのよ、ルペ——先天性喉頭横隔膜症（ウェブ）っていうの。先天性っていうのは生まれつきってことよ。あなたにはウェブがある、薄膜みたいなものが、あなたの喉頭に広がっているの。すごく珍しいのよ、つまり特別ってこと」とゴメス医師はルペに説明した。「一万人生まれるうちのひとりの割合でしかない——そのくらい、あなたは特別だってことなのよ、ルペ」

ルペは肩をすくめた。「あたしには、知ってるはずのないことがわかる」ルペは翻訳不可能な言い方をした。「あたしの特別なところはそんなウェブじゃないけど」

「ルペは霊能者みたいになれるんです。過去についてはたいてい正しいんです」フワン・ディエゴはゴメス医師に説明しようとした。「未来についてはそこまで正確じゃありません」

「フワン・ディエゴが言ってるのはどういうこと？」ゴメス医師はバルガス医師に訊ねた。

「バルガスなんかに訊いちゃだめ——そいつはあんたとセックスしたいと思ってるんだよ！」とルペは叫んだ。「あんたが結婚してるって知ってて、子供もいるって知ってて——それにあんたがうんと年上なのも——それでもやっぱりあんたとアレすることを考えてる。バルガスはいつもあんたとセックスすることを考えてるんだよ！」とルペは言った。

「何を言ってるのか教えて、フワン・ディエゴ」とゴメス医師が頼んだ。どうにでもなれ、とフワン・ディエゴは思った。彼は医師に話した——一言残らず。

「この女の子は人の心が読めるんだ」フワン・ディエゴが話し終わると、バルガスは言った。「君にどう話そうか考えていたんだ、マリソル、でも、こんなふうにじゃなくもっと二人だけのときにね——つまりその、君に打ち明ける勇気が出たらってことだけど」

「ルペは彼の犬に起こったことがわかったんです！」ペペ修道士はエドワード・ボンショーを指差

しながらマリソル・ゴメスに言った（あきらかに、ぺぺは話題を変えようとしていた）。

「ルペはだいたいどんな人の過去でもわかるし、だいたいどんな人の考えていることでもわかるんです」フワン・ディエゴはゴメス医師に話した。

「たとえこっちが考えているときにルペが寝ていてもね」とバルガスが言った。「喉頭横隔膜はこれとはぜんぜん関係ないんじゃないかな」彼は付け加えた。

「この子の言うことはまったく理解不能です」とゴメス医師は言った。「喉頭横隔膜はこの子の声の調子の原因となっています——声がしわがれているのも、張りつめているのも——でも、誰もこの子の言うことを理解できないのは、これが原因じゃありません。あなたは理解できるけれど」とゴメス医師はフワン・ディエゴを見ながら付け加えた。

「マリソルっていい名前ね——あたしたちの知恵遅れの母親のことを彼女に話して」とルペはフワン・ディエゴに言った。「ゴメス先生にあたしたちの母さんの喉も診てみてって言って。母さんには、あたしよりもっとたくさん悪いところがある！」とルペは言った。「ゴメス先生に言ってよ！」

フワン・ディエゴはそうした。

「あなたにはどこも悪いところなんてないわ、ルペ」フワン・ディエゴが医師にエスペランサのことを話すと、ゴメス医師は少女に言った。「先天性喉頭横隔膜症は知恵遅れじゃない——特別なのよ」

「あたしが知っていることのなかには知らないほうがいいこともある」とルペは言ったが、フワン・ディエゴはそれを通訳しないでおいた。

「ウェブを持っている子供のうちの一〇パーセントがそれと関連する先天性奇形を持っている」ゴ

メス医師はバルガス医師に話したが、話しかけながらも相手の目を見ようとはしなかった。

「奇形って言葉を説明して」とルペが言った。

「ルペは奇形とは何か知りたがってます」フワン・ディエゴは通訳した。

「一般的な法則から外れているもの――変則的なもの」とゴメス医師は説明した。

「異常なものだ」バルガス医師はルペに言った。

「あたしはあんたほど異常じゃない！」ルペは言い返した。

「今のが何を言ったのかは知る必要ないみたいだな」バルガスはフワン・ディエゴに言った。

「母親の喉も診てみます」ゴメス医師は、バルガスではなくぺぺ修道士に告げた。「どっちにしろ、母親とは話をしなければ。ルペのウェブについてはいくつか選択肢が――」

美人で若く見える母親であるマリソル・ゴメスは、それ以上続けられなかった。ルペに遮られたのだ。「あたしのウェブだよ！」少女は叫んだ。「あたしの異常には誰にも手を触れさせないから！」ルペはバルガスを睨みつけながらわめいた。

フワン・ディエゴがこれを逐一繰り返すと、ゴメス医師は言った。「それもひとつの選択肢よ。わたしは母親の喉も診てみるわ」と彼女はまた言った。「母親にはウェブがあるとは思わないけど」

ゴメス医師はこう付け加えた。

ぺぺ修道士はバルガス医師の診察室を出て、エスペランサを探しに行った。バルガスもまた、少年の状況についてフワン・ディエゴの母親と話す必要があると言っていた。レントゲン写真で裏付けられることになるが、手術が不可能なフワン・ディエゴの足については、さほどの選択肢はなかった。そのまま癒えるだろう。潰れて、とはいっても血液はじゅうぶん供給されて、一方へ捻じれたままで。この先ずっとそのままなのだ。しばらく体重はかけられない、とバルガスは説明した。最初は車椅子で、それから松葉杖で——最終的には足を引きずって歩くようになる（ほかの人たちが自分のできないことをしているのを見つめているのが障碍者の人生だ、未来の小説家にとっては最悪の選択肢というわけではない）。

エスペランサの喉はといえば——そう、それはまたべつの話だった。エスペランサには喉頭横隔膜はなかったが、喉頭細菌培養検査で淋病が陽性と出た。ゴメス医師は彼女に、咽頭淋菌感染症の九〇パーセントは検知されないと説明した——なんの症状もないのだ。

エスペランサは咽頭とは何でどこにあるのか知りたがった。「口のうんと奥の空間で、鼻孔や食道、それに気管へと繋がっていくところですよ」ゴメス医師は説明した。

この会話の際にはルペはその場にいなかったが、ペペ修道士はフワン・ディエゴが同席するのは許していた。もしエスペランサが興奮したりヒステリーを起こしたりしたら、何を言っているかわかるのはフワン・ディエゴだけだとペペは承知していた。だが、始めのうち、エスペランサは無関心だった。彼女はまえにも淋病に罹ったことがあった。喉に持っているということは知らなかったが。「セニョール・クラップ」エスペランサは淋病のことをそう呼んで、肩をすくめた。ルペが肩をすくめる仕草はどこから来たか一目瞭然だった。とはいえ、ルペにはそれ以外にエスペランサに似たところはほとんどなかったが——というか、ペペ修道士はそうあることを願っていた。

「フェラチオが問題なのはここなんです」とゴメス医師はエスペランサに言った。「尿道の先端が咽頭と接触します。これは災いを招いているようなものです」

「フェラチオって？　尿道って？」フワン・ディエゴがゴメス医師に問いかけると、医師は首を振った。

「口でするやつ（ブロージョブ）、あんたのペニスの間抜けな穴」エスペランサはじれったそうに息子に説明してやった。ペペ修道士はルペがその場にいなくてよかったと思った。少女は新しい宣教師と別室で待っていたのだ。ペペはまた、エドワード・ボンショーが、スペイン語で行われているとはいえこの会話を聞いていないことにもほっとしていた。もっとも、ペペ修道士とフワン・ディエゴは必ずや二人ともセニョール・エドゥアルドに、エスペランサの喉に関する詳細についてそっくり説明することだろうが。

「口でするときに男にコンドームを着けさせようとしてみてごらんよ」エスペランサはゴメス医師にそう言っていた。

「コンドームって？」フワン・ディエゴが訊ねた。

「ゴムだよ！」エスペランサがかっかしながら叫んだ。「おたくの尼僧たちはいったいこの子に何を教えられんの？」彼女はペペに問いかけた。「この子ったら、何も知らないじゃない！」

「この子は字が読めるんだよ、エスペランサ。すぐになんでもわかるようになるさ」とペペ修道士は答えた。エスペランサが字が読めないのを、ペペは知っていた。

「抗生物質は出してあげられるけど」とゴメス医師はフワン・ディエゴの母親に言った。「すぐまた感染しますよ」

「とにかく抗生物質をちょうだい」とエスペランサは答えた。「もちろん、あたしはまたかかるさ！　娼婦だからね」

「ルペはあなたの心も読むの？」ゴメス医師がエスペランサに訊ねると、彼女は興奮してヒステリックになったが、フワン・ディエゴは何も言わなかった。少年はゴメス医師が好きだった。自分の母親が理解不能な言葉でどんな汚らわしい悪口を吐き散らしているか医師に告げるつもりはなかった。

「そのおまんこ医者にあたしが言ったことを伝えなよ！」エスペランサは息子に向かってわめいた。

「すみません」とフワン・ディエゴはゴメス医師に言った。「母さんの言ってることはわかりません――母さんはわけがわからなくなってるんです、頭が変になって汚い言葉を吐き散らしてます」

「あの医者に言いなってば、この父なし子！」エスペランサは叫んだ。彼女はフワン・ディエゴを殴りはじめたが、ペペ修道士が割って入った。

「僕に触るな」フワン・ディエゴは母親に言った。「僕に近寄らないでくれ――母さんは病気持ちだ。病気持ちなんだ！」少年は繰り返した。

この言葉がフワン・ディエゴをきれぎれの夢から覚まさせたのかもしれない――病気持ちという言葉か、あるいは着陸脚が機体から降下する音かどちらかが。というのも、彼の乗ったキャセイパシフィック航空機もまた降下していたのだ。自分がマニラに着陸しようとしているのが、彼にはわかった。そこでは彼の現実の生活が――いや、完全に現実ではないとしても、すくなくとも彼の今の生活と言えるものが――待っていた。

フワン・ディエゴは夢を見るのは好きだったが、母親の夢を見るときはいつも、目を覚ますのが残念ではなかった。ベータ遮断薬が彼を混乱させなかったとしても、母親は混乱させた。エスペランサは希望という名前をつけられるべき母親ではなかった。「デセスペランサ」尼僧たちは彼女のことをそう呼んだ。面と向かってではなかったが。修道女たちは彼女を「絶望」と名付けた、あるいは、そちらのほうがぴったりくるときには、自暴自棄――デセスペラシオン――と呼んだ。まだ十四歳だったとはいえ、フワン・ディエゴは自分は一家の大人なのだと感じていた――自分と、物事を見抜く力を持つ十三歳であるルペもそうだった。エスペランサは子供だった、彼女の子供たちの目から見るととりわけ――性的な面をのぞいては。そして、どこの母親が自分の子供に、エスペランサのような性的存在と見做されたいと思うだろう？

エスペランサはけっして掃除婦の服装はしなかった。いつももうひとつの仕事のほうの服装だった。掃除するときも、エスペランサはサラゴサ通りとホテル・ソメガ――「娼婦ホテル」とリベラは呼んでいた――向きの服装だった。エスペランサの服装は子供っぽい、というか子供みたいで、ただし性的に露骨だった。

エスペランサは金に関しても子供だった。「迷い子」の孤児たちは金を持たせてもらえなかったが、フワン・ディエゴとルペはまだ貯めこんでいた（ゴミ漁り屋からゴミ漁りを取り上げることはできない。ロス・ペペ・ナドレスはアルミや銅やガラスを探すのをやめたあともずっと、拾って選別する習慣を持ち続ける）。ダンプ・キッド兄妹はニーニョス・ペルディードスの自分たちの部屋にじつに巧みに金を隠していた。尼僧たちにはけっして見つからなかった。

だがエスペランサはその金を見つけることができ、金が必要なときにはそれを盗んだ。エスペランサは彼女流のやり方でちゃんと子供たちに返してはいた。ときおり、上首尾だった夜のあと、エスペランサはルペかフワン・ディエゴの枕の下に金を置くことがあった。子供たちにとって運がよかったことには、尼僧たちに見つかるまえに母親が置いていった金のにおいをかぎつけることができたのだ。エスペランサは（そして彼女の金も）香水のにおいのせいで所在がすぐわかった。

「ロ・シエント、マドレ」マニラへ着陸しようとしている飛行機のなかでフワン・ディエゴはそっと呟いた。「かわいそうに、母さん」十四歳のときの彼は、母親に同情を寄せるには若すぎた――母親の子供の部分に対しても、大人の部分に対しても。

慈善という言葉はイエズス会士にとっては重要だった――アルフォンソ神父とオクタビオ神父にとってはとりわけ。彼らが掃除をさせるために娼婦を雇ったのは慈善としてだった。司祭たちはこの親切な行為を、エスペランサに「二番目のチャンス」を与えたと称していた（ペペ修道士とエドワード・ボンショーはある夜遅くまで、エスペランサが与えられた最初のチャンスはなんだったのだろうと議論することとなる――つまり、彼女が娼婦及びイエズス会の掃除婦になる以前、ということだ）。

そう、ロス・ニーニョス・デ・ラ・バスーラ（ゴミ捨て場の子ら）が孤児としての地位を得られたのは、明らかにイエズス会の慈善精神のおかげだった。なんといっても、兄妹には母親がいたのだから――エスペランサがいかに（母親として）ふさわしかろうがふさわしくなかろうが。おそらく、アルフォンソ神父とオクタビオ神父は、フワン・ディエゴとルペに兄妹専用の部屋とバスルームを――少女が兄にどれほど頼っているかということなど考えずに――与えた自分たちの行為を、並外れて慈善精神に溢れたものだと思っていたに違いない（これもまたペペ修道士とセニョール・エドゥアルドのあいだでの深夜の討論のテーマとなる、すなわち、アルフォンソ神父とオクタビオ神父は、フワン・ディエゴの通訳なしにルペがやっていけるなどと、どうすれば思えるのだろう、ということだ）。

ほかの孤児たちは、兄弟姉妹も含めて、男女別にわけられていた。男子はニーニョス・ペルディードス（迷い子）のある階に設えられた共同寝室で眠り、女子は別の階で寝ていた。男子用の共同バスルームがあり、女子用にも同じような（鏡はもっと質がよかったが）設備があった。子供たちに親や身内がいても、大人が共同寝室を訪れるのは許されていなかったが、エスペランサはダンプ・キッド兄妹の寝室にいるフワン・ディエゴとルペを訪れてもいいことになっていた。その部屋はもとは小さな図書室、訪れてきた学者たちのためのいわゆる読書室だった（蔵書の大半はまだ書棚に並んでいて、エスペランサが定期的に埃をはらっていた、皆がうんざりするほど繰り返すことだが、彼女は実際、有能な掃除婦だった）。

もちろん、エスペランサを自分の子供たちに近寄らせないというのも妙な具合だったことだろう。彼女もまた「迷い子」に自分の部屋を持っていたが、使用人用の区画だった。孤児院に住みこめるのは女性の使用人だけだった。おそらく子供たちを守るためだろう。とはいえ使用人たちのほうは――なかでもエスペランサが、この問題ではとりわけもっとも声高だった――子供たちを守る必要のある相手はなんといっても司祭たち（「あの貞潔誓願を立てた変人ども」とエスペランサは呼んでいた）だと強く信じていた。

誰ひとり、エスペランサでさえ、アルフォンソ神父とオクタビオ神父が司祭のあいだで相当数認められるこの手の変態行為を行っていると非難するつもりはなかっただろう。ニーニョス・ペルディードスの孤児たちがこの手の危険にさらされていると思っている者はひとりもいなかった。貞潔誓願を立てているはずの司祭たちから性的虐待を受けた子供たちについて女性使用人たちがしゃべるのは、世間一般の事例だった。むしろ男が独身でいることの「不自然さ」についての話が多かった。尼僧たちについては——いや、それはまた別だった。貞潔誓願を立てた暮らしは女の場合はまだ想像がついた。誰もそれが「自然」だとは言わなかったが、女性使用人の何人もが、セックスしなくていいなんて尼僧たちは幸運だと口にしていた。

エスペランサだけはこう言った。「だけどさ、ちょっとあの尼さんたちを見てごらんよ。誰があの連中とセックスなんかしたがるもんか」だがこの言い方は意地が悪かったし——エスペランサの言うことの多くがそうだったように——必ずしも真実ではなかった（そう、貞潔誓願とその不自然さ、あるいは不自然ではないというテーマもまた、ペペ修道士とエドワード・ボンショーとのあいだの深夜の討論で取り上げられた——ご想像のとおり）。

セニョール・エドゥアルドは自分を鞭打っていたので、フワン・ディエゴ相手にそれを冗談の種にしようとした。鞭打ち苦行をやっているアイオワンは、孤児院で個室をもらっているのは好都合だ、と言った。だがフワン・ディエゴは、鞭打ち苦行者がペペ修道士とバスルームを共有しているのを知っていた。哀れなペペはバスタブやタオルにエドワード・ボンショーの血痕を見つけたりすることはないんだろうか、と少年はよく不思議に思ったものだった。ペペは苦行には乗り気でなかったが、他の点ではかのアイオワンにずっと優っていると自認しているアルフォンソ神父とオクタビオ神父が、エドワード・ボンショーの苦痛に満ちた自己処罰を称賛するのを面白がった。

「まさに十二世紀だ！」アルフォンソ神父は感嘆の叫びをあげた。

「維持する価値のある儀式だ」とオクタビオ神父は言った（エドワード・ボンショーについてほかに何を思っていたにしろ、司祭たちは二人とも彼が自分を鞭打つことを勇敢だと考えていた）。そして、この二人の十二世紀賛美者たちがセニョール・エドゥアルドのアロハシャツを批判し続ける一方で、二人の老司祭がエドワード・ボンショーの鞭打ち苦行を彼の大きすぎるシャツのポリネシアのオウムとジャングルにはけっして結び付けないこともまた、ペペ修道士は面白く思った。セニョール・エドゥアルドがいつも血を滲ませているのをペペは知っていた。彼は自分を強く鞭打った。狂信者のアロハシャツの派手な色合いとごちゃごちゃした全体の模様は、出血を隠していたのだ。

バスルームを共有していること、そしてそれぞれの寝室がすぐ近くなことから、ペペとアイオワンは思いもよらないルームメート同士となった。そして彼らの部屋は孤児院の、ダンプ・キッド兄妹が共有している元読書室と同じ階だった。もちろん、ペペとアイオワンはエスペランサに気がついていた――彼女が通るのは夜遅くとかまだ夜が明けないうちで、あたかもダンプ・ニーニョスの生身の母親というよりは母親の幽霊であるかのごとくだった。エスペランサは生身の女だったので、この二人の貞潔誓願を立てた男たちにとっては当惑させられる存在だったかもしれない。彼女のほうも、エドワード・ボンショーが自分を鞭打つ音をときおり耳にしたに違いない。

エスペランサは「迷い子」の床がどのくらい清潔か知っていた。なんといっても、自分で掃除していたのだから。彼女は子供たちのところへ来るときは裸足だった。そうすると、いっそう音を立てずにいられたし――掃除婦をやっているのではない時間が何時ごろかを考えると――エスペランサが足音を立てずにうろついているときには、ニーニョス・ペルディードスのほかのほぼ全員が眠っていた。そう、彼女は子供たちが眠っているあいだに、彼女のニーニョスにキスしに来ていた――この一点だけは、エスペランサはほかの母親たちと同じだった――だが、彼女はまた、子供たちから盗んだり、香水のにおいがちょっと染みついた金を枕の下に置いておくためにもやってきた。エスペランサのこの音を立てない訪問の目的は、なによりもまず、フワン・ディエゴとルペが共有しているバスルームを使うことだった。彼女はきっと多少のプライヴァシーを求めていたに違いない。ホテル・ソメガでも孤児院の使用人用区画でも、おそらくエスペランサはプライヴァシーを確保できなかったのだろう。すくなくとも一日に一度、ひとりで風呂に入りたかったに違いない。それに、「迷い子」の他の女性使用人たちがエスペランサをどう扱ったかわかったものではない。ほかの女たちは、共同のバスルームを娼婦といっしょに使うことをよしとしただろうか？

シフトレバーをバックに入れっぱなしにしておいたために、リベラはフワン・ディエゴの足を轢いてしまった。壊れたサイドミラーのおかげで、ダンプ・キッド兄妹は、イエズス会孤児院の小さな図書室、もとの読書室で眠ることになった。そして彼らの母親エスペランサは、イエズス会の掃除婦だったために（彼女はまた娼婦でもあったために）、ニーニョス・ペルディードスの新しいアメリカ人宣教師が暮らしているのと同じ階に出没していたのだ。

この状態は持続可能だったのではないだろうか？　この全員による取り決めはいかにも無理がなく、うまくいきそうに聞こえるのではないか？　ダンプ・キッド兄妹が、ゲレロの小屋での暮らしより「迷い子」での生活を最終的に好きにならないなんてことがあるだろうか？　エスペランサが間違いなくそうであったような、たちまち色褪せてしまう美人と、倦むことなく自分を鞭打ち、絶えず血を流しているエドワード・ボンショー――さて、彼らが互いに何かを教えられたかもしれないと思うのは、馬鹿げているだろうか？

エドワード・ボンショーが貞潔誓願と鞭打ち苦行についてのエスペランサの考えを聞くことは有益だったろうし、彼女はきっと、ひとりの娼婦に一夜の罪を犯させないためなら命を差し出すという考えについて、言いたいことがあったはずだ。

それに対してセニョール・エドゥアルドはエスペランサに、なぜいまだに娼婦を続けているのかと訊ねていたかもしれない。もう仕事と安全なねぐらはあるではないか？　もしや虚栄心から？　愛されるよりも欲しがられるほうがとりあえずいいと思うほど虚栄心が強いのか？

　エドワード・ボンショーもエスペランサも、二人とも極端に走っていたのではないか？　中道を行くといった方法でもよかったのでは？

　何度も繰り返された深夜の討論のあるとき、ペペ修道士はそれについてセニョール・エドゥアルドにこう言った。「しかしまあ、あなたの命を差し出さなくともなお、ひとりの娼婦に一夜の罪を犯させないですむ、中道的なやり方がきっとあるはずです！」だが、彼らはこの問題を解決することはない。エドワード・ボンショーはけっしてその中道なるものを探究することはない。

　彼らは、彼ら全員、こういうことにもなり得たのだとわかるほど長くいっしょに暮らすことはないだろう。さいしょにサーカスという言葉を口にしたのはバルガスだった。サーカスという不滅の思いつきは彼から出たのだ。

　無神論者に咎（とが）を負わせよ。かの世俗的人道主義者（カトリシズムの永遠の敵）にこれから起こることの責任を取らせよ。悪い暮らしではなかったかもしれない。本物の孤児とはちょっとばかりいえない状態で、というか、例外的な特権を与えられた孤児として「迷い子」にいることは。万事問題なくいっていたはずなのだ。

　だが、バルガスはサーカスの種を播いた。サーカスを大好きではない子が、あるいは大好きになると思わない子が、どこにいるだろう？

II 自然出血

ダンプ・ニーニョス（ゴミ捨て場の子たち）がゲレロの小屋を引き払って「迷い子」に移ったとき、兄妹は服と同じくらいの数の水鉄砲を持ち込んだ。もちろん尼僧たちは水鉄砲を没収するつもりだったが、ルペは壊れたものだけ見つけさせるようにした。水鉄砲がなんのために使われているのか、尼僧たちはまったく知らなかった。

フワン・ディエゴとルペはリベラを練習台にしていた。ダンプ・ボスを聖痕トリックで騙すことができたら、誰にでも使えると兄妹は考えたのだ。長いあいだ騙しておくことはできなかった。リベラは本物の血と偽物とを見分けられたし、それにビーツを買うのはリベラだった——ルペはいつもエル・ヘフェにビーツを買ってきてくれと頼んでいたのだ。

ダンプ・キッド兄妹は真っ赤なビーツの汁と水を混ぜて水鉄砲に詰めていた。フワン・ディエゴはその混合液に自分の唾をちょっと加えたがった。自分の唾はビーツの汁に「血らしい質感」を与えるのだと彼は主張した。

「質感って何か説明してよ」とルペは言った。

どんなふうにトリックを仕掛けるかというと、フワン・ディエゴは充填した水鉄砲を、たくしこんでいないシャツの下のズボンのウエストバンドに挟んで隠しておく。もっとも安全な的は誰かの靴だ。偽の血を靴に噴射されてもカモは感じない。サンダルは問題だ。裸足の足指がべとべとしたものを感じてしまう。

女の場合、フワン・ディエゴは後ろから、むき出しのふくらはぎに噴射するのを好んだ。女が振り向いて確かめるまえに、少年は水鉄砲を隠す暇がある。そのとき、ルペがペラペラまくしたてはじめる。ルペはまず自然出血の部位を、それから空を指差す。血が空から来たものなら、もちろん源は神の（そして祝福された死者たちの）とこしえのお住まいだ。「その血は奇跡だと妹は言ってます」フワン・ディエゴは妹の通訳をする。

ときおりルペは、わけのわからないしゃべり方ながら言葉を濁すことがあった。「あの、すいません――これは奇跡なんだかふつうの出血なんだか」と、そんなときにはフワン・ディエゴは言う。ルペはすでに、小さな手にぼろ布を持ってかがみこんでいる。そして奇跡であろうとなかろうと、カモが反応を示す暇もないうちに、靴の（あるいは女のむきだしのふくらはぎの）血を拭き取る。このサービスにたちまち金が差し出されても、ダンプ・キッド兄妹は待ってましたとばかり抗議する。奇跡を指摘したこと、あるいは聖なる（あるいは聖なるものではない）血を拭ったことに対する報酬を必ず拒むのだ。そう、すくなくとも最初は金を拒否する。ダンプ・キッド兄妹は物乞いではなかった。

リベラのトラックによる事故のあと、フワン・ディエゴは車椅子が役に立つことを発見した。彼はいつも掌を差し出してしぶしぶ報酬を受け取る係だったし、車椅子だと水鉄砲の隠し場所の選択肢が広がった。松葉杖はちょっと厄介だった――つまり、手を差し出すために片方を離すのが。フワン・ディエゴが松葉杖をついているときには、ルペがいつもしぶしぶ金をもらう役を務めた――もちろん、けっして血を拭ったほうの手は使わずに。

フワン・ディエゴが回復して、ぎこちなく足を引きずって歩く――そのまま持続することになる足の引きずり方、回復途上の段階ではないもの――ようになった段階で、ダンプ・ニーニョスはより臨機応変にいくことにした。通常はルペが、報酬を受け取ってくれと言い張る男に（あのいかにも気が進まないという様子で）屈していた。聖痕トリックの犠牲者が女の場合、足を引きずるフワン・ディエゴは、怒っているように見える女の子よりも足の悪い少年のほうがよりうまく説得力を発揮できるということを発見した。あるいは、女たちはルペに心を読まれているのを察知していたということなのだろうか？

ダンプ・キッド兄妹は、聖痕という言葉そのものは、フワン・ディエゴが大胆にもカモ候補の手に直接狙いを定めるという危険性の高い場合用にとっておいた。これはいつも水鉄砲による後ろからの一撃だった。立ちどまっていようと歩いていようと、人々が手を体の両脇にだらんと垂らしているときは、掌が後ろを向いている。

薄められたビーツのような真っ赤な血が掌にいきなりはねかけられると――しかも足元には女の子が跪き、恍惚の表情を浮かべた顔をこちらの掌の血にすりつけている――そう、信仰というものを常になく受け入れやすくなるかもしれない。そしてそのとき、足の悪い少年が聖痕という言葉を叫びはじめるのだ。ソカロには旅行客もいるので、フワン・ディエゴはバイリンガルで叫ぶことにしていた――エスティグマースとスティグマータ、西英両方の言葉で。

ダンプ・キッド兄妹が一度リベラを騙したときは、彼の靴に噴射した。ダンプ・ボスはちらと空を見上げたが、天国の証拠を探していたわけではなかった。「鳥が血を流してるのかもな」リベラが言ったのはそれだけだった。エル・ヘフェはダンプ・キッド兄妹に心づけをやろうともしなかった。

またべつのとき、リベラの手への直接射撃は効を奏しなかった。ルペがエル・ヘフェの掌の血に自分の顔をすりつけると、リベラは落ち着き払って陶酔している少女から手を離した。フワン・ディエゴがエスティグマースという言葉を叫ぶと、ダンプ・ボスは自分の掌の「血」を舐めた。「ロス・ベタベレース」エル・ヘフェはルペに向かってにやっとしてみせながら言った。ビーツ、と。

飛行機はフィリピンに着陸した。フワン・ディエゴは抹茶マフィンの残りを紙ナプキンに包んでコートのポケットに入れた。乗客は立ち上がって、持ち物をまとめていた――足の悪い年配の男にとっては落ち着かない一時だ。だがフワン・ディエゴの心は今この瞬間にはなかった。心のなかで、彼とルペはティーンエイジャーになったばかりだった。オアハカの中心部、ソカロで、実在しない神が――目に見えない高みから――自然出血の対象として自分をお選びになったのだと信じ込みそうな、疑うことを知らない旅行客や不運な地元民を探してうろついていた。

どこでも常にそうなのだが――マニラでも――年配の男の足の不具合に同情を示してくれるのは女性だった。「お手伝いしましょうか?」と若い母親が声をかけてきた。彼女は小さな子供たち、幼い女の子とさらに幼い男の子を連れて旅をしていた。あらゆる意味で手一杯の女性なのに、フワン・ディエゴの足の障碍にはこんな効力があった（とりわけ女性に対して）。

「ああ、いえ――自分でやれますので。ありがとうございます！」フワン・ディエゴはすぐさま答えた。若い母親はにこっとした――じつのところ、ほっとした様子だった。彼女の子供たちはフワン・ディエゴの違う方を向いた右足をじっと見つめていた。子供たちはきまって二時の角度に魅せられるのだ。

　オアハカで、とフワン・ディエゴは思い起こした。ダンプ・ニーニョス（ゴミ捨て場の子たち）はソカロでは用心することを学んでいた。車は進入禁止だが、物乞いや行商人がうようよしていた。物乞いは縄張りを持っていることがあったし、行商人のひとり、風船売りは、聖痕トリックに気づいていた。ダンプ・キッド兄妹は彼に見られているのを知らなかったのだが、ある日その男がルペに風船をくれた。男はフワン・ディエゴをじっと見つめながら、こう言った。「女の子のやり方はいい、なあ血の小僧、だけどお前は見え見えだぞ」と風船売りは言った。男は汗で黒ずんだ生皮の靴ひもという粗末なネックレスを首に掛けていて、それにはカラスの足が一本ついていた。そして男は話しながらカラスの足を、その鳥の残骸がお守りででもあるかのようにまさぐっていた。「俺はソカロで本物の血を見てきている――つまりだな、事故が起きてもおかしくないってこった、血の小僧」と男は続けた。「お前のやってるゲームをヤバい連中に知られないようにするこったな。ヤバい連中はお前なんか用なしだがな、女の子はきっと連れてっちまうぞ」男はそう言いながら、カラスの足をルペに向けた。

「こいつ、あたしたちがどこから来たか知ってるよ。こいつ、あの足を持ってたカラスをバスレーロで撃ったの」ルペはフワン・ディエゴに告げた。「この風船は小さな穴が開いてる。空気が抜けてってる。売り物にならない。明日になったら風船じゃなくなってる」

「女の子のやり方はいい」と風船売りの男はまたフワン・ディエゴに言った。彼はルペのほうを見ると、もうひとつ風船を渡した。「穴は開いてない。こっちのは空気は抜けてない。だけどな、明日のことなんか誰にわかる？　俺がバスレーロで撃ってるのはカラスだけじゃないぞ、お嬢ちゃん」と風船売りはルペに言った。この薄気味の悪い行商人が通訳してもらわなくてもルペの言葉を理解したことに、ダンプ・キッド兄妹はぞっとした。

「こいつ、犬を殺してる、犬を撃ってるんだ——たくさんの犬を！」ルペは叫んだ。

ルペは風船をふたつとも離した。たちまち風船はソカロの空高く漂っていった、穴が開いているほうまでも。そのあと、ソカロはダンプ・キッド兄妹にとって二度と同じではなくなった。兄妹は誰も彼もを警戒するようになった。

いちばん人気のある観光ホテル、マルケス・デル・バジェのオープンカフェにひとりのウエイターがいた。そのウエイターはダンプ・ニーニョスの身元を知っていて、聖痕トリックも目撃していたか、あるいは、風船売りの男から聞いていた。ウエイターは陰険な表情で、ニーニョス・ペルディードス（迷い子）の尼僧たちに「話してもいいかもな」と兄妹に警告した。「お前たち二人はアルフォンソ神父かオクタビオ神父に告解することがあるんじゃないのか？」ウエイターはそういう言い方をした。

「尼僧たちに話してもいいかもって、どういう意味？」とフワン・ディエゴは問いかけた。

「偽物の血のことだ——お前たちが告解しなきゃならないのはそのことだろ」とウエイターは答え

た。

「話してもいいかもって言ったよね」フワン・ディエゴは強い口調で言った。「尼僧たちに話すの、それとも話さないの？」

「俺はチップで生活してるんだ」という言い方をウエイターはした。こうしてダンプ・キッド兄妹は、旅行客にビーツの汁を噴射する最適の場所を失った。兄妹はマルケス・デル・バジェのオープンカフェには近寄らないようにしなければならなかった。付け入ろうと狙うウエイターが分け前を求めるからだ。

　どっちにしろ、マルケス・デル・バジェへ行くのは縁起が良くない、とルペは言った。兄妹が水鉄砲で仕留めた旅行客が五階のバルコニーからソカロに飛び降りたのだ。この自殺は、悲しげな顔をしたその男性旅行客が、靴の血を拭いたルペにたいそう気前よく謝礼をくれたすぐあとの出来事だった。彼は、自分たちは物乞いをしているのではないというダンプ・キッド兄妹の主張に耳を貸そうとしない、感じやすいタイプのひとりだった。彼は自ら進んでルペに多額の金を手渡した。

「ルペ、あの人は自分の靴が血を流しはじめたという理由で自殺したわけじゃないよ」フワン・ディエゴはそう言い聞かせたが、ルペはその件についてどうもすっきりしなかった。

「彼が何かを悲しんでいるのはわかってた」とルペは言った。「彼がひどい人生を送ってるってわかってたの」

　フワン・ディエゴもマルケス・デル・バジェを避けるのはやぶさかでなかった。彼とルペががめついウエイターと遭遇するまえからあのホテルが嫌いだったのだ。ホテルの名前はコルテスが自分につけた称号（マルケス・デル・バジェ・デ・オアハカ）から取られており、フワン・ディエゴはスペインによる征服に関係したあらゆるものに疑念を抱いていた——カトリシズムも含めて。オアハカはかつてサポテカ文明の中心だった。フワン・ディエゴは自分もルペもサポテカ族だと思っていた。ダンプ・キッド兄妹はコルテスを憎んでいた。自分たちはベニート・フアレス（先住民族から選出された初のメキシコ大統領）の民であってコルテスの民ではない、そうルペは好んで口にした——自分たちは先住民だ、フワン・ディエゴとルペはそう思っていた。

シエラマドレ山脈の連なりはオアハカ州で集束し、ひとつの山脈になる。州都はオアハカ市だ。だが、絶えず布教活動にいそしむカトリック教会のありきたりな干渉以外、スペイン人はそれほどオアハカ州に関心を持たなかった——山地でのコーヒー栽培はべつとして。そして、まるでサポテカの神々が引き起こしたかのように、二つの地震がオアハカ市を破壊することとなった——ひとつは一八五四年、もうひとつは一九三一年。

この歴史のおかげで、ルペは地震のことをやたら気にするようになった。しばしばそぐわないときに、「ノ・エス・ブエン・モメント・パラ・ウン・テレモト」——すなわち「地震が起こるにはタイミングがよくない」——というだけでなく、無茶苦茶もいいところだが、オアハカとその十万人の市民を滅ぼす三度目の地震を切望するのだ、それも、マルケス・デル・バジェの自殺した泊り客の悲しみとか、あの風船売りの男、後悔の様子などまったくないあの犬殺しの言語道断の振る舞いといっただけの理由で。犬を殺した人間は、ルペの判断では死んで当然なのだった。

「だけど、地震だろ、ルペ？」フワン・ディエゴはいつも妹に訊ねた。「あとの僕たちはどうなんだよ？　僕たちみんな死んで当然なの？」

「あたしたちはオアハカを出なくちゃね——まあともかく、兄さんは出なくちゃ」というのがルペの答えだった。「三番目の地震は必ず来る」と彼女は言うのだ。「兄さんはメキシコを出なくちゃ」と彼女は付け加えた。

「だけど、お前は出ていかないの？　なんであとに残るんだよ？」フワン・ディエゴはいつも訊ねた。

「とにかくそうするの。あたしはオアハカにいる。とにかくそうするの」フワン・ディエゴは妹がそう繰り返したのを思い出した。

こんな内省状態で小説家のフワン・ディエゴ・ゲレロは、初めてマニラに降り立った。彼は気もそぞろで、混乱していた。あの小さな子供を二人連れた若い母親が手助けを申し出たのは正しいことだった。フワン・ディエゴが「自分でやれます」と彼女に答えたのは間違いだった。その、先ほどの思いやりのある女性が、荷物引き取り用のターンテーブルの横で子供たちを連れて待っていた。動いていくベルトコンベアーにはバッグがあまりにもたくさん載っていて、人々はあてどもなくうろついていた——なかには、そこにいる必要のなさそうな人も混じっていた。フワン・ディエゴは、自分が人ごみのなかで困惑しているように見えるということに気づいていなかったが、あの若い母親はきっと周囲の人々が痛いほどはっきり感じている事実に目を留めていたに違いない。足の悪い気品のある男性が途方にくれている。

「この空港は混雑してますね。誰かお迎えの方はいらっしゃるんですか？」と若い母親は彼に訊ねた。彼女はフィリピン人だったが、流暢な英語だった。彼が耳にしたところでは子供たちはタガログ語だけでしゃべっていたが、母親が障碍者に何を話しているかはわかっている様子だった。

「誰かが迎えに来る？」フワン・ディエゴは繰り返した（本人がわかってないなんてことがあるのかしら？　と若い母親は思っていたに違いない）。フワン・ディエゴは旅程表を入れておいた機内持ち込み用バッグの外ポケットのジッパーを開けた。つぎは老眼鏡を探して上着のポケットをかきまわさなくてはならないだろう――以前ＪＦＫ空港の英国航空ファーストクラス・ラウンジで、手にしていた旅程表をミリアムにひったくられたときにしていたように。ここで彼はまたも、いかにも旅慣れていない様子を見せつけていた。件のフィリピン人女性に向かって（ミリアムに言ったように）「長旅なので、ノートパソコンは持って来られないと思ったんです」と言わなかったのが不思議なくらいだ。なんとバカなことを言ったものだ、と彼は今になって思った――まるで距離が長いとノートパソコンには問題だとでも言わんばかりじゃないか！

非常に押しの強い彼の元教え子、クラーク・フレンチが、フィリピンでの手配をしてくれていた。フワン・ディエゴは旅程表を見なければどんな予定だったか思い出せなかった――マニラで泊まるところにミリアムがケチをつけたことを除いては。もちろん、ミリアムは彼が泊まるべきところをいくつか提案してくれていた――「二度目のとき」と彼女は言った。今回については、フワン・ディエゴの記憶に残っているのは、ミリアムがわたしの言うことを信じてという表情をしたときの何もかもわかっているといわんばかりの態度だった（「でもね、わたしの言うことを信じて。泊まる予定になっているところはきっとあなたの気に入らないわ」――彼女はそう言ったのだった）。マニラの予定を確かめようと旅程表を探しながら、フワン・ディエゴは自分がミリアムを信じていないという事実の説明をつけようとした。それなのに彼は彼女に性的欲望を抱いていた。

彼はマカティ市のマカティ・シャングリラ・ホテルに泊まることになっているのがわかった。さいしょはぎょっとした。フワン・ディエゴはマカティ市が大都市マニラの一部と見做されていることを知らなかったのだ。そして、翌日にはマニラからボホール島に行くことになっていたので、彼の知人は誰も飛行機の出迎えに来る予定はなかった――クラーク・フレンチの身内の誰かが来ることさえなかった。フワン・ディエゴの旅程表によると、空港にはプロの運転手が迎えに来ることになっていた。「運転手だけです」とクラークは旅程表に記していた。

「運転手だけが迎えに来ることになっています」フワン・ディエゴはやっと若いフィリピン人女性にそう答えた。

母親は子供たちにタガログ語で何か言った。彼女はターンテーブルの上の大きくて不恰好な荷物を指差した。その大きなバッグはほかのバッグをターンテーブルから押し出しながら、ベルトコンベアーの角のところをまわっていた。子供たちは膨れ上がったバッグを見て笑った。あの間抜けなバッグにラブラドル・レトリーバーを二匹は入れられるな、とフワン・ディエゴは思った。もちろんそれは彼のバッグだった――彼は自分のバッグが恥ずかしかった。あのやたら大きくて無様なバッグもまた、彼が旅慣れていない印だった。バッグはオレンジ色だった――どんな動物とも間違われないようハンターが身に着ける不自然なオレンジ色。道路工事中であることを示すトラフィックコーンの目立つオレンジ色だった。フワン・ディエゴにそのバッグを売りつけた女店員は、これならぜったいほかの旅行客にバッグを間違われる心配がないと言って彼を説得したのだった。こんなバッグを持っている人はほかにはひとりもいない。

そしてちょうどそのとき――フィリピン人の母親と笑っている子供たちが、数多い荷物のなかのあの派手な障害物は足の悪い男のものではないかと悟りはじめたとき――フワン・ディエゴはセニヨール・エドゥアルドのことを思い出していた。まだ幼い人格形成期の頃に、飼っていたラブラドルを撃ち殺されたことを。自分の無様なバッグはエドワード・ボンショーの愛するベアトリスが二匹入るほど大きいなどとひどいことを考えてしまったのが申し訳なくて、フワン・ディエゴの目から涙が溢れた。

大人の場合、涙を誤解されるのはよくあることだ（人生のいつの頃を思い出しているかなんて、わかるわけがないではないか）。悪気のない母親と子供たちはきっと、足の悪い男が泣いているのは預けた荷物を笑いものにされたからだと思ったに違いない。混乱はそこで終わりにはならなかった。空港の、友人や家族、それに職業運転手たちが到着した乗客を迎えにきているエリアは混沌としていた。若いフィリピン人の母親はフワン・ディエゴの犬二匹分の棺桶を転がしていた。彼のほうは母親のバッグと自分の機内持ち込み手荷物を苦労して運んでいた。子供たちはそれぞれバックパックを背負って、母親の機内持ち込み用バッグを二人がかりで運んでいた。もちろん、フワン・ディエゴは手助けしてくれる若い母親に自分の名前を告げなければならなかった。そうすれば、二人で正しい運転手を探せる――フワン・ディエゴ・ゲレロという名前を記した紙を掲げている運転手を。だが、紙にはセニョール・ゲレロと書かれていた。フワン・ディエゴはまごついた。若いフィリピン人の母親は、すぐさまそれが彼を迎えに来た運転手だとわかった。

「あれがあなたよね、でしょ？」辛抱強い若い母親は彼に問いかけた。

なぜ彼が自分の名前でまごつくのかということについては、簡単には答えられない――どうしたって物語になってしまう――が、フワン・ディエゴはこの場の事情はちゃんと理解できた。彼はセニョール・ゲレロとして生まれたわけではなかったが、今は運転手の探しているそのゲレロなのだ。

「作家さんですよね――あのフワン・ディエゴ・ゲレロさんですよね？」ハンサムな若い運転手は彼にそう訊ねた。

「はい、そうです」フワン・ディエゴは答えた。彼が誰だか（作家だ）知らなかったことについて、若いフィリピン人の母親にほんのちょっとでもきまりの悪い思いをさせたくはなかった。だが、フワン・ディエゴが彼女を探すと、母親と子供たちはいなくなっていた。彼があのフワン・ディエゴ・ゲレロだと知ることもなしにこっそり立ち去ってしまったのだ。まあいいじゃないか――彼女は今年度分の善行を積んだんだ、とフワン・ディエゴは思った。

「僕は作家にちなんで名前をつけられたんです」と若い運転手は言った。彼はゾッとするようなオレンジのバッグを持ち上げて自分のリムジンのトランクに入れようと懸命だった。「ビエンベニード・サントス――作品を読んだことはありますか？」運転手は訊ねた。

「いや、だけど彼の名前は知ってるよ」とフワン・ディエゴは答えた（私なら自分について誰かがこんなこと言うのを耳にするのはぜったい嫌だ！　とフワン・ディエゴは思った）。

「ベンって呼んでくれていいですよ」と運転手は言った。「ビエンベニードにまごつく人もいるんでね」

「私はビエンベニードって名前が好きだよ」とフワン・ディエゴは若者に告げた。

「マニラならどこへいらっしゃるんでも運転手を務めます――今回の旅だけじゃなく」とビエンベニードは言った。「元教え子の方から頼まれたんです――その人からあなたは作家だって聞いたんですよ」と運転手は説明した。「申し訳ないんですが、お客さんのは読んだことないんです。有名かどうかも知らなくて――」

「私は有名じゃないよ」フワン・ディエゴは慌てて言った。

「ビエンベニード・サントスは有名です——ともかく、ここじゃ有名でした」と運転手は話した。「もう死んだんですよ。あの作家の本はぜんぶ読みました。どれもすごくいい。だけど、子供に作家の名前を付けるのは間違いだと思いますね。僕はミスター・サントスの著作を読まなくちゃならないと思いながら育ったんです。すごくたくさんあったんですよ。もしぜんぜん僕の好みじゃなかったら？　本を読むのが好きじゃなかったら？　重荷になります——僕が言いたいのはそこなんです」とビエンベニードは話した。

「君の気持ちはわかるよ」とフワン・ディエゴは答えた。

「お子さんはいますか？」運転手は訊ねた。

「いや、いない」フワン・ディエゴは答えたが、この質問に答えるのは簡単ではなかった——それはまたべつの物語で、フワン・ディエゴはそのことについては考えたくなかった。「もし子供がいたとしたら、作家の名前はつけないな」彼が言ったのはそれだけだった。

「ここにいらっしゃるあいだの行き先のひとつは、もう知ってます」と運転手は言った。「マニラ米軍記念墓地へ行きたいんですよね——」

「今回ではないよ」とフワン・ディエゴは彼の言葉を遮った。「今回のマニラ滞在は短すぎるからね、だけど戻ってきたら——」

「いつでもいらっしゃりたいときで、僕はかまいませんから、セニョール・ゲレロ」とビエンベニードはすぐさま言った。

「私のことはフワン・ディエゴでいいよ——」

「わかりました、そのほうがいいなら」と運転手は答えた。「僕が言いたいのはね、フワン・ディエゴ、ぜんぶ手配済みってことです——何もかもお膳立ては整ってます。いつ、何をお望みだろうと——」

「ホテルを変えるかもしれないんだ——今回じゃないけどね、戻ってきたら」とフワン・ディエゴは思わず言ってしまった。

「お望みのままに」とビエンベニードは答えた。

「このホテルのことで悪い噂を聞いてね」とフワン・ディエゴは話した。

「こんな仕事をしていると、悪い噂はたくさん聞きますよ。どのホテルについてもね！」若い運転手は言った。

「マカティ・シャングリラについてはどんなことを聞いている？」フワン・ディエゴは訊ねた。

道路は渋滞していた。混雑した通りの騒々しさは、フワン・ディエゴが空港ではなくバス・ターミナルを思い起こすような混沌とした雰囲気だった。空は汚れたベージュ色で、空気は湿気が多く悪臭が漂っていたが、空調の効いたリムジンのなかは冷えすぎていた。

「そりゃあまあ、何が信じられるかって問題ですよ」とビエンベニードは答えた。「ありとあらゆることを聞かされますからね」

「それがあの小説についての私の問題だな——信じるってことが」とフワン・ディエゴは言った。

「小説って？」ビエンベニードは問い返した。

「シャングリラっていうのは『失われた地平線』という小説に出てくる架空の場所なんだ。一九三〇年代に書かれたんじゃなかったかな——誰が書いたのかは忘れたが」とフワン・ディエゴは説明した（自分の本について誰かがこんなことを言っているのが耳に入ったらどうだよ！　とフワン・ディエゴは思った。おまえはもう死んでいると聞かされるようなものだろう）。リムジンの運転手と話しているとどうしてこうひどく疲れるのだろうと彼は思ったが、ちょうどそのとき道路の流れに空きができ、車は素早く前に進んだ。

たとえ悪い空気でもエアコンよりはましだとフワン・ディエゴは判断した。窓を開けると、汚れた褐色の空気が顔に吹き付けた。スモッグの靄に、彼はとつぜんメキシコシティを思い出した。思い出したくない場所だった。そしてごったがえしたバス・ターミナルのような空港の雰囲気に、フワン・ディエゴはオアハカでの少年時代のバスの記憶を呼び覚まされた。バスに近寄ると汚染されるように思えた。だが、彼の思春期の記憶では、ソカロの南のあのさまざまな通りは実際に汚染されていた——サラゴサ通りはとりわけ、だが、「迷い子」とソカロからサラゴサ通りへ行く途中の通りでさえも（尼僧たちが眠ってしまうと、フワン・ディエゴとルペはよくサラゴサ通りへエスペランサを探しにでかけた）。

「たぶん、僕がマカティ・シャングリラについて耳にしたのも架空の話かもしれませんが」とビエンベニードは意を決したように言った。

「それはどんな話なの？」フワン・ディエゴは運転手に訊ねた。

走っている車の開いた窓から料理のにおいが流れこんできた。車はスラム街のようなところを通っていて、道路の流れは速度が落ちていた。自転車が車のあいだを縫っていく——裸足の、シャツを着ていない子供たちが、通りへ飛び込んでくる。格安のジープニーはどれも満員だった。ジープニーはヘッドライトを消して、あるいはヘッドライトが切れたままで、ゆっくり走り、乗客は教会の信者席みたいな長椅子にくっつきあって座っている。フワン・ディエゴが教会の信者席を思い出したのは、ジープニーが宗教的スローガンで飾り立てられているせいだったかもしれない。

「神は善なり！」一台はそう宣言していた。「神が見守ってくださるのは明らかだ」べつのはそう訴えていた。マニラに着いたばかりだというのに、フワン・ディエゴはもう不愉快なテーマに夢中になりかけていた。スペイン人コンキスタドールたちとカトリック教会が彼よりもまえにフィリピンへ来ていたのだ。彼らは自分たちのしるしを残していた（彼の乗ったリムジンの運転手の名前はビエンベニード（スペイン語で「ようこそ」の意）だし、ジープニー――低所得者のための交通手段のなかでも最安のもの――には神の広告がべたべた貼られている！）。

「犬が変なんですよ」とビエンベニードが言った。

「犬だって！　どこの犬？」フワン・ディエゴは問い返した。

「マカティ・シャングリラの――爆発物探知犬ですよ」若い運転手は説明した。

「あのホテルは爆破されたことがあるの？」フワン・ディエゴは訊ねた。

「僕が知る限りじゃありません」とビエンベニードは答えた。「爆発物探知犬はどのホテルにもいるんです。シャングリラの犬どもの場合は、何を探して嗅ぎまわっているのかわかってないって言われてます――とにかくなんでもにおいを嗅ぎたいだけなんです」

「そりゃあべつに悪いことじゃないんじゃないか」とフワン・ディエゴは言った。彼は犬が好きだった。いつも犬を弁護していた（たぶん、シャングリラの爆発物探知犬はとくべつ注意深いだけなのかもしれない）。

「シャングリラの犬どもは訓練されていないんだってみんな言ってます」ビエンベニードは言った。

だがフワン・ディエゴはこの会話に集中できなかった。マニラは彼にメキシコを思い出させた。彼は心の準備ができていなかった。しかも今や話は犬のことに及んでいた。

「迷い子」で、彼とルペはダンプ・ドッグたちが恋しかった。バスレーロで子犬がひと腹生まれると、子供たちは子犬たちの面倒をみようとした。子犬が死ぬと、フワン・ディエゴとルペはハゲワシよりまえに見つけようとした。ダンプ・キッド兄妹はリベラが死んだ犬を焼くのを手伝った——焼くのも犬を愛することのひとつだった。

夜、サラゴサ通りへ母親を探しにいくとき、フワン・ディエゴとルペは屋根犬のことは努めて考えないようにした。あの犬たちは違った——恐ろしかった。ペペ修道士が言っていたように、大半は雑種だったが、屋根犬の一部だけが野生化しているとペペが言うのは間違っていた——野生化しているのは大部分だった。ゴメス医師はどうして犬たちが屋根に居つくに至ったか知っていると言ったが、ペペ修道士は犬がどうやって屋根に上がったのかは誰にもわからないと思っていた。

ゴメス医師の患者の多くが屋根犬に嚙まれていた。なんといっても彼女は耳と鼻と喉の専門医で、犬どもはそういう部位へ食らいつこうとするのだ。犬は人の顔を襲う、とゴメス医師は言った。何年もまえ、ソカロの南のあのアパート群の最上階では、住人がペットに屋根の上を自由に走りまわらせていた。ところがペットの犬はそのままどこかへ行ってしまったり、野生の犬に怯えて逃げたりした。建物の多くはくっつきあって建っていたので、犬は屋根から屋根へと走ることができた。住人たちは飼い犬を屋根に出すのをやめた。たちまち屋根の犬のほとんどすべてが野生化した。だが、最初の野生犬どもは、どうやって屋根に上がったのだろう?

サラゴサ通りでは、夜になると、行きかう車のヘッドライトが屋根犬どもの目に反射した。ルペがあの犬どもを亡霊だと思ったのも無理はない。犬どもは下の通りの人間たちを狙っているかのように屋根の上を走りまわった。しゃべったり、音楽を聴いたりしていないと、犬どもが走りながらハアハアいうのが聞こえた。ときには屋根から屋根へ飛び移ろうとした犬が落ちることがあった。落ちた犬はもちろん死んだ、下の通りにいる人間の上に着地しないかぎり。通りすがりの人間が墜落してくる犬のクッションとなるのだ。そういう幸運な犬は通常死なずに済んだが、墜落で怪我をすると、犬は自分の受け皿となった人間に噛みつくことが多かった。

「犬がお好きみたいですね」ビエンベニードは言った。

「ああ——確かに犬は好きだ」とフワン・ディエゴは答えたが、あのオアハカの幽霊犬の思い出に気を取られていた（屋根犬が、あるいはその一部がほんとうに幽霊だったとしたら）。

「あの犬たちだけが町の幽霊じゃない——オアハカは幽霊でいっぱい」とルペはあの物知り顔で言っていた。

「僕は見たことない」というのがフワン・ディエゴの最初の返事だった。

「きっと見るよ」ルペはそれしか言わなかった。

今、マニラでフワン・ディエゴは、すでに目にしたのと同じ宗教的スローガンを貼り付けた乗客が鈴なりのジープニーにも気を取られていた。どうやらそれは人気のあるメッセージらしかった。

「神が見守ってくださるのは明らかだ」ついで、タクシーのリアウィンドウの対照的なステッカーがフワン・ディエゴの視線を捉えた。「チャイルド・セックス・ツーリスト」とタクシーのステッカーには書いてあった。「目を背けるな。警察へ突きだせ」

うん、そうだ——糞野郎(ファッカー)どもを突き出せ！　とフワン・ディエゴは思った。だけど、ツーリストの性の相手をするために集められるあの子供たちについては、神があの子たちを見守ってくださっているかどうか、それほど明らかではないな、とフワン・ディエゴは思った。

「あの爆発物探知犬をお客さんがどう思うか、見るのが楽しみだなあ」とビエンベニードは言ったが、バックミラーを覗き込むと、客は眠っていた。それとも死んでいるのか、と運転手は思ったかもしれない。もっとも、フワン・ディエゴの唇は動いていたが。もしかしたら、リムジンの運転手は、このあまり有名ではない作家が寝ながら会話部分を考えていると思ったのではないか。フワン・ディエゴの唇の動きを見ていると、どうやら自分自身と会話しているようだった――作家というのはこんなふうにするんだろう、とビエンベニードは思った。若いフィリピン人運転手は年配の男が思い出している実際の議論など知る由もなかったし、夢のなかでフワン・ディエゴがつぎにどこへ移動するかも、ビエンベニードには想像のしようもなかった。

12 サラゴサ通り

「聞いてくれよ、宣教師さん――この二人はいっしょにいなきゃ」とバルガスは言っていた。「サーカスは服を買ってくれる、サーカスは医療費もぜんぶ払ってくれる――プラス一日三食、プラス寝るためのベッド、それに面倒をみてくれる家族がいる」

「家族だと？　サーカスなんだぞ！　テントで寝るんだぞ！」エドワード・ボンショーは叫んだ。

「ラ・マラビージャは一種の家族なんですよ、エドゥアルド」とペペ修道士はアイオワンに言った。

「サーカスの子どもたちの暮しは貧しいものではありません」とペペはいっそう自信なげに言った。

　オアハカの小さなサーカスの名前も、「迷い子」と同じく批判は免れなかった。紛らわしかったかもしれない――シルコ・デ・ラ・驚異(マラビージャ)（驚異のサーカス）。LaのLは大文字だった。というのも、ザ・驚異(ワンダー)そのものが実在の人物で曲芸師だったのだ（驚異的とされている演技自体も、紛らわしいことにラ・マラビージャと呼ばれていた――小文字のワンダーというか驚嘆すべきもの(マーヴェル)だ）。オアハカにはサーカス・オブ・ザ・ワンダーという名は誇大広告だと考える人々もいた。ほかの出し物はありきたりで、たいして驚異的ではなかったからだ。動物たちもふつうだった。それに噂もあった。

町の誰もが話題にするのはラ・マラビージャ本人のことだけだった（「迷い子」と同じく、サーカスの名前は通常短縮されていた、サーカス（エル・シルコ）へ行く、驚異（ラ・マラビージャ）へ行く、とみんな言っていた）。ザ・ワンダー本人は、いつも年若い少女だった。これまでに何人も存在した。息をのむような出し物だった、必ずしも命がけというほどではなかったが。命を落とした曲芸師も過去には何人かいた。そして生き延びた者たちもそれほど長くザ・ワンダーでい続けることはなかった。曲芸師の入れ替わりは激しかった。たぶんあの年若い少女たちにはストレスがこたえたのだろう。なんといっても、大人になりかけの時期に命を危険にさらしていたのだ。もしかしたら、ストレスと、それにホルモンも影響していたのかもしれない。あの年若い少女たちが、初潮を迎え、自分の胸が膨らんでいくのを眺めながら、命を落とす危険性があるようなことをやっていたとは、なんと驚くべきことだろう。彼女たちが大人になっていくことこそ、本物の危険、現実の驚異ではなかったろうか？

ゲレロで暮らす年かさのダンプ・キッドのなかには、こっそりサーカスに忍び込む子がいた。そういう子たちから、ルペとフワン・ディエゴはラ・マラビージャのことを聞かされていた。だがリベラはそんな不正行為をけっして容赦しなかったろう。当時、ラ・マラビージャが町にいるときには、サーカスはシンコ・セニョーレスで開催された。シンコ・セニョーレスのサーカス会場は、ゲレロよりもソカロやオアハカ中心部のほうに近かった。

何が大勢の人をシルコ・デ・ラ・マラビージャに引き寄せたのだろう？　無垢な少女が死ぬのを見られるかもしれないという可能性？　とはいえペペ修道士が、ラ・マラビージャは、というかどんなサーカスであれ、一種の家族だと言ったのは間違いではなかった（もちろん、良い家族もあれば悪い家族もある）。

「だけど、ラ・マラビージャは潰れ足をなんに使えるのさ？」とエスペランサが訊ねた。

「やめてください！　本人がここにいるのに！」セニョール・エドゥアルドが叫んだ。

「べつにいいですよ。僕は潰れ足なんだから」とフワン・ディエゴは言った。

「君は必要なんだから、ラ・マラビージャは君を受け入れるよ、フワン・ディエゴ」とバルガス医師が言った。「ルペには通訳が要るからね」バルガスはエスペランサに説明した。「何を言っているかわからない占い師じゃ困るだろう。ルペには通訳が必要だ」

「あたしは占い師じゃない！」とルペは抗議したが、フワン・ディエゴはそれを通訳しなかった。

「君に必要な女はソレダーだ」バルガスはエドワード・ボンショーに言った。

「女ってなんだよ？　僕には女は必要ない！」と新任宣教師は叫んだ。貞潔誓願がどういうものか、バルガス医師は思い違いをしているのだと彼は思った。

「君のための女じゃないよ、ミスター貞潔誓願」とバルガスは答えた。「僕が言ったのは君が話す必要のある相手ってことだ、この子たちのためにね。ソレダーはサーカスで子供たちの面倒をみている女なんだ——ライオン調教師の奥さんだよ」

「ライオン調教師の奥さんの名前としたら、あまり心丈夫な名前じゃないですね」とペペ修道士が言った。「孤独（ソレダー）だなんて縁起が良くないですからね——行く手に未亡人の人生が待っていると思われるかも」

「おいおい、ペペ——ただの名前だよ」とバルガスは反論した。

「君はキリストの敵だ――そうなんだろ?」セニョール・エドゥアルドはバルガスに指を突きつけながら言った。「この子たちが『迷い子』で暮らせば、そこでイエズス会の教育を受けることになる。それで君は二人を危険な場所へ置きたがっているんだ! 君が怖がっているのはこの子たちが受ける教育なのか、バルガス先生? 確信的無神論者である君は、僕らがこの兄妹を信者にしてしまうかもしれないと心配なのか?」

「この子たちはオアハカで危険な状況に置かれているんだぞ!」バルガスはわめいた。「この子たちが何を信じようと、そんなことはどうでもいい」

「彼はキリストの敵なんだ」とアイオワンは、今度はペペ修道士に言った。

「サーカスには、犬はいる?」ルペが訊ねた。フワン・ディエゴはこれを通訳した。

「ああ、いるよ――訓練を受けた犬がね。犬を使う出し物もあるんだ。ソレダーは新人の曲芸師の訓練をしている、空中曲芸師も含めてね。でも犬には自分たち用の巡業テントがあるんだ。犬が好きなの、ルペ?」バルガスは少女に訊ねた。彼女は肩をすくめた。ルペが自分同様ラ・マラビージャで暮らすという考えを気に入っているのがフワン・ディエゴにはわかった。彼女はただ、バルガスが好きではなかった。

「約束してほしいことがあるんだけど」とルペはフワン・ディエゴの手を握りながら言った。

「いいよ。何?」とフワン・ディエゴは問い返した。

「もしあたしが死んだら、兄さんにバスレーロで焼いてほしいの――犬みたいに」とルペは兄に告げた。「兄さんとリベラだけで――ほかの人はなしで。約束して」

「ジーザス!」フワン・ディエゴは叫んだ。

「ジーザスはなし」とルペは言った。「兄さんとリベラだけで」

「わかった」とフワン・ディエゴは答えた。「約束するよ」

「君はそのソレダーって人をどの程度知ってるの？」エドワード・ボンショーはバルガス医師に訊ねた。

「僕の患者なんだよ」とバルガスは答えた。「ソレダーも元は曲芸師だったんだ——空中ブランコ乗りだ。関節にうんと負担がかかる——手と手首と肘には特にね。あんなふうに掴んだり固く握りしめたり、落ちるのは言うまでもなく」とバルガスは説明した。

「空中曲芸師の場合はネットがあるんじゃないの？」セニョール・エドゥアルドは訊ねた。

「メキシコのサーカスでは大部分がないね」とバルガスは答えた。

「なんとまあ、神さま！」とアイオワンは叫んだ。「それでも君は、この子たちはオアハカで危険な状況に置かれているって言うのか！」

「占いじゃあ、落ちるなんてことはあまりない——関節にストレスもかからない」とバルガスは答えた。

「みんなの心にあることなんか、あたしにはわからない——みんなの考えていることがいちいちわかるわけじゃない。ただ、一部の人の考えていることがわかるだけだよ」とルペは言った。フワン・ディエゴは続きを待った。「あたしが心を読めない人はどうなるの？」とルペは問いかけた。

「そういう人たちには、占い師はなんて言うのよ？」

「サイドショーはどんなふうにやるのか、もっと知る必要があります。それについて考えてみる必要があります」（フワン・ディエゴは妹の言葉をこんなふうに通訳した）

「あたしが言ったことと違うじゃない」ルペは兄に文句をつけた。

「僕たちはそれについて考えてみる必要がある」とフワン・ディエゴは繰り返した。

「ライオン調教師はどうなんですか?」ペペ修道士がバルガスに訊ねた。

「彼がどうって?」バルガスは問い返した。

「ソレダーは彼のことで苦労していると聞いてますよ」ペペは言った。

「いや、ライオン調教師なんてものは、おそらくいっしょに暮らすのは大変な相手でしょうからね――ライオンの調教には、少なからぬ量のテストステロンが関係しているんじゃないかな」バルガスはそう言って肩をすくめた。ルペはそれを真似して肩をすくめた。

「じゃあ、ライオン調教師はマッチョな男なんですか?」ペペはバルガスに訊ねた。

「そう聞いてますがね」とバルガスは答えた。「彼は僕の患者じゃない」

「ライオンの調教には、どこかから落ちるなんてことはあまりないし――関節にストレスもかからないしね」とエドワード・ボンショーは意見を述べた。

「わかった、それについては考えてみる」とルペが言った。

「彼女、なんて言ったの?」バルガスがフワン・ディエゴに訊いた。

「それについては考えてみるって」とフワン・ディエゴは通訳した。

「いつでも『迷い子』へ来ていいんだよ――僕のところへ来てくれればいいから」セニョール・エドゥアルドはフワン・ディエゴに言った。「読むべき本を教えてあげるし、本の話をしてもいい、君の書いたものを見せてくれても――」

「この子は何か書いてるの?」バルガスが訊ねた。

「うん、書きたいと思ってる――彼は教育を求めているんだ、バルガス。彼には明らかに言語の才能がある。この子にはなんらかの高等教育を身に着ける資質がじゅうぶんあるよ」とエドワード・ボンショーは答えた。

「いつでもサーカスに来てください」フワン・ディエゴはセニョール・エドゥアルドに言った。

「僕のところへ来てくれればいいんです、本を持って――」

「そうだ、もちろんそうすればいい」バルガスもエドワード・ボンショーに言った。「シンコ・セニョーレスには歩いていけるくらいだからね、それにラ・マラビージャは巡業もするし。時折り旅をするんだよ。子供たちはメキシコシティを見られるぞ。なんなら君もいっしょに行けばいい。旅は一種の教育だ、そうだろ?」バルガス医師はアイオワンに問いかけた。答えを待たずに、バルガスはダンプ・ニーニョスのほうへ注意を向けた。「バスレーロで、君たちにとって別れが寂しいものは?」と彼は兄妹に訊ねた(ニーニョスを知っている者なら誰でも、ルペがどのくらい犬と別れるのを寂しがるか知っていた、それも、ダーティ・ホワイトとディアブロだけではなく。ペペ修道士は、「迷い子」からシンコ・セニョーレスまで歩くとかなりあるのを知っていた)。

ルペはバルガスには返事をせず、フワン・ディエゴは黙ったまま心のなかで数えあげた――ゲレロとダンプの、自分にとって別れがたいものをつぎつぎ付け加えていった。掘っ立て小屋の網戸の電光石火で出没するヤモリ、広大な荒れ地、トラックの運転台で寝ているリベラをさまざまな方法で起こすこと、ディアブロが吠える犬たちを黙らせてしまう様子、バスレーロで死んだ犬を弔う炎の厳粛な重々しさ。

「ルペは犬たちと別れるのが寂しいんだ」エドワード・ボンショーが言った――バルガス医師はこ

のアイオワンにそう言わせたかったのだとルペにはわかっていた。

「あのさ」バルガスは、いかにも今思いついたかのように、出し抜けに言った。「ソレダーはきっとこの子たちを犬のテントで寝かせてくれるよ。僕が彼女に頼んでもいい。犬たちもそれを気に入るだろうってソレダーが考えても不思議じゃないな――そうしたら、みんなが幸せになれる！　縁ってもんだ」バルガスはまた肩をすくめた。またもルペはそれを真似して肩をすくめた。「ルペは彼女のしぐさに僕が気づいていないと思ってるのかな？」バルガスはフワン・ディエゴに訊ねた。

少年もその妹も揃って肩をすくめた。

「子供たちが犬といっしょのテントで暮らす！」エドワード・ボンショーが叫んだ。

「ソレダーがなんて言うか、まあ見てみよう」バルガスはセニョール・エドゥアルドに言った。

「あたしはたいていの人間よりはたいていの動物のほうが好き」とルペが発言した。

「当ててみようか。ルペは人間より動物が好きなんだ」とバルガスはフワン・ディエゴに言った。

「あたしはたいていのって言ったのよ」ルペは訂正した。

「ルペに嫌われているのはわかってるよ」バルガスはフワン・ディエゴに言った。

ルペとバルガスが互いについて、というか互いに向かって悪口を言っているのを聞いていると、フワン・ディエゴは、ソカロの旅行客のところへ押しかけるマリアッチ楽団を思い出した。週末になると、ソカロには必ず楽団がいくつもくり出した――なかにはお粗末な高校生の楽団もいて、チアリーダーを引き連れていた。ルペはフワン・ディエゴを乗せた車椅子を押して人ごみのなかを歩くのが好きだった。誰もが道をあけてくれた。チアリーダーたちでさえ。「なんだかあたしたち、有名人みたい」ルペはフワン・ディエゴに言った。

ダンプ・キッド兄妹がサラゴサ通りをしょっちゅううろついていることはよく知られていた。二人はあそこの常連になっていた。サラゴサ通りではバカげた聖痕トリックは一切なしだった——血を拭いたからといって、誰もニーニョスにチップなどくれなかったろう。サラゴサ通りではいつもうんとたくさんの血が流されていた。そんなものを拭くのは時間の無駄というものだ。

サラゴサ通り沿いにはいつも娼婦たちがいて、そして娼婦を求める男たちがうろついていた。ホテル・ソメガの中庭から、フワン・ディエゴとルペは娼婦たちとその客が出入りするのを見張っていられたのだが、子供たちはサラゴサ通りでもホテルの中庭でも母親の姿を一度も見かけたことがなかった。エスペランサが通りを職場にしているという証拠はなかったし、ソメガにはほかの客たちがいたのかもしれない——娼婦でもなければその相手でもない泊り客たちが。だが、ソメガを「売春宿」と呼ぶのは、子供たちの耳に入る範囲でリベラひとりではなかったし、あの出たり入ったりの様子では、確かにあのホテルはそういうふうに見えた。

ある夜、フワン・ディエゴがまだ車椅子に乗っていたときに、サラゴサ通りでフロールという娼婦の後をつけたことがあった。その娼婦が自分たちの母親でないのはわかっていたが、フロールは後ろから見るとちょっとエスペランサに似ていた——フロールはエスペランサみたいな歩き方をした。

ルペは車椅子をぐんぐん速く押すのが好きだった。こちらに背中を向けている人たちにうんと近づく——彼らはぶつかられるまで車椅子がそんな近くへ来ていることにまったく気づかなかった。フワン・ディエゴはいつも、ぶつかられた人が後ろにいる自分の膝の上へ倒れ込んでくるのではないかと心配だった。彼は前かがみになって、速度をあげている車椅子がぶつかるまえに相手の体に手を添えようとした。そんなふうにして彼は初めてフロールに触れたのだった。相手のどちらかの手に触れるつもりだったが、フロールは歩きながら腕を前後に振っていたので、フワン・ディエゴは思わず彼女が揺すっている尻に触ってしまった。

「イエス、マリア、ヨセフ！」フロールは叫び、くるっと振り向いた。彼女は非常に背が高かった。頭の位置にパンチを食らわすつもりだったのに、車椅子の少年を見下ろすことになった。

「僕と妹だけです」フワン・ディエゴは身をすくめながら言った。「僕たち、母さんを探してるんです」

「あたしはあんたの母さんに似てるの？」フロールは訊ねた。彼女は異性装者（トランスヴェスタイト）の娼婦だった。当時、オアハカではトランスヴェスタイトの娼婦はそれほど多くはなかった。フロールは本当に目立っていた。それも、背が高いというだけではなかった。美人と言っていいほどだった。唇の上にごくうっすらと見える口ひげの痕は、彼女の美しさにはまったく影響を与えていなかった。もっとも、ルペは気づいてはいたが。

「ちょっと、母さんに似てます」とフワン・ディエゴはフロールに答えた。「どっちもすごく美人です」

「フロールのほうがずっと大きいし、それにアレもあるよ」ルペは自分の唇の上を指でなぞってみせた。フワン・ディエゴが通訳する必要はなかった。

「あんたたちみたいな子供はこんなとこに来ちゃいけないのよ」フロールは兄妹に言った。「ベッドに入っていなくちゃ」

「僕たちの母さんはエスペランサって名前なんです」とフワン・ディエゴは言った。「もしかしてここで母さんを見かけてるかも――もしかして、母さんのこと知ってたりして」

「エスペランサは知ってるわよ」フロールは答えた。「だけど、このあたりじゃ見かけないね。あんたたちのことはこのあたりでしょっちゅう見かけるけど」と彼女は子供たちに言った。

「もしかしたら、母さんは娼婦全員のなかで一番の人気者なのかもしれない」とルペが言った。

「もしかしたら、母さんはホテル・ソメガからぜんぜん出ないのかもしれない――男たちのほうがやってくるのかも」だが、フワン・ディエゴはこれを通訳しなかった。

「その女の子が何をペラペラしゃべってるのか知らないけど、ひとつだけほんとのことを教えてあげる」とフロールは言った。「ここへ来た人はみんな姿を見られてるの――それは保証するわ。たぶんあんたの母さんは、ここへはぜんぜん来ていないんじゃないの。あんたたち子供は、さっさと寝たほうがいいかも」

「フロールはサーカスのことをいろいろ知ってる――彼女の心に浮かんでるよ」とルペが言った。

「ほら――サーカスのこと訊いてみてよ」

「僕たち、ラ・マラビージャから来ないかって言われてるんです――ただのサイドショーの出し物だけど」とフワン・ディエゴは言った。「僕たちは自分のテントをもらえるだろうけど、犬といっしょに暮らすんです――訓練を受けた犬で、すごく賢いんです。サーカスの人と会うことはないですよね？」と少年は訊ねた。

「あたし、こびとはお断り。どこかで線は引かなくちゃね」とフロールは答えた。「こびとってやたらあたしに興味を持つの――べたべたまつわりつくの」と彼女は語った。

「今夜は眠れないよ」ルペはフワン・ディエゴに告げた。「フロールにべたべたまつわりついてるこびとたちのことを考えたら、眠れない」

「お前が訊いてみろって言ったんだぞ。僕だって寝られないよ」とフワン・ディエゴは妹に言った。

「ソレダーを知ってるか、フロールに訊いてみて」とルペは言った。

「聞かないほうがいいかもしれない」とフワン・ディエゴは言いながらも、ライオン調教師の妻のことを何か知っているかとフロールに訊ねた。

「彼女は寂しい、不幸せな女よ」フロールは答えた。「あの旦那はブタ。あいつなら、あたしはライオンの味方だわね」と彼女は話した。

「きっとライオン調教師もお断りなんでしょうね」フワン・ディエゴは言った。

「あいつは駄目だわね、坊や（チコ）」とフロールは答えた。「あんたたち、ニーニョス・ペルディードス（迷い子）の子じゃないの？ あんたたちの母さん、あそこで働いてるんじゃないの？ そんな必要もないのに、なんで犬といっしょのテントに引っ越すのさ？」

ルペはつらつらといくつもの理由をあげはじめた。「一、犬への愛」と彼女は始めた。「二、スターになるため──サーカスに入ったら、あたしたちは有名になれるかもしれない。三、あのオウム男があたしたちを訪ねてきてくれるから、そしてあたしたちの将来は──」彼女はちょっと言葉を切った。「ともかく、兄さんの将来は」とルペは兄を指差した。「兄さんの将来はあのオウム男の手に握られている──とにかくそうだってわかるの、サーカスに入ろうが入るまいが」

「そのオウム男は知らないな──その男には会ったことがない」フワン・ディエゴがなんとかルペのリストを通訳すると、フロールは子供たちにそう言った。

「あのオウム男は、女は要らない」とルペは告げ、フワン・ディエゴはそれも通訳した（ルペはセニョール・エドゥアルドがそう言うのを聞いていた）。

「あたしはオウム男なら何人も知ってるよ！」とトランスヴェスタイトの娼婦は言った。

「ルペが言ってるのは、そのオウム男は貞潔誓願を立ててるってことです」フワン・ディエゴはフロールに説明しようとしたが、彼女はそれを終わりまで言わせなかった。

「わあ、やだ――その手の男はひとりも知らない」とフロールは言った。「そのオウム男もラ・マラビージャでサイドショーの出し物をやるの？」

「その人はテンプロ・デ・ラ・コンパニーア・デ・ヘスス（イエズス会教会）の新任宣教師なんです――アイオワから来たイエズス会士です」とフワン・ディエゴは説明した。

「イエス、マリア、ヨセフ！」フロールはまた叫んだ。「その手のオウム男なのね」

「彼の犬は殺された――たぶんそれが彼の人生を変えた」とルペが言ったが、フワン・ディエゴは通訳しないままほうっておいた。

一同の注意はそのとき、ホテル・ソメガの前で起こった喧嘩のほうに向けられた。きっとホテルのなかで口論が始まったのだろうが、それは進展して、中庭からサラゴサ通りへと出てきていた。

「やだっ、あれはグッド・グリンゴじゃないの――あの子は危なっかしい子なの」とフロールは言った。「ベトナムにいるほうが安全だったかも」

オアハカにはアメリカ人ヒッピー青年がどんどん増えていた。恋人といっしょにやってくる者もいたが、女の子たちはけっして長くは居つかなかった。徴兵年齢の青年の大半はひとりか、あるいはひとりになってしまっていた。彼らは、ベトナムでの戦争から逃げ出したり、母国の現状から逃げ出したりしているのだと、エドワード・ボンショーは言っていた。アイオワンは彼らに手を差し伸べた——彼らを助けようとした——が、ヒッピー青年の大半は宗教心のあるタイプではなかった。屋根犬と同じく、彼らは迷える者たちだった——やりたい放題か、あるいは幽霊のように町を彷徨った。

フロールも若いアメリカ人徴兵忌避者に手を差し伸べていた。迷える青年たちは皆彼女を知っていた。もしかしたら青年たちが彼女を好きだったのは、彼女がトランスヴェスタイトだったからかもしれない——彼らと同様、彼女もまだ若かった——だが、迷えるアメリカ人たちがフロールを好きなのは、彼女の英語が流暢なせいもあった。フロールはテキサスで暮らしたあと、メキシコへ戻ってきていたのだ。その話の語り方をフロールはけっして変えなかった。「とりあえず、オアハカを出る唯一の道がヒューストンへ行くことだったとだけ言っておくわ」と彼女はいつも始めた。「ヒューストンへは行ったことある? とりあえず、ヒューストンを出なければならなかったとだけ言っておくわ」

ルペとフワン・ディエゴは以前にもサラゴサ通りのあたりでグッド・グリンゴを見かけたことがあった。ある朝、彼がイエズス会教会の信者席で寝ているのをペペ修道士が発見したこともあった。エル・グリンゴ・ブエノ（良い米国人）は夢の中でカウボーイ・ソングの「ラレドの街」を歌っていた——最初の一節だけを繰り返し繰り返し、とペペは言っていた。

ラレドの街中へ歩いていくと
ある日、ラレドの街中へ歩いていくと
若いカウボーイが、白い亜麻布にすっぽり包まれていた、白い亜麻布にすっぽり包まれて、粘土みたいに冷たくなっていた。

このヒッピー青年はいつもダンプ・キッド兄妹に優しかった。ホテル・ソメガで始まった喧嘩はといえば、どうやらかのエル・グリンゴ・ブエノは服を着る暇を与えられなかったようだった。彼は胎児のように体を丸めて歩道に横たわり、蹴飛ばされないよう身を守ろうとしていた。彼はジーンズを穿いているだけだった。サンダルと汚い長そでシャツを手に持っていたが、ダンプ・キッド兄妹の見たところ、彼がまとっているのはいつもそのシャツだけだった。だがルペとフワン・ディエゴは、青年の大きなタトゥーを見るのは初めてだった。十字架上のキリストの図柄だ。イバラの冠をかぶされて血を流すイエスの顔が、ほっそりしたヒッピーの裸の胸一面に広がっていた。キリストの胴は、突き刺された部分も含めて、ヒッピーのむき出しの腹を覆っていた。キリストの伸ばした両腕（イエスの痛々しく傷つけられた手首と手）は、ヒッピー青年の上腕と前腕に彫り込まれていた。まるでキリストの上体がグッド・グリンゴの上体に荒っぽく貼りつけられたかのようだった。磔（はりつけ）になったキリストもヒッピー青年もどちらもひげがぼうぼうで、長い髪は同じようにもじゃもじゃだった。

サラゴサ通りに横たわる青年の横には二人の悪党が立ちはだかっていた。ダンプ・キッド兄妹はガルサを知っていた――背が高くてあごひげを生やしたほうだ。彼は客をソメガのロビーへ入れてやったり入れなかったりしていた。兄妹に向かって失せろと言うのは、たいてい彼だった。ホテルの中庭をめぐっては、俺の縄張りだと言わんばかりの態度だった。もうひとりの悪党――若い、太ったほう――は、ガルサの奴隷、セサルだった（ガルサはなんでも利用した）。

「あんたたち、そういうことして興奮を味わうわけ？」フロールは二人の悪党に問いかけた。

サラゴサ通りの歩道には、もうひとりの娼婦がいた。年若いうちのひとりだ。皮膚にひどいあばたがあり、グッド・グリンゴとたいして変わらないくらいしか服を身に着けていなかった。彼女の名前はアルバ、「夜明け」という意味で、日の出と同じくらい短い時間で、はいさようならと言われそうな女の子だ、とフワン・ディエゴは思った。

「彼、ちゃんと払ってくれなかったの」アルバはフロールに話した。

「彼女から聞いてた以上の値段だったんだ」エル・グリンゴ・ブエノは言った。「最初に言われた額は払ったよ」

「グリンゴをいっしょに連れてって」フロールはフワン・ディエゴに言った。「『迷い子』からこっそり出られたんなら、こっそり入れるでしょ――ね？」

「この人、朝になったら尼さんたちに見つかる――でなきゃペペ修道士かセニョール・エドゥアルドかうちの母さんが見つける」とルペが言った。

フワン・ディエゴはこれをフロールに説明しようとした。彼とルペは寝室とバスルームを共有していて、母親が予告なしにやってきてバスルームを使う、とかその他いろいろ。だがフロールはダンプ・ニーニョスにグッド・グリンゴを通りから連れ去ってもらいたがった。ニーニョス・ペルディードスは安全だ。兄妹はヒッピー青年をいっしょに連れて行くべきだ――孤児院には彼を殴る者はいないだろう。「歩道で見つけたんだって尼さんたちに言いなさい、あんたたちはただ慈善的なことをしたんだってね」とフロールはフワン・ディエゴに言った。「この坊やにはもともとタトゥーはなかったのに、朝起きてみたらグッド・グリンゴの体じゅうに十字架のキリストの姿があったんだって言いなさい」

「それに、彼が夢のなかで歌っているのが――あのカウボーイ・ソングが――何時間も聞こえてました。だけど、暗闇だから見えなかったんです」とルペが即興で合わせた。「エル・グリンゴ・ブエノはきっとあのタトゥーを、暗いなかで一晩がかりで彫りつけられたんです！」

タイミングを計ったかのように、半分裸のヒッピー青年は歌いはじめた。もう眠ってはいなかった。彼はきっと「ラレドの街」を、自分を苦しめていた二人の悪党への嘲りとして歌っていたのだろう――今回は二番目の節だけだった。


「あんたのその格好で、カウボーイだってわかるよ」

ゆっくりそばを歩いていくと、そいつは確かにそんなことを言ったんだ。

「こっちへ来て横に座って、俺の悲しい話を聞いてくれ、胸を撃たれちまったんだ、こりゃあ助からないと思ったね」

「イエス、マリア、ヨセフ」フワン・ディエゴは低い声でそれだけ言った。
「やあ、元気かい、車椅子の君」グッド・グリンゴがフワン・ディエゴに、車椅子のこの少年にいま気づいたと言いたげに声をかけた。「やあ、スピード狂の妹さん！　まだスピード違反切符は切られてないの？」（ルペは以前、グッド・グリンゴに車椅子をぶつけたことがあった）
フロールはヒッピー青年が服を着るのを手伝っていた。「今度またこの人に手を触れたら、ねえガルサ」とフロールは言っていた。「あんたが寝てるあいだにサオとタマタマを切り取ってやるからね」

「お前だって両脚のあいだに同じガラクタをぶら下げてるじゃないか」とガルサはトランスヴェスタイトの娼婦に言い返した。

「ふん、あたしのガラクタはあんたのよりずっとでっかいよ」とフロールは返事した。

ガルサの奴隷、セサルは笑い出したが、ガルサとフロールの両方が向ける眼差しに、笑うのをやめた。

「自分はいくらなのか、さいしょに言わなきゃ、アルバ」フロールはひどい肌の若い娼婦に言った。「自分の値段を考えなおしたりすべきじゃないわ」

「あんたにああしろこうしろ言われたくないね、フロール」とアルバは言ったが、この少女はホテル・ソメガの中庭の内側にこっそり戻るまで待ってから、そう言ったのだった。

フロールはダンプ・キッド兄妹やグッド・グリンゴといっしょにソカロまで歩いた。「恩に着るよ！」別れていく彼女に、若いアメリカ人は呼びかけた。「君たちニーニョスも、恩に着る」とヒッピー青年はダンプ・キッド兄妹に言った。「今度のことでは、君たちに何かお礼のプレゼントをするつもりだ」と彼は言った。

「どうやって彼を隠しとくのよ？」ルペは兄に訊ねた。「今夜こっそり『迷い子』へ連れ込むことはできる——問題ない——だけど、朝こっそり外へ出すのは無理でしょ」

「あの血を流すキリストのタトゥーのことを、奇跡だって話してみるよ」とフワン・ディエゴは妹に答えた（これはなんといってもダンプ・リーダーを惹きつけるアイディアだった）。

「確かに奇跡だよ、一種のね」エル・グリンゴ・ブエノは二人に話しはじめた。「このタトゥーのアイディアがひらめいたのは――」

　ルペは迷える若者に自分の話をさせてやろうとはしなかった、まだこの時は。「約束してほしいんだけど」と彼女はフワン・ディエゴに言った。

「また約束か――」

「とにかく、約束して！」ルペは叫んだ。「もしあたしがサラゴサ通りに行きつくようなことになったら、殺して――とにかく、殺して。約束するって言って」

「イエス、マリア、ヨセフ！」とフワン・ディエゴは言った。彼はこれをフロールがやったのと同じように叫ぼうとした。

　ヒッピーは自分が何を言っていたのか忘れてしまった。彼は、あの素晴らしい歌詞を自分がいま初めて書いているかのように、苦労しながら「ラレドの街」の歌詞を思い出していた。

　「六人の陽気なカウボーイに俺の棺を運ばせておくれ、
　六人の可愛い娘っ子に棺の覆いを持たせておくれ。
　棺の上にはバラを敷き詰めておくれ
　土塊（つちくれ）が落ちてくる音をバラに消してもらうんだ」

「言ってよ！」ルペはダンプ・リーダーに向かってわめいた。

「わかった。僕はお前を殺す。ほら、言っただろ」フワン・ディエゴは妹に答えた。

「おいおい！　車椅子の君も、妹さんも――誰も誰かを殺したりしない、な？」グッド・グリンゴはそう問いかけた。「みんな友だちだ、だろ?」
グッド・グリンゴの呼気はメスカル臭く、ルペはそれを「イモムシの息」と呼んでいた。メスカルの瓶の底には死んだイモムシが沈んでいるからだ。リベラはメスカルのことを貧乏人のテキーラと呼んでいた。ダンプ・ボスは、メスカルとテキーラは同じように、塩をひと舐めして、ライムをちょっと絞って飲むのだと言っていた。グッド・グリンゴはライムの汁とビールのにおいがした。ダンプ・キッド兄妹が彼をこっそり「迷い子」に連れ込んだ夜、若いアメリカ人の唇には塩がこびりつき、青年の顎の生やしっぱなしのV字ひげにはもっと塩がついていた。ニーニョスはグッド・グリンゴをルペのベッドに寝かせた。兄妹は彼が服を脱ぐのを手伝ってやらねばならず、彼が寝てしまってから——仰向けになって鼾(いびき)をかいて——ルペとフワン・ディエゴは自分たちの寝支度をした。

鼾の合間から、しわがれ声の「ラレドの街」の一節が、エル・グリンゴ・ブエノから発せられているように思えた——あのにおいと同じように。

「さあ、太鼓をゆっくり打ち鳴らせ、笛を低く吹き鳴らせ、
死のマーチを演奏しながら俺を運んでくれ
俺を谷間へ運んでいって、土をかぶせておくれ
俺は若いカウボーイで、まずいことをやっちまったんだから」

ルペはタオルを濡らしてヒッピー青年の唇と顔にこびりついた塩を拭った。ルペは青年の体をシ

ャツで覆うつもりだった。真夜中にあの血を流すキリストを見たくなかったのだ。だが、グリンゴのシャツを嗅いだルペは、メスカルかビールのゲロ、または死んだイモムシみたいな臭いがすると言った――彼女はただアメリカ人青年の顎まで上掛けをひっぱりあげて、なんとか包みこむだけにした。

ヒッピー青年は背が高くて痩せこけていて、長い腕――キリストのひどい有様の手首と手が彫りこまれた――を両脇の、上掛けの外に横たえていた。「ひょっとしてこの部屋でこのまま死んじゃったら？」ルペはフワン・ディエゴに訊ねた。「外国の、他人の部屋で死んだら、魂はどうなるの？　このグリンゴの魂はどうやって家へ帰るの？」

「ジーザス」とフワン・ディエゴは言った。

「ジーザスなんかほっといてよ。この人をなんとかしなくちゃならないのはあたしたちだよ。このヒッピーが死んだらどうする？」ルペは問いかけた。

「バスレーロで焼くんだ。リベラが手伝ってくれるよ」フワン・ディエゴは答えた。本気ではなかった――ただ、ルペを寝かせようとしていたのだ。「グッド・グリンゴの魂は煙といっしょに出ていくよ」

「わかった、それで決まりね」とルペは言った。フワン・ディエゴのベッドに入ったルペは、いつも寝るときよりもたくさん着こんでいた。ヒッピー青年が同じ寝室にいるんだから「穏当な格好」をしておきたいのだとルペは言った。彼女はフワン・ディエゴにベッドのグリンゴに近い側で寝てくれと言った。夜中に、苦悩するキリストの姿にぎょっとさせられたくはなかったのだ。「兄さんが奇跡の物語をうまくやってくれるといいんだけど」ルペは狭いベッドのなかで兄に背を向けながらそう言った。「あのタトゥーがミラグロ（奇跡）だなんて、誰も信じないよ」

迷えるアメリカ人の血を流すキリストのタトゥーが、一夜にして出現した奇跡だとどうやって話したものか、フワン・ディエゴは夜半すぎまで寝ずに予行演習することとなった。やっと眠りに落ちる直前、フワン・ディエゴはルペもまだ起きていることに気がついた。「このヒッピーがこれほどひどい臭いじゃなくて、あのカウボーイ・ソングを歌うのをやめたら、結婚するんだけどな」とルペは言った。

「お前は十三だぞ」フワン・ディエゴは妹に思い出させた。

メスカルで意識が朦朧とした状態のなか、エル・グリンゴ・ブエノは「ラレドの街」の最初の一節の最初の二行しか思い出せなかった。歌声が細くなって消えていくのを聴いていると、ダンプ・キッド兄妹は、グッド・グリンゴにそのまま続けて歌ってほしいと思ってしまいそうになった。

ラレドの街中へ歩いていくと
ある日、ラレドの街中へ歩いていくと――

「お前は十三なんだぞ、ルペ」フワン・ディエゴはいっそう強く繰り返した。

「そのうちってことだよ、あたしがもっと大人になったら――もしももっと大人になれたらね」とルペは言った。「おっぱいが膨らみはじめてるんだけど、まだすごく小さい。もっと大きくなるはずなんだけど」

「もしももっと大人になれたらって、どういうことだよ？」フワン・ディエゴは妹に問いただした。

ふたりは暗闇のなかで互いに背を向け合って横になっていたが、隣でルペが肩をすくめるのがフワン・ディエゴには感じられた。

「グッド・グリンゴもあたしもあんまり大人にはならないと思う」とルペは答えた。

「そんなのわからないだろ、ルペ」フワン・ディエゴは言った。

「あたしのおっぱいはこれ以上大きくならないってわかってるの」ルペは兄に告げた。

フワン・ディエゴはこれについて思いをめぐらし、あとすこし寝ないでいることとなった。ルペが過去についてはたいてい正しいのを彼は知っていた。妹は未来についてはそれほど正確ではないという事実にちょっと慰められながら、彼は眠りに落ちた。

13 今もそしてこれからもずっと

マカティ・シャングリラの爆発物探知犬とフワン・ディエゴとのあいだに起こったことについては、冷静かつ理性的に説明することができる。もっとも、事態はたちまち進展し、恐慌状態に陥ったホテルのドアマンやシャングリラの警備員——後者はあっという間に二匹の犬を抑えられなくなった——にしてみれば、「賓客」が到着した際の応対に冷静さや理性など一切なかった。ホテルのフロントで、フワン・ディエゴ・ゲレロの名前にはそんなもったいぶった響きの称号が付されていた。「賓客」。ああ、あのクラーク・フレンチ——フワン・ディエゴの元教え子は、お節介で、自己主張が強かった。

メキシコ系アメリカ人作家の部屋はアップグレードされていた。特別な備品がいろいろ用意されており、うちひとつは風変わりなしろものだった。そして、ホテル側はミスター・ゲレロをメキシコ系アメリカ人と呼ばないよう釘を刺されていた。しかし、まさかスマートなホテルの支配人みずからが、疲れ果てたフワン・ディエゴに有名人としての地位を与えるべくフロントのあたりをうろうろしていようなどとは、思いもよらなかったことだろう――つまり、シャングリラの車寄せに着いた作家が、かくも無礼な扱いをうけるのを目撃していた人がいたならば。悲しいかな、クラークは恩師を迎えるためにその場に待機してはいなかった。

車を進入路へ入れながら、ビエンベニードはバックミラーで、尊敬される人物である彼の客が眠っているのを目にした。運転手はリムジンの後部ドアを開けようと駆け寄ってきたドアマンを、手を振って追い払おうとした。ビエンベニードはフワン・ディエゴがまさにそのドアにもたれかかっているのを見ていたのだ。運転手は素早く運転席のドアを開けると、両腕を振りながらホテルの玄関への通路に降り立った。

腕を振るとあの爆発物探知犬たちが興奮することなど誰が知ろう？　二匹の犬はビエンベニードに向かって突進し、運転手はまるで警備員たちに銃口を向けられたかのように両腕を頭上に上げた。そして、ホテルのドアマンがリムジンの後部ドアを開けると、死んだように見えるフワン・ディエゴが車からずり落ちてきた。死んだ男がずり落ちてきたことで爆発物探知犬たちはいっそう興奮した。二匹とも、装着された犬用ハーネスの革の持ち手を警備員の手からもぎ取るようにして、リムジンの後部座席に飛び込んだ。

シートベルトのおかげで、フワン・ディエゴは車から完全に落ちてはいなかった。彼はとつぜんびくんと身動きして目を覚まし、頭をリムジンの内側へ外側へとゆらゆらさせた。膝には犬が乗っかって、彼の顔を舐めていた。中型犬、小さな雄のラブラドル、あるいは雌のラブラドル、実際はラブラドルの雑種で、ラブラドルの柔らかいだらりと垂れた耳と、間隔のあいた、いきいきした目を持っていた。

「ベアトリス！」フワン・ディエゴは叫んだ。彼がなんの夢を見ていたのかは想像するしかないが、フワン・ディエゴが女名前を、雌の名前を叫んだので、じつは雄だったラブラドルの雑種は戸惑った顔になった――犬の名前はジェームズだった。そして、フワン・ディエゴの「ベアトリス！」という叫びは、ドアマンを完全に動転させてしまった。到着した客は死んでいると思っていたのだ。ドアマンは悲鳴をあげた。

どうやら、爆発物探知犬たちには悲鳴が上がると攻撃的になる性向があったようだ。ジェームズ（フワン・ディエゴの膝に乗っていた）はドアマンに向かって唸り、フワン・ディエゴを守ろうとしたが、フワン・ディエゴはもう一匹の犬に気づいていなかった。二番目の犬が自分の隣に座っているのを知らなかったのだ。こちらはよくいる神経質な感じの犬で、耳を小生意気にぴんと立て、毛はむさくるしくもじゃもじゃしていた。純血種のジャーマンシェパードではなくシェパードの雑種で、この獰猛そうな声の犬が吠えはじめると（フワン・ディエゴの耳元で）、作家はきっと屋根犬が隣に座っていると思ったに違いない。そして、ルペは正しかったのかもしれないと。屋根犬の一部は亡霊だったのだ。シェパードの雑種は片目が正常ではなかった。緑がかった黄色で、正常でないほうの目は焦点が定まらず、良いほうの目と連携していなかった。その釣り合いのとれていない目は、フワン・ディエゴにとっては、隣で身震いしている犬が屋根犬であり亡霊だというさらなる証拠だった。足の悪い作家はシートベルトを外し、車の外へ出ようとした――膝にジェームズ（ラブラドルの雑種）が乗っているので、簡単な作業ではなかった。

そして、ちょうどそのとき、犬は二匹揃って鼻面をフワン・ディエゴの股座（またぐら）のあたりに突っ込んだ。二匹は彼を座席にくぎ付けにした――二匹は熱心に嗅いだ。この犬たちは爆弾を嗅ぎ分けるよう訓練されていることになっていたので、これは警備員の注意を引いた。「動くな」警備員のひとりが曖昧に言った——フワン・ディエゴまたは犬たちに向かって。

「犬には好かれるんだ」フワン・ディエゴが得意気に言った。「私はダンプ・キッドだったんだよ——ウン・ニーニョ・デ・ラ・バスーラ（ゴミ捨て場の子）」彼は警備員たちに説明しようとした。

二人とも、ふらふらしているように見える男の特注の靴をじっと見つめていた。障碍のある紳士が言っていることは警備員たちにとっては意味をなしていなかった（「妹と二人でバスレーロの犬たちの面倒をみようとしていたんだ。犬が死ぬと、ハゲワシの餌食にならないうちに焼くようにしていたんだ」）。

そして、フワン・ディエゴが足を引きずって歩くには二通りの方法しかないという問題があった。あのヘンテコな二時の角度の不自由な足で踏みだすなら、最初に人目に触れるのは足をがくんと引きずる様子だし、良いほうの足から歩きはじめて悪いほうを後から引きずるなら——どちらにしろ、あの二時の角度の足といびつな形の靴が人目を引くことになる。

「動くな！」最初の警備員がまた命令した。声を張り上げた様子からもフワン・ディエゴを指差す様からも、彼が犬に向かって言っているのでないことは明らかだった。フワン・ディエゴは足を引きずって歩きかけた途中でぴたっと動きを止めた。

爆発物探知犬たちが、人間がそういう具合にぴたっと動きを止めて不自然にじっとしているのを嫌うなんて、誰にわかるだろう？　爆発物探知犬のジェームズとシェパードの雑種は二匹とも、今やフワン・ディエゴの腰のあたり——より具体的には、スポーツジャケットのポケット、食べ残しの抹茶マフィンを紙ナプキンで包んで入れてあったところ——を鼻で突いていたのだが、急に体を強張らせた。

　フワン・ディエゴは最近のテロ事件を思い出そうとした——あれはどこだったっけ、ミンダナオ？　あそこはフィリピン最南端の島、インドネシアに一番近いところじゃなかったかな？　ミンダナオにはかなりの数のイスラム教徒がいるんじゃなかったっけ？　自爆テロ犯は片脚に爆発物を縛り付けていたのでは？　爆発が起こるまえに誰もが気づいていたのは、犯人が足を引きずっていることだけだった。

　これはまずい、とビエンベニードは考えていた。運転手はオレンジ色の邪魔なバッグを臆病なドアマンに託した。ドアマンは、死んでいたフワン・ディエゴが蘇って、ゾンビみたいに足を引きずって歩いたり女の名前を叫んだりしたという思い込みからまだ完全に回復していなかった。若いリムジン運転手はホテルに入ってフロントへ行き、あんたたちは「賓客」を撃とうとしてるんだぞと告げた。

「あの訓練のできてない犬どもに攻撃をやめさせろ」ビエンベニードはホテルの支配人に言った。「あんたとこの警備員たちは足の悪い作家を殺そうとしているぞ」

　誤解はたちまち解決された。クラーク・フレンチはホテルに、フワン・ディエゴの早めの到着に備えることまでさせていた。フワン・ディエゴにとってもっとも重要だったのは、犬たちが許されることだった。抹茶マフィンが爆発物探知犬たちを惑わせてしまったのだ。「あの犬たちを責めないでください」とフワン・ディエゴはホテルの支配人に頼んだ。「あの犬たちは申し分ありません——犬たちをひどい目にあわせないと約束してください」

「ひどい目にあわせる？　とんでもない、お客様——ぜったいひどい目になんかあわせませんとも！」支配人はきっぱりと言った。マカティ・シャングリラの「賓客」がかくも熱心な爆発物探知犬の擁護者だったことなど、それまでなかったのではないか。支配人自身がフワン・ディエゴを部屋へ案内した。ホテルの用意したアメニティーにはフルーツバスケット及びクラッカーとチーズを盛った皿も含まれていた。ビールを四本（通常のシャンパンではなく）入れたワインクーラーはフワン・ディエゴの献身的な元教え子のアイディアだった。敬愛する師がビールしか飲まないのを心得ていたのだ。

クラーク・フレンチはまたフワン・ディエゴの熱烈な愛読者でもあった。クラークはフィリピン人女性と結婚したアメリカ人作家としてマニラでは間違いなく彼より有名だったのだが。ひと目見ただけで、巨大な水槽がクラークのアイディアだとフワン・ディエゴにはわかった。クラーク・フレンチは恩師に、フワン・ディエゴの小説の重要な場面を称えたいという年下の作家の熱い思いを込めた贈り物をするのが大好きだった。フワン・ディエゴのもっとも初期の作品のひとつ——ほとんど誰も読んでくれなかった小説——で、尿路に欠陥のある男が主人公というものがあった。彼の恋人は寝室に巨大な水槽を置いていた。エキゾチックな水中生物を目にし、水槽の音を聞くと、「狭く曲がりくねった道」である尿道を持つと描写されるその男は、落ち着かない気分になる。

フワン・ディエゴはクラーク・フレンチに対して揺るぎない愛情を抱いていた。この根っからの愛読者は、極めて具体的なディテールまで覚えていた——一般に作家が自分で書いた作品についてだけ覚えているような類のことを。だがクラークは、その同じディテールが読者にどのような効果を及ぼそうとしていたのか、そこまで思い出せるとは限らなかった。フワン・ディエゴの尿路小説では、主人公は恋人のベッド脇にある水槽で果てしなく繰り広げられる水中ドラマにひどく気持ちをかき乱される。魚のおかげで彼は眠れない。

　ホテルの支配人は、ライト付きの、ごぼごぼ音を立てている水槽について、クラーク・フレンチのフィリピン人親族からの一晩レンタルのプレゼントだと説明した。クラークの妻のおばがマカティ市でエキゾチックなペットの店を経営しているのだ。水槽はホテルの部屋のテーブルのいずれかに置くには重すぎたので、ベッド脇の床の上に鎮座していた。水槽はベッドの半分の高さがあり、堂々たる矩形がなにやら禍々しい活動を見せていた。水槽にはクラークからの歓迎の手紙が添えられていた。お馴染みのディテールが眠りにつくのを助けてくれることでしょう！

「すべて我が国の南シナ海の生物です」とホテルの支配人はおずおずと述べた。「餌はやらないでください。一晩ですから、食べなくてもだいじょうぶです——と、聞いております」

「わかりました」とフワン・ディエゴは答えた。ぜんぜんわかってはいなかった。いったいなんだってクラークは——というか、エキゾチックなペットの店を経営しているフィリピン人のおばさんは——水槽が人をくつろいだ気分にさせるなどと考えたのだろう。そのおばさんによると、六〇ガロン以上の水が入っているとのことだった。暗くなったら、水中の緑の光はきっとさらに緑っぽく見えることだろう（もっと眩しく見えるのは言うまでもなく）。素早すぎて特徴がよくわからない小さな魚がひっそりと上部を行き交っている。もっと大きなものが水槽の底の一番暗い隅に潜んでいた。一対の目が光っている。エラがうねうねと動いていた。

「あれはウナギですか？」フワン・ディエゴは訊ねた。

　ホテルの支配人はきちんとした服装の小柄な男で、手入れの行き届いた口ひげを生やしていた。

「ウツボかもしれません」と支配人は答えた。「水中に指をお入れにならないほうがよろしいかと」

「もちろん、そんなことはしませんよ――あれは間違いなくウナギだ」とフワン・ディエゴは返事した。

夜になったらビエンベニードの車でレストランに行こうと約束してしまったのを、フワン・ディエゴは最初後悔した。旅行客はひとりもいません、たいていは家族連れでね――「内緒の穴場」です、運転手はそう言って彼を説得したのだった。フワン・ディエゴはホテルの部屋でルームサービスを頼んで早めに休むほうがいいかもしれないと思っていたのだが。ところが今はこうしてビエンベニードにシャングリラから連れ出してもらってほっとしていた。戻ったら、見慣れない魚や気持ちの悪いウナギが待っているだろう（ラブラドルの雑種の爆発物探知犬ジェームズと寝るほうがましだ！）。

クラーク・フレンチの歓迎の手紙の追伸に、つぎのように記されていた。「安心してビエンベニードにお任せください！　ボホールでお会いするのをみんなとても楽しみにしています！　一族全員、お会いするのが待ちきれません！　カルメンおばさんによると、ウツボの名前はモラレスだそうです――触らないでください！」

大学院生時代のクラーク・フレンチは擁護を必要としており、フワン・ディエゴは彼を擁護してやっていた。かの若い作家は、時代にそぐわない、活気に溢れた、常に楽観的な存在だった。感嘆符を使い過ぎなのは、彼が書くものだけに限らなかった。

「あれは間違いなくウツボです」とフワン・ディエゴはホテルの支配人に教えた。「モラレスという名前のね」

「嚙みつくウナギには、皮肉っぽい名前ですね──ウツボの『道徳(モラルズ)』ですか」と支配人は答えた。「水槽を組み立てるためにペットショップからチームが派遣されてきました。いくつもの海水の容器を運ぶのに、荷物用のカートが二台要りましたよ。水中温度計は非常にデリケートなんです。水の循環装置は泡を出すところがうまくいきませんで。それぞれの生物を入れたゴムの袋は手で運ばなければなりませんでしたし──たった一晩だけのためにしては、なかなかの騒ぎでした。なにしろストレスの多い移動ですから、ウツボは鎮静剤を与えられていたのかもしれません」

「なるほど」とフワン・ディエゴはまた相槌を打った。セニョール・モラレスは目下のところ、鎮静剤の影響下にあるようには見えなかった。ウツボは水槽の向こう側の隅で威嚇するようにとぐろを巻き、静かに呼吸しながら黄色っぽい目をじっと見開いていた。

アイオワ・ライターズ・ワークショップの学生だった頃──そしてのちには刊行された著書を持つ作家となっても──クラーク・フレンチは皮肉っぽい筆致を避けていた。クラークは惜しみなくひたむきで誠実だった。ウツボにモラレスという名前を付けるのは彼の流儀ではなかった。この皮肉っぽさは完全に、クラークのフィリピン側の親族であるカルメンおばさんのものに違いない。一族全員がボホールで自分を待ち受けているということに、フワン・ディエゴは不安を感じた。とはいえ、クラーク・フレンチのためには嬉しかった──友だちがいないようだった若い作家は家族を見つけたのだ。クラーク・フレンチの仲間の学生たち(全員が作家志望)は彼のことを救いようがなく単純だと思っていた。どこの若い作家が明るい気質に惹かれるものか。クラークはあり得ないほど前向きだった。俳優のようなハンサムな顔立ちで、運動選手のような体を持ち、戸別訪問して歩くエホバの証人のような趣味の悪い地味な服装をしていた。

クラークの実際の宗教的信念（クラークはガチガチのカトリック教徒だった）はフワン・ディエゴにエドワード・ボンショー青年を思い出させたに違いない。じつのところ、クラーク・フレンチはフィリピン人の妻に——そして彼が熱っぽくそう呼ぶ「一族全員」に——フィリピンでカトリックの善行活動をしているときに出会ったのだった。正確にどういう状況だったのかフワン・ディエゴは思い出せなかった。何らかの種類のカトリックの慈善行為？　孤児となった子供たちや未婚の母が関係していたかもしれない。

クラーク・フレンチの小説までもが頑強で戦闘的な善意を発揮していた。彼の主人公たち、迷える魂や数々の罪を犯した者たちは、必ず贖罪に行きつく。贖罪行為は通常、道徳的に最悪の状態に続いてなされる。小説は予想通り善意がしだいに高まるなかで終わる。当然のことながら、これらの小説は酷評された。クラークには説教癖があった。彼は福音を説いた。フワン・ディエゴは、クラーク・フレンチの小説が嘲笑されるのを嘆かわしく思った——同じように、哀れなクラーク自身も仲間の学生たちから嘲られていた。フワン・ディエゴはクラーク・フレンチの書くものが本当に好きだった。クラークは腕のいい職人だった。だが、本人にとっては不幸なことに、腹が立つくらい善良だった。それはクラークの本心だとフワン・ディエゴにはわかっていた——楽天家の青年に偽りはなかった。だがクラークはまた布教家だった——やらずにはいられなかった。

道徳的に最悪の状態に続く善意の高まり——型にはまってはいるが、これは宗教心に篤い読者には受けるのではないだろうか？　クラークは読者がいるからといって嘲笑されなくてはならないのだろうか？　クラークが前向きなのは本人にはどうしようもないことではないか？（「救いがたく前向き」と、アイオワのある院生仲間が言っていた）

それにしても、一晩のために水槽というのはあんまりだ。これじゃクラーク以上にクラークだ――これは行き過ぎだった。それとも、これだけ移動してすっかり疲れはて、この好意の提示に感謝できないだけなのだろうか？　とフワン・ディエゴは考えた。クラークがクラークであるということを――あるいは限りなく善良であることを――責めたくはなかった。フワン・ディエゴは心底クラーク・フレンチに好意を持っていた。しかし若い作家に対するその好意が彼を苦しめた。クラークは頑固なカトリックだった。

荒っぽい鞭の一振りがいきなり水槽から生暖かい海水のしぶきを飛ばし、フワン・ディエゴとホテルの支配人をぎょっとさせた。不運な魚が一匹食べられるか殺されるかしたのだろうか？　緑の光で照らされた際立って澄んだ水には血の気配も体の一部も一切見当たらなかった。常に警戒怠りないウツボには、見たところ悪事を働いた形跡はなかった。「暴力的な世界ですからねえ」とホテルの支配人は言った。皮肉を避けたこの一言は、クラーク・フレンチの小説の道徳的に最悪な状況で出てきそうなフレーズだった。

「そうですね」フワン・ディエゴはこう答えただけだった。彼は最下層の人間として生まれた。他人を見下してしまった場合は、とりわけ相手がクラークのような善人だと、自分が嫌になった。しかるにフワン・ディエゴは、優越感をちらつかせる文学界の傲慢な連中が皆クラーク・フレンチを見下すのと同じように彼を見下していた――前向きであるという理由で。

支配人が出ていってひとりになると、フワン・ディエゴはエアコンのことを訊いておけばよかったと思った。部屋は寒すぎ、壁のサーモスタットは疲れた旅人に矢印や数字による複雑に入り組んだ選択肢を提示した――戦闘機の操縦席に乗るとこういうのがあるのではなかろうかとフワン・ディエゴは思った。どうしてこんなに疲れるんだろう？　フワン・ディエゴは考えた。とにかくひたすら眠って夢を見ていたい、でなければミリアムとドロシーにまた会いたい、どうしてそうとしか思わないのだろう？

　彼はまたもやとろとろうたた寝をしてしまった。机に向かって腰かけて、椅子に座ったまま眠りこんだのだ。彼は震えながら目を覚ました。

　たった一晩泊まるために巨大なオレンジのバッグの荷ほどきをしても意味はない。フワン・ディエゴはベータ遮断薬をバスルームのシンクのところに出しておいた。いつもの量──正しい量だ、倍量ではなく──を服用するのを忘れないために。着ていた服をベッドの上に置いた。シャワーを浴びてひげを剃った。ミリアムとドロシーのいない旅の生活は通常の生活とほぼ変わらなかった。それは、あの二人がいないと急に空っぽで目的のないものに思えた。だがなぜだろう？　と彼は、なぜ疲れるのか訝しむのとあわせて考えた。

　フワン・ディエゴはホテルのバスローブをまとってテレビのニュースを見た。冷たい空気の肌寒さは少しもましにはならなかったが、サーモスタットをいじってなんとかファンの回転を遅くすることができた。エアコンは暖かくはならず──風量が少なくなっただけだった（あのかわいそうな魚たちは、ウツボも含めて以前は暖かい海にいたのではないか？）。

　テレビには、監視カメラで捉えられたミンダナオの自爆テロ犯の不明瞭な映像が流れていた。テロリストの姿ははっきりしなかったが、その足の引きずり方は不安になるほどフワン・ディエゴの歩き方と似ていた。フワン・ディエゴがわずかな違いを詮索していると──悪いのは同じ方の脚だった、右だ──爆発がすべてを消失させた。カチッという音がして、テレビの画面は引っかくような音がするだけの闇となった。ビデオ映像はフワン・ディエゴの心に、自分の自爆シーンを見たような動揺を残した。

夕食のずっとあとまでビールを冷やしておけるほどの氷が容器に入っていることを彼は確かめた――凍えるようなエアコンでは不十分というわけではなかったが。フワン・ディエゴは水槽から投げかけられる緑っぽい光のなかで服を着た。「ロ・シエント、セニョール・モラレス」部屋を出ながら、彼は言った。「君や君の友だちにじゅうぶんなほど暖かくないとしたら、すまないね」作家がおぼつかなげに戸口に立つと、ウツボはこちらを見つめているようだった。ウツボがあまりにまじまじと凝視しているので、フワン・ディエゴはホテルの部屋のドアを閉めるまえに無反応な生物に手を振った。

ビエンベニードに車で連れていかれたファミリーレストラン――一部の人にはたぶん「内緒の穴場」――では、どのテーブルにも金切り声をあげる子供がひとりずついて、どの家族も皆互いに知り合いみたいだった。彼らはテーブルからテーブルへと大声を交わし、料理の載った皿をやりとりしていた。

装飾品はフワン・ディエゴには理解できなかった。象の鼻を持ったドラゴンが兵士たちを踏みつけている。怒った顔の幼子キリストを両腕で抱いた聖母マリアがレストランの入口を守っていた。彼女は脅しつけるようなマリアだった――用心棒みたいな態度のマリアだな、とフワン・ディエゴは思った（聖母マリアの態度に難癖つけるならフワン・ディエゴに任せておくといい。あの象の鼻を持ち、兵士たちを踏みつけているドラゴンにだって態度に問題があるんじゃないか？）。

「サンミゲルってスペインのビールじゃなかったっけ？」フワン・ディエゴはリムジンのなかでビ

エンベニードに訊ねた。車はまたホテルへ戻っていた。フワン・ディエゴはビールを数本飲んでいたに違いない。

「ああ、スペインの醸造所ですよ」とビエンベニードは答えた。「だけど、親会社はフィリピンにあるんです」

植民地主義はどんなものでも――スペインの植民地主義はとりわけ――必ずフワン・ディエゴをかっとさせた。その上、カ、ト、リ、ッ、ク、植民地主義がある、とフワン・ディエゴは考えた。「植民地主義だな」作家が言ったのはそれだけだった。リムジン運転手がこのことについて考えているのが、バックミラーで見えた。かわいそうなビエンベニード。彼は客とビールの話をしていると思っていたのだ。

「でしょうね」ビエンベニードが言ったのはそれだけだった。

聖人の祝日だったに違いない――どの日なのかは、フワン・ディエゴには思い出せなかった。礼拝堂で始まった応答の祈りはフワン・ディエゴの夢のなかだけに響いているわけではなかった。ダンプ・キッド兄妹がニーニョス・ペルディードス（迷い子）の自分たちの部屋でエル・グリンゴ・ブエノ（良い米国人）といっしょに目を覚ました朝、祈りは上階にも響いてきた。

「マドレ！」尼僧たちのひとりが叫ぶ。グロリア修道女の声のようだった。「アオラ・イ・シエンプレ、セラス・ミ・ギア」

「御母よ！」幼稚園の孤児たちが応じる。「今もそしてこれからもずっと、わたしをお導きください」

幼稚園児たちはフワン・ディエゴとルペの部屋の下の階の礼拝堂にいた。聖人の祝日には応答の祈りが上階へ響いてきて、それから幼稚園児たちが朝の行進を始める。ルペは目を覚ましているのかまだ半分寝ているのか、幼稚園児たちの聖母マリアへの頌歌(しょうか)に応えて自分の祈りを呟きはじめる。「ドゥルセ・マドレ・ミア・デ・グアダルーペ、ポル・トゥ・フスティシア、プレセンテ・エン・ヌエストロス・コラソネス、レイネ・ラ・パス・エン・エル・ムンド」とルペは祈った——やや皮肉っぽく。「義をもってわたしたちの心におわしますお優しい御母グアダルーペよ、世界が平和でありますように」

だがこの朝、フワン・ディエゴが目覚めかけたばかりでまだ目を閉じていたとき、ルペが言った。「兄さんに奇跡があるよ。なんと母さんたら、この部屋を通り抜けたのに——いまお風呂に入ってる——グッド・グリンゴには気づきもしなかった」

フワン・ディエゴは目を開けた。エル・グリンゴ・ブエノは寝たまま死んでしまったか動かなかったのか。だが彼はもはや上掛けに覆われてはいなかった。ヒッピーと彼の十字架上のキリストはむきだしでじっと横たわり——早すぎる死、倒れた若者の活人画だ——一方ダンプ・キッド兄妹の耳にはエスペランサがバスタブのなかで俗世の歌を歌っているのが聞こえてきた。「彼ってきれいよね、そうじゃない？」ルペは兄に問いかけた。

「この人、ビールの小便みたいな臭いがするぞ」とフワン・ディエゴは言いながら、アメリカ人青年がちゃんと息をしているか確かめようと身をかがめた。

「彼を通りへ出さなくちゃ——すくなくとも服を着せて」とルペは言った。エスペランサはすでに栓を抜いていた。バスタブから水が抜けるときの音がニーニョスの耳に聞こえた。エスペランサの歌声はくぐもっていた――たぶんタオルで髪の水気を取っているのだろう。

一階下の礼拝堂では、というかおそらくはフワン・ディエゴの夢における詩的許容によって、グロリア修道女のように聞こえる尼僧の声がまたも子供たちに、自分の言葉を繰り返すよう強く呼びかけた。「マドレ！　アオラ・イ・シエンプレ――」

「腕も脚もあんたに巻きつけたい！」とエスペランサが歌った。「舌もあんたの舌に絡めたい！」

「若いカウボーイが、白い亜麻布にすっぽり包まれていた」死んだように眠っているグリンゴが歌っていた。「白い亜麻布にすっぽり包まれて、粘土みたいに冷たくなっていた」

「このハチャメチャがなんだろうと、奇跡じゃないね」とルペは言った。フワン・ディエゴがぐったりしているグリンゴに服を着せるのを手伝おうと、彼女もベッドから出た。

「おわ！」ヒッピーはうめいた。まだ眠っていた。あるいは、完全に意識がなかった。「みんな友だちだ、だろ？」と彼は問いかけ続けた。「君はすごく素敵なにおいだ、それにとってもきれいだ！」と彼は汚いシャツのボタンを留めようとしてくれているルペに言った。それでもグッド・グリンゴの目はまったく開かなかった。彼にはルペは見えていなかった。あまりに二日酔いがひどくて、目が覚めなかったのだ。

「彼が飲むのをやめさえすれば、あたし結婚する」とルペはフワン・ディエゴに言った。

グッド・グリンゴの呼気は体全体よりもひどい臭いで、フワン・ディエゴは嫌な臭いから気を紛らわせようと、この気のいいヒッピーは自分たちダンプ・キッド兄妹にどんなプレゼントをくれるのかなと考えた――昨夜、彼の頭がもっとすっきりしていたときに、徴兵忌避青年は、プレゼントをあげると約束したのだ。

当然のことながら、ルペには兄が何を考えているかわかっていた。「この可愛い人はあたしたちに、あんまり高いものをプレゼントするゆとりはないんじゃないかな」とルペは言った。「五年か七年先なら、あっさりした金の結婚指輪がいいかもしれないけど、今は特別な物は期待しない――このヒッピーはお酒と娼婦にお金を使ってるからね」

娼婦という言葉に呼ばれたかのように、エスペランサが浴室から出てきた。彼女はいつもどおりタオル二枚をまとって（一枚は髪に巻いて、もう一枚で体を申し訳程度に覆って）、サラゴサ通り用の衣装を抱えていた。

「この人を見てよ、母さん！」フワン・ディエゴが叫んだ。彼は、ルペが留めてしまうより早く、グッド・グリンゴのシャツのボタンを外しはじめた。「僕たち、この人を、きのうの夜、通りで見つけたんだ――体には何もなかったんだよ。それが今朝になったら、ほら見てよ！」フワン・ディエゴはヒッピー青年のシャツを開いて血を流すイエスを露わにした。「これは奇跡だよ！」とフワン・ディエゴは叫んだ。

「それはエル・グリンゴ・ブエノだよ――奇跡なんかじゃないね」とエスペランサは言った。

「わあ、死んじゃいたい――母さん、彼を知ってる！　裸でいっしょにいたんだ――母さんは彼に何もかもしてやったんだ！」ルペは叫んだ。

エスペランサはグリンゴを転がしてうつぶせにした。そしてパンツを引き下ろした。「あんたたち、これを奇跡って呼ぶの？」彼女は子供たちに問いかけた。可愛い青年の裸の尻にはアメリカ国旗のタトゥーが施されていたが、旗はわざと半分に破かれていた。ヒッピーの尻の割れ目が旗を真っ二つにしていたのだ。それは愛国的な図柄とはまるっきり正反対だった。

「おわ！」意識のないグリンゴが喉の詰まったような声で言った。彼はベッドの上でうつぶせになっていた。窒息の危険にさらされているようだった。

「この人、ゲロみたいな臭いがする」とエスペランサが言った。「バスタブに入れるのを手伝って――水をかけたら息を吹き返すよ」

「グリンゴは自分のアレを母さんの口に入れた」ルペがわめいた。「母さんは彼のアレを――」

「やめてくれよ、ルペ」とフワン・ディエゴは言った。

「彼と結婚するって言ったのは忘れて」とルペは続けた。「五年先だろうが、七年先だろうが――ぜったいあり得ない！」

「お前は誰か他の人と出会うよ」フワン・ディエゴは妹を慰めた。

「ルペが誰と出会ったって？　誰のことで動揺してるの？」エスペランサが訊ねた。彼女は裸のヒッピーの脇の下を抱きかかえていた。フワン・ディエゴは青年の両足首を摑み、二人でバスルームへ運んだ。

「母さんがルペを動揺させたんだ」フワン・ディエゴは母親に告げた。「母さんとグッド・グリンゴがいっしょに過ごしたと思っただけで、ルペは動揺したんだ」

「バカバカしい」エスペランサは答えた。「どの子もグリンゴ坊やが大好き、そして彼もあたしたちが大好き。彼の母さんは胸が張り裂けるかもしれないけど、グリンゴ坊やは、世界中の女をみんな、うんと幸せにしてくれる」

「グリンゴ坊やのおかげであたしの胸は張り裂けた！」ルペは泣きわめいた。

「あの子どうしたのよ――生理がきちゃったとかなんか？」とエスペランサはフワン・ディエゴに

問いかけた。「あたしはあの子の歳の頃にはもうとっくに初潮が来てたよ」

「違う、生理なんか来てない――あたしはぜったい生理にはならない！」ルペは叫んだ。「あたしは知恵遅れだよ、忘れた？　あたしの初潮も遅れてるんだ！」

フワン・ディエゴと母親は、ヒッピーをバスタブのなかへ滑りこませようとして、その頭を湯の蛇口にぶつけたが、青年はぴくりともせず、目も開けなかった。彼の唯一の反応は自分のペニスを握ったことだった。

「あれ、可愛くない？」エスペランサはフワン・ディエゴに問いかけた。「彼っていい子よね、でしょ？」

「あんたのその格好で、カウボーイだってわかるよ」眠っているグリンゴは歌った。

ルペは水を出す係を務めようとしたのだが、エル・グリンゴ・ブエノが自分のペニスを握っているのを見ると、またすっかり動揺してしまった。「彼ったら、自分で何やってんの？　彼、セックスのこと考えてる――あたしには考えてるってわかる！」ルペはフワン・ディエゴに言った。

「彼は歌ってるんだ――セックスのことなんか考えてないよ、ルペ」とフワン・ディエゴは答えた。

「ぜったい考えてるね――グリンゴ坊やはいつだってセックスのことを考えてるんだ。だからこんなに若々しいんだよ」エスペランサがバスタブの蛇口を開きながら子供たちに言った。彼女は湯と水両方の蛇口をいっぱいに開いた。

「おわ！」グッド・グリンゴが叫び、目を開けた。彼はバスタブにいる自分が三人から見下ろされているのに気づいた。たぶんエスペランサのこんな姿を見たのは初めてだったのではないか――白いタオルをぎゅっと巻きつけて、濡れたくしゃくしゃの髪を前へ、きれいな顔の両脇に垂らして。

二枚目のタオルは頭から取っていた。髪を包んだタオルはちょっと濡れていたが、彼女はそれをヒッピー青年に使わせるためにおいておこうと思ったのだ。彼女が身仕舞いを済ませてから、きれいなタオルを二枚この子供たちの部屋へ持ってくるとしたら、ちょっと時間がかかる。

「あんた、飲みすぎよ、坊や」エスペランサはグッド・グリンゴに言った。「あんたは酒に飲まれずに楽しめるほど体が大きくないんだから」

「君はここで何してるの?」可愛い青年は訊ねた。彼の笑顔は素晴らしかった、痩せこけた胸の「死に瀕したキリスト」にもかかわらず。

「その人はあたしたちの母さんよ! あんたはあたしたちの母さんとヤッてるのよ!」ルペがわめいた。

「あれれ、妹さん――」グリンゴは言いかけた。もちろん、彼はルペが何を言ったのかわかっていなかった。

「この人は僕たちの母さんなんです」フワン・ディエゴはバスタブに湯を満たしながらヒッピーに言った。

「へえ、なんと。僕たちはみんな友だちだ、だろ? アミーゴスだ、そうだよね?」青年は問いかけたが、ルペはバスタブに背を向けた。彼女は寝室に戻った。

グロリア修道女と幼稚園児たちが礼拝堂から階段を上がってくるのが一同の耳に聞こえた。エスペランサは廊下に通じるドアを開けっぱなしにしていて、ルペもバスルームのドアを開けっぱなしにしていたからだ。グロリア修道女は幼稚園児たちに強制的にやらせている行進を「健康のための散歩」と称していた。子供たちは「マドレ!」の応唱の祈りを唱えながら、足音高く階段を上がってきた。祈りながら廊下を行進した――子供たちはこれを毎日やっていた、聖人の祝日だけではなく。グロリア修道女は、ペペ修道士とエドワード・ボンショーに良い効果をもたらすという「付加利益」のために子供たちに行進させているのだと言っていた。二人は幼稚園児たちが「今もそしてこれからもずっと」というやつを復唱するのを見聞きするのが大好きだったのだ。

だがグロリア修道女には、人を罰するのを好むところがあった。グロリア修道女はおそらく、エスペランサを――いつものように――風呂から上がりたてでタオル二枚を体に巻きつけているところを捕まえて、罰したいと思っていたのではないか。グロリア修道女は、詠唱する幼稚園児たちの愛らしい神聖さが、エスペランサの罪深い心を白熱した剣のように焦がすさまを想像していたに違いない。ことによると、グロリア修道女はさらに勘違いしていたのかもしれない。「わたしをお導きください」と唱える幼稚園児たちに、あの娼婦の我儘なガキども、「迷い子」で特権を与えられているあのダンプ・キッド兄妹を清める効果があると考えていた可能性もある。自分たち専用の部屋に自分たち専用のバスルームまで!――グロリア修道女ならロス・ニーニョス・デ・ラ・バスーラ(ゴミ捨て場の子ら)にこんな扱いはしなかっただろう。孤児院運営に、こんなやり方はあり得ない――グロリア修道女に言わせれば。バスレーロからきた煙の臭いのするゴミ漁りに、特権など与えてはならない!

だが、母親とグッド・グリンゴが愛人同士だったとルペが知ったその朝、ルペはグロリア修道女と幼稚園児たちが「マドレ!」の祈りを詠唱するのを聴いている気分ではなかった。「御母よ!」グロリア修道女は勤勉に繰り返した。彼女がダンプ・キッド兄妹の部屋の入口で立ち止まると、ルペが乱れたままのベッドの片方に腰を下ろしているのが尼僧の目に入った。幼稚園児たちは廊下で行進をやめた。子供たちはその場で足を動かしながら寝室を覗き込んだ。ルペはすすり泣いていたが、それはこれまでなかったことというわけではなかった。

「今もそしてこれからもずっと、わたしをお導きください」子供たちは復唱していた——すくなくともルペには、これは百回目（あるいは千回目）に違いないと思えた。

「聖母マリアはイカサマだ！」ルペは尼僧と子供たちに向かってわめいた。「聖処女マリアに奇跡を見せてもらってよ——うんと小さな奇跡でいいから、お願い！——そしたらあたしも一分間くらいは信じるかもしれない、あんたたちの聖母マリアが、グアダルーペからメキシコを奪う以外にもほんとに何かやったってね。聖処女マリアがこれまで実際に何をしたっていうの？　妊娠さえしなかったんだからね！」

だが、グロリア修道女も詠唱している幼稚園児たちも、知恵遅れとされている浮浪児（ヴァガボンド）のちんぷんかんぷんな感情の爆発には慣れっこだった（「ラ・バガブンダ」グロリア修道女はルペをこう呼んでいた）。

「マドレ！」グロリア修道女はまたもそう唱えただけだった。そして子供たちもまた絶え間のない祈りを復唱しはじめた。

エスペランサのバスルームからの出現は、幼稚園児たちには幽霊が現れたように見えた——子供たちは祈りの応唱を途中でやめてしまった。「アオラ・イ・シエンプレ——」と言ったところで子供たちは突然やめてしまった。「今もそしてこれからもずっと」という文句がちょうど終わったところだった。エスペランサはタオル一枚しかまとっていなかった。タオルは体を申し訳程度にしか覆っていなかった。シャンプーしたばかりの乱れ髪のせいで、子供たちは一瞬、彼女が孤児院の堕落した掃除婦だとは思えなかった。エスペランサは今や子供たちの目に、別の、もっと自信に満ちた存在であるかのように映った。

「もう、やめなさいったら、ルペ！」とエスペランサは言った。「あんたの胸を張り裂けさせる裸の男の子は彼が最後じゃないんだから！」（これはグロリア修道女の祈りをやめさせるにもじゅうぶんだった）

「いや、彼が最後だよ――最初で最後の裸の男の子よ！」ルペは叫んだ（もちろん、幼稚園児たちもグロリア修道女もこの言葉は理解できなかった）。

「ルペのことは気にしちゃだめだよ、子供たち」エスペランサは幼稚園児たちに言いながら、裸足で廊下へ出た。『十字架上のキリスト』の姿（ヴィジョン）に、あの子ったら動転してんの。『瀕死のイエス』が自分のバスタブにいると思ったんだね――イバラの冠をかぶって、だらだら血を流して、釘で十字架に打ち付けられてってやつがさ！　目が覚めてそんなもの見たら、動転しないわけないでしょ？」とエスペランサは、ものが言えないでいるグロリア修道女に問いかけた。

「それと、おはようございます、シスター」エスペランサはそう言って、廊下を颯爽と歩いていった――ちっぽけなタオルをぎゅっと巻いた姿で可能なかぎり、颯爽と。じつのところ、タオルがきついせいで、エスペランサは小股で品よく進んでいた――それでもかなり速い足取りだった。

「裸の男の子というのはなんですか？」グロリア修道女はルペに訊ねた。小さな浮浪児は石のように無表情な顔でベッドに座っていた。ルペは開けっ放しのバスルームのドアを指差した。

「こっちへ来て横に座って、俺の悲しい話を聞いてくれ」誰かが歌っていた。「胸を撃たれちまったんだ、こりゃあ助からないと思ったね」

グロリア修道女はためらった。「マドレ！」の祈りを中断し、申し訳程度に体を覆ったエスペランサが出ていってしまうと、痩せて尖った顔の尼僧の耳には、ダンプ・キッド兄妹のバスルームから声が響いてくるように聞こえた。最初グロリア修道女は、フワン・ディエゴがひとりでしゃべっている（というか歌っている）のが聞こえているのだと思ったかもしれない。だが今や、水が跳ねる音や蛇口から水の流れる音にも負けずに聞こえてくるのは二人の声だと尼僧は気づいていた。あのオアハカのバスレーロから来たおしゃべりな男の子フワン・ディエゴ（ぺぺ修道士の優等生）の声と、もっとうんと年上の男の子、というか若い男の声のようにグロリア修道女には聞こえるもの。エスペランサが裸の男の子と呼んだ人物は、グロリア修道女にはどうも大人の男のように思えた――だから尼僧は躊躇したのだ。

ところが幼稚園児たちはすっかり教え込まれていた。幼稚園児たちは行進するよう躾けられていた。そこで行進した。幼稚園児たちはしっかりした足取りで前へ進み、ダンプ・キッド兄妹の寝室を通ってバスルームへ入っていった。

グロリア修道女には、ほかにどうしようがあっただろう？　もしも、どんなふうにであろうと、「十字架上のキリスト」に似た若い男がいるのなら――エスペランサが言ったような「瀕死のイエス」がダンプ・キッド兄妹のバスタブにいるのなら――ルペが啓示（ヴィジョン）だと誤解したもの（彼女をかくも動転させたらしいもの）から孤児たちを守るのがグロリア修道女の務めではないのか？

ルペ自身はといえば、ぐずぐず待ってはいなかった。彼女は廊下へと出ていった。「マドレ！」とグロリア修道女は叫びながら、幼稚園児たちを追ってそそくさとバスルームへ向かった。

「今もそしてこれからもずっと、わたしをお導きください」幼稚園児たちはバスルームのなかで唱えた――それから、ものすごい金切り声が上がった。ルペはただひたすら廊下を歩き続けた。

フワン・ディエゴがグッド・グリンゴと交わしていた会話は非常に興味深いものだったが――幼稚園児たちが行進しながらバスルームに入ってきたときの騒動を考えると――フワン・ディエゴが（とりわけ晩年になってからは）、詳細をきちんと思い出せなかったのも無理はない。

「なんで君のママは僕のことをいつも『坊や』って呼ぶんだろう――僕は見かけほど幼くはないんだよ」エル・グリンゴ・ブエノはそんなふうに話し始めた（もちろん、たった十四歳のフワン・ディエゴには――フワン・ディエゴ自身は確かに坊やだった――彼は坊やには見えなかったが、フワン・ディエゴはともかく頷いた）。「僕の父さんはフィリピンで死んだんだ、戦争でね――たくさんのアメリカ人があの国で死んだ。だけど、僕の父さんが死んだのはそういうときじゃなかった」徴兵忌避者はそう続けた。「僕の父さんはほんとに運が悪かったんだ。その手の運ってのは、遺伝することもあるんだよ。それが、僕はベトナムへ行くべきじゃないって思った理由の一部だったんだ――運の悪さは遺伝するってことがね――だけど、僕はずっとフィリピンへ行きたいとも思ってた、父さんが葬られたところを見て、墓参りをするためにね、父さんに一度も会えなかったのがどれほど残念か伝えるためにさ」

もちろん、フワン・ディエゴはとにかく頷いた。バスタブにずっと湯が注がれていることに彼は気づきはじめていたが、水位はまったく変わらなかった。バスタブから流れ出る湯の量と注がれる量が同じであることにフワン・ディエゴは気づいた。おそらくヒッピーは栓を抜いてしまったのだ――彼はタトゥーを施した裸の尻をずっとつるつる動かしていた。それに髪にどんどんシャンプーをつけて、しまいにはシャンプーが空になり、シャンプーの泡がつるつるのグリンゴの周囲一面に盛り上がっていた。十字架上のキリストは完全に姿を消していた。

「一九四二年五月、コレヒドール――あれがフィリピンの戦いの頂点だった」とヒッピーは語った。「アメリカ軍は一掃された。その一か月まえが『バターン死の行進』だ――アメリカ軍が降伏したあと、百キロだぞ、クソッ。たどり着けなかったアメリカ兵捕虜がたくさんいた。だからフィリピンにはあんなに大きな米軍記念墓地があるんだ――マニラにあるんだよ。僕はそこへ行って、父さんに大好きだよって言うんだ。ベトナムへ行って、あっちで死ぬわけにはいかない、父さんの墓参りをするまではね」アメリカ人青年は語った。

「なるほど」フワン・ディエゴが言ったのはそれだけだった。

「良心的兵役拒否者ってことで納得してもらえると思った」とグッド・グリンゴは続けた。彼は完全にシャンプーに包まれていた、顎のスペード形のひげを除いては。青年のひげは、この黒っぽいもじゃもじゃの部分だけのように見えた。彼はあまりに幼く見えて、顔のほかの部分を剃る必要はないみたいだったが、徴兵から逃げて三年になるのだ。彼はフワン・ディエゴに二十六になると話した。大学を終えた二十三のときに徴兵されそうになった。そのときに彼は「苦悩するキリスト」のタトゥーを彫ったのだ。自分は良心的兵役拒否者だと軍を納得させるために。当然のことながら、宗教的タトゥーは効果がなかった。

反愛国的敵愾心の表明として、グッド・グリンゴは今度は尻にタトゥーを彫った――尻の割れ目で二つに裂けて見えるアメリカ国旗――そして、メキシコへ逃れた。

「良心的兵役拒否者のふりをするとこういうことになるんだ――三年間逃亡中」とグリンゴは語った。「だけどさ、僕のかわいそうな父さんがどうなったか見ろ。フィリピンへ送られたとき、父さんは僕より若かったんだ。戦争はほとんど終わりかけていたのに、父さんはコレヒドールを奪還した陸海空軍共同作戦部隊にいた――一九四五年二月にね。戦争に勝ってるときに死ぬこともあるんだよ――負けてるときに死ぬのと同じように。だけど、それこそ不運ってもんじゃないか？」

「不運だ」とフワン・ディエゴは同意した。

「ぜったいそうだよ――僕は四四年に生まれた、父さんが死ぬほんの数か月まえだ。父さんは僕を見ることはなかった」とグッド・グリンゴは言った。「父さんが赤ん坊の僕の写真を見たのかどうか、母さんは知りもしないんだ」

「悲しい話だね」とフワン・ディエゴは言った。彼はバスルームのバスタブの横の床に膝をついていた。フワン・ディエゴは十四歳の大半がそうであるように感じやすかった。このアメリカ人ヒッピーは、これまで会ったうちでも最高に興味深い青年だとフワン・ディエゴは思った。

「車椅子の君」グリンゴはそう言ってシャンプーまみれの指先でフワン・ディエゴの手に触れた。

「約束してくれないか、車椅子の君」

「いいよ」とフワン・ディエゴは答えた。どっちみち、ルペにだってバカげた約束をいくつかしてしまっているのだ。

「もし僕に何かあったら、僕の代わりにフィリピンに行ってくれないか――父さんに僕の悲しみを伝えてくれ」とエル・グリンゴ・ブエノは言った。

「いいよ――うん、やるよ」とフワン・ディエゴは答えた。

初めて、ヒッピーは驚いた顔をした。「やってくれるって？」彼はフワン・ディエゴに問いかけた。

「うん、やるよ」ダンプ・リーダーはそう繰り返した。

「おわ！　車椅子の君！　僕には君のような友だちがもっと必要みたいだな」とグリンゴは言った。

その時、彼はつるっと完全に水中に、シャンプーの泡の下に沈みこんでしまった。ヒッピーも彼の血を流すキリストも完全に消え失せたときに、幼稚園児たちと、その後から怒ったグロリア修道女が、バスルームのなかへ行進してきた。絶え間なく続く「マドレ！」と「今もそしてこれからもずっと――」、それにもちろん「わたしをお導きください」というバカげた言葉の詠唱に合わせて。

「さあ、男はどこにいるの？」グロリア修道女はフワン・ディエゴに詰問した。「ここには裸の男の子はいませんね。裸の男の子ってなんなの？」尼僧はまた繰り返した。彼女はバスタブの湯のなかの気泡には気がついていなかった（シャンプーの泡が盛り上がっていては無理だ）が、幼稚園児のひとりが気泡を指差し、グロリア修道女ははっとして目の鋭い子供が指差している方を見た。

　そのときだった、泡だらけの水のなかから海の怪獣が身を起こしたのは。教化された幼稚園児たちの目には、タトゥーを彫ったヒッピーと十字架上のキリスト（というか、シャンプーまみれになった、この二つが合わさったもの）はこんなふうに見えただろうと想像するしかない。聖なる海の怪獣だ。そして、きっとグッド・グリンゴは、風呂の湯のなかからの出現を楽しんでもらわなくてはならないと思っていたのではないか。たった今、フワン・ディエゴにあんな心の重くなるような話をしてしまったあとで、徴兵忌避者はたぶん、この場の雰囲気を変えようとしたのだろう。この頭のおかしいヒッピーがいったい何を思って、両腕をバスタブの両側に伸ばし――まるでこの裸の青年のあえぐ胸に施された血を流すキリストと同じく彼もまた十字架に釘で打ち付けられて死にかけているかのように――クジラのごとく水を噴き出しながら、湯の底からがばっと身を起こしたのかは、けっしてわかるまい。そして、何がこの背の高い若者にあんなことをさせたのだろう――どうして彼はバスタブから立ち上がって皆の前にそそり立ち、自分が丸裸だということをいやが上にも明らかにしようと思ったのだろう？　いやはや、エル・グリンゴ・ブエノが何を考えていたのか、というか、彼が考えていたのかどうかさえ、けっしてわからないだろう（この若きアメリカ人逃亡者はサラゴサ通りで、理性的な振舞いをするとは思われていなかった）。

　公平を期すために言っておく。ヒッピーが水中に潜ったとき、バスルームには彼とフワン・ディエゴの二人だけだった。水から身を起こしたときに大勢――そのほとんどがイエスを信じる五歳児だということは言うまでもなく――の前に姿を現すことになろうとは、グッド・グリンゴには思いもよらなかったのだ。小さな子供たちがその場にいたという事実は、このイエスの責任ではなかった。

「おわ！」と「十字架上のキリスト」は叫んだ――その時、彼はむしろ「溺れたキリスト」に見え、スペイン語話者である幼稚園児たちには、おわという言葉は外国語に聞こえた。

　怯えた子供たちの五、六人がたちまちおもらしをした。ひとりの幼女がものすごい声で悲鳴を上げたので、数人の男児や女児が舌を噛んだ。寝室へ通じるドアの近くにいた幼稚園児たちは、悲鳴を上げながら寝室を駆け抜けて廊下へ飛び出した。グリンゴ・キリストから逃れるすべはないと思いこんだに違いない子供たちは、跪いて小便をもらしながら泣き叫び、両手で頭を覆った。ひとりの男の子はあまりに強く抱きついたため、女の子に顔を噛まれた。

　グロリア修道女は気が遠くなりかかり、片手をバスタブに掛けてバランスを取ろうとしたが、ヒッピー・イエスは尼僧が倒れるかと思い、濡れた両腕で抱きかかえた。「おわ、シスター――」青年がなんとかそれだけ言ったところで、グロリア修道女は青年の裸の胸を両の拳で殴りつけた。天を仰いで嘆願しながら苦悶するイエスのタトゥーの顔に何発か食らわしたのだが、自分が何をしているのか（慄然としながら）見たグロリア修道女は、両腕を差し上げ、目を上へ向けて彼女流のもっとも「天を仰いで嘆願する」っぽい表情になった。

「マドレ！」グロリア修道女はまたも叫んだ。あたかも聖母マリアこそこの尼僧の唯一の救い主であり腹心の友であるかのように――まさに、尼僧の応唱の祈りが主張するように、彼女の唯一無二の導き手であるかのように。

そのときだった、エル・グリンゴ・ブエノが滑って、バスタブのなかに前のめりに倒れたのは。石鹸の混じった湯がバスタブの縁からびしゃっとこぼれ、バスルームの床をびしょ濡れにした。今や四つん這いになったヒッピーは蛇口を閉めるだけの冷静さは保っていた。バスタブの湯はようやく減っていくようになったが、たちまち水面が下がると、まだバスルームにいた幼稚園児たち――大部分は、怖さのあまり逃げられなかった――の目に、グリンゴ・キリストの裸の尻のアメリカ国旗（二つに裂けた）が見えてきた。

グロリア修道女も国旗を見た――苦悩するイエスとはおよそ釣り合わない、確固たる世俗のタトゥーを。本能的に受け入れ難いと感じた尼僧には、空になりかけているバスタブの裸の青年から邪悪な不調和が発散しているように思えた。

フワン・ディエゴは動かなかった。バスルームの床に膝をついた彼の腿に、こぼれた湯がかかっていた。周囲では、すくみあがった幼稚園児たちが濡れたボールのように体を丸めて横たわっていた。きっと彼のなかで未来の作家が成長していたのだろう、フワン・ディエゴはコレヒドール奪還で戦死した陸海空軍共同作戦部隊のことを考えていた。彼らのなかにはまだほんの子供に近い歳の者もいたのだ。彼はグッド・グリンゴ相手にしてしまった無謀な約束のことを考え、そしてわくわくした——十四歳ならではの、まったく非現実的な未来像によるわくわく感だ。

「アオラ・イ・シエンプレ——今もそしてこれからもずっと」びしょ濡れの幼稚園児のひとりが泣きながら言った。

「今もそしてこれからもずっと」とフワン・ディエゴはもっとしっかりした声で唱えた。これは自分自身に対する約束なのだと彼にはわかっていた——これから先、未来に繋がりそうなあらゆる機会を摑むのだという。

14
無（ナダ）

ニーニョス・ペルディードス（迷い子）のエドワード・ボンショーの教室の外の廊下には、片頬に涙を一滴伝わせた聖母マリアの胸像があった。胸像は二階のバルコニーの隅の台にのっていた。マリアのもう片方の頬には、ビーツのように真っ赤なしみがよくついていた。それはエスペランサには血のように見えた——毎週彼女はしみを拭き取るのだが、翌週になるとまたついている。「たぶん血なんじゃないかしら」と彼女はペペ修道士に告げた。

「そんなはずはない」とペペは答えた。『迷い子』で聖痕現象が報告されたことは一度もないよ」

一階と二階のあいだの踊り場には二人の幼児を抱くサン・ヴァンサン・ド・ポールの「幼子らをそのままにしておけ」の場面の像があった。エスペランサはペペ修道士に、聖人のマントの裾からも血を拭っていると報告した。「毎週拭き取ってるのに、またついてるんだよ！」とエスペランサは話した。「あれはきっと奇跡の血だね」

「血のはずがないよ、エスペランサ」その件についてペペが言うのはそれだけだった。

「あたしがどんなものを見てるか知りもしないくせに、ペペ！」エスペランサは自分の炎のような目を指差しながら言った。「それにあれがなんだろうと、しみが残るんだよ」

彼らは両方とも正しかった。それは血ではなかったが、毎週毎週ついていて、しみが残った。ダンプ・キッド兄妹のバスタブにグッド・グリンゴが浸っていた一件のあと、兄妹はビーツ汁の使用を控えなければならなかった。サラゴサ通りへの夜の訪問もほどほどにしなくてはならなかった。セニョール・エドゥアルドもペペ修道士も——あの魔女のようなグロリア修道女やほかの尼僧たちは言うまでもなく——兄妹を監視していた。そして、エル・グリンゴ・ブエノが二人のために買えるプレゼントのことでは、ルペが正しかった。それはけっして目覚ましいプレゼントではなかった。

このヒッピーはインデペンデンシア通りの聖母ショップ、クリスマスパーティー・ストアで買った安物の聖像を値切ったに違いない。ひとつは小さなトーテム、小像の範疇に入るもの——実物を模した像というよりは小さな立像——だったが、聖処女グアダルーペは実物大だった。

聖処女グアダルーペはじつのところフワン・ディエゴよりちょっと大きかった。それが彼へのプレゼントだった。彼女の青緑色のマントル——一種のマントないしはケープ——は伝統的なものだった。ベルト、というか、黒い飾り帯のように見えるそれは、やがてグアダルーペの妊娠疑惑を招いた。それからずいぶん経って、一九九九年に、ヨハネ・パウロ二世はグアダルーペの聖母を、全アメリカ大陸の守護聖人及び胎児の保護者であるとした（「あのポーランド人の法王め」とフワン・ディエゴはのちにそう法王を——そして胎児についての彼の態度を——罵ることとなる）。

聖母ショップのグアダルーペは妊娠しているようには見えなかったが、このグアダルーペ・マネキンは十五か十六くらいに見え——胸の膨らみがあった。オッパイのせいで彼女はぜんぜん宗教的に見えなかった。「これじゃセックス・ドールだ！」ルペはすぐさまそう言った。

もちろん、それは厳密には正しくなかった。しかしながら、このグアダルーペ像にはセックス・ドール的要素が確かにあった、フワン・ディエゴは彼女の服を脱がせることはできなかったし、動かせる手足もなかったが（はっきり識別できるような生殖器も）。

「あたしへのプレゼントは何？」ルペはヒッピー青年に訊ねた。

グッド・グリンゴはルペに、お母さんと寝たのを許してくれるかと問いかけた。「いいよ」とルペは答えた。「だけど、あたしたちはぜったい結婚できないからね」

「確定的って感じだね」許してくれるかという質問に対するルペの答えをフワン・ディエゴに通訳してもらったヒッピーはそう述べた。

「プレゼントを見せて」ルペはそう言っただけだった。

それはどんな女神のレプリカにも醜さでは負けないコアトリクエ（アステカ神話の地母神）の小像だった。このぞっとするような像が小さいのは有難いことだとフワン・ディエゴは考えた――それはダーティ・ホワイトよりも小さいくらいだった。エル・グリンゴ・ブエノはこのアステカの女神の名前をどう発音したらいいのか見当もつかないようだった。ルペのあの真似のできないしゃべり方では、彼の発音の手助けは無理だった。

「君がこの変わった地母神を崇拝してるって、君のママが言ってたから」とグッド・グリンゴはルペに説明した。その口調はちょっと自信がなさそうだった。

「この女神、大好き」とルペは返事した。

ひとりの女神にあんなにもいろいろ矛盾する属性が与えられているのがフワン・ディエゴにはい

つも信じられないのだが、ルペがこの女神が大好きな理由は簡単にわかった。コアトリクエは過激派だった——出産、そして不道徳な性、無法行為の女神だった。いくつかの創世神話がこの女神に結びつけられていた。うちひとつでは、彼女は寺院を掃いていたときに自分の上に落ちてきたボール状の羽毛によって孕(はら)んだ——誰もが馬鹿馬鹿しいと思うだろう、とフワン・ディエゴは考えたが、ルペは、自分たち兄妹の母エスペランサに起こったのがこういうことなんじゃないかと思える、と言った。

エスペランサとは異なり、コアトリクエはヘビのスカートをまとっていた。彼女が身に着けているのは基本的には何匹ものねじれたヘビだった。人間の心臓と手と頭蓋骨でできたネックレスをしていた。コアトリクエの手足は鉤爪だった。乳房はだらんと垂れていた。グッド・グリンゴがルペにくれた小像のコアトリクエは、乳首がガラガラヘビの尾のガラガラ鳴る部分になっていた(「授乳のしすぎね、たぶん」とルペは言った)。

「だけど、この女神のどこが好きなんだよ、ルペ?」フワン・ディエゴは妹に訊ねた。

「実の子の何人かは母親を殺すと誓ったんだよ」ルペは答えた。「ウナ・ムヘル・ディフィシル」扱いにくい女。

「コアトリクエは貪(むさぼ)り食う母親なんだ。この女神のなかには子宮と墓場が共存している」フワン・ディエゴはヒッピー青年に説明した。

「それはわかるな」とグッド・グリンゴは答えた。「この女神は死を思わせるよ、車椅子の君」とヒッピーはさっきよりは自信ありげに語った。

「誰も彼女に手出しはしない!」ルペはきっぱりと言った。

エドワード・ボンショー（常に物事の明るい面を見ている）でさえ、ルペのコアトリクエの小像を恐ろしく感じた。「羽毛ボールの災難が影響してるのはわかるけど、この女神はあんまり思いやりがありそうには見えないね」セニョール・エドゥアルドはルペに、できるだけの敬意をこめて言った。

「こんなふうに産んでくれってコアトリクエが頼んだわけじゃない」とルペはアイオワンに答えた。「彼女は生贄にされた――たぶん天地創造と関係したことで。二匹の蛇が彼女の顔になった――頭を切り落とされたあと、首から噴き出した血が二匹の巨大なヘビになった。あたしたちのなかには」とルペは新しい宣教師に語りながら、フワン・ディエゴの通訳が追いつくように言葉を切った。「こういう自分であるしか選択の余地がない者もいる」

「だけど――」とエドワード・ボンショーが言いはじめた。

「あたしはこういうあたしなの」とルペは言った。フワン・ディエゴはやれやれという顔でこれをセニョール・エドゥアルドに繰り返した。ルペはグロテスクなコアトリクエのトーテムを自分の頬に押しつけた。この女神が大好きな理由は、グッド・グリンゴからもらった小像だからというだけでないのは明らかだった。

フワン・ディエゴがグリンゴからもらったプレゼントはといえば、彼はときおりベッドで自分の横にグアダルーペ人形を寝かせ、枕の自分の顔の横に彼女の恍惚とした顔を並べて自慰をした。グアダルーペのわずかな胸の膨らみでじゅうぶんだった。

感情を示さないマネキンは軽いが固いプラスチックでできていて、触ってもへこまなかった。聖処女グアダルーペはフワン・ディエゴより五センチほど背が高かったが、中が空洞だった――非常に軽かったので、フワン・ディエゴは片腕で抱えることができた。

フワン・ディエゴが等身大のグアダルーペ人形とのセックスを試みる際には、二重の居心地の悪さがあった――フワン・ディエゴがプラスチックの聖処女とのセックスを想像するさいの居心地の悪さ、と言ったほうがいいだろう。まず第一に、フワン・ディエゴは妹と共有している寝室でひとりになる必要があった――もちろんルペは、兄がグアダルーペ人形とセックスするところを想像していることを知っていた。ルペは兄の心を読んでいた。

二番目の問題は、台座だった。聖処女グアダルーペの魅力的な足は、車のタイヤの外周部分を再利用した、草地を模した黄緑色の台座に固定されていた。台座は、フワン・ディエゴが横に寝かせた彼女を抱き寄せたいと思う際に邪魔になった。

フワン・ディエゴは鋸で台座を切り落とそうかと考えたが、そうすると聖処女の可愛い足を足首のところで切り落とすことになる、そうなると、像は立てないだろう。当然のことながら、ルペには兄の考えていることがわかっていた。

「あたしは、グアダルーペの聖母が横になっているところなんかぜったい見たくない」とルペはフワン・ディエゴに言った。「あたしたちの部屋の壁にもたれているところもね。まさか、隅で頭を下にして、足のない足首を上に向けて置いておこうだなんて考えないでよね！」

「彼女を見ろよ、ルペ！」フワン・ディエゴは叫んだ。彼は元読書室の書棚の横に立っているグアダルーペ像を指差した。グアダルーペ・マネキンはなんだかちょっと、場違いな文学上の登場人物のように見えた。小説のなかから逃げてきた女のように――自分が登場する本への帰り道がわからなくなっているかのように。「彼女を見ろよ」とフワン・ディエゴが繰り返した。「グアダルーペがほんのちょっとでも横になりたいと思っているように見えるか？」

　折りよく、グロリア修道女がダンプ・キッド兄妹の部屋の前を通りかかった。尼僧は廊下から兄妹の部屋を覗き込んだ。グロリア修道女はニーニョスの寝室に等身大のグアダルーペ人形を置くことに反対した――さらなる不相応な特権だ、と修道女は思った――だが、ペペ修道士がダンプ・キッド兄妹の肩を持った。この非難がましい尼僧はいったいどういうわけで聖像を非難するのか？グロリア修道女はフワン・ディエゴのグアダルーペ像をむしろ仕立て屋のマネキンみたいだと思っていた――「挑発的」、尼僧はペペにそういう言い方をした。

「グアダルーペの聖母が横になるなんて話は二度と聞きたくありません」グロリア修道女はフワン・ディエゴに言った。「ラ・ニーニャ・デ・ラス・ポサダス」の聖処女たちはまっとうな聖処女ではない、とグロリア修道女は思っていた。この「クリスマスパーティーの女の子」の経営者たちとグロリア修道女は、グアダルーペの聖母の外見について見解が一致してはいなかった――性的誘惑物のようであってはならない、とグロリア修道女は思っていた、誘惑する女のようであってはならない！


　ああ、なんたること、マカティ・シャングリラ・ホテルの部屋で急に息苦しいほどの暑さを感じて目覚めたフワン・ディエゴがそれまで見ていた夢は、この思い出だった――よりにもよって。しかし、あの冷蔵庫みたいだった部屋がなんだってこんなに暑いんだ？

　静まり返った水槽の緑の光に照らされた水面には死んだ魚が浮いていた。さっき直立状態で泳いでいたタツノオトシゴはもはや垂直ではなく、巻くようにできている尾がだらんとしている様子から、親類であるヨウジウオの失われたメンバーたちのところに（永遠に）加わったことがうかがえた。水槽の気泡発生装置の不具合が再発したのだろうか？　それとも死んだ魚のどれかが水の循環装置に詰まったのだろうか？　水槽のごぼごぼいう音はやんでいた。水は動かず濁っていて、それでも一対の黄色っぽい目が水槽の曇った底のほうからフワン・ディエゴを見つめていた。ウツボは――そのエラは残った酸素をがつがつ取りこんでいた――どうやらこの災厄の唯一の生き残りのようだった。

　まずい、とフワン・ディエゴは思い出した。夕食から戻ると、部屋は凍えるような寒さだった。エアコンがまたもがんがん動いていた。ホテルのメイドが強くしたに違いない――メイドはラジオもつけていた。フワン・ディエゴには絶え間なく響く音楽をどうやって止めたらいいのかわからなかった。響き渡る音を消すためには、クロックラジオのコンセントを引き抜くしかなかった。

　そして、メイドは簡単には満足しなかった。彼がきちんと服用しようと準備しておいたベータ遮断薬を見たメイドは、彼の薬（バイアグラも）すべてと、錠剤カッターまでいっしょに並べていた。これまたフワン・ディエゴを苛立たせ、動揺させた――クロックラジオのプラグを抜いて、ワインクーラーのなかの四本のスペイン・ビールの一本を飲んでから、洗面用具と薬に対してなされたメイドによるこの余計なお節介をようやく発見したという事実も、助けにはならなかった。サンミゲルはマニラではどこにでもあるのだろうか？

　災厄に見舞われた水槽のどぎつい光のなかで、フワン・ディエゴはワインクーラーのぬるい水のなかにビールが一本しか浮いていないのを目にした。夕食のあとで、ビールを三本飲んだのだろうか？　それにいつ、エアコンを完全に消してしまったのだろう？　おそらく歯をガチガチいわせながら目を覚まして（半分凍え死にそうになりながら、寝ぼけまなこで）、震えながら部屋の壁のサーモスタットのところへ行ったのだろう。

セニョール・モラレスから目を離さないようにしながら、フワン・ディエゴは人差し指をさっと水槽に突っ込んですぐさま出した。南シナ海はぜったいこんなに温かくはない。水槽の水はとろとろ煮えているブイヤベースくらい熱かった。

うわあ――何をやらかしてしまったんだろう？　とフワン・ディエゴは思った。それにあんなにはっきりとした夢！　ふつうはないことだ――ベータ遮断薬を適正量飲んだならあり得ない。

まずい、と彼は思い出した――まずい、まずい！　彼は足を引きずってバスルームへ行った。そこには暗示の力が露呈されていた。彼はどうやら錠剤カッターを使ってロプレッサーの錠剤を半分に切ったようだった。適正量の半量しか飲まなかったのだ（すくなくとも、代わりにバイアグラを半錠飲むことはしていない！）。その前の夜にはベータ遮断薬を倍量、そして昨夜は半分だけ――こんなこと、ドクター・ローズマリーなら友人になんと言っただろう？

「よくない、よくない」フワン・ディエゴはぶつぶつ呟きながら暑すぎる寝室へ戻った。

空になった三本のサンミゲルに出迎えられた。テレビ台の上で、小さいが不屈のボディガードがリモコンを守っているかのようだ。ああ、そうだった、とフワン・ディエゴは思い出した。彼はぼうっと座り込んで（夕食のあと、どのくらいのあいだ？）、ミンダナオの闇のなかに消えてしまう足の悪いテロリストの映像を観ていたのだった。氷のように冷えた部屋で氷のように冷えたビールを三本飲んだあと、きっと脳が冷え切っていたのだろう。半錠のロプレッサーではフワン・ディエゴの夢に太刀打ちはできなかった。

ビエンベニードの車でレストランからマカティ・シャングリラへ戻ったときに、外の通りがどれほど蒸し暑かったか、彼は思い出した。フワン・ディエゴのシャツは背中に貼りついていた。爆発物探知犬がホテルの入口ではあはあいっていた。夜勤の爆発物探知犬が顔見知りの犬ではなかったので、フワン・ディエゴはうろたえた。警備員も違っていた。

ホテルの支配人は水槽の水中温度計（サモミター）のことを「非常にデリケート」だと言っていた。もしかして支配人はサーモスタットのつもりだったのだろうか？ エアコンの効いたホテルの部屋で、元南シナ海の住人たちにじゅうぶんなほど海水を温かくしておくのは水中サーモスタットの役目ではないのか？ フワン・ディエゴがエアコンを切ったとき、サーモスタットの役目は変わった。フワン・ディエゴはカルメンおばさんのエキゾチックなペットの入った水槽を煮てしまったのだ。死んで浮かんでいる友だちのなかで、怒った顔をしたウツボだけが生にしがみついていた。サーモスタットには、海水をじゅうぶん冷たい状態にしておくことはできないんだろうか？

「ロ・シエント（ごめんね）、セニョール・モラレス」フワン・ディエゴはまた謝った。ウツボが酷使しているエラは単にうねっているだけではなかった――パタパタはためいていた。

フワン・ディエゴは皆殺しを報告しようとホテルの支配人を呼んだ。マカティ市にあるカルメンおばさんのエキゾチックなペットの店に通報しなくてはならない。もしかしたらモラレスは助かるかもしれない、ペットショップのスタッフが速やかに駆けつけてくれれば――水槽を分解して新鮮な海水のなかでウツボを蘇生させてくれたなら。

「たぶん、移動のためにウツボに鎮静剤を投与する必要があるんじゃないでしょうか」とホテルの支配人は言った（セニョール・モラレスがこちらを睨んでいる様子からすると、フワン・ディエゴにはウツボが鎮静剤を受け入れるとはとても思えなかった）。

　フワン・ディエゴはエアコンをつけてから、朝食を食べようと部屋を出た。部屋の戸口で、これが見納めでありますようにと願いながらレンタルの水槽に目をやった——死の水槽に。ミスター道徳（モラルズ）はフワン・ディエゴが出て行くのを見つめていた、まるでウツボとしては作家と再びあいまみえるのが待ちきれないとでも言いたげに——望むらくは死の床に就いているフワン・ディエゴと。

「ロ・シエント、セニョール・モラレス」フワン・ディエゴはもう一度そう言って、ドアをそっと閉めた。だが、嫌なにおいのする息苦しいエレベーターのなかでひとりになると——もちろん、エレベーター内にはエアコンはなかった——フワン・ディエゴは思いっきり大きな声をあげた。「くたばれ、クラーク・フレンチ！」と彼は叫んだ。「お前もくたばりやがれ、カルメンおばさんめ——あんたがどんなヤツかは知らないけどな！」フワン・ディエゴはわめいた。

　防犯カメラがひたと自分に向けられていることに気づいた彼は、叫ぶのをやめた。カメラはエレベーターのボタンが並んだ上方に取り付けられていたが、防犯カメラが音声も録音しているのかどうか、フワン・ディエゴにはわからなかった。実際の言葉が聞こえていようがいまいが、ホテルの警備員たちが頭のおかしい身障者を見つめているところが作家の脳裏に浮かんだ——降下するエレベーターのなかで、たったひとりでわめいている男。

　ホテルの支配人は「賓客」が朝食を終えようとしているところをつかまえた。「あの気の毒な魚たちについては、お客さま——処理いたしましたので。ペットショップのチームが来てくれて、もう帰りました——皆、手術用マスクをつけていましたよ」支配人は手術用マスクのところは声を低めてフワン・ディエゴにそう伝えた（ほかの客たちに不安を抱かせる必要はない、手術用マスクという言葉は伝染病を思わせかねない)。

「お聞きになってるんじゃないですか、ウツボが――」とフワン・ディエゴは言いかけた。

「ウツボは生きてます。ちょっとやそっとじゃ死なないんじゃないでしょうかね」と支配人は言った。「ですが、ひどく興奮していました」

「どんなふうに興奮していたんですか？」フワン・ディエゴは訊ねた。

「嚙まれたんですよ、お客さま――たいしたことはないと聞いてますがね、嚙まれたんです。血が出たんですよ」支配人はまた声を低めて告げた。

「どこを嚙まれたんですか？」フワン・ディエゴは訊ねた。

「頰っぺたです」

「頰っぺた！」

「たいしたことはないんです、お客さま。その男の顔は見ました。あれは治ります――ひどい傷じゃありません、ちょっと運が悪かっただけで」

「なるほど――運が悪かったんですね」フワン・ディエゴはこう言うしかなかった。ペットショップのチームといっしょにカルメンおばさんも来ていたのかどうか訊ねる勇気はなかった。運が良ければ、おばさんはもうボホールへ向かうべくマニラを離れていたのではないか――ボホールで待ち構えているのかもしれない(クラーク・フレンチのフィリピン側の親族一同とともに)。もちろん、魚虐殺の話はボホールのカルメンおばさんのところへも届くだろう――セニョール・モラレスが興奮し、運の悪いペットショップ従業員が頰っぺたを嚙まれたという報告も含めて。

私はどうなるんだろう？　ホテルの部屋へ戻ったフワン・ディエゴは考えた。ベッドの横の床の上にタオルが一枚あった――たぶん、水槽の海水がちょっとこぼれたのだろう（ウツボが尾をさっと打ち振り、ぎょっとした運び手の顔を攻撃する光景がフワン・ディエゴの頭に浮かんだが、タオルには血はついていなかった）。

作家がトイレを使おうとしたとき、浴室の床に小さなタツノオトシゴが落ちているのが目に映った。タツノオトシゴはあまりに小さかったので、仲間の魚たちが流されるときに、ペットショップのチームに見落とされたに違いない。タツノオトシゴのびっくりしたような丸い目はまだ生きているようだった。そのミニチュアの、先史時代の顔のなかで、険しい目が全人類に対する憤りを表明していた――狩られたドラゴンの目のようだった。

「ロ・シエント、カバジョ・マリーノ」フワン・ディエゴはそう声をかけてから、タツノオトシゴをトイレに流した。

それから腹が立ってきた――自分に腹が立った、マカティ・シャングリラに腹が立った、ホテルの支配人のへらへらしたお追従に腹が立った。口ひげの手入れが行き届いたあの洒落男から、フワン・ディエゴはマニラ米軍記念墓地のパンフレットを渡されていた。米国戦争記念碑委員会が発行したものであるということをフワン・ディエゴは知っていた（朝食のあと、エレベーターのなかでその小さな冊子を斜め読みして知ったのだ）。

誰があのお節介なホテルの支配人に、フワン・ディエゴがマニラ米軍記念墓地に個人的な興味を持っているなどと教えたのだろう？　ビエンベニードでさえ、フワン・ディエゴがあの太平洋における「軍事作戦」で命を落としたアメリカ人たちの墓を訪れるつもりだと知っていた。

クラーク・フレンチ（あるいはそのフィリピン人妻）はグッド・グリンゴの英霊となった父の墓

参りをするというフワン・ディエゴの目的を、皆に触れまわったのだろうか？　フワン・ディエゴがマニラへやってくるにあたっては、長年抱いてきた個人的な理由があった。いいじゃないか、善意に満ちたクラーク・フレンチがフワン・ディエゴのマニラにおける使命をせっせと世間に知らしめるがままにしておくさ！

　当然のことながら、フワン・ディエゴはクラーク・フレンチに腹を立てた。フワン・ディエゴはボホールになどぜんぜん行きたくなかった。ボホールとはどこのどんな場所なのかもほとんど知らなかった。だがクラークは、崇敬する師にマニラでひとり大晦日を過ごさせることなどとてもできないと言い張ったのだ。

「おいおいクラーク――私は人生の大半をアイオワシティでひとりで暮らしてきたんだぞ！」フワン・ディエゴは抗議した。「君だって昔はアイオワシティでひとりだったじゃないか！」

　うん、まあ――善意あふれるクラークはフワン・ディエゴがフィリピンで妻となる人に出会うことを期待しているのかもしれない。クラークに何が起こったか見てみろ！　彼は誰かと出会ったんじゃないのか？　クラーク・フレンチは（おそらくフィリピン人妻のおかげで）とてつもなく幸せなんじゃないのか？　本当のところ、クラークはアイオワシティでひとりで暮らしていたときも、とてつもなく幸せだった。クラークは宗教的に幸せなのだ、とフワン・ディエゴは思った。

　妻の側のフィリピン人親族なのかもしれない――彼らがフワン・ディエゴをボホールに招待しようと大騒ぎしたのかもしれない。だが、フワン・ディエゴに言わせれば、クラークはひとりだけでもじゅうぶん招待しようと大騒ぎできる人間だった。

　クラーク・フレンチのフィリピン人親族は毎年パングラオ湾に近い浜辺のリゾートに陣取ってい

た。クリスマスのあとの数日間、元旦とその翌日までのあいだホテル全体を借り切っていたのだ。「ホテルのどの部屋もうちのです――他人はひとりもいない！」クラークはそうフワン・ディエゴに話していた。

私は他人だぞ、この馬鹿者め！　とフワン・ディエゴは思った。唯一知っている人間はクラーク・フレンチだけだろう。当然のことながら、貴重な水中生物の殺戮者としてのフワン・ディエゴのイメージは、本人より先にボホールに届いていることだろう。カルメンおばさんはすべてを知っているのでは。エキゾチック・ペット屋が（なんらかの方法で）あのウツボと意思疎通しているのは間違いないことのようにフワン・ディエゴには思えた。セニョール・モラレスが興奮していたのだとしたら、カルメンおばさん――おそらくはミセス道徳だ――が興奮したらどんなことになるか、フワン・ディエゴには予測のしようがなかった。

自分の内にこみあげてくる怒りについては、フワン・ディエゴは敬愛する内科医であり親友でもあるローズマリー・スタイン医師ならなんと言うかわかっていた。彼女ならきっと、彼がエレベーターのなかで爆発させて今なお感じている類の怒りは、ロプレッサーが半錠では足りないということを意味していると指摘するだろう。

彼が感じているこの怒りの強さは、彼の体が余分なアドレナリンと、余分なアドレナリン受容体を作り出しているという確かなしるしではないのか？　そのとおり。そして、そうだ、ベータ遮断薬を適量服用すると倦怠感が伴う――それに、手足に流れる血流が減少するとフワン・ディエゴは手足が冷える。そして、そうだ、ロプレッサーを一錠（半分ではなく一錠まるまる）飲むと、このベータ遮断薬をまったく飲まなかったときと同様、混乱した鮮やかな夢を見ることがある。これは本当にややこしい。

とはいえ彼は、血圧が非常に高い（上が一七〇、下が一〇〇）というだけではなかった。フワン・ディエゴの父親かもしれない男のひとりは若くして心臓発作で死んだのではなかったか——フワン・ディエゴの母親の言葉が信じられるなら？

それに、エスペランサの身に降りかかったことにしたって——つぎなる不穏な夢があれでなければいいのだが！　とフワン・ディエゴは、そんなことを考えたらそれが頭に残ってなおさらそうなる可能性が高くなると知りながらも、そう考えた。それに、エスペランサの身に降りかかった出来事は——フワン・ディエゴの夢と記憶のなかで——何度も繰り返されていた。

「あれは止めようがない」フワン・ディエゴは声に出して言った。彼はまだバスルームにいて、タツノオトシゴを流したことからなおも立ち直ろうとしながら、残してあったロプレッサーの錠剤半分に目をとめて、コップの水ですぐさま飲んだ。

フワン・ディエゴは意識してこれからの一日を減退感とともに過ごそうとしていたのだろうか？　そして、もし今夜ボホールでベータ遮断薬を一錠まるまる飲んだならば、フワン・ディエゴはまたもや、あんなにしょっちゅうスタイン医師に文句を言っていた倦怠感や無気力やまったくの脱力感を味わうことになるのではないのか？

すぐローズマリーに電話しなくては、とフワン・ディエゴは考えた。自分がベータ遮断薬の服用量を勝手に変えているのは自覚していた。薬の効果を操作したいという誘惑に駆られて、断続的に服用量を変え続ける傾向があるということさえ承知していたかもしれない。自分はアドレナリンを遮断しなくてはいけないのだということはちゃんとわかっていたのだが、人生にアドレナリンがないと寂しかったし――このこともまた、自覚していたのだが――さらに求めていた。フワン・ディエゴはなんとなく、スタイン医師に電話しなかった。

本当はどうだったのかというと、フワン・ディエゴは、彼がアドレナリンやアドレナリン受容体をおもちゃにしていることについてローズマリー・スタイン医師がどんなことを言うか、よくわかっていたのだ（彼はただ、それを聞きたくないだけだった）。そして、フワン・ディエゴにはクラーク・フレンチがなんでも知っているタイプの人間だということも――クラークはなんでも知っているか、あるいはなんでも突き止めようとした――よくわかっていたので、マニラ米軍記念墓地の観光客向けパンフレットのなかのすぐに目につく情報を覚えてしまおうとした。誰もが、フワン・ディエゴはもう墓地を訪れているのだと思うことだろう。

じつのところ、ビエンベニードのリムジンのなかで、フワン・ディエゴは、墓地にはもう行ったと言いたくなった（「第二次大戦に従軍した人がホテルに泊まっていてね――その人といっしょに行ったんだ。マッカーサーといっしょに上陸したんだってさ――ほら、元帥が一九四四年十月に戻ってきたときにね。マッカーサーはレイテに上陸したんだ」とフワン・ディエゴはビエンベニードに話すところだった）。だが代わりにこう言ったのだ。「墓地へ行くのはまたべつの機会にするよ。ホテルをいくつか見ておきたいんだ――戻ってきたときに泊まるところをね。友人が薦めてくれたホテルがあるんだ」

「いいですよ――ボスはそちらですからね」とビエンベニードは答えた。

マニラ米軍記念墓地のパンフレットには、ダグラス・マッカーサー元帥がレイテ島で、膝まで水に浸かりながら岸へと歩いている写真が掲載されていた。

墓地には一万七千以上の墓石が並んでいる。フワン・ディエゴはこの数字を記憶に刻もうと努めた——言うまでもなく、「戦闘中行方不明」は三万六千人以上だが、「どこでいなくなったかわからない不明者」は四千人以下だ。フワン・ディエゴは自分の知っていることを誰かに話したくてたまらなかったが、なんとか自分を抑えてビエンベニードには披露しなかった。

マニラの戦闘では千人以上の米兵が命を落とした——同じころ、陸海空軍共同作戦部隊がコレヒドール島を奪還しようとしており、グッド・グリンゴの亡き父親も戦死した英雄たちのなかにいた——だが、もしもビエンベニードの親族のひとりかそれ以上が、一か月も続き、十万人のフィリピン市民が命を落としたマニラの戦いで殺されていたら?

フワン・ディエゴはビエンベニードに、広大な墓地の墓石の配置についてだけ訊ねた——一五〇エーカー以上あるのだ! 四二年か四五年にコレヒドールで戦死した米兵のための特別な区画はあるのだろうか、とフワン・ディエゴは思った。ガダルカナルで戦死した兵士たちのための特別な記念碑のことはパンフレットに書かれており、墓地が十一の区画に分かれていることをフワン・ディエゴは知っていた(とはいえ、グッド・グリンゴの名前——というか、殺された彼の父親の名前——を知らないのは問題だったが)。

「兵隊の名前を言えば、どこの墓地の、どの列の、どの墓か教えてくれるんじゃないでしょうかね」とビエンベニードは答えた。「とにかく名前を言えばいいんです——そんな具合になってるんですよ」

フワン・ディエゴは「なるほど」とだけ返事した。運転手はバックミラーに映る疲れた表情の作家をずっとちらちら見ていた。たぶん、フワン・ディエゴはよく眠れなかったように見える、と思っていたのだろう。だがビエンベニードは水槽の殺戮のことは知らなかったし、それにこの若い運転手には、リムジンの後部座席に座っているフワン・ディエゴのぐったりした様子は、あとから飲んだロプレッサー半錠の効き目が表れ始めただけなのだということがわかっていなかった。

ビエンベニードの車で連れていってもらったソフィテルは、マニラの一部であるパサイ市にあった——リムジンの後部座席に沈み込んでいてさえも、フワン・ディエゴは爆発物探知犬に気がついた。

「気にしたほうがいいのはビュッフェですよ」とビエンベニードが言った。「ソフィテルについて聞いてるのはそれです」

「ビュッフェがどうだっていうんだい？」とフワン・ディエゴは問い返した。食中毒の可能性が彼の注意を引いたように見えた。だがそうではなかった。フワン・ディエゴは、リムジン運転手からは多くを学べると知っていた。自分の本が出版された外国語圏の国々を訪れたおかげで、彼は運転手の言葉に耳を傾けることを学んでいた。

「僕はどのホテルでもロビーとかレストランのあたりのトイレの場所はぜんぶ知ってるんです」とビエンベニードは話した。「プロの運転手なら、こういうことは知っておかなくちゃいけません」

「どこで用を足すかってことだね、つまり」とフワン・ディエゴは言った。このことはほかの運転手たちからも聞いたことがあった。「ビュッフェのことは？」

「選ぶとしたら、ホテルのレストランへいく客が使うトイレのほうがホテルのロビーにあるのよりもいいんですよ——ふつうはね」とビエンベニードは説明した。「ここは違うんです」

「ビュッフェは」とフワン・ディエゴは繰り返した。

「小便器でゲエゲエ吐いてるのを見たことがあるんです。個室のなかでピーピー腹を下してるのを聞いたことがあるんです」とビエンベニードは警告した。

「ここで？　ソフィテルで？　ビュッフェが原因だっていうのは確かなのかい？」フワン・ディエゴは訊ねた。

「料理がいつまでも出しっぱなしなのかも。小エビが室温の状態でどれだけのあいだ並べられているものか、わかったもんじゃない。ぜったいビュッフェに決まってますって！」ビエンベニードは大声をあげた。

「なるほど」フワン・ディエゴはそれだけしか言わなかった。残念だったなあ、と彼は考えた――ソフィテルは良さそうに見えたのに。きっとミリアムは何か理由があってこのホテルを気に入ったのだろう、ビュッフェで食べたことはなかったのかもしれない。ビエンベニードが勘違いしているということもあり得る。

フワン・ディエゴがホテルに足を踏み入れないまま、車はソフィテルを離れた。ミリアムが提案したもうひとつのホテルはアスコットだった。

「アスコットを先に言ってくれたらよかったのに」ビエンベニードはため息をついた。「グロリエッタにあるんですよ、マカティ市のね。あそこにはアヤラ・センターがあります――なんでも手に入りますよ」とビエンベニードは説明した。

「どういうこと？」フワン・ディエゴは問い返した。

「何マイルも何マイルもショッピングできる――ショッピングモールなんです。エスカレーターにエレベーター――あらゆる種類のレストランがありますよ」とビエンベニードは話した。

足を引きずっていてはショッピングモールにはそそられないな、とフワン・ディエゴは思ったが、つぎのように問い返しただけだった。「で、ホテルそのもの、アスコット自体は？　ビュッフェによる死者は報告されていない？」

「アスコットは問題ないです――最初からあそこへお泊りになるべきでしたね」とビエンベニードは答えた。「そのべきだったなんて話を私にさせないでくれ、ビエンベニード」とフワン・ディエゴは言った。彼の小説は「べきだったのに」と「もしこうだったら」がテーマの小説と呼ばれていた。

「じゃあ、次回は」とビエンベニードは言った。

車はマカティ市に戻った。マニラに帰ってきたときのため、フワン・ディエゴがアスコット・ホテルを自分で予約できるように。フワン・ディエゴはクラーク・フレンチにマカティ・シャングリラの予約のキャンセルを頼むことになるだろう。水槽のアルマゲドン事件のあとだ、帰路の予約がキャンセルされたら、きっと関係者全員がほっとするだろう。

アスコット・ホテルのロビーへは、通りから入ってエレベーターで行く。上階にあるのだ。エレベーターのところでは、一階でもロビー階でも、気遣わしげな面持ちの警備員が二名、二匹の爆発物探知犬とともに待機していた。

ビエンベニードには言わなかったが、フワン・ディエゴは探知犬たちにほれぼれしていた。予約をしながら、フワン・ディエゴはミリアムがアスコットにチェックインする様子を思い浮かべた。

ロビー階でエレベーターを降りてからフロントまではかなり歩くようになっていた。きっと警備員たちはミリアムが歩いていくあいだずっと見つめているだろうとフワン・ディエゴは思った。歩み去っていくミリアムを見ないでいるには、盲目か、でなければ爆発物探知犬でもなければ無理な話だ――彼女の歩みの一歩一歩を見つめないでいられるはずがない。

私はどうなっていくんだろう？　とフワン・ディエゴはまた考えた。思考も、記憶も――思い描くことも、見る夢も――すべてめちゃくちゃだ。そしてミリアムとドロシーに憑りつかれている。

フワン・ディエゴは見えない池に沈む石のようにリムジンの後部座席に沈みこんだ。

「わたしたち、最後はマニラへ行くんだけど」とドロシーは言っていた。彼女はどうも、全員がというつもりで言ったのではないかとフワン・ディエゴは思った。たぶん私たちは皆、最後はマニラなんだ、とフワン・ディエゴは考えた。

「ワン・シングル・ジャーニー」。何かのタイトルみたいだ。自分が書いたものだろうか、それとも書こうとしていたものなのだろうか？　ダンプ・リーダーには思い出せなかった。

「このヒッピーがこれほどひどい臭いじゃなくて、あのカウボーイ・ソングを歌うのをやめたら、結婚するんだけどな」とルペは言った（「ああ、殺して！」とも言った）。

ニーニョス・ペルディードスの尼僧たちが母親を呼ぶときの名前が彼にはどれほど呪わしかったことか！　自分も母を悪く言ったことをフワン・ディエゴは後悔した。「デセスペランサ」――「絶望（ホープレスネス）」と尼僧たちはエスペランサのことをこう呼んだ。「デセスペラシオン」――「自暴自棄（デスペレイション）」と呼んだ。

「ロ・シエント、マドレ（ごめんね、母さん）」リムジンの後部座席で、フワン・ディエゴは小さな声でそうひとりごちた――うんと小さな声だったので、ビエンベニードには聞こえなかった。

ビエンベニードにはフワン・ディエゴが起きているのか寝ているのかわからなかった。運転手は空港の、マニラの国内線の話をしていたのだ――チェックインが勝手気ままに打ち切られたり、かと思うといつのまにか再開されたり、それに何につけても追加料金が必要だとかいうことを。だが、フワン・ディエゴは答えなかった。

起きていようと寝ていようと、この哀れな男は心ここにあらずの状態らしく、ビエンベニードはチェックインの手続きを済ませるところまでフワン・ディエゴに付き添おうと決めた。車の処置は面倒だろうが。

「寒すぎる！」フワン・ディエゴがとつぜん叫んだ。「頼むから新鮮な空気を！　エアコンはもうたくさんだ！」

「わかりました――ボスはそっちですからね」とビエンベニードは答えた。彼はエアコンを切ってリムジンの窓を自動で開けた。車がまたもスラム街を通り抜け、空港近くまで来たときに、ビエンベニードが赤信号で車を停めた。

ビエンベニードが注意する暇もなく、フワン・ディエゴは自分が物乞いの子供たちからせがまれていることに気がついた――いきなり痩せこけた腕が何本も掌を上にして、停車しているリムジンの開いている後部座席の窓のなかへ突きだされた。

「やあ、君たち」フワン・ディエゴはまるで待ち受けていたかのように言った（ゴミ漁り屋からゴミ漁りを取り上げることはできない。ロス・ペペナドレス（ゴミ漁り屋）はアルミや銅やガラスを探すのをやめたあともずっと、拾って選別する習慣を持ち続ける）。

ビエンベニードが止める間もなく、フワン・ディエゴは財布をごそごそやっていた。

「だめだめ——あいつらに何もやっちゃいけません」とビエンベニードは言った。「いいですか、何もです。ねえお客さん、フワン・ディエゴさん、お願いですから——きりがなくなりますよ！」

このヘンテコな通貨はいったいなんだ？　まるで玩具の金じゃないか、とフワン・ディエゴは思った。小銭の持ちあわせはなく、小額紙幣は二枚しかなかった。彼は二十ペソ紙幣を最初に突きだされた手に渡した。つぎの小さな手に与えるには、五十ペソ紙幣がいちばん小額だった。

「ダラワンプング・ピソ！」最初の子が大声をあげた。

「リマンプング・ピソ！」二番目の子が叫んだ。あの子たちがしゃべっているのはタガログ語だろうか？　とフワン・ディエゴは考えた。

千ペソ札を渡そうとしていたらビエンベニードに止められたものの、せがんでいる子供たちのひとりが、ビエンベニードが物乞いの手を阻止するより早く金額を見てしまった。

「お客さん、お願いですから——それは多すぎます」と運転手はフワン・ディエゴに言った。

「サンリボング・ピソ！」子供の物乞いのひとりが叫んだ。

ほかの子供たちもたちまち叫び始めた。「サンリボング・ピソ！　サンリボング・ピソ！」

信号が青になり、ビエンベニードはゆっくりと加速した。物乞いの子供たちは痩せこけた腕を車からひっこめた。

「あの子供たちに多すぎるなんてことはないよ、ビエンベニード——彼らにとってはじゅうぶんじゃないって状態しかないんだ」とフワン・ディエゴは言った。「私はダンプ・キッド（ゴミ捨て場の子）なんだ」と彼は運転手に話した。「もちろん、わかってるさ」

「ダンプ・キッドですか、お客さん？」ビエンベニードが問い返した。

「私はダンプ・キッドだったんだ、ビエンベニード」とフワン・ディエゴは言った。「妹と私は――私たち兄妹はニーニョス・デ・ラ・バスーラ（ゴミ捨て場の子たち）だった、バスレーロで育ったんだ――実際にそこで暮らしていたんだよ。離れるべきじゃなかった――あれ以来ずっと下り坂だ！」とダンプ・リーダーは断じた。

「お客さん――」ビエンベニードは言いかけたが、フワン・ディエゴが泣いているのを見て言葉を切った。開いている車の窓から大気汚染都市のひどい空気が吹き込んでいた。料理のにおいが彼を襲った。通りで物乞いする子供たち。ノースリーブのワンピースやショートパンツにホルタートップといった格好の、疲れ切った表情の女たち。何もやることがないかのように、戸口でタバコを吸ったり互いに話をしたりしてだらだら過ごしている男たち。

「スラムだ！」とフワン・ディエゴは叫んだ。「胸が悪くなるような、汚れ果てたスラムだ！　何もやることがないか、やることがじゅうぶんにない人たちが何百万人もいる――それなのにカトリック教徒たちは赤ん坊がもっとどんどん生まれてくるのを望んでいる！」

彼が言っているのはメキシコシティのことだった――その瞬間、マニラは強く彼にメキシコシティのことを思い出させていた。「それにあの馬鹿げた巡礼たちを見てみろ！」フワン・ディエゴは叫んだ。「膝から血を流しながら跪いて進むんだ――自分で自分を鞭打って、献身ぶりを示すんだ！」

当然のことながら、ビエンベニードは戸惑った。彼はフワン・ディエゴがマニラのことを話しているのだと思っていた。巡礼ってなんだ？　とリムジン運転手は首を傾げた。だが彼は「お客さん、ただの小さな貧民街ですよ――スラムというほどでもありません。大気汚染が問題だということは認めますが――」としか言わなかった。

「危ない!」とフワン・ディエゴが叫んだが、ビエンベニードは腕のいい運転手だった。彼は走っているぎゅう詰めのジープニーから男の子が落ちるのを目撃したのだ。ジープニーの運転手はまったく気がついていなかった――そのまま車を走らせ続けた――が、座席の後方の列から男の子が転げ落ちた(あるいは押されて落ちた)のだ。子供は通りに落ちた。ビエンベニードは子供を轢かないよう避けなければならなかった。

その子は汚れた顔の小僧で、みすぼらしいストール(というかボア襟巻)で首と肩を覆っていた。そのぼろぼろの服飾品は、寒い時期におばあさんが首に巻きつけるような類のものだった。だが、男の子が落ちたときに、ビエンベニードにもフワン・ディエゴにもそのふわふわした襟巻がじつは小さな犬であることがわかった。そして、落っこちて怪我をしたのは男の子ではなく、その犬だった。犬はきゃんきゃん鳴いた。前足の片方へ体重をかけられず、その足をぶるぶる震わせて地面から浮かせていた。男の子はむき出しの膝の片方をすりむいて血が出ていたが、あとはなんともなさそうだった――子供はもっぱら犬のことを心配していた。

「神は善なり!」ジープニーのステッカーはそう訴えていた。この男の子にとってはそうじゃないし、あの子の犬にとっても違う、とフワン・ディエゴは思った。

「停めてくれ――停まらなくちゃ」とフワン・ディエゴは言ったが、ビエンベニードは車を走らせ続けた。

「ここじゃだめですよ、お客さん――今はだめです」と若い運転手は答えた。「空港のチェックインは――あれは飛行機に乗ってる時間より長くかかるんです」

「神は善じゃない」とフワン・ディエゴは運転手に言った。「神は無関心なんだ。あの男の子に訊いてみろ。あの子の犬と話してみろ」

「巡礼たちってなんですか?」ビエンベニードが訊ねた。「お客さん、巡礼って言ってたでしょ」

と運転手は思い出させた。

「メキシコシティに通りがあって――」とフワン・ディエゴは話しはじめた。彼は目を閉じ、それからメキシコシティのあの通りなど見たくないとばかりにぱっと目を開いた。「巡礼たちがそこへ行くんだ――その通り伝いに彼らは聖堂へ行くんだよ」とフワン・ディエゴは続けたが、その聖堂へ近づくのは、少なくとも彼にとっては辛いことであるかのように、言葉がゆっくりになった。

「どんな聖堂なんですか、お客さん? どこの通りですか?」ビエンベニードは訊ねたが、今やフワン・ディエゴの目は閉じられていた。若い運転手の声は聞こえていなかったかもしれない。「フワン・ディエゴさん?」運転手は問いかけた。

「アベニーダ・デ・ロス・ミステリオス」とフワン・ディエゴは目を閉じたまま答えた。その顔には涙が伝っていた。「神秘(ミステリーズ)大通り」

「いいんですよ、お客さん――話してくれなくて構いませんから」とビエンベニードは言ったが、フワン・ディエゴはすでに話すのをやめていた。この頭のおかしい年配の男がどこかへ行ってしまっているのがビエンベニードにはわかった――どこか遠く、それともずっと昔、あるいはその両方。

　マニラは快晴だった。目を閉じていてさえ、フワン・ディエゴが見ている暗闇には光の筋が差し込んでいた。まるで深い水の中を覗き込んでいるようだった。一瞬、黄色っぽい一対の目が自分を凝視しているのが見えたように思ったが、光の筋が差し込む暗闇には識別できるものは何もなかった。

死んだらこうなるのだろう、とフワン・ディエゴは考えた――ただもっと暗い、漆黒の闇だ。神などいない。善も悪もない。つまり、セニョール・モラレスはいないのだ。気づかってくれる神はいない。ミスター道徳（モラルズ）もいない。呼吸しようと必死なウツボすらいない。ただ無だけだ。

「無（ナダ）」とフワン・ディエゴは言った。目は相変わらず閉じていた。

ビエンベニードは何も言わなかった。ひたすら車を走らせていた。だが、若い運転手が頷いた様子から、それに、バックミラーに映るまどろむ乗客を見やる同情に溢れた眼差しから、ビエンベニードが無という言葉を知っているのは明らかだった――物語のすべては知らないとしても。

15
鼻

「僕はたいして信仰は持っていませんから」フワン・ディエゴはかつてエドワード・ボンショーにそう言ったことがある。

だがあれは十四歳の子の言葉だった。そもそも、ダンプ・キッドにとっては、カトリック教会に対する不信の念をきちんと説明するよりも、たいして信仰は持っていないと言っておくほうが簡単だった——とりわけ、セニョール・エドゥアルドのような好感の持てる神学生（司祭になる修行中の！）に対しては。

「そんなことを言っちゃいけないよ、フワン・ディエゴ——信仰と関係を絶つには君は若すぎる」とエドワード・ボンショーは答えた。

じつを言えば、フワン・ディエゴが持ち合わせていないのは信仰心ではなかった。ダンプ・キッドたちの大半は奇跡を求めていた。フワン・ディエゴは少なくとも超自然的な事柄を、あらゆる種類の説明のつかない不可解な出来事を信じたいとは思っていた。教会が皆に信じさせたがっている奇跡——昔からある、時の経過によって色褪せた奇跡——については疑念を抱いていたとしても。

ダンプ・リーダーが疑いを抱いていたのは教会だった。あの政治性、社会への介入、歴史の改竄、性的問題——十四歳のフワン・ディエゴにとって、無神論者の医者とアイオワ出身の宣教師がにらみ合うバルガス医師の診療所でそんなことを説明するのは難しかったことだろう。

ダンプ・キッドたちの大半は何かを信じていた。あれほど多くの捨てられたものを目にしていると、何かを信じないではいられないのかもしれない。そしてフワン・ディエゴは、どのダンプ・キッドも（そしてどの孤児も）知っていることを知っていた。捨てられるものはすべて、望まれない人ものものもすべて、おそらく一度は望まれたことがあった——あるいは、状況が違えば、望まれていたかもしれないのだ。

ダンプ・リーダーは燃やされようとしている本を救い、なんとその本を読んできたのだ。ダンプ・リーダーに信じる心がないなどと思ってはいけない。読むにはおそろしく長い時間がかかる本もある、たとえそれが燃やされるところを救われた本でさえ（というか、それならばとりわけ）。

マニラからボホール島のタグビララン市までの飛行時間はほんの一時間ちょっとだったが、夢は永遠にも思える。十四歳のフワン・ディエゴにとって、車椅子から松葉杖での歩行、そして（やっと）足を引きずりながら歩けるようになるまでの推移は——そうだ、実際のところこの推移にだっておそろしく長い時間がともない、その間の少年の記憶はごちゃごちゃだった。夢に残っているのは、足の悪い少年とエドワード・ボンショーとのあいだに築かれていった親密さ——二人のあいだの意見の交換、神学的な会話——だけだった。少年は、たいして信仰は持っていないという言葉は撤回したものの、教会に対する不信の念については一歩も譲らなかった。

まだ松葉杖をついていたときに、こんなふうに言ったのをフワン・ディエゴは覚えている。「僕たちのグアダルーペの聖母はマリアじゃない。そっちの聖母マリアはグアダルーペじゃない。これはカトリックのたわ言だ。ローマ・カトリック教会のまやかしだ！」（二人は以前にもこの道に踏み込んだことがあった）

「君の言いたいことはわかる」とエドワード・ボンショーは、いかにも分別くさいイエズス会士的な口調で言った。「遅れがあったのは認める。法王ベネディクトゥス十四世が先住民のマントに現れたグアダルーペ像の写しを見て、君たちのグアダルーペはマリアだと宣言するまでにはうんと時間がかかった。それが君の言いたいことなんじゃないか？」

「実際に起こってから二百年後だ！」フワン・ディエゴはセニョール・エドゥアルドの足を片方の松葉杖で突きながら断じた。「スペインからやってきたおたくの伝道者たちは先住民といっしょに裸になってしっぽりやった、そしたらなんと――うん、それがルペや僕のルーツだよ。僕たちはサポテカ族だ、僕たちが何かと言うならね。僕たちはカトリック教徒じゃない！　グアダルーペはマリアじゃない――あんなペテン師」

「で、君は相変わらずゴミ捨て場で犬を焼いてるんだね――ぺぺから聞いた」とセニョール・エドゥアルドは言った。「死体を焼くのが犬たちのためになるとなぜ君が思ってるのか僕にはわからないな」

「あんたたちカトリック教徒は火葬に反対してるからね」フワン・ディエゴはアイオワンに指摘する。ダンプ・キッド兄妹が絶え間ない犬の火葬に参加するためにぺぺ修道士にゴミ捨て場へ連れて行ってもらう、そのまえやあとに、二人は延々と論を戦わせた（そしてそのあいだずっと、サーカスが子供たちを、ニーニョス・ペルディードスからこっちへおいでと招き寄せていた)。

「あんたたちがクリスマスに何をしたか、見てみてよ——あんたたちカトリック教徒がさ」とフワン・ディエゴは言う。「あんたたちはキリストの誕生日として十二月二十五日を選んだ。単に、異教の祝日を取りこんだんだ。僕の言いたいのはここだよ。あんたたちカトリック教徒は取りこんでしまう。それにさ、実際のベツレヘムの星だったかもしれないもののことは知ってた？　紀元前五年に中国人が新星のことを、爆発する星のことを報告している」

「この子はどこでこんなこと読んでるのかな、ペペ？」エドワード・ボンショーは何度もこう訊ねたものだ。

「『迷い子』の図書館ですよ」とペペ修道士は答える。「あの子に読書をやめさせなくてはいけませんか？　私たちはあの子に本を読ませたいと思っている、そうでしょう？」

「それにもうひとつ」と言ったのをフワン・ディエゴは覚えていた——必ずしも夢のなかでとは言い切れない。松葉杖はなくなって、彼はただ足を引きずっていた。場所はソカロのどこか。ルペが皆の前を走っていて、ペペ修道士は皆に遅れまいと苦労していた。足を引きずってはいても、フワン・ディエゴはペペよりは早く歩けた。「貞潔誓願のどこがそんなに魅力的なの？　どうして司祭たちにとって貞潔であることが大切なの？　司祭たちはいつだって僕たちに、こうしろとか、こう考えろとか言ってない？——つまり、性的なことでさ」とフワン・ディエゴは訊ねた。「だけど、自分がセックスしたこともないのに、性的なことについて偉そうにとやかく言えるの？」

「ねえペペ、貞潔誓願を立てた聖職者が性的な事柄への影響力を持つことについてこの子が疑問を抱くようになったのは、うちの教団の図書館のせいだと言うんですか？」セニョール・エドゥアルドはペペ修道士に訊ねた。

「本で読まないことだって考えるよ」と言ったのをフワン・ディエゴは覚えていた。「ひとりでに頭に浮かぶんだ」足を引きずるのはまだあまり馴染みのないことだった。彼はその馴染みのなさのことも覚えていた。

テンプロ・デ・ラ・コンパニーア・デ・ヘスス（イエズス会教会）でエスペランサが巨大な聖母マリアの埃を払っていたあの朝もまだ、足を引きずることに馴れていなかった。梯子を使わないと、エスペランサは像の顔まで手が届かなかった。いつもはフワン・ディエゴかルペが梯子を押さえていた。だがこの朝は違った。

グッド・グリンゴは苦境に陥っていた。ダンプ・キッド兄妹がフロールから聞いたところによると、エル・グリンゴ・ブエノは金が尽きたということだった。というか、彼は残っていた金をアルコール（娼婦にではなく）に注ぎこんでいた。娼婦たちはもうめったに彼の顔を見かけなかった。ほとんど見かけない人間の面倒をみることはできなかった。

ルペはなぜか、ヒッピー青年の生活状態が悪化しているのはエスペランサに「責任がある」と言った。すくなくともこれが、フワン・ディエゴの通訳した妹の言葉だった。

「ベトナムでやってる戦争のせいでしょ」とエスペランサは言った。彼女はそう信じていたのかもしれないし、そうではなかったのかもしれない。エスペランサはサラゴサ通りで耳にしたことを何でも絶対的な真実として受け入れ、繰り返した――徴兵逃れたちの自己弁護だろうが、アメリカからやってきた迷える若者たちについて娼婦たちが言うことだろうが。

エスペランサは梯子を聖母マリアに立てかけた。台座が高くなっているので、立っているエスペランサの目の高さにマリア・モンスターの巨大な足があった。等身大よりはずっと大きな聖処女は、エスペランサの頭上にそびえ立っていた。

「エル・グリンゴ・ブエノは今は自分の戦争を戦っている」ルペは謎めいた言葉を囁いた。それからそびえ立つ聖処女に立てかけられた梯子に目をやった。「マリアはあの梯子が気に食わない」ルペが言ったのはそれだけだった。フワン・ディエゴはこれを通訳したが、グッド・グリンゴが自分の戦争を戦っているということについては少しも触れなかった。

「像の埃を払えるようにちょっと梯子を押さえてて」とエスペランサは言った。

「今はマリア・モンスターの埃を払ったりしないほうがいい――あのでかい聖処女、今日はなんだかいらいらしてる」とルペは言ったが、フワン・ディエゴはこれを通訳せずじまいだった。

「あのね、一日じゅうかかってるわけにはいかないんだからね」とエスペランサは言いながら、梯子を上った。フワン・ディエゴが梯子を押さえようと手を伸ばしたとき、ルペが叫びはじめた。

「あの目！　あのでっかいやつの目を見て！」とルペは叫んだが、エスペランサには何を言っているのかわからなかった。それに、掃除婦は聖母マリアの鼻先を羽ぼうきではたいているところだった。

　そのときだ、フワン・ディエゴが聖母マリアの目を見たのは――その目は怒っているように見え、そしてエスペランサの愛らしい顔から深くくった襟ぐりへと視線を巡らせた。恐らく、巨大な聖処女の見るところでは、エスペランサは胸の谷間をちょっと露出し過ぎだったのではないか。

「母さん――鼻はやめておいたほうが、できれば」フワン・ディエゴはなんとかこれだけ言った。彼は梯子に伸ばしかけていた手を、急に止めた。巨大な聖処女の怒りに満ちた目がたった一度だけ彼のほうを向いた――凍り付かせるにはじゅうぶんだった。聖処女マリアは凄まじい非難の眼差しをさっとエスペランサの胸の谷間に戻した。

エスペランサはバランスを崩して、落っこちないようマリア・モンスターの首に両腕で抱きついたのだろうか？　エスペランサはそれからマリアの燃えるような目を覗き込み、そして手を離したのだろうか――落っこちることよりも巨大聖処女の怒りが恐ろしくて？　エスペランサはそれほどひどい落ち方をしたわけではなかった。頭を打ちさえしなかった。梯子自体は倒れなかった――エスペランサは梯子から体を離した（あるいは押しのけられた）ように見えた。

「落ちるまえに死んでた」とルペはいつも言ったものだ。「転落はぜんぜん関係ない」

巨大な像自体が動いたのだろうか？　聖母マリアが台座の上でよろめいた？　違う、違う、と誰に訊かれてもダンプ・キッド兄妹は答えた。だが、いったいぜんたい聖処女マリアの鼻はどうしてもげてしまったのだろう？　聖母はいかにして鼻なしとなったのだろう？　もしかしたらエスペランサが落っこちる拍子にマリアの顔を叩いた？　エスペランサは巨大な聖処女を羽ぼうきの木の柄でぶん殴ったのだろうか？　違う、違う、とダンプ・キッド兄妹は言った――兄妹の見たところそんなことはなかった。誰かの鼻が「もげる」だなんて。聖処女マリアの鼻は取れてしまったのだ！　フワン・ディエゴはあちこち鼻を探しまわった。あんな大きな鼻が消えうせてしまうなんてことがあるのだろうか？

巨大な聖処女の目はふたたびどんよりした、動かないものとなっていた。怒りはみじんも残っておらず、いつもどおりぼんやりしていた――味気ないほどどんよりしていた。そして今やそびえ立つ像には鼻がなかったので、巨像のなにも見ていない目にはいっそう生気がなかった。

ダンプ・キッド兄妹は、エスペランサの見開かれた目のほうがまだしも生気があると思わないではいられなかった。自分たちの母親が死んでいることを、子供たちはちゃんとわかっていたのだが。エスペランサが梯子から落ちた瞬間二人にはそれがわかった――「木の葉が木から落ちるように」フワン・ディエゴはそのあと、かの科学者バルガス医師にそう説明することとなる。

　エスペランサの検死結果をダンプ・キッド兄妹に説明したのはバルガスだった。「恐怖によるショック死としてもっとも可能性があるのは不整脈によるものだろう」とバルガスは説明を始めた。

「彼女は恐怖のあまり死んでしまったと？」エドワード・ボンショーが口を挟んだ。

「恐怖のあまり死んだのは間違いない」とフワン・ディエゴがアイオワンに答えた。

「間違いない」とルペも繰り返した。セニョール・エドゥアルドとバルガス医師でさえ彼女のこの一言はわかった。

「心臓の伝導系がアドレナリンにやられると」とバルガスは続けた。「心臓のリズムは異常をきたす――つまり、血液が押し出されなくなる。このもっとも危険なタイプの不整脈は『心室細動』と呼ばれる。筋細胞はぴくぴく震えるだけ――血液をまったく送り出せなくなるんだ」

「すると死んでしまう、そうですね？」フワン・ディエゴは問いかけた。

「すると死んでしまう」とバルガスは答えた。

「で、それはエスペランサのような若い人にも起こることがあるのかな――正常な心臓の持ち主でも？」セニョール・エドゥアルドが訊ねた。

「若いってことは必ずしも心臓のためになるとは限らないよ」とバルガスは答えた。「きっとエスペランサの心臓は『正常』じゃなかったのでは。血圧が異常に高かった――」

「生活スタイルのせいじゃないかな、たぶん――」エドワード・ボンショーがほのめかした。

「売春が心臓発作を引き起こすという証拠はまったくないね、カトリック教徒の場合を除いて」とバルガスは彼らしい科学的な口調で答えた。「エスペランサの心臓は『正常』ではなかった。だから君たち兄妹も」とバルガスは言った。「心臓には気をつけないといけないよ。少なくとも君はね、フワン・ディエゴ」

医師は言葉を切った。ずっと数が多く、顔ぶれも異なると噂されている、ルペの父親であるかもしれない男たちと比べれば見たところ扱いやすい数の、フワン・ディエゴの父親であるかもしれない男たちのことをあれこれ考えていたのだ。無神論者にとってさえ、これはデリケートな中断だった。

バルガスはエドワード・ボンショーの顔を見た。「フワン・ディエゴの父親かもしれない男のひとりは――つまりその、生物学上の父親である可能性がもっとも高そうな男は――心臓発作で死んでいる」とバルガスは言った。「フワン・ディエゴの父さんかもしれない男は、そのときまだ非常に若かった、というか、エスペランサからはそう聞いている」とバルガスは付け加えた。「この件について何か知ってる?」バルガスはダンプ・キッド兄妹に訊ねた。

「先生が知ってる以上のことは知りません」とフワン・ディエゴは答えた。

「リベラは何か知ってる――ただ、言おうとしない」とルペが言った。

フワン・ディエゴはルペの言ったことについてそれ以上ましな説明はできなかった。リベラはダンプ・キッド兄妹に、フワン・ディエゴの父親である可能性が「もっとも高い」男は傷心(ブロークン・ハート)のあまり死んだのだと話していた。

「心臓発作（ハート・アタック）でしょ？」フワン・ディエゴはエル・ヘフェに問い返した――エスペランサは子供たちに、そしてほかの皆に、そう話していたからだ。

「あのずっと傷つきっぱなしのやつを心臓と呼ぶんならな」リベラが子供たちに言ったのはそれだけだった。

聖処女マリアの鼻はといえば――ああ、そうそう。フワン・ディエゴは鼻（ラ・ナリース）を見つけた。二列目の信者席の膝当てパッドのそばに転がっていたのだ。大きな鼻をポケットに収めるにはちょっと苦労した。ルペの叫び声ですぐにアルフォンソ神父とオクタビオ神父がイエズス会教会堂へ飛んでくるだろう。あのくそばばあグロリア修道女が現れたときには、アルフォンソ神父はすでにエスペランサのために祈りを捧げていた。ペペ修道士も息を切らしながら、常に非難がましい尼僧のすぐ後からやってきた。尼僧はエスペランサの人目を引く死に方が癇に障るようだった――死んでいてさえも、巨大聖処女がじつに劇的に非難した掃除婦の胸の谷間が見せびらかされていることは言うに及ばず。

ダンプ・キッド兄妹はじっと立って、いつになったら司祭たち――あるいはペペ修道士、それともグロリア修道女――がモンスター聖母の大きな鼻がなくなっていることに気づくだろうと待っていた。うんと長いあいだ、彼らは気がつかなかった。

さて、鼻がなくなっていることに気づいたのは誰だっただろうか。彼は通路を祭壇めがけて走ってきた、立ち止まって跪くこともせず――たくしこんでいないアロハシャツは、稲妻によって雨林から解き放たれた猿と熱帯の鳥たちの脱獄騒ぎのようだった。

「性悪マリアがやったの！」ルペはセニョール・エドゥアルドに叫んだ。「あんたたちのでかい聖処女がうちの母さんを殺した！　性悪マリアに怖い目に遭わされて母さんは死んじゃった！」フワン・ディエゴはためらいもせずこの言葉を通訳した。

「まあ見ててください、あの子、次はこの事故を奇跡だって言い出しますよ」とグロリア修道女がオクタビオ神父に言った。

「私に奇跡なんて言葉は聞かせんでください、シスター」とオクタビオ神父は答えた。

アルフォンソ神父はエスペランサのために捧げていた祈りをちょうど終えようとしていた。それはエスペランサが罪から解放された、みたいなことだった。

「ウン・ミラグロとおっしゃいましたか？」エドワード・ボンショーがオクタビオ神父に訊ねた。

「ミラグロッソ！」とルペが叫んだ。セニョール・エドゥアルドは難なく奇跡的なという言葉を理解した。

「エスペランサは梯子から落ちたのです、エドワード」とオクタビオ神父はアイオワンに告げた。

「落ちるまえに一撃で殺されていたんだ！」とルペはわけのわからない言葉で叫んだが、フワン・ディエゴは一撃で殺されたというドラマは通訳しないでおいた。一瞥して人を殺すことなどできない、死ぬほど怯えさせない限りは。

「マリアの鼻はどこだ？」エドワード・ボンショーが鼻のない巨大聖処女を指差して訊ねた。

「なくなった！　ぱっと消えちゃった！」ルペはわけのわからない言葉でわめいた。「性悪マリアから目を離さないことね――ほかのパーツも消えはじめるかもしれない」

「ルペ、本当のことを言えよ」とフワン・ディエゴは言った。

だが、ルペの言っていることが一言もわからないエドワード・ボンショーは、不具となったマリアから目を離すことができなかった。

「ただの鼻ですよ、エドゥアルド」ぺぺ修道士は狂信者に言って聞かせようとした。「なんの意味もない——たぶんどこかに転がってるんでしょう」

「どうしてなんの意味もないなんて言えるんです、ぺぺ？」アイオワンは訊ねた。「なんだってまた、聖処女マリアの鼻がないなんてことに？」

アルフォンソ神父とオクタビオ神父は四つん這いになっていた。祈っていたのではない——信者席のさいしょの何列かの下で、マリア・モンスターのなくなった鼻を探していたのだ。

「君がラ・ナリース（鼻）について何か知ってるはずはないよね？」ぺぺ修道士はフワン・ディエゴに問いかけた。

「ナダ（何も）」とフワン・ディエゴは答えた。

「性悪マリアの目が動いたの——生きてるみたいに見えた」とルペは言っていた。

「そんなの信じてもらえないよ、ルペ」フワン・ディエゴは妹に言った。

「オウム男は信じてくれる」ルペはセニョール・エドゥアルドを指差した。「彼は自分が信じる以上に信じる必要がある——彼はなんでも信じてしまう」

「私たちが何を信じないというんだね？」ぺぺ修道士がフワン・ディエゴに訊ねた。

「やっぱりこの子はそう言ったんだ！　どういうことなんだ、フワン・ディエゴ？」エドワード・ボンショーも問いかけた。

「話しなさいよ！　性悪マリアが目を動かした——巨大聖処女はあちこち見まわしてたって！」ルペが叫んだ。

フワン・ディエゴは膨らんだポケットに片手を突っ込んだ。巨大聖処女の怒っているように見えた目がどんなふうにあちこちへ動き、そのつどエスペランサの胸の谷間へ戻ったか話しながら、彼はじつは聖処女マリアの鼻を握りしめていたのだった。

「それは奇跡だ」アイオワンがこともなげに言った。

「科学者に手を貸してもらおうじゃないか」アルフォンソ神父が皮肉っぽい口調で応じた。

「そうだ、バルガスに検死解剖の手配をしてもらおう」オクタビオ神父も言った。

「奇跡の解剖を望まれるのですか?」ペペ修道士は無邪気に、また同時にいたずらっぽく訊ねた。

「母さんは恐怖のあまり死んだんです——検死解剖でわかるのはきっとそれだけですよ」フワン・ディエゴは聖母の取れた鼻を握りしめながら皆にそう話した。

「性悪マリアがやったんだ——あたしが知ってるのはそれだけ」とルペは言った。確かにそのとおりだ、とフワン・ディエゴは思った。彼は性悪マリアの話を通訳した。

「性悪マリア!」グロリア修道女が繰り返した。全員が鼻なしの聖処女に目をやった、まるでさらなる損傷——なんらかの——を期待するかのように。だが、ペペ修道士はエドワード・ボンショーについて気がついたことがあった。アイオワンだけが聖処女マリアの目を見つめていたのだ——目だけを。

ウン・ミラグレロ、ペペ修道士はそう考えながら、セニョール・エドゥアルドを見守った——このアイオワンは、間違いなく奇跡オタクだ!

フワン・ディエゴはぜんぜん何も考えていなかった。聖処女マリアの鼻をぎゅっと握っていた、ぜったい離さないぞといわんばかりに。

夢は自らを編集する。夢はディテールには非情だ。夢に何を残すか、何を残さないかは、常識的に決まるわけではない。二分間の夢が永遠に思えることもある。

バルガス医師は隠し立てはしなかった。彼はアドレナリンについてさらにフワン・ディエゴに説明したが、バルガスの話のすべてがフワン・ディエゴの夢に入ってきたわけではなかった。バルガスによれば、突然恐怖に襲われた場合に放出されるような大量のアドレナリンは有害だということだった。

フワン・ディエゴはこの科学者にほかにどんな精神状態があるのか質問しさえした。恐怖以外にほかになにが不整脈の原因となるのだろう？　具合の良くない心臓を持っている場合、ほかにどんなことがそういった命取りになる心拍リズムを引き起こすのだろう？

「激しい感情ならなんでも、好ましかろうが嫌なものだろうが、たとえば嬉しさだろうが悲しみだろうがね」とバルガスは少年に説明したのだが、つぎの答えはフワン・ディエゴの夢には出てこなかった。「性行為の最中にだって死んでいる」とバルガスは言ったのだ。エドワード・ボンショーのほうを向いて、バルガス医師は言った。「宗教的な情熱の高ぶりでさえね」

「自分を鞭打つのはどうなんですか？」ぺぺ修道士が例の半分無邪気で半分いたずらっぽい口調で訊ねた。

「確認されてはいませんね」科学者は賢い答え方をした。

ホールインワンを打って死んだゴルファーたちもいる。ワールドカップでのドイツのサッカーチームの試合中、尋常ならざる数のドイツ人が突然の心臓死に見舞われる。妻の死後たった一日か二日後に男たちが。夫を、死別に限らず失った女たちが。子供を失った親たちが。彼らは皆、悲しみによる突然死だ。命取りになる心拍リズムの異常をもたらすこうした心の状態のことは、フワン・ディエゴの夢から漏れていた。

しかしリベラのトラックの音——あのリベラがバックしているときのバックギアが立てる独特の音——はフワン・ディエゴの夢にこそこそと入りこんできた。きっとボホールへ着陸する飛行機の着陸脚が機体から下ろされた瞬間だろう。夢はこういうことをする。ローマ・カトリック教会のように、夢は物事を取りこむ。夢は本当は自分のではないものをちゃっかり手に入れてしまう。

夢にとっては同じことなのだ。フィリピン航空177便の着陸脚がきしむ音も、リベラのトラックがバックするときの音も。オアハカの死体保管所の腐ったようなにおいが、マニラからボホールへ向かう短い飛行中のフワン・ディエゴの夢のなかへどうやって侵入してきたかについては——いや、なにもかも説明がつくわけではない。

リベラは死体保管所の積み下ろし場所を知っていた。解剖医者のことも知っていた——アンフィテアトロ・デ・ディセクシオン（解剖室）で遺体を切り開く監察医だ。ダンプ・キッド兄妹に言わせれば、エスペランサに検死解剖の必要はまったくなかった。聖処女マリアに脅かされて死んでしまったのだし——さらに言えば——マリア・モンスターは故意にそうしたのだ。

リベラはエスペランサの遺体の様子についてルペに心の準備をさせておこうと最善を尽くした——解剖で（首から鼠蹊部まで）切り開いて縫い合わせた痕が胸骨に沿って真っ直ぐ下へ走っていた。だがルペは、解剖を待つ引き取り手のない遺体の山や、解剖済みのエル・グリンゴ・ブエノの遺体に対する心の準備はできていなかった。彼の広げられた白い両腕（まるで磔にされていた十字架から下ろされたばかりであるかのように）は、まわりのもっと浅黒い肌の遺体のなかでくっきりと目立っていた。

グッド・グリンゴの解剖の痕は生々しく、縫合されたばかりで、頭のあたりにも傷があった――イバラの冠でできそうな傷よりもひどかった。グッド・グリンゴの戦いは終わったのだ。ヒッピー青年の見捨てられた遺体を目にしたのは、ルペとフワン・ディエゴにはショックだった。エル・グリンゴ・ブエノのキリストのような顔はようやく安らいでいたが、美しい青年の青白い体に彫られたキリストのタトゥーもまた、監察医のメスで傷つけられていた。

母親とグッド・グリンゴは、解剖室に並ぶなかでもっとも美しい死体であるのがルペにはわかった。とはいえ、二人とも生きていたときのほうがもっとずっと見栄えがよかったが。

「エル・グリンゴ・ブエノも連れて帰ろう――あたしたちで焼くって約束したでしょ」とルペはフワン・ディエゴに言った。「母さんといっしょに焼こう」

リベラは自分とダンプ・キッド兄妹にエスペランサの遺体を引き渡してもらうよう解剖医者に話をつけていたのだが、フワン・ディエゴがルペの要望――彼女は死んだヒッピーも欲しがっている――を通訳すると、監察医はかっとなった。

逃亡者のアメリカ人は犯罪捜査と絡んでいた。ホテル・ソメガの誰かが警察に、ヒッピーがアルコール中毒で死んだと通報したのだ――ある娼婦が、青年が自分の上に乗っかったまま「ただ死んだ」と主張した。だが解剖医者の所見は違った。エル・グリンゴ・ブエノは殴り殺されたのだ。酔っぱらってはいたが、アルコールのせいで死んだのではなかった。

「彼の魂は故郷へ飛んで帰らなくちゃならない」とルペは言い続けていた。「ラレドの街中へ歩いていくと」と、ルペは突然歌った。「ある日、ラレドの街中へ歩いていくと――」

「その子は何語で歌ってるんだ？」監察医はリベラに訊ねた。

「警察は何もしやしない」とリベラは監察医に言った。「ヒッピーが殴り殺されたとさえ言わないよ。アルコール中毒だって言うだろう」

監察医は肩をすくめた。「ああ、もうそう言ってるよ」と医師は答えた。「このタトゥー坊やは殴られたんだって言ってるのに、警官たちは、胸に収めといてくれってさ」

「アルコール中毒だ――それで片づけるつもりなんだ」とリベラは言った。

「今大事なのはただひとつ、グッド・グリンゴの魂よ」ルペは言い張った。フワン・ディエゴはこれを通訳すべきだと考えた。

「だけど、もしも彼の母親が遺体を返してもらいたがったら？」ルペがエル・グリンゴ・ブエノの魂のことで何を言ったかを説明したあとで、フワン・ディエゴはそう付け加えた。

「母親は遺灰を要求している。我々はふつうそういうやり方はしないんだが、たとえ外国人の場合であろうと」と医師は答えた。「バスレーロで遺体を焼くことはぜったいにしない」

リベラは肩をすくめた。「灰を一部分けるよ」とリベラは医師に言った。

「遺体は二つあるから、僕たちは遺灰の半分をもらいます」フワン・ディエゴも言った。

「あたしたち、遺灰をメキシコシティへ持っていく――バジリカ・デ・ヌエストラ・セニョーラ・デ・グアダルーペ（グアダルーペ寺院）で、あたしたちの聖処女の足元に撒くの」ルペは言った。

「二人の遺灰は、鼻なし性悪マリアにはぜったいに近づけない！」とルペは叫んだ。

「その女の子の言葉は独特だね」と監察医は言ったが、フワン・ディエゴは、グッド・グリンゴとエスペランサの遺灰をメキシコシティのグアダルーペの聖母の足元に撒くなどという、ルペのまともでない話は通訳しなかった。

たぶん年若い女の子がその場にいたせいだろう、リベラはエスペランサとエル・グリンゴ・ブエノをべつべつの遺体袋に入れてくれと要求した。フワン・ディエゴとリベラは監察医が遺体を袋に入れるのを手伝った。この陰鬱な一時、ルペはほかの遺体に目をやった。解剖の済んだものと解剖を待っているもの——彼女にとってはどうでもいい遺体だ、つまりは。フワン・ディエゴの耳にリベラのトラックの後ろでディアブロが吠えたり唸ったりしているのが聞こえた。犬には、死体保管所の周囲の大気が汚れているのがわかるのだ。アンフィテアトロ・デ・ディセクシオン（解剖室）のなかは死体のにおいがした。

「彼の母親はなんだって、まずは息子の遺体を見たいと思わないわけ？　どこの母親が、代わりに愛しい息子の遺灰をほしがったりできるのよ？」とルペは言っていた。答えを期待していたわけではない——結局のところ、ルペは火葬をよしとしていたのだ。

エスペランサは火葬を望んではいなかったかもしれないが、ダンプ・キッド兄妹はともかくそうするつもりだった。彼女のカトリック教徒的情熱を考えると（エスペランサは告解が大好きだった）、ゴミ捨て場での火葬は選ばなかったかもしれないが、死者が生前に指示を残していなかった場合（エスペランサは残していなかった）、遺体の処理法を決めるのは子供たちだ。

「火葬をよく思わないだなんて、カトリック教徒はどうかしてる」とルペはわけのわからない言葉で言った。「何か焼くのにゴミ捨て場ほどいい場所はない——見渡すかぎり黒い煙が立ち昇って、ハゲワシが風景を過る」ルペは解剖室のなかで目を閉じ、醜いコアトリクエ地母神をまだそれとわかるほど膨らんではいない胸に抱きしめていた。「鼻を持ってるんでしょ？」ルペは目を開きながら、兄に問いかけた。

「うん、もちろん持ってる」とフワン・ディエゴは答えた。彼のポケットは膨らんでいた。

「その鼻も火にくべるのよ――念のために」とルペは言った。

「なんの念のためだよ？」フワン・ディエゴは問い返した。「なんで鼻を焼くんだ？」

「ペテン師マリアが何か力を持ってるといけないから――念のためにね」とルペは説明した。

「ラ・ナリース？」リベラが訊ねた。彼は遺体袋を大きな両肩それぞれに担いでいた。「なんの鼻だ？」

「マリアの鼻のことは何も言っちゃだめ。リベラはすごく迷信深いから。自分で見つければいい。つぎにミサへ行くときに鼻なしモンスター聖処女とご対面するだろうから、それか罪を告白しに行くときに。あたし、いつも言ってやるんだけど、あいつは聞こうとしないんだ――あの口ひげが罪だって」とルペはべらべらしゃべった。リベラがじっと耳を傾けているのにルペは気づいていた。ラ・ナリースはエル・ヘフェの注意を引いたのだ――彼はダンプ・キッド兄妹が鼻のことで何を話しているのか突き止めようとしていた。

「六人の陽気なカウボーイに俺の棺を運ばせておくれ」とルペは歌い始めた。「六人の可愛い娘っ子に棺の覆いを持たせておくれ」この場にはカウボーイの挽歌がぴったりだった――リベラは二つの遺体をトラックに運んだ。「棺の上にはバラを敷き詰めておくれ」ルペは歌い続けた。「土塊が落ちてくる音をバラに消してもらうんだ」

「あの女の子には恐れ入るなあ」と監察医がダンプ・ボスに言った。「ロックスターになれるぞ」

「あの子がロックスターになれるだと？」リベラが問い返した。「あの子の言葉がわかるのは兄貴だけなんだぞ！」

「ロックスターが何を歌ってるかなんて、わかるやつはいないさ。歌詞がわかるやつなんかいるのか？」と医師は問い返した。

「そのマヌケな解剖医者が一生死人を相手にしてるのには理由がある」とルペはわけのわからない言葉で言った。だが、リベラはロックスターの話のおかげで鼻のことは忘れてしまっていた。エル・ヘフェが遺体袋を外の積み下ろし場まで運び、それからそっとトラックの荷台にのせると、たちまちディアブロが二体をふんふん嗅ぎまわった。

「ディアブロを遺体の上で転げまわらせるなよ」とリベラはフワン・ディエゴに命じた。ダンプ・キッド兄妹もリベラも、この犬が死骸の上を転げまわるのが大好きなことを心得ていた。フワン・ディエゴはバスレーロまで、エスペランサとエル・グリンゴ・ブエノ、それにもちろんディアブロとともに、トラックの荷台に乗っていくことになった。

ルペはトラックの運転台のリベラの隣に乗りこんだ。

「イエズス会士たちがここへ来るぞ」と監察医はダンプ・ボスに言った。「信徒（フロック）を集めに来るんだ——エスペランサを引き取りに来るぞ」

「母親のことは子供たちが責任を持つ——イエズス会士たちに、ダンプ・キッド兄妹はエスペランサの身内（フロック）なんだぞと言ってやってくれ」リベラは解剖医者にそう告げた。

「あの女の子はサーカスでやっていけるんじゃないか」と監察医は運転台のルペを指差しながら言った。

「なんだって?」リベラは問い返した。

「あの子がしゃべるのを聞くためだけにみんな金を払ってくれるぞ!」と解剖医者は答えた。「あの子は歌う必要さえないだろう」

ゴム手袋をはめ、死と解剖の染みついたこの医者がオアハカ死体保管所での会話のなかにサーカスを持ちだしたことが、このあとフワン・ディエゴの頭から離れなくなった。

「車を出してよ!」フワン・ディエゴはリベラに叫んだ。少年はトラックの運転台を叩いた。リベラは積み下ろし場から車を出発させた。その日は雲ひとつなく、完璧な青空が輝いていた。「その上で転がっちゃだめだぞ——転がるのはなしだ!」フワン・ディエゴはディアブロに叫んだが、犬は荷台に座りこんだまま生きている少年を見つめていて、遺体のにおいを嗅ごうともしなかった。

フワン・ディエゴの顔の涙はたちまち風で乾いてしまったが、風のせいで、トラックの運転台のなかでルペがリベラにしゃべっている言葉は聞き取れなかった。フワン・ディエゴに聞こえたのは妹の声音の予言するような響きだけで、言葉は聞き取れなかった。彼女は何かについて長々としゃべっていた。妹はダーティ・ホワイトのことを言っているのだろうとフワン・ディエゴは考えた。リベラはあのちび犬をゲレロのとある家族にやったのだが、小動物サイズの犬はしょっちゅうエル・ヘフェの小屋へ戻ってきていた——きっとルペを探していたのだ。

この時ダーティ・ホワイトはいなくなっていた。もちろん、ルペはリベラ相手に容赦なくまくしたてた。ダーティ・ホワイトが行きそうなところはわかってる、とルペは言った——彼女が言っているのは、小さな犬が死ぬために行くところ、という意味だった(「子犬の場所」と彼女は呼んでいた)。

ピックアップ・トラックの荷台にいるフワン・ディエゴには、ダンプ・ボスがしゃべっていることの断片だけが聞こえてきた。「そりゃそうかもしれん」とエル・ヘフェはときおり合いの手を入れていた。あるいは「そのとおりだと思うよ、ルペ」とか――ゲレロへ着いて、ぽつぽつと立ち昇る煙がフワン・ディエゴの目に映るまでずっと。それほど遠くないゴミ捨て場では、すでにいくつかの火が燃えていた。

　ルペとリベラの成り立たない会話をよくわからないまま小耳に挟んでいると、フワン・ディエゴはニーニョス・ペルディードス（迷い子）の図書館の防音の施された読書室のひとつで、エドワード・ボンショーと文学を学んだときのことを思い出した。セニョール・エドゥアルドにとって文学を学ぶというのは、音読することだった。アイオワンは彼の言う「大人の小説」をフワン・ディエゴに読み聞かせることから始めた。こうすれば、二人はいっしょにその本が少年の年齢に適切かどうか判定することができる。もちろん、前述の適切か適切でないかについては二人のあいだで意見の相違があった。

「もし僕が本当にその本を気に入ったら？　もしも、この本を読むことを許されたなら読むのを止められないだろうと自分でわかったら？」とフワン・ディエゴは訊ねた。

「それは、その本が適切かどうかということとはまた別だ」とエドワード・ボンショーは十四歳の少年に答えたものだ。あるいは、セニョール・エドゥアルドは音読中にちょっと言葉を切って、宣教師が性的内容を飛ばそうとしていることをフワン・ディエゴに暗に示した。

「セックスシーンを検閲してるね」と少年は言う。

「これが適切かどうか自信がないんでね」とアイオワンは答える。

二人はグレアム・グリーンに落ち着いた。信仰と疑いの問題は、自分を鞭打つ動機はそれだけではないものの、明らかにエドワード・ボンショーの心の中心にあったし、フワン・ディエゴはグリーンの性的テーマが気に入った。作者はどちらかというと性を舞台裏で、あるいは控えめに描く傾向があったが。

勉強は、エドワード・ボンショーがグリーンの小説をフワン・ディエゴに読み聞かせることから始まった。それからフワン・ディエゴが小説の残りを黙読する。最後に、大人の男と少年はその物語について議論を戦わせる。議論の際には、セニョール・エドゥアルドはある一節を引用し、グレアム・グリーンの言わんとするところは、とフワン・ディエゴに訊ねるのを好んだ。

『権力と栄光』のある一文は、その意味するところをめぐって長い議論を引き起こした。その一文について、生徒と教師は対照的な考えを抱いたのだ。それは「子供時代、扉（ザ・ドア）が開いて未来を招じ入れる一瞬がかならずある」という文章だった。

「フワン・ディエゴ、君はこれをどう解釈する？」エドワード・ボンショーは少年に訊ねた。

「我々の未来は子供時代に始まるとグリーンは言っているのかな、そして我々は注意していなくてはならないと――」

「そりゃあ、未来はもちろん子供時代に始まるでしょ――それ以外のどこで始まるの？」とフワン・ディエゴはアイオワンに問い返した。「だけど僕は、未来への扉が開く一瞬がある、なんて言うのは馬鹿げてると思うな。どうしてそんな瞬間がたくさんあっちゃいけないの？　あと、グリーンは扉はひとつしかないって言ってるの？　扉（ザ・ドア）だなんて、たったひとつの扉しかないみたいな書き方してるけど」

「グレアム・グリーンは馬鹿げてなんかいないよ、フワン・ディエゴ！」セニョール・エドゥアルドは叫んだ。狂信者は片手に何か小さなものを握りしめていた。

「その麻雀牌のことは知ってるよ――また見せてくれる必要はないからね」とフワン・ディエゴは神学生に言った。「知ってるよ、知ってるってば――転んで、その小さな象牙と竹の牌で顔を切ったんでしょ。血が流れて、ベアトリスがそれを舐めてくれた――おかげで犬が死んだ、撃ち殺されてね。知ってる、知ってるよ！　だけど、その一瞬のせいで司祭になりたいと思ったの？　セックスなしの人生への扉がベアトリスが撃たれたってだけで開いたわけ？　子供時代にはもっとほかの瞬間だってあったはずだよ。ほかに開けられる扉がいろいろあったはず。いまだって違う扉を開けられるんじゃないの？　あの麻雀牌だけが子供時代と未来じゃなくったっていいじゃない！」

あきらめ。フワン・ディエゴがエドワード・ボンショーの顔に認めたのはそれだった。宣教師は自分の運命に甘んじて身を委ねているように見えた。貞潔誓願、鞭打ち苦行、聖職――これらすべて小さな手に麻雀牌を握って転んだことが原因だと？　可愛がっていた犬が残酷にも撃ち殺されたからといって、自分を鞭打ち、性を否定する人生を送るのか？

今やフワン・ディエゴがリベラの顔に認めたのもあきらめだった。エル・ヘフェは、皆が家族としていっしょに暮らしていたゲレロの小屋へトラックをバックさせていた。ルペと成り立たない会話を交わすのがどんなものか、フワン・ディエゴにはわかっていた――ルペの言うことがわかろうがわかるまいがひたすら耳を傾けるのだ。

ルペは常にこちらが知っている以上のことを知っていた。ルペの言うことは、たいていの場合わけがわからなかったが、ほかの誰も知らないようなことを知っていた。ルペは子供だったが、大人のように論じた。自分には理解できないことさえ口にした。言葉が自分のところへ「ただやってくる」のだとルペは言った、しばしば彼女がその意味にまったく気がつかないうちに。
エル・グリンゴ・ブエノを母さんといっしょに焼いて。聖処女マリアの鼻もいっしょに焼いて。とにかくそうして。遺灰はメキシコシティで撒いて。とにかくそうして。

そして、ひたむきなエドワード・ボンショーがグレアム・グリーン（これまたカトリック教徒で、明らかに信仰と疑いに苦しんでいた）を滔々と語り、扉（ザ・ドア）——クソ忌々しいことにたったひとつしかない扉だ！——が開いてクソ忌々しい未来を招じ入れる瞬間はたった一度しかないと主張していた。

「まったくもう（ジーザス・クライスト）」とフワン・ディエゴはリベラのトラックの荷台から降りながら呟いた（ルペもダンプ・ボスも少年が祈っているとは考えなかった）。

「ちょっと待ってて」ルペは二人に言った。ルペは用ありげに二人のところから離れ、ダンプ・キッド兄妹がかつて家と呼んでいた小屋の裏に姿を消した。おしっこがしたいんだろうとフワン・ディエゴは思った。

「違う、おしっこなんかしたくない！」ルペが大声で言った。「ダーティ・ホワイトを探してんの！」

「あの子はしょんべんしてんのか、それとも、お前らもっと水鉄砲が要るのか？」とリベラが訊ねた。フワン・ディエゴは肩をすくめた。「遺体を焼き始めないとな——イエズス会士たちがバスレーロに来るまえに」とエル・ヘフェは言った。

ルペが死んだ犬を抱いて戻ってきた——子犬だ。ルペは泣いていた。「いつも同じ場所で見つかるの、というか、ほとんど同じ場所で」とルペは泣きじゃくりながら言った。死んだ子犬はダーティ・ホワイトだった。

「お前の母親やヒッピーといっしょにダーティ・ホワイトを焼くのか？」リベラが訊ねた。

「もしもあたしが焼かれるなら、あたしなら子犬といっしょに焼かれたい！」とルペは叫んだ。これは通訳に値するとフワン・ディエゴは思い、そうした。リベラは死んだ子犬には目もくれなかった。エル・ヘフェはダーティ・ホワイトを嫌っていた。ダンプ・ボスはいけ好かない子犬が狂犬病ではなく、ルペに噛みつきもしなかったことに明らかにほっとしていた。

「その犬がもらわれた先でうまくいかなくて残念だったな」少女がまたエル・ヘフェのトラックの運転台に座ると、リベラはルペにそう言った。死んだ子犬はこわばった体でルペの膝に横たわっていた。

　フワン・ディエゴがまたもディアブロや遺体袋といっしょにピックアップ・トラックの荷台に乗りこむと、リベラはバスレーロへ向かった。到着すると、彼はくすぶる山のあいだでいちばん赤々と燃えている炎へとトラックをバックさせた。

　リベラはちょっと急ぎながら、二つの遺体袋を荷台から下ろし、ガソリンを浴びせた。

「ダーティ・ホワイトはずぶ濡れみたいに見えるね」フワン・ディエゴはルペに言った。

「ずぶ濡れだもん」とルペは答え、子犬を地面の、遺体袋の横に寝かせた。リベラは死んだ犬に恭(うやうや)しくガソリンを注いだ。

　エル・ヘフェが二つの遺体袋を、低い炎のなかの真っ赤に燃えているところへ投げ込み、ダンプ・キッド兄妹は炎から目を背けた。とつぜん炎が高く伸びた。炎はそびえ立つ大火となったが、ルペは相変わらず火に背を向けたままだった。リベラは小さな子犬を地獄の業火に投げ込んだ。
「トラックを動かさないとな」とダンプ・ボスは言った。サイドミラーが壊れたままであることに、子供たちはすでに気づいていた。ぜったい修理はしないとリベラは断言した。思い出しては自分を苦しめたいというのだ。

善きカトリック教徒らしく、とフワン・ディエゴは、エル・ヘフェがトラックを火葬の炎の突然の熱波から遠ざけるのを見守りながら思った。

「誰が善きカトリック教徒なのよ？」ルペが兄に訊ねた。

「僕の心を読むのはやめろ！」フワン・ディエゴは妹にぴしゃっと言い返した。

「仕方ないんだもん」と妹は答えた。リベラがまだトラックに乗っているうちに、ルペが言った。

「モンスターの鼻を火にくべるなら今だよ」

「こんなことしてなんの意味があるんだよ」とフワン・ディエゴは言いながらも、聖処女マリアのもげた鼻を大きな炎に投げ込んだ。

「ほうら来たぞ――時間どおりだ」炎からちょっと離れて立っていた兄妹のところへやってきたリベラがそう言った。炎はひどく熱かった。一同の目に、バスレーロに入ってくるペペ修道士のほこりまみれの赤いフォルクスワーゲンが映った。

あとになって、小さなフォルクスワーゲン・ビートルからイエズス会士たちが転がり出てきた様子はサーカスの道化芝居みたいだったと、フワン・ディエゴは思った。ペペ修道士と二人の怒れる司祭――アルフォンソ神父とオクタビオ神父――それに、もちろん口がきけないほど驚いているエドワード・ボンショー。

火葬の炎がダンプ・キッド兄妹を代弁してくれ、子供たちは何も言わなかったが、ルペは歌っても構わないんじゃないかと考えた。「さあ、太鼓をゆっくり打ち鳴らせ、笛を低く吹き鳴らせ」とルペは歌った。「死のマーチを演奏しながら俺を運んでくれ――」

「エスペランサは望まなかっただろう、火――」とアルフォンソ神父が言いかけたが、ダンプ・ボスが遮った。

「あれの子供たちがそう望んだんです、神父様――そんなわけで」とリベラは言った。

「僕たちは愛するものをこうするんです」とフワン・ディエゴが説明した。

ルペは穏やかに微笑んでいた。立ち昇る煙の柱が遠くまで流れていき、ハゲワシが何羽かずっと空を舞っているのを見つめていた。

「俺を谷間へ運んでいって、土をかぶせておくれ」とルペは歌った。「俺は若いカウボーイで、まずいことをやっちまったんだから」

「この子たちはこれで孤児ですね」とセニョール・エドゥアルドが言っていた。「この子たちのことはこれまで以上に、間違いなく私たちの責任です。そうですよね?」

ペペ修道士はアイオワンの言葉にすぐさま答えようとはせず、二人の老司祭は顔を見合わせただけだった。

「グレアム・グリーンならなんて言うかな?」フワン・ディエゴはエドワード・ボンショーに問いかけた。

「グレアム・グリーンだって!」アルフォンソ神父が叫んだ。「エドワード、この子がグ、、リ、、ーンを読んでいるだなんて言わないでくれたまえ――」

「なんと不適切な！」とオクタビオ神父も言った。

「グリーンは年齢的に不適切だ――」とアルフォンソ神父が言いはじめたが、セニョール・エドゥアルドは聞こうとはしなかった。

「グリーンはカトリック教徒ですよ！」とアイオワンは叫んだ。

「良き信徒ではないよ、エドワード」オクタビオ神父が返した。

「これがグリーンの言うひとつの瞬間なの？」フワン・ディエゴはセニョール・エドゥアルドに訊ねた。「これが未来への扉（ザ・ドア）が開くってことなのかな――ルペと僕にとっての？」

「この扉はサーカスへと開いてる」とルペが言った。「それがつぎに起こること――あたしたちはそこへ行くの」

フワン・ディエゴはもちろんこれを通訳し、それからエドワード・ボンショーに訊ねた。「これが僕たちのたったひとつの瞬間なの？　これが未来へのたったひとつの扉？　これがグリーンの言ってること？　子供時代はこうやって終わるの？」アイオワンは懸命に考えこんでいた――かつてなかったほど懸命に。そしてエドワード・ボンショーはじつに思慮深い男だった。

「そう、そのとおり！　まさにそのとおり！」ルペがいきなりアイオワンに言った。少女はセニョール・エドゥアルドの手に触れた。

「妹はそのとおりだって言ってる――その考えであってるって」フワン・ディエゴは、燃え上がる炎をずっと見つめているエドワード・ボンショーに説明した。

「彼、あのかわいそうな徴兵逃れの遺灰は故郷へ帰るんだ、悲しみにくれる母親のところへ帰るんだって考えてる、娼婦の遺灰といっしょにね」とルペは言った。フワン・ディエゴはこれも通訳した。

　とつぜん、火葬の炎からシューシューいう耳障りな音があがり、明るいオレンジ色と黄色のなかから薄いブルーの炎が燃え上がった。まるで何らかの化学物質に火がついたか、あるいはもしかして溜まったガソリンに引火したかのように見えた。

「たぶんあの子犬だろう――びしょ濡れだったからな」全員が激しいブルーの炎に目を向けたときにリベラが言った。

「子犬だって！」エドワード・ボンショーが叫んだ。「君たちは犬を、お母さんやあの仲良しのヒッピー坊やといっしょに焼いたのか？　二人を焼く炎のなかで犬も焼いたとは！」

「誰もが子犬といっしょに焼いてもらえるほど幸運だといいんだけどね」とフワン・ディエゴはアイオワンに言った。

　シューシュー音をたてて燃える青い炎は皆の注意を引きつけていたが、ルペは両腕を伸ばして兄の顔を自分の口元へ引き寄せた。フワン・ディエゴは妹がキスするつもりなのかと思ったが、ルペは兄の耳に囁きたかったのだった。たとえ聞こえたとしても彼女が何を言っているかほかの誰にもわからなかっただろうが。

「ぜったいびしょ濡れの子犬だな」とリベラが言っていた。

「ラ・ナリース」とルペは兄の鼻に触りながらその耳に囁いた。ルペがそう言ったとたん、シューシューいう音が止んだ――青い炎は消えた。シューシューいう青い炎は確かにあの鼻だったんだ、とフワン・ディエゴは思った。

　フィリピン航空177便がボホールに着陸する振動にも、彼は目覚めなかった。あたかも、自分の未来が始まるときの夢からフワン・ディエゴを目覚めさせることができるものなど何もないといわんばかりに。

16 百獣の王

フィリピン航空177便のコックピットのドアのところで何人かの乗客が立ち止まって、窓側の席でぐったりしているかなり年配らしき褐色の肌の紳士が気になると客室乗務員に告げていた。「死んだように眠っているか、それともただ死んでるかどっちかだ」乗客のひとりは乗務員に、土地の言葉と簡潔さとがごっちゃになった言い方で説明した。

フワン・ディエゴは確かに死んでいるように見えたが、彼の思いはうんと遠くの高いところ、オアハカのバスレーロ上空に漏斗状に漂う煙の先端にあった。心のなかでだけとはいえ、彼は市の境目まで見晴らせるハゲワシの視野を得ていた――サーカス会場があるシンコ・セニョーレスが、シルコ・デ・ラ・マラビージャ（驚異のサーカス）の遠いけれど色鮮やかなテントが見晴らせる。

コックピットから救急医療隊に連絡がいった。乗客全員が飛行機を降りきってしまうまえに、救急隊員が駆けつけてきた。さまざまな救命法が施される直前に、救急隊員のひとりがフワン・ディエゴがちゃんと生きていることに気づいたが、病人であるらしいこの乗客の機内持ち込み手荷物の中身はすでに調べられていた。いちばんに注目されたのは処方薬だった。ベータ遮断薬は、持ち主が心臓に問題を抱えていることを示唆していた。硝酸薬と併用してはならないという注意書きが印字されたバイアグラを見て、救急隊員のひとりがフワン・ディエゴにかなり切迫した様子で硝酸薬を服用したかどうか訊ねた。

　フワン・ディエゴは硝酸薬が何か知らなかっただけではなかった。彼の心は四十年まえのオアハカにいて、ルペが耳元で囁いていたのだ。

「ラ・ナリース」とフワン・ディエゴは気を揉む救急隊員に低い声で答えた。隊員は若い女性で、スペイン語が少しわかった。

「あなたの鼻ですか？」と若い救急隊員は問い返した。はっきり示そうと、彼女は訊ねながら自分の鼻を触ってみせた。

「息ができないんですか？　息がしづらいんですか？」べつの救急隊員が訊ねた。その男も自分の鼻に触った。呼吸を表そうとしたのだろう。

「バイアグラを飲むと息苦しくなることがあるんです」三人目の救急隊員が言った。

「いや、私の鼻じゃない」フワン・ディエゴは笑った。「聖処女マリアの鼻の夢を見ていたんだ」と彼は救急隊員たちに話した。

　これは有益ではなかった。聖処女マリアの鼻などというまともとは思えない話のおかげで、医療スタッフたちは本来続けるべき質問の流れから気をそらされてしまった――つまり、フワン・ディエゴが処方されているロプレッサーの服用量を勝手に変えていたのかどうかということだ。とはいえ救急隊員たちのみるところ、この乗客の生命徴候は問題なかった。着陸時の騒ぎ（泣いている子供たち、わめく女性たち）のあいだ眠っていたというのは、医学的な問題ではなかった。

「あの人、死んでいるみたいに見えたんです」客室乗務員は耳を傾けてくれる相手なら誰にでもそう言い続けた。だがフワン・ディエゴは不安定な着陸のことは記憶になかった。泣きじゃくる子供たちのことも、自分たちはきっと死んでしまうのだと思って泣き叫ぶ女たちのことも。聖処女マリアの鼻の奇跡（あるいは奇跡じゃないかも）がフワン・ディエゴの関心を完全に捉えていたのだ、昔もそうだったように。彼の耳に聞こえるのは青い炎がシューシューいう音だけで、それはさいしょに現れたときと同様とつぜん消えてしまった。

救急隊員たちはフワン・ディエゴのところに長居はしなかった。必要とされていなかったのだ。一方、鼻の夢を見る男の友人であり元教え子でもある男は、恩師がどうかしたのではないかと訊ねる携帯メールを繰り返しよこしていた。

フワン・ディエゴは知らなかったが、クラーク・フレンチは有名作家だった——少なくともフィリピンでは。フィリピンにはカトリック教徒の読者が多く、信仰や信念を扱った元気の出る小説は、アメリカやヨーロッパにおけるその手の小説への反応と比べてより歓迎されるからだ、と言ってしまうのは安直にすぎよう。確かに一部は真実だが、クラーク・フレンチはマニラの名家の出であるフィリピン女性と結婚した——キンタナという名前は医学界では名高かった。このおかげでクラークは、自分の国よりもフィリピンで広範に読まれる作家となったのだ。

片やクラークのかつての師であるフワン・ディエゴは、なおもこの元教え子のことを、保護してやる必要があると思っていた。フワン・ディエゴの知っているこの若い作家の評価はといえば、アメリカでの見下すような書評だけだった。そして、フワン・ディエゴとクラークのやり取りは電子メールだったので、クラーク・フレンチがどこに住んでいるか、フワン・ディエゴは大雑把な概念しか持っていなかった――すなわち、フィリピンのどこかだ。

クラークはマニラに住んでいた。妻のホセファ・キンタナ医師はクラークのいう「赤ん坊医者」だった。キンタナ医師はカーディナル・サントス病院――「フィリピン有数の病院のひとつ」とクラークは好んで口にした――のお偉方であることをフワン・ディエゴは知っていた。私立病院ですよ、とビエンベニードはフワン・ディエゴに話した――カーディナル・サントスを、ビエンベニードが軽蔑口調で呼ぶ「汚らしい公立病院」と区別して。フワン・ディエゴはカトリックの病院として記憶していた――カトリックという要因は、彼にとっては、「赤ん坊医者」だというクラークの妻が小児科医なのか産婦人科医なのかわからない苛立ちと混じり合っていた。

フワン・ディエゴは大人になってからはずっと同じ大学町で暮らしており、アイオワシティにおける作家としての生活は（これまで）、たったひとつの大学で教師を務めるという生活と一体となっていたので、クラーク・フレンチは別種の作家――どこでも、というか、いたるところで暮らせる作家――だということに気づいていなかった。

フワン・ディエゴはクラークがどの文芸フェスティバルにも現れるタイプの作家だということはちゃんと知っていた。クラークは作家生活の書くこと以外の部分――執筆について語る部分を好んでいる、というか得意としているように思われた。フワン・ディエゴ自身は好きではなく、苦手な部分だ。じつのところ、歳を取るにつれてますます、書くこと（執筆を行う部分）だけが、フワン・ディエゴにとっての作家生活の楽しみとなっていた。

クラーク・フレンチは世界じゅうを旅行していたが、マニラこそクラークの家だった――ともかくも本拠地だった。クラークと妻のあいだに子供はいなかった。彼が旅行ばかりしているからだろうか？　妻が「赤ん坊医者」で子供をいやというほど見ているから？　それとも、ホセファ・キンタナが別種の「赤ん坊医者」だとしたら、産婦人科関連の恐るべき合併症をあまりにもいろいろ見過ぎているせいかもしれない。

子なし状況の理由がなんであれ、クラーク・フレンチはどこででも書けるし書いているタイプの作家で、重要な文芸フェスティバルや作家会議で彼が赴いたことのないものはひとつもなかった。作家としての公的側面が彼をフィリピンに押しとどめてはおかなかった。クラークがマニラに「帰宅する」のは、妻がいるからだった。彼女にはちゃんとした仕事があった。

おそらく、彼女が医者で、あのような著名な医者一族の出——フィリピンの医療関係者の大半が彼女の名を知っていた——だったので、飛行機でフワン・ディエゴを診察した救急隊員たちはいささか油断していたのかもしれない。隊員たちはホセファ・キンタナ医師に自分たちの医学的（そして非医学的）所見を詳しく話した。クラーク・フレンチも妻のすぐ隣に立って、耳を傾けた。

眠れる乗客はぼうっとしているように見えた。件の男性客は、自分が死んだように眠りこけていたという話を笑って退け、聖処女マリアの夢にすっかり夢中になっていたのだと説明した。

「フワン・ディエゴはマリアの夢を見ていたのかい？」クラーク・フレンチが口を挟んだ。

「マリアの鼻だけです」と救急隊員のひとりが答えた。

「聖処女の鼻！」クラークは叫んだ。彼は妻にフワン・ディエゴの反カトリシズムを覚悟しておくよう話してあったが、聖母マリアの鼻についての悪趣味な冗談は、恩師が低レベルなカトリック・バッシングに身を落としたことをクラークに示していた。

救急隊員たちはキンタナ医師に、バイアグラとロプレッサーの処方薬のことを知らせておくべきだと考えた。ホセファはクラークに、ベータ遮断薬の働きについて詳しく説明しなければならなかった。ロプレッサー錠のよく見られる副作用のためにバイアグラが「必要」だったのかもしれないと彼女が付け加えたのは、まったく正しかった。

「機内持ち込み手荷物のなかには小説もありました――すくなくとも私は小説だったと思います」救急隊員のひとりが言った。

「どんな小説？」クラークが熱心に訊ねた。

「ジャネット・ウィンターソンの『情熱（パッション）（邦題：『ヴェネツィア幻視行』）』です」と隊員は答えた。「宗教的な感じのタイトルですね」

若い女性隊員が用心深く口を挟んだ（彼女は小説をバイアグラと結び付けようとしていたのかもしれない）。「ポルノみたいに聞こえますけど」と彼女は言った。

「違う、違う――ウィンターソンは純文学だよ」とクラーク・フレンチが否定した。「レズビアン小説だけど純文学だ」と彼は付け加えた。クラークはその小説は知らなかったが、レズビアン絡みだろうと推測した――ウィンターソンはレズビアンの尼僧たちの修道会をめぐる小説を書いたのだろうかと彼は考えた。

救急隊員たちが立ち去ると、クラークと妻だけになった。かなり時間が経っていたが、二人はそのままフワン・ディエゴを待ち続け、クラークは恩師のことを心配した。

「僕の知る限りでは、彼はひとり暮らしだ――ずっとひとりで暮らしてきた。いったいバイアグラをどうするんだろう？」クラークは妻に問いかけた。

ホセファは産婦人科医だった（彼女はその類の「赤ん坊医者」だった）。バイアグラについては知識が豊富だった。何人もの患者からバイアグラのことを訊かれていた。夫が、恋人が服用している、あるいは、使ってみたいと思っている、と。そして女たちはキンタナ医師にバイアグラが相手の男たちにどんな影響をもたらすのか説明を求めた。女たちは真夜中に襲いかかられるのだろうか、あるいは、朝、ちょっとコーヒーを淹れようとしているときにのしかかられるのだろうか――トランクから食料品を取り出そうと身をかがめたとたん、固い車体に押し付けられてヤられるのだろうか？

ホセファ・キンタナ医師は夫に言った。「ねえ、クラーク、あなたの昔の先生は誰かといっしょに暮らしていたわけじゃないかもしれないけれど、もしかして勃起はしたいと思っているんじゃないかしら――ね？」

ちょうどそのとき、フワン・ディエゴが足を引きずりながら現れた。ホセファが先に彼に気づいた――著作のジャケットの写真で見覚えがあったし、それにクラークから足を引きずることを聞いていた（もちろん、クラーク・フレンチは歩き方のことを大げさに話していた――作家とはそうしたものだ）。

「なんのために？」クラークが妻である医師にそう訊ねるのがフワン・ディエゴの耳に聞こえた。奥さんはちょっときまり悪そうな顔をしているな、とフワン・ディエゴは思った。だが彼女は作家に手を振ってにっこりした。彼女は非常に感じよく見えた。その笑顔は偽りのないものだった。

クラークが振り向いて師に目をとめた。クラークの顔に広がった少年っぽい笑顔には、同時に罪の意識を漂わせた狼狽もあり、何かやったか言ったかしたところを見つかってしまった、みたいな感じだった（この場合は、彼の恩師はもしかしたら勃起はしたいと思っていたのではないかという妻の専門家としての意見に対して「なんのために？」などというマヌケな返事をしたことによるものだった）。

「なんのために？」ホセファは小声で夫に繰り返し、それから手を差し伸べてフワン・ディエゴと握手した。

クラークはにやにやするのをやめられなかった。今や彼はフワン・ディエゴの巨大なオレンジ色の不様なバッグを指差していた。「ほらね、ホセファ——フワン・ディエゴは小説を書くためにうんと調べ物をするって話しただろ。資料をぜんぶ持ってきたんだ！」

昔ながらのクラーク、憎めないが気恥ずかしくなる男だ、とフワン・ディエゴは思った。それから気を引き締めた。これからクラークのスポーツ選手並みの抱擁で押し潰されることになる。

ウィンターソンの小説に加えて、フワン・ディエゴの機内持ち込み手荷物には罫線のあるノートも入っていた。そこには執筆中の小説のためのメモが記されていた——フワン・ディエゴは常に小説を書いていた。二〇〇八年の二月に翻訳版のためのツアーでリトアニアへ行って以来ずっと次の小説を書いていたのだ。とりかかってからほぼ二年経っていた。フワン・ディエゴはあと二、三年かけるつもりでいたのではないか。

初のリトアニア旅行として首都ヴィリニュスへ行ったのだが、彼の作品があの国で翻訳出版されるのはそれが初めてではなかった。彼は発行人や翻訳者といっしょにヴィリニュス・ブックフェアへ行った。フワン・ディエゴはステージの上でリトアニア人女優からインタビューを受けた。女優自身がいくつか素晴らしい質問をしたあと、彼女は聴衆から質問を募った。千人規模の人が集まっていて、多くは若い学生だった。合衆国での似たようなイベントでフワン・ディエゴがいつも遭遇する聴衆よりも数が多く、知識があった。

ブックフェアのあと、彼は発行人や翻訳者といっしょに古い町のとある書店でのサイン会へ出掛けた。リトアニア人の姓は難しかった——だが、たいてい名前のほうはそうでもなかった。そこで、フワン・ディエゴは読者の名前だけを書くことになった。たとえば、ブックフェアで彼のインタビューを行った女優はダリアだった——とても簡単だ、だが苗字のほうはもっとずっと大変だった。発行人はラサ、翻訳者はダイヴァだったが、二人の苗字のほうは英語やスペイン語の響きではなかった。

皆、とても思いやりがあり、若い書店主も同じだった。英語での会話には四苦八苦していたが、彼はフワン・ディエゴが書いたものをすべて読んでいて(リトアニア語で)、大好きな作家に休みなく話しかけた。

「リトアニアは再誕生国です——私たちはあなたの生まれたばかりの読者なんです!」と彼は叫んだ(翻訳者のダイヴァが若い書店主の言わんとするところを説明してくれた。つまり、ソ連人が出ていって以来、人々はより多くの本を自由に読めるようになっている——とりわけ外国の小説を)。

「私たちは目を覚まし、あなたのような人が以前から存在していたことに気づいたんです!」若い書店主は両手を揉み合わせながら大声で言った。フワン・ディエゴは大いに感動した。

途中で、ダイヴァとラサはきっと婦人用トイレへ行ったのだろう——あるいは熱狂的な書店主の相手をちょっとひと休みしたかっただけだったのか。書店主の名前はあまり簡単ではなかった(ギンタラスみたいな感じだったか、それともアルヴィダスだったかもしれない)。

フワン・ディエゴは書店の掲示板を見ていた。女性たちの写真があって、その横には著者名リストのようなものが添えられていた。写真の女性たちの電話番号らしき数字もあった。この女性たちはブッククラブのメンバーだろうか？　著者名の多くはフワン・ディエゴも知っているもので、彼自身の名前もあった。皆フィクション作家だった。もちろんあれはブッククラブだ、とフワン・ディエゴは考えた――写真のなかに男はひとりもいなかった。

「あの女性たちは――小説を読んでいるんですね。ブッククラブのメンバーですか？」フワン・ディエゴはその場を離れない書店主に訊ねた。

青年はぎょっとした顔つきになった――質問が理解できなかったか、それとも自分が言いたいことをどう英語で表せばいいのかわからなかったものか。

「皆、絶望した読者です――ほかの読者と会ってコーヒーとかビールを飲みたがっています！」ギンタラスあるいはアルヴィダスは叫んだ。きっと絶望したという言葉は彼が言いたかったものではなかったのだろう。

「デートってことですか？」とフワン・ディエゴは問いかけた。まさにじーんとくる話だった。自分が読んだ本のことを話し合うために男との出会いを求めている女たち！　そんなことを耳にするのは初めてだった。「交際相手紹介みたいなものですか？」どんな小説が好きかということを基準にした出会いの仲介とはな！　とフワン・ディエゴは思った。だが、この可哀そうな女性たちは小説を読む男なんてものを見つけられるのだろうか？（フワン・ディエゴには見つかるとは思えなかった）

「通販花嫁です！」若い書店主は切り捨てるように言い、掲示板に向かって、あんな女たちはまともに考えるに値しないということを示す仕草をした。

フワン・ディエゴの発行人と翻訳者が彼のそばに戻ってきたが、フワン・ディエゴはすでに写真の女たちのひとりを慕わしげに見つめていた――フワン・ディエゴの名前を自分のリストのトップにあげている女性だった。彼女は愛らしかったが、愛らしすぎはしなかった。ちょっと悲しそうに見えた。心に染みつくような目の下には黒っぽい隈ができていた。髪はなんとなくおざりにされている感じだった。彼女の暮らしには、読み終わった素晴らしい小説について語る相手がいないのだ。彼女の下の名前はオデタといった。苗字は十五文字の長さだったはずだ。

「通販花嫁？」フワン・ディエゴはギンタラスだかアルヴィダスだかに問い返した。「きっと彼女たちは――」

「死んでいるような哀れなレディーたちです、本物の男との出会いの代わりに小説の登場人物とカップルになっている！」書店主は叫んだ。

それだったのだ――新しい小説のひらめきは。読んだ小説によって自分を売り込む通販花嫁たち――よりにもよって、書店で！　そのアイディアはタイトルとともに生まれた。『リトアニアを離れる一度だけのチャンス』。まさかなあ、とフワン・ディエゴは思った（新しい小説を思いつくときはいつもこうなのだ――さいしょはいつだって、まるで駄目なアイディアのように思える）。

ちなみに、当然のことながら、すべて思い違いだった――単なる言葉の取り違えだった。ギンタラスあるいはアルヴィダスは自分の言わんとするところを英語で表現できなかった。フワン・ディエゴの発行人と翻訳者は笑いながら書店主の間違いを説明した。

「ただの読者集団です——女性ばかりの」とダイヴァはフワン・ディエゴに言った。

「お互いに会うんです、女性どうしでね、コーヒーとかビールを飲みながら、ただ自分の好きな作家の話をするんです」とラサは説明した。

「即席のブッククラブみたいなもんです」とダイヴァが話した。

「リトアニアには通販花嫁はいません」ラサが言明した。

「通販花嫁もきっと多少はいるんじゃないですか」とフワン・ディエゴは言ってみた。

翌朝、泊まっていた発音しにくい名前のホテル、スティクレイで、フワン・ディエゴはヴィリニュスのインターポールから来た婦人警官に引き合わされた。ダイヴァとラサが彼女を見つけてホテルへ連れてきたのだ。「リトアニアには通販花嫁はひとりもいません」と婦人警官は彼に言った。

婦人警官はコーヒーの一杯も飲んでいかなかった。フワン・ディエゴには彼女の名前は聞き取れなかった。婦人警官の気骨は、サーファーブロンドに染めてサンセット・オレンジのメッシュを入れた髪ではごまかせなかった。どれほど、どんな色に染めようが、彼女の正体は隠せなかった。プレイガールではなく、生真面目な警官だ。リトアニアの通販花嫁の小説なんかぜったい書かないでくださいね、というのが厳格な婦人警官のメッセージだった。それでも、『リトアニアを離れる一度だけのチャンス』は潰えなかった。

「養子はどうなんですか?」フワン・ディエゴはダイヴァとラサに訊ねた。「孤児院とか、養子斡旋業者とかは——養子斡旋の国営事業がきっとあるんじゃないかな、子供の権利のための国営事業とか? 子供を養子に出す必要があったりそう望んだりしている女の人はどうです? リトアニアはカトリックの国ですよね?」

彼の小説を何冊も翻訳しているダイヴァは、フワン・ディエゴを非常によく理解していた。「子供を養子に出す女性たちは書店で自分を売りこんだりしません」と彼に笑顔を向けながらダイヴァは答えた。

「ただのきっかけです」と彼は説明した。「小説はどこかで始まる。小説は書き直しをくぐり抜けます」彼は書店の掲示板のオデタの顔を忘れてはいなかったが、『リトアニアを離れる一度だけのチャンス』は、今では違う小説になっていた。子供を養子に出そうとしている女はまた読書家でもあった。彼女はほかの読書家たちに会いたいと思っていた。彼女はただ小説を、小説の登場人物たちを、それ自体のためだけに愛しているわけではなかった。彼女は過去の生活を、子供も含めて捨ててしまいたいと思っていた。男との出会いなど考えてはいなかった。

だが、リトアニアを離れる一度だけのチャンスというのは誰のチャンスなのだろう？　彼女のだろうか、それとも彼女の子供の？　養子縁組の過程で物事が悪い方向へ進むこともあり得る、とフワン・ディエゴは承知していた——小説のなかだけではなく。

ジャネット・ウィンターソンの『情熱（パッション）』はといえば、フワン・ディエゴはこの小説が大好きだった。二、三回読み返していた——繰り返しその本に戻っていた。あれはレズビアンの尼僧たちの修道会をめぐる小説ではなかった。歴史とマジックについて書かれていて、ナポレオンの食習慣とか足に水かきがある娘——彼女は異性装者（トランスヴェスタイト）でもあった——が出てきた。満たされない愛と悲しみについての小説だった。クラーク・フレンチが書きそうな元気の出るものではなかった。

そしてフワン・ディエゴは『情熱（パッション）』の途中の好きな一文をマーカーで塗っていた。「宗教は恐怖とセックスのあいだにある」あの一文はかわいそうなクラークを挑発したことだろう。

ボホールの大晦日の午後五時になろうとするころ、フワン・ディエゴは足を引きずりながら粗末な空港を出てタグビララン市の喧騒のなかへと踏み込んだ。バイクと原付が走りまわる荒れ果てた都市という印象だった。フィリピンの地名には難しいものがやたら多く、フワン・ディエゴには区別ができなかった——島々に名前があり、それぞれの市に名前があり、もちろんその市のなかの地域にも名前がある。ややこしかった。そしてタグビララン市でもまた、今ではお馴染みになった宗教的なジープニーが数多く走っていたが、それに混ざって改造された芝刈り機または過給機付きゴルフカートに似た手作りの乗り物もあった。自転車も多く、もちろん徒歩の人々もたくさんいた。

クラーク・フレンチはフワン・ディエゴの巨大なバッグを雄々しく頭の上まで持ち上げた——背の高さが自分の胸までもない女たちや小さな子供たちに配慮してのことだ。あのオレンジ色の邪魔物は女子供を押し潰してしまう。彼らの体の上をごろごろ転がっていきかねなかった。しかしクラークは、騒々しい男たちの群れのなかをランニングバックさながらに突っ切っていくのはためらわなかった——小柄な浅黒い体がつぎつぎとクラークの通り道から身を引いたり、クラークに押しのけられたりした。クラークは雄牛だった。

ホセファ・キンタナ医師は人ごみを縫って夫について行くすべを心得ていた。彼女は小さな片手をクラークの幅広い背中にずっと押し当てていた。もう片方の手はしっかりとフワン・ディエゴを摑んでいた。「心配しないでください——運転手がいるんです、どこかに」と彼女は言った。「クラークはね、本人はそうしたいって言うんですけど、なんでも自分がやる必要はないんです」フワン・ディエゴはすっかり彼女に惹きつけられてしまった。彼女には裏がなく、彼女こそ一家の頭脳でありまた良識なのだという気がした。クラークは本能で動く人間だった――利益であると同時に不利益でもあった。

ビーチリゾートは運転手を提供していた。野生児みたいな顔つきの少年で、車を運転するには若すぎるように見えた――だが彼は職務に熱心だった。車が市の外に出ると、道路を歩く人の群れはそれほど多くなくなったが、行きかう乗り物は今や幹線道路のスピードで疾走していた。山羊や牛が道端に繋がれていたが、綱はひどく長かった。ときおり牛の（あるいは山羊の）頭が道路に突きだし、さまざまな乗り物がそれを避けていかなくてはならなかった。

犬は道路沿いに建ち並ぶ掘っ立て小屋近くか雑然とした庭に鎖で繋がれている。鎖が長すぎると、犬は通りかかる歩行者に襲いかかる――したがって、牛や山羊の頭だけではなく人間も、道路に出現することになる。リゾートのSUVを運転している少年は、もっぱらクラクションに頼っていた。

そんな無秩序にフワン・ディエゴはメキシコを思い出した――人々が道路へ侵入してくる、そして動物も！　フワン・ディエゴにとって、ちゃんと世話されていない動物の存在は人口が過剰であることを暴露するものだった。これまでのところ、ボホールの状況は彼に産児制限について考え込ませていた。

じつのところ、フワン・ディエゴの産児制限に対する意識はクラークのいるところではより鋭くなった。二人のあいだには胎児の痛みをめぐっての電子メールによる激しいやりとりがあった。妊娠二十週を過ぎたら中絶できないようにする、つい最近のネブラスカの法律に触発されたものだった。それに、ラテンアメリカで一九九五年のローマ法王回勅が利用されていることについても、二人は言い争った。保守的なカトリック教徒が、避妊を「死の文化」の一部として攻撃しようとしたのだ――ヨハネ・パウロ二世は中絶についてそんなふうに言及するのを好んだ（あのポーランド人法王は二人のあいだでは不愉快な話題だった）。クラーク・フレンチは性的欲望についてはケツにコルクで栓をしているのだろうか――カトリックのコルク栓で？

だが、それがどんな種類のコルク栓か、一概には言えないとフワン・ディエゴは思った。クラークは社会問題に関してはリベラルなタイプのカトリック教徒だった。中絶については「個人的には反対だ」と彼は言っていた――「あれはどうも嫌だ」とクラークが言うのをフワン・ディエゴは耳にしていた――だが、クラークは政治的にはリベラルだった。本人が望む場合女性は中絶を選択できて当然だと彼は思っていた。

クラークはゲイの権利も常に支持していた。しかし、彼の崇めるカトリック教会の凝り固まった態度は弁護した――中絶や伝統的な婚姻（つまり、男と女のあいだでの）に対する教会の見解は「一貫性のある当然のもの」だと考えていた。教会は中絶や結婚に対する見解を維持すべきだと思うとさえ言っていた。「社会問題」について、愛する教会が掲げている見解とは異なる個人的見解を持っていることに、クラークはなんら矛盾を感じていなかった。これはフワン・ディエゴをひどく苛立たせた。

だが、今、黄昏時の次第に暮れてゆくなか、少年のような運転手が路上につかのま現れてはたちまち消えるさまざまなものを避けて運転する車のなかで、産児制限の話は一切出なかった。クラーク・フレンチはその自己犠牲の情熱に相応（ふさわ）しいジサツ席――少年運転手の隣の席――に座り、フワン・ディエゴとホセファは要塞のようなSUVの後部座席にシートベルトで体を固定していた。

パングラオ島のリゾートホテルはエンカンタドールという名称だった。そこへ行くには、パングラオ湾の小さな漁村を通り抜けていく。いっそう暗くなっていた。水面でちらちらする光と、どんよりした空気に漂う潮のにおいだけが海が近いことを示していた。そしてくねくねした道路のどのカーヴでも、犬か山羊の顔の見えない警戒の目だけがヘッドライトに浮かび上がった。高い位置にある一対の目は牛か人間のものだろう、とフワン・ディエゴは推測した。暗闇のなかにはたくさんの目があった。あの少年運転手の立場なら、誰だって車を飛ばしただろう。

「この作家はね、衝突コースの達人なんだ」常にフワン・ディエゴの小説を熟知しているクラーク・フレンチは妻に話していた。「運命に支配されている世界だ。前途には不可避の出来事が迫っている——」

「身に降りかかる事故だって偶然ではないというのは本当ね——計画されているのよ」キンタナ医師が夫の言葉を遮ってフワン・ディエゴに言った。「世界は、あなたの小説のかわいそうな登場人物たちに対して悪事を企んでいるんでしょうね」と彼女は付け加えた。

「この作家は悲運の達人なんだ!」クラーク・フレンチは疾走する車のなかで滔々と語った。

クラークが、豊富な知識を持っているとはいえ、フワン・ディエゴの作品について論述しながら、フワン・ディエゴがその場に(この場合は、車のなかに)いるにもかかわらずしばしば彼のことを第三者として——この作家、のように——話すのが、フワン・ディエゴの気に障った。

少年運転手はおぼろげな姿——ぎょっとしたような目といくつもの腕と脚のある——を避けてSUVの進路を急に変えたが、クラークは教室にいるかのように話を続けた。

「とにかくフワン・ディエゴに自伝的なことは一切訊ねてはいけないよ、ホセファ——自伝的なことの欠落についてもね」とクラークは続けた。

「そんなことするつもりなかったわ！」彼の妻は抗議した。

「インドはメキシコではない。サーカス小説に登場するあの子供たちに起こることは、フワン・ディエゴとその妹に彼らのサーカスで起こったことではない」クラークは話し続けた。「ですよね？」クラークはいきなり恩師に問いかけた。

「そのとおりだ、クラーク」とフワン・ディエゴは答えた。

クラークが「中絶小説」――フワン・ディエゴのべつの小説を多くの批評家がこう呼んでいた――について滔々と語るのも彼は聞いていた。「女性の中絶する権利のための説得力ある議論」であるとクラークがこの小説について説明するのをフワン・ディエゴは耳にしていた。「とはいえ、元カトリック教徒による、複雑な議論ではあるがね」とクラークはいつも付け加えた。

「私は元カトリック教徒じゃない。カトリック教徒だったことはないぞ」フワン・ディエゴは一度ならず指摘し損ねた。「私はイエズス会士たちに引き取られたが、それは私が選んだことでもなければ、私の意志に反してのことでもなかった。十四歳なんだ、選択だの意志だのあるものか」

「僕が言おうとしているのは」とクラークはジグザグに走る――いたるところに明るい瞬きをしない目が点在している暗くて狭い道を――SUVのなかで続けた。「フワン・ディエゴの世界では、常に衝突がやってくるとわかるんだ。その衝突がなんなのかもちゃんとね――そりゃまあびっくりはするかもしれない。だけど、衝突があるってことは間違いなくわかってる。中絶小説では、その孤児が子宮内膜掻爬（そうは）術とはなんなのか教えられる瞬間から、その子は結局それを行う医者になるってわかるんだ――そうだろ、ホセファ？」

「そうね」キンタナ医師は車の後部座席で答えた。彼女はフワン・ディエゴに意味を摑みかねる笑みを見せた――あるいは、ちょっと申し訳なさそうな笑みを。ガタガタ揺れるSUVの後部は暗かった。キンタナ医師が夫の自己主張を、文学的なイジメを詫びているのか、それともこの衝突などものともしない車のなかの誰よりも子宮内膜掻爬術に詳しいと認める代わりに、ちょっときまり悪そうに微笑んでいるのか、フワン・ディエゴには判断がつきかねた。

「私は自分のことを書いているわけではない」フワン・ディエゴはインタビューのたびに、それにクラーク・フレンチにもそう言ってきた。彼はまた、イエズス会士的論争が大好きなクラークに、自分は（元ダンプ・キッドとして）少年時代イエズス会士たちからは大いに恩恵を受けている、と説明していた。彼はエドワード・ボンショーとペペ修道士が大好きだった。フワン・ディエゴはときおり、アルフォンソ神父とオクタビオ神父と話がしたかったと思うことさえあった――ダンプ・リーダーも今や大人になり、ああいったおそろしく保守的な司祭たちとの議論に対する備えも以前よりは若干できているからだ。それに「迷い子」の尼僧たちは彼やルペに何も悪いことはしなかった――グロリア修道女があんなくそばばあだったにもかかわらず（ほかの尼僧たちの大半はダンプ・キッド兄妹には問題なかった）。グロリア修道女の場合は、あの批判的な尼僧を主に挑発するのはエスペランサだった。

とはいえフワン・ディエゴは、クラーク――献身的な教え子ではあるが――と一緒にいるとなると、またも反カトリック主義の嫌疑で詮索を受けることになるのではないかと予測はしていた。ガチガチのカトリック教徒であるクラークを悩ませるのは、恩師が不信仰者だということではないと、フワン・ディエゴにはわかっていた。フワン・ディエゴは無神論者ではなかった――ただ、教会に含むところがあるだけだった。クラーク・フレンチはこの困難な状況に苛立っていた。クラークとしては、不信仰者ならもっと簡単にはねつけたり無視したりできただろう。

クラークの子宮内膜掻爬術についてのさりげなさそうな言及――産婦人科の専門医にとってはあまりくつろげる話題ではないだろうとフワン・ディエゴは思った――のおかげで、キンタナ医師はそれ以上文学を話題にするのをやめたらしかった。ホセファは明らかに話題を変えようとしていた――フワン・ディエゴが大いにほっとしたことには。彼女の夫はほっとしなかったとしても。

「わたしたちが泊まっているところは、じつはうちの一族ばかりなんです――一族の伝統なんです」とホセファは、言い訳がましいというよりはおぼつかなげな笑顔で言った。「ホテルについては保証できます――きっとエンカンタドールはお気に召すだろうと思います――でも、うちの一族全員が素晴らしい人間だとはとうてい言えないの」と彼女はおずおずと続けた。「誰と誰が結婚していて、誰は結婚なんかすべきでなかったかとか――それに、たくさんの、たくさんの、子供たち」彼女の小さな声はか細くなっていった。

「ねえホセファ、君の一族の人たちの誰についても謝る必要なんてないよ」クラークが助手席から口を挟んだ。「僕たちが保証できないのは、謎の客だな――招かれざる客がいるんですよ。どんな人なのかはわからないんだけど」と彼は、その未知の人物と自分を切り離すべく付け加えた。

「うちの一族は通常ホテル全部を借り切るんです――エンカンタドールのすべての部屋がわたしたちのものなの」とキンタナ医師は説明した。「ところが今年は、ホテルがひと部屋だけ誰かほかの人の予約を入れちゃって」

フワン・ディエゴは、心臓の鼓動をふつうより早めて――つまり、本人がそうと気づくほどに――道路脇でひょこひょこ動く無数の目に見つめ返されながら、疾走する車の窓の外をじっと見ていた。ああ、神様！　と彼は祈った。どうか、ミリアムかドロシーでありますように！

「ああ、またお会いできるわ――間違いなく」とミリアムは言った。

「うん、間違いなく」とドロシーも言った。

同じ会話のなかで、ミリアムは彼に言った。「そのうちにマニラで会えるわ。すぐにってわけじゃなくても」

「すぐにってわけじゃなくても」とドロシーも繰り返した。

ミリアムでありますように――ミリアムだけで！　とフワン・ディエゴは思った。暗闇のなかで魅惑的に光る目が、もしかしたら彼女の目かもしれないとでもいうように。

「きっと」とフワン・ディエゴはゆっくりとキンタナ医師に言った。「その招かれざる客はおたくのご一族がいつもの予約をするまえに予約したんでしょうね？」

「違うんですよ！　そこなんだ！　そういう成り行きじゃなかったんです！」クラーク・フレンチは叫んだ。

「クラーク、どういう成り行きだったのか、わたしたち正確には知らないのよ――」とホセファが言いかけた。

「君の一族は毎年ホテル全体を借り切ってるんだ！」とクラークは叫んだ。「例の客にも内輪だけのパーティーだってわかってたんだぞ。それでも彼女は部屋を予約し、エンカンタドールはその予約を受けた――全室完全に予約済みだってわかっててだぞ！　内輪のパーティーに押しかけたいだなんて、どういう人間だよ？　彼女、自分が完全に孤立するってわかってたんだぞ！　彼女、自分ひとりがぽつねんとすることになるってわかってたんだ！」

「彼女」とだけ、フワン・ディエゴは口にした、またも胸を高鳴らせながら。外の暗闇のなかには、今は目はひとつもなかった。道路は狭まり、砂利道になって、それから土になった。たぶんエンカンタドールは人里離れたところなのかもしれないが、彼女がそこで完全に孤立することはないだろう。彼女はこの私といればいい、とフワン・ディエゴは期待した。もしその招かれざる客がミリアムなら、ひとりでいるのはぜったいに長いあいだではないはずだ。

そのとき少年運転手は、バックミラーで何か妙なものを目にしたに違いない。彼はすぐさまキンタナ医師にタガログ語で話しかけた。クラーク・フレンチには運転手の言っていることはほんの一部しかわからなかったが、少年の口調には怯えが感じられた。クラークが振り向いて後部座席を覗き込むと、妻がシートベルトを外してフワン・ディエゴをしげしげと見つめていた。

「どうかしたの、ホセファ?」クラークは妻に訊ねた。

「ちょっと待って、クラーク——うん、ただ寝てるだけだと思う」キンタナ医師は夫に告げた。

「車を停めてくれ——停めろ!」クラークは少年運転手に命じたが、ホセファがきっぱりした口調のタガログ語で少年に何か言い、少年は車を走らせ続けた。

「もうすぐそこなのよ、クラーク——ここで停まる必要ないわ」とホセファは言った。「あなたの古いお友だちは寝ているだけよ——きっと夢を見てるんじゃないかしら。でも、まちがいなくただ寝ているだけ」

フロールの運転で、ダンプ・キッド兄妹はシルコ・デ・ラ・マラビージャ(驚異のサーカス)へ向かっていた。というのも、ロス・ニーニョス(子供たち)がそんな冒険に踏み出すことについてペペ修道士は早くも自分を責めはじめていたからだ。ペペはすっかり動揺していて兄妹に同行できなかった。エル・シルコは彼の考えだったのに——彼とバルガスの。フロールがペペのフォルクスワーゲン・ビートルを運転し、助手席にはエドワード・ボンショーが、そして後部座席には兄妹が座っていた。

ルペは鼻のない聖処女マリアの像に、涙ながらに挑んだ。それは一行がテンプロ・デ・ラ・コンパニーア・デ・ヘスス（イエズス会教会）から車で出発する直前のことだった。「本物の奇跡を見せてよ——迷信深い掃除婦を死ぬほど怖がらせられるんでしょ！」ルペはそそり立つ聖処女に向かってそう怒鳴った。「あたしがあんたを信じちゃうようなことを何かやってみなよ——あんたなんて、ただのでっかい弱い者いじめじゃない！　何よ、そのザマ！　そこに立ってることしかできないくせに！　鼻さえないんだから！」

「君も何か祈らないの？」とセニョール・エドゥアルドはフワン・ディエゴに問いかけた。彼は妹の叫びをアイオワンに通訳する気になれなかった——そしてまた、足の悪い少年は自分のもっとも恐ろしい懸念を宣教師にあえて告げようともしなかった。ラ・マラビージャでフワン・ディエゴに何か起こったら——あるいは、なんらかの理由で彼とルペが引き離されてしまったら——ルペには未来はなくなる、ルペの言うことを理解できるのは兄だけなのだから。イエズス会士たちでさえ、ルペを引き受けて面倒を見ようとはしないだろう。ルペは知恵遅れの子供たちの施設に入れられて、そこで忘れられてしまうだろう。知恵遅れの子供たちのための施設はその名前さえ知られていないか忘れられており、それがどこにあるのか誰も知らないらしかった——というか、誰もそれがどこにあるのかはっきり言おうとはせず、「町の外」とか「山の上のほう」とか言うだけだった。

当時、「迷い子」は町ではまだ比較的新しく、オアハカには孤児院がもうひとつだけ、やや「町の外」の「山の上のほう」にあった。誰もがそのビグエラにあった孤児院の名前を知っていた——シウダー・デ・ロス・ニーニョス、「子供たちの街」だ。

「男の子の街」とルペは呼んでいた。女の子は入れなかったのだ。男の子の大半は六歳から十歳だった。十二歳が区切りだから、フワン・ディエゴは入れなかっただろう。

「子供たちの街」は一九五八年に開所した。ニーニョス・ペルディードスより歴史は長かったし、その男子ばかりの孤児院は「迷い子」より長続きすることにもなった。

　ペペ修道士はシウダー・デ・ロス・ニーニョスのことをけっして悪く言おうとしなかった。たぶんペペは孤児院というものはすべて天の賜物だと思っていたのだろう。アルフォンソ神父とオクタビオ神父は「子供たちの街」では教育に重きが置かれていないとしか言わなかった（ダンプ・キッド兄妹は男の子たちがバスで学校へ運ばれるのを目にするだけだった——彼らの学校はラ・ソレダー教会の近くにあった——そしてルペは、あの独特の肩をすくめる仕草をしながら、バスそのものが、ずっと男子を運んでいるバスならそんなもんだろうと思うとおりのオンボロだと言った）。

「迷い子」の孤児で、幼い頃シウダー・デ・ロス・ニーニョスにいた子がひとりいた。その子は男子だけの孤児院のことを悪くは言わなかった。そこで虐待されたなどとはけっして言わなかった。その少年が、食堂に靴箱が積み上げられていて（この言葉にはなんの説明も添えられなかった）、男の子たちは全員——二十人かそこらの——ひとつの部屋で寝ていたと言っていたのをフワン・ディエゴは覚えていた。マットレスは敷布なしで、毛布とぬいぐるみはよその男の子たちのお古だった。サッカー場は石だらけだった、とその少年は語った——転びたくなかったね——そして、肉は屋外の焚火で調理された。

こうした経験談は批判として語られたわけではなかった。ただ、自分たちは「男の子の街」を選びはしなかっただろう――たとえルペがあの施設に入れる男の子で、兄妹ともに制限年齢を越えていなかったとしても――という思いをフワン・ディエゴとルペに抱かせる一助となったにすぎない。

もしダンプ・キッド兄妹が「迷い子」で気が変になったら、知恵遅れの子のための施設におとなしく入るまえにバスレーロへ戻ればいいのだ。あの施設に入っているのは「頭のおかしい」子供たちで、頭のおかしい子たちのなかには両手を後ろで縛られている子もいるとルペは聞いていた。これはほかの子の目玉、あるいは自分自身の目玉をえぐり出さないようにするためだった。情報源がどこなのか、ルペはフワン・ディエゴに教えようとしなかった。

シルコ・デ・ラ・マラビージャが幸運をもたらす選択であり、ゲレロへ戻ること以外では唯一受け入れられる選択肢であると考えるのはまったく理に適っている、ダンプ・キッド兄妹がなぜそう思ったのかは説明できない。ゲレロへ戻ることを選べばリベラは喜んだだろうが、フロールがダンプ・キッド兄妹とセニョール・エドゥアルドを乗せてラ・マラビージャへ車を走らせているとき、リベラの姿がそこになかったのは注目すべきだろう。もしダンプ・ボスがぺぺ修道士のフォルクスワーゲン・ビートルに体をねじ込んでいたとしたら、じつに窮屈だったことだろうが。ダンプ・キッド兄妹にとっては、トランスヴェスタイトの娼婦の運転でサーカスへ行くのもまた、まったく理に適っているように思われた。

フロールは運転席側の窓からタバコを突きだして、運転しながら吸っていた。緊張気味のエドワード・ボンショー――彼はフロールが娼婦であることは知っていたが、トランスヴェスタイトだとは知らなかった――は、できるだけさりげなく、「僕もまえは吸ってたんだ。そんな習慣とは縁を切ったけどね」と声をかけた。

「あんた、貞潔誓願は習慣だとは思わないの？」とフロールは訊ねた。セニョール・エドゥアルドはフロールの英語がたいそう流暢であることに驚いた。彼女の人生における口には出せないヒューストンでの体験のことは何も知らなかったし、フロールが男の子として生まれた（あるいは、今も彼女にはペニスがある）ということを、誰からも教えてもらっていなかった。

フロールは教会から通りへと出てきた結婚式の集団を突っ切って進んだ。花嫁花婿に客たち、休みなく演奏し続けるマリアッチ楽団――「お定まりの間抜けども」とフロールは彼らを指して言った。

「サーカスでのロス・ニーニョス（子供たち）のことがどうも心配でね」とエドワード・ボンショーはトランスヴェスタイトに打ち明けた。貞潔誓願の話題に踏み込むまいとした、というか、その話題を巧みに棚上げにしたというか。

「このロス・ニーニョス・デ・ラ・バスーラ（ゴミ捨て場の子たち）はほとんど結婚してもいいくらいの歳じゃないの」とフロールは答えながら、結婚式集団の誰彼に向かって（子供にまで）運転席側の窓から脅しつけるような仕草をしてみせた。タバコは今や彼女の唇からぶら下がっていた。

「もしこの子たちが結婚するっていうんなら、あたしだって心配するわよ」とフロールは続けた。

「サーカスで起こりそうな悪いことのいちばんひどいのは、ライオンに殺されることでしょ。結婚生活で起こる悪いことは、もっとずっといろいろあるわよ」

「あのね、君が結婚生活についてそんなふうに思ってるのなら、貞潔誓願もそんなに悪くないんじゃないかな」とエドワード・ボンショーはイエズス会士らしく言った。

「あのサーカスにライオンと言えるのは一頭しかいないよ」フワン・ディエゴが後部座席から口を出した。「あとはぜんぶライオネス、雌だからね」

「じゃあ、あのイグナシオの馬鹿はライオネス調教師なんだ——そういうことよね？」フロールは少年に問いかけた。

彼女がちょうど結婚式の集団をなんとか避けて通ったというか通り抜けたとき、フロールの運転するフォルクスワーゲン・ビートルはロバが引く傾いた荷馬車と遭遇した。積み過ぎのメロンはぜんぶ荷馬車の後部へと転がり、ロバが引き具で宙づりになっていた。メロンのほうが小柄なロバより重かったのだ。ロバは蹄を打ち振っていた。荷馬車の前の部分も宙に浮きあがっていた。

「またロバの宙づりだわ」とフロールが言った。驚くほど優雅に、彼女は荷馬車の御者に中指を立ててみせた——長い指の、またもや（親指と人差し指のあいだに）タバコをはさんでいるほうの手を使って。一ダースほどのメロンが通りへ転がり出ており、ロバの荷馬車を御していた男は、ストリートキッドたちがメロンを盗もうとしていたので宙づりのロバをほったらかしにしていたのだ。

「あの男、知ってるわ」とフロールが、ところでね的な口調で言った。小さなフォルクスワーゲンのなかの誰も、彼女の言っているのが客としてということなのか、それともべつの立場でなのか、わからなかった。

シンコ・セニョーレスのサーカス会場にフロールが車を乗りいれると、昼の興行を観に来た客はもう帰ってしまっていた。駐車場はほとんど空だった。夜の部の客はまだ姿が見えない。

「象の糞に気をつけなさい」一行がダンプ・キッド兄妹の持ち物を抱えてサーカスのテント群を貫

く大通りを歩いていると、フロールが注意した。エドワード・ボンショーはたちまち真新しい山に踏み込んだ。足全体がくるぶしまで象の糞まみれになった。

「あんたのサンダルを象の糞から救うのは無理ね、ハニー」とフロールは声をかけた。「ホースを見つけたら、裸足になったほうがいいわ」

「慈悲深き神よ」とセニョール・エドゥアルドは言った。宣教師は歩き続けたが、足を引きずっていた。フワン・ディエゴのようなあからさまな足の引きずりようではなかったが、アイオワンに類似を意識させるにはじゅうぶんだった。「これでみんな、僕たちは家族だと思うだろうね」エドワード・ボンショーは少年に愛想よく言った。

「家族だったらよかったのに」とフワン・ディエゴは答えた。思わず口から出てしまったのだ、心底そう思っていたので止めようがなくて。

「家族になるよ――この先ずっと」とルペは言ったが、フワン・ディエゴはとつぜん通訳できなくなった。目に涙があふれてしゃべれなくなり、今回はルペが未来を正確に予言しているのだということもわからなかった。

エドワード・ボンショーも言葉がつかえてしまった。「そんなふうに言ってくれてありがとう、フワン・ディエゴ」とアイオワンはつっかえつっかえ言った。「君が家族だったらどんなに嬉しいか」とセニョール・エドゥアルドは少年に言った。

「あら、いいじゃない。あんたたち二人とも、優しいのね」とフロールが口を挟んだ。「ただし、司祭は子供を持てないけどね――貞潔誓願の不都合な点のひとつだわね」

黄昏時で、シルコ・デ・ラ・マラビージャではさまざまな芸人たちがショーの合間の休憩中だった。奇妙な四人組の新顔だ。自分を鞭打つイエズス会の神学生、ヒューストンで口にすることのできない生活を送っていたトランスヴェスタイトの娼婦、そしてダンプ・キッドが二人。テント入口の垂れ布が開いているところから、芸人たちがメイクしたり衣装をいじったりしているのが子供たちに見えた――そのなかに、トランスヴェスタイトのこびとがいた。彼女は姿見の前に立って口紅を塗っていた。

「オラ、フロール！」でっぷりしたこびとはそう声をかけ、腰をくねらせてフロールに投げキスした。

「サルードス、パコ」とフロールは答え、長い指の手を振った。

「パコが女の子の名前にもなるとは知りませんでした」エドワード・ボンショーがフロールに礼儀正しく言った。

「そんなことないわ」とフロールは返事した。「パコは男の名前――パコは男よ、あたしみたいに」

「だってあなたは――」

とフロールは言った。

「あら、あたしは男よ」とフロールは相手の言葉を遮った。「あたしはただ、パコより女っぽく見えるってだけなのよ、ハニー」と彼女はアイオワンに説明した。「パコは女っぽく見せようとしてないの――パコは道化だからね」

一行はどんどん進んだ。ライオン調教師のテントへ行くことになっていたのだ。エドワード・ボンショーは何も言わずにフロールをじっと見つめていた。

「フロールにはアレがある、男の子のアレみたいなのが」ルペが助け舟を出した。「フロールにはペニスがあるってオウム男はわかってる?」ルペはフワン・ディエゴに訊ねた。兄は妹の役立つ一言をセニョール・エドゥアルドに通訳はしなかったが、妹がオウム男の心を読めずに苦労していることには気がついていた。

「エル・オンブレ・パパガヨ――それって僕のことでしょ?」アイオワンはフワン・ディエゴに問いかけた。「ルペは僕についてしゃべってるんじゃないの?」

「あんたって、とっても素敵なオウム男だと思うわ」とフロールが言った。アイオワンが赤くなるのを見た彼女は、もっと気を惹いてやりたくなった。

「どうも」とエドワード・ボンショーはトランスヴェスタイトに答えた。彼の足の引きずりようはひどくなっていた。象の糞が粘土同様、台無しになったサンダルの上や足指のあいだでどんどん固まっていたのだが、ほかにも彼の足どりを重くしているものがあった。セニョール・エドゥアルドは重荷を背負っているように見えた。それがなんであれ、どうやら象の糞より重いらしかった――どれほど鞭打とうとその重荷を軽くすることはできない。アイオワンがどんな十字架を、どれほどのあいだ背負っていたのであろうと、彼はそれをもう一歩も運べないようだった。彼は歩くだけではなく、苦闘していた。「僕にはできそうにない」とセニョール・エドゥアルドは言った。

「何ができないの?」とフロールは訊ねたが、宣教師は首を振っただけだった。彼の歩みは足を引きずるというよりはよろめいているように見えた。

どこかでサーカスの楽団が演奏していた――音楽の出だしの部分だけで、始まったと思うとすぐ止まり、また始まる。楽団は難しい部分を克服できないのだった。楽団もまた苦闘していた。

見栄えのいいアルゼンチン人カップルが自分たちのテントの開いた入口の前に立っていた。二人は空中ブランコ乗りで、互いの安全ベルトを点検し、支え綱を取りつける金属製のハトメの強度を確かめていた。ブランコ乗りカップルは金のスパンコールのついたぴったりしたシングレットを着ていて、安全装具を点検しながらも互いにいちゃつくのをやめられないでいた。

「あの二人、四六時中セックスしてるって聞いたわ、もう結婚してるっていうのに――近くのテントの人たちが寝られないのよ」とフロールはエドワード・ボンショーに話した。「もしかしたら、四六時中セックスをするっていうのはアルゼンチン流なのかも」とフロールは言った。「夫婦者のやることじゃないと思うけどね」と彼女は付け加えた。

ルペくらいの歳の女の子がひとつのテントの外に立っていた。女の子は青緑のシングレットを着て、鳥のくちばしがついたマスクをつけていた。フラフープの練習をしている。びっくりするようなフラミンゴの衣装を着けたもっと年かさの女の子が何人か、ダンプ・キッド兄妹の横をすり抜けてテントのあいだの大通りを走っていった。女の子たちはピンクのチュチュを着けて、それぞれ自分のフラミンゴの頭を抱えていたが、その頭には長くて曲がらない首がついていた。女の子たちの銀のアンクレットがチリチリ鳴った。

「ロス・ニーニョス・デ・ラ・バスーラ（ゴミ捨て場の子たち）」フワン・ディエゴとルペの耳に、首なしフラミンゴのひとりが言うのが聞こえた。ダンプ・キッド兄妹はサーカスで顔を知られているとは思っていなかったが、オアハカは小さな市なのだ。

「おまんこアタマの半分裸のフラミンゴどもめ」とフロールは評したが、それ以上は言わなかった。もちろんフロールは、もっとひどいことを言われていた。

七〇年代に、サラゴサ通りに近いブスタマンテ通りにゲイバーがあった。バーは縮れ毛の誰かにちなんでラ・チナと名付けられていた（三十年ほどまえに名前は変わったが、ブスタマンテのバーは今もその場所にある――そして相変わらずゲイ向けだ）。

フロールにはくつろげた。ラ・チナではありのままの自分でいることができたが、あの店でさえ、彼女はラ・ロカ――「クレイジー・レディー」――と呼ばれていた。当時はトランスヴェスタイトがありのままの自分でいるのは、それほどふつうのことではなかった――フロールがやっているようにどこへ行くにも異性の服装をしているのは。そしてラ・チナにたむろする客たちの用語では、フローラに対する「ラ・ロカ」という呼び方には、ゲイの世界の含みがあった――それはつまり彼女を「女王さま」と呼んでいるということだった。

七〇年代でさえ、トランスヴェスタイトのための特殊なバーはあった。ラ・コロニータ――「小さな王冠」――はブスタマンテとソチルの角にあった。陽気に騒ぐ場所で――常連は大半がゲイだった。めかしこんだトランスヴェスタイトたち――彼らはノリノリで女装して、皆が楽しんでいた――だがラ・コロニータは売春の場ではなかったし、トランスヴェスタイトたちがバーにやってくるときは男の恰好だった。「小さな王冠」のなかへ無事に入るまで女装はしなかった。

フロールは違った。彼女はどこへ行こうが常に女だった――サラゴサ通りで商売していようが、ブスタマンテ通りで陽気に騒いでいるだけだろうが。フロールはいつも自分そのままだった。だから「女王さま」と呼ばれていたのだ。彼女はどこへ行こうが「ラ・ロカ」だった。

彼女はラ・マラビージャでさえ知られていた。サーカスの連中は誰が本物のスターなのか知っていた――彼ら自身が常にスターだったのだから。

エドワード・ボンショーには今ようやく、フロールがどういう人間なのかわかりかけていた。サーカス・オブ・ザ・ワンダーで象の糞を踏みつけながら(セニョール・エドゥアルドにとって、「ザ・ワンダー」はフロールだった)。

とあるテントの外ではジャグラーが練習し、パジャママンと呼ばれる曲芸師が準備運動をしていた。なぜ彼がパジャママンかというと、まるでパジャマだけが動いているかのように緩くてだらんとしているからだ。彼の動きは物干し綱にぶら下がっている洗濯物みたいだった。

もしかしたらサーカスというのは足の悪い者にはあまりいい場所ではないかもしれないな、とフワン・ディエゴは思った。

「忘れてはいけないよ、フワン・ディエゴ——君は本を読む人間なんだ」とセニョール・エドゥアルドが不安げな顔の少年に言った。「本のなかには人生がある、君の想像の世界にもね。現実の世界しかないわけじゃないんだ、たとえこういうところでも」

「子供の頃にあんたと出会ってればよかった」とフロールが宣教師に言った。「あたしたち、クソみたいなことを切り抜けるのにお互い助け合えたかもしれない」

一行はテント群のなかの大通りで象使いと二匹の象に道を譲った。本物の象に気をとられて、エドワード・ボンショーはまたも巨大な象の糞を踏んでしまった。今回はきれいなサンダルを履いた無事だったほうの足だ。

「慈悲深き神よ」とアイオワンはまた言った。

「いいい、あんたがサーカスに引っ越してくるんじゃなくてよかったわね」とフロールが彼に声をかけた。

「象の糞はちっちゃくないんだよ」ルペがわけのわからない言葉で言った。「オウム男ったら、どうすればあれを見ないでいられるのよ?」

「また僕の名前だ——君が僕のことを話しているのはわかってるよ」セニョール・エドゥアルドはルペに陽気に話しかけた。「『エル・オンブレ・パパガヨ』って、なんかいい感じだよね？」

「あんたには奥さんだけじゃ足りないわ」とフロールがアイオワンに言った。「あんたの面倒をちゃんとみるには、ひと家族全員が必要ね」

一行は三頭の雌ライオンの檻のところへ来た。ライオンのご婦人の一頭が、物憂げな目をこちらに向けた——ほかの二頭は寝ていた。

「ほらね、雌は仲がいいでしょ？」とフロールが話していた。彼女がラ・マラビージャの内部に明るいことがますますはっきりしてきた。「だけどこの雄は違うの」とフロールは言って、孤独な雄ライオンの檻のところで立ち止まった。いわゆる百獣の王は檻のなかでひとりぼっちで、それが不満なようだった。「オラ、オンブレ」とフロールはライオンに呼びかけた。「このライオンはオンブレって名前なの」とフロールは説明した。「あのタマタマを見てごらんなさいよ——でっかいでしょ？」

「主よ、哀れみたまえ」とエドワード・ボンショーは言った。

ルペは憤然とした。「そんなの、あのかわいそうなライオンの責任じゃない——あいつにはタマは選べないんだから」とルペは言った。「笑いものにされたら、オンブレが嫌がるよ」彼女は付け加えた。

「そのライオンの心も読めるんだね」フワン・ディエゴは妹に言った。

「オンブレの心は誰にでも読める」とルペは答えた。彼女はライオンを見つめていた、その巨大な顔やふさふさしたたてがみを——タマではなく。ライオンは急にルペに刺激されたように見えた。

オンブレの興奮を察知したのだろう、眠っていた二頭の雌が目を覚ました。三頭の雌は揃ってルペを見つめていた。まるで、ルペがオンブレの愛情を争うライバルでもあるかのように。ルペと雌ライオンたちが雄ライオンに同情しているようにフワン・ディエゴには感じられた――雄ライオンを恐れているのと同じくらい気の毒に思っているようだった。

「オンブレ」ルペは優しくライオンに呼びかけた。「だいじょうぶだからね。あんたは何も悪くないんだから」

「何を言ってるんだ？」フワン・ディエゴは妹に訊ねた。

「さあ、ニーニョス」とフロールが呼んだ。「あんたたち、ライオン調教師とその奥さんと約束があるんだから――ライオンなんかに用はないよ」

ルペがオンブレを見つめてその場に釘付けになった様子を、そして雄ライオンがルペを見返しながら檻のなかを行きつ戻りつする落ち着かない様子を見れば、ルペがシルコ・デ・ラ・マラビージャにやってきたのは、まさに孤独な雄ライオンゆえだったのだと思ってしまいそうだった。「だいじょうぶだからね」とルペはまるで約束するかのようにオンブレに繰り返した。

「何がだいじょうぶなの？」フワン・ディエゴは妹に訊ねた。

「オンブレは最後の犬なの。あいつが最後の一匹なの」とルペは兄に告げた。もちろん、これはわけがわからなかった――オンブレはライオンだ、犬ではない。だがルペははっきり「エル・ウルティモ・ペロ」と言ったのだ。最後の一匹なの、とはっきり繰り返した――「エル・ウルティモ」。

「どういうことなんだ、ルペ？」フワン・ディエゴは苛立たしげな口調で問いかけた。妹が予言めいたことをとめどなくのたまうのにはうんざりだった。

「そのオンブレは――屋根犬のボスで、そして最後の一匹なの」ルペが肩をすくめながら答えたのはそれだけだった。ルペが自分の言ったことを説明してくれないと、フワン・ディエゴは腹が立った。

サーカスの楽団はとうとう、繰り返してばかりいた曲の初めの部分から先へと進む道を見つけた。闇の帳が降りてきていた。それぞれのテントのなかに明りが点いた。大通りの一行の前方にライオン調教師イグナシオがいるのが、ダンプ・キッド兄妹の目に映った。彼は長い鞭を巻いていた。

「あんた鞭が好きなんだってね」フロールが足を引きずる宣教師にそっと言った。

「さっきホースの話をしてたよね」エドワード・ボンショーはいささか固い口調で返事をした。

「今すぐホースがほしいな」

「ライオン調教師の鞭をよく見るようにオウム男に言って――大きなやつ」ルペがわけのわからない言葉で言った。

イグナシオは新しいライオンの度胸や信頼性を測るときのように冷静に値踏みする目で、一行が近づくのを見守っていた。ライオン調教師のぴちぴちのズボンは闘牛士の衣装のようだった。上半身に身に着けているのはVネックのぴったりしたベストだけで、筋肉を見せつけていた。ベストは白だったが、これはイグナシオの暗褐色の肌を際立たせるためだけではなかった。万が一リングでライオンに襲われた場合、イグナシオは観客に自分の血がどれほど赤いか見せたかったのだ――血は白を背景にするともっとも鮮やかに見える。死に際してさえ、イグナシオは見栄っ張りなのだ。

「鞭はいいから――彼を見て」フロールは糞まみれのアイオワンに囁いた。「イグナシオには観客を惹きつける天性の才能があるの」

「それに女たらし！」ルペがわけのわからない言葉で言った。相手の囁きを聞き逃してもルペには問題なかった。相手が何を考えているのかすでにわかっているのだから。だが、オウム男の心は、リベラの心と同様、ルペには読むのが難しかった。「イグナシオは雌ライオンたちが好き――女ならなんでも好きなの」とルペは話していたが、ダンプ・キッド兄妹はこの頃にはライオン調教師のテントに着いていた。イグナシオの妻ソレダーがテントから出てきて、洒落者で精力的な風貌の夫の横に立った。

「今しがた百獣の王を見たと思ってるなら」とフロールはなおもエドワード・ボンショーに囁いていた。「考えを改めるのね。これから会おうとしてるんだから」とトランスヴェスタイトは宣教師に小声で告げた。「イグナシオが百獣の王なの」

「ブタの王」とルペが出し抜けに言ったが、もちろん何を言っているかわかったのはフワン・ディエゴだけだった。そして彼には妹のすべてがわかるわけではなかった。

17 エンカンタドールの大晦日

ただたんに、ダンプ・キッド兄妹がラ・マラビージャに着いたあの一時にどっぷり浸っていたからではないか、でなければ暗闇に浮かぶ目のせいだろうか——エンカンタドールなどという魅惑的な名前のビーチリゾートに向かって疾走する車の周囲の、体を持たないあのいくつもの目。何が原因でフワン・ディエゴがとつぜんとろっと眠りこんでしまったのか、誰にわかるだろう。それは、道路が狭まって車が速度を落とし、心をそそられる目が消えた、あのときだったのかもしれない（ダンプ・キッド兄妹がサーカスへ移ると、以前よりたくさんの目が彼らを見つめていた）。

「さいしょは、白昼夢を見ているのかと思ったの——一種のトランス状態に陥っているように見えたから」とキンタナ医師は話した。

「だいじょうぶなの？」クラーク・フレンチは医師である妻に訊ねた。

「ただ眠っているだけよ、クラーク——ぐっすり眠ってるわ」とホセファは答えた。「時差ボケかも。でなきゃ、あなたの無分別な水槽のせいで前夜ろくに眠れなかったか」

「だってホセファ、僕たちと話してるときに寝ちゃったんだよ――おしゃべりの最中に！」クラークに大声をあげた。「ナルコレプシーなのかな？」

「揺すっちゃだめ！」フワン・ディエゴはクラークの妻がそう言うのを聞いたが、そのまま目を閉じていた。

「ナルコレプシーの作家なんて聞いたことがない」とクラーク・フレンチが言っていた。「服用している薬はどうなの？」

「ベータ遮断薬は睡眠に影響を及ぼすことがあるわね」とキンタナ医師は夫に告げた。

「僕が考えていたのはバイアグラだけど――」

「バイアグラの作用はひとつだけよ、クラーク」

いま目を開けるとちょうどいいんじゃないかとフワン・ディエゴは考えた。「もう着いた？」と彼は夫妻に問いかけた。ホセファは相変わらず後部座席の彼の横に座っていた。クラークは後部ドアを開けて、ＳＵＶのなかの恩師を覗き込んでいた。「ここがエンカンタドールなの？」フワン・ディエゴは無邪気に問いかけた。「謎の客は着いてる？」

彼女は到着していた、だが誰も姿を見てはいなかった。たぶん、長旅だったので自室で休んでいるのだろう。彼女はその部屋を知っていたようだった――つまり、本人がその部屋をリクエストしたのだ。本館二階の、図書室のそばだった。彼女は以前にもエンカンタドールに宿泊したことがあるのだろうか、あるいは図書室に近い部屋なら静かだろうと考えたものか。

「僕は、昼寝なんてぜったいしないけどな」とクラークは言った。彼はフワン・ディエゴの巨大なオレンジ色のバッグを少年運転手からなんとか受け取って、今や瀟洒なホテルの外バルコニーを引きずっていた。ホテルは魅惑的ではあるが、いくつかの棟が繫がって四方八方に広がった建物で、海を見晴らす丘の斜面に建っていた。ヤシの木が浜辺の風景をすっかり遮っている――二階、三階の部屋からでさえ見えない――が、海は見えた。「夜ぐっすり眠れたらそれでじゅうぶん」とクラークは続けた。

「きのうの夜は私の部屋に魚がいてね、それにウツボも」とフワン・ディエゴは教え子に思い出させた。このホテルでは、彼の部屋は二階だった。例の招かれざる客と同じ階――外のバルコニーから簡単に行ける隣接した棟だ。

「魚といえば――カルメンおばさんのことは気にしないでください」とクラークは答えた。「先生の部屋はプールからはちょっと離れています。子供たちが朝早くからプールに入りますが、目を覚まされることはありませんよ」

「カルメンおばさんはペット好きなんです」とクラークの妻が口を挟んだ。「人間より魚のほうを大事にするんだから」

「ウツボが死ななくてよかったよ」とクラークも口を出した。「モラレスはカルメンおばさんと暮らしているんじゃないかな」

「あいにく、ほかには誰もいないものね」とホセファが言った。「ほかには誰もいっしょに暮らそうとはしない」医師は付け加えた。

眼下では、子供たちがプールで遊んでいた。「この一族には十代の子がたくさんいるんです――つまり、ちっちゃな子たちをただでみてくれる子守が大勢」とクラークが指摘した。

「大勢の子供たち、とにかくそれね、この一族は」と産婦人科医が述べた。「わたしたち全員がカルメンおばさんみたいじゃないってことよね」

「私は薬を服用しているんです――その薬に睡眠をいいようにされてしまって」とフワン・ディエゴは夫妻に説明した。「ベータ遮断薬を飲んでるんです」彼はキンタナ医師に告げた。「たぶんご存知でしょうが」と彼は医師に言った。「ベータ遮断薬は抑圧効果というか、減退効果を、実生活に及ぼすことがあります――一方で、日々の夢に及ぼす効果のほうはちょっと予測できなくて」

フワン・ディエゴは医師に、処方されたロプレッサーの用量を勝手に変えているということは話さなかった。たぶん、彼はまったく開けっぴろげに見えたのではないか――キンタナ医師とクラーク・フレンチにわかる限りでは。

フワン・ディエゴの部屋は快適だった。海を見晴らす窓には網戸があり、天井ファンがあった――エアコンは必要ないだろう。広いバスルームは素晴らしく、竹の屋根で覆われたパゴダのような形の屋外シャワーがあった。

「夕食までゆっくりなさって、さっぱりしてくださいと」とホセファはフワン・ディエゴに告げた。「ジェットラグも――ほら、時差によるあれも――ベータ遮断薬の作用に影響を及ぼすことがあるんです」と彼女は説明した。

「大きな子たちが小さな子たちを寝かせたら、ディナーの席での本当の会話が始まりますよ」クラークはそう言いながら恩師の肩をぎゅっと摑んだ。

これは、小さな子や十代の子のいるところで大人の話題を持ちだすなという警告だろうか？　とフワン・ディエゴは考えた。クラーク・フレンチが、じつに率直で誠実であるにもかかわらず相変わらず堅苦しいことに、フワン・ディエゴは気がついた――かまととの四十男だ。アイオワでクラークの仲間だった芸術系修士号取得を目指していた元学生たちが今の彼に会ったら、やっぱりからかうことだろう。

　フィリピンでは中絶は違法だとフワン・ディエゴは知っていた。そのことについて、産婦人科医であるキンタナ医師はどう考えているのか、彼は興味をそそられた（そして、彼女と彼女の夫――ガチガチのカトリック教徒であるクラーク――は、そのことについて同じ気持ちなのだろうか？）。これは間違いなく、小さな子たちやティーンエイジャーがベッドへ行ってしまうまでクラークと話すことはできない（というか、話すべきではない）ディナーの席での会話だった。クラークがベッドに行ってしまってから、このことについてキンタナ医師と会話を交わせるといいのだが、とフワン・ディエゴは思った。

　こんなことを考えて気持ちの高ぶったフワン・ディエゴは、ミリアムのことをほとんど忘れていた。もちろん、完全に忘れていたわけではない――一分たりとも。彼は屋外シャワーを使うのはやめた。外が暗いから（日が暮れると、屋外シャワーには虫がどっさりいるだろう）だけではなく、電話が聞こえないかもしれないからだった。こちらからミリアムに電話することはできない――彼女の苗字すら知らないのだ！――し、フロントに電話して「招かれざる」女性につないでくれと頼むわけにもいかない。だが、もし謎の女性がミリアムなら、電話をくれるのではないだろうか？

　彼は風呂に入ることにした――虫はいないし、寝室とつながるドアを開けておけばいい。もし彼女が電話をくれたら、鳴るのが聞こえる。もちろん彼は大急ぎで入浴を済ませたのだが、電話はなかった。フワン・ディエゴは落ち着こうと努めた。次の薬の服用はどうするか考えた。問題を混乱させないよう、錠剤を切る道具は洗面用具のなかへ戻した。バイアグラとロプレッサーはバスルームのシンク横のカウンターに並んでいる。

　半錠じゃだめだな、とフワン・ディエゴは決めた。夕食のあとでロプレッサーの錠剤を丸一錠飲もう――つまり、適正量だ――だが、ミリアムといっしょなら飲まない。以前も一回飛ばしたがなんともなかったし、ミリアムといっしょの場合、アドレナリンの急増は都合がいい――必要でさえある。

　バイアグラについては、決めるのがもっと難しいと彼は思った。ドロシーとのランデブーのときは、フワン・ディエゴは通常の半錠を丸一錠にした。ミリアムの場合も、半錠では足りないだろうと彼は考えた。難しいのはいつ飲むかだ。バイアグラは効き始めるまでほぼ一時間かかる。そして一錠のバイアグラ――丸一錠、一〇〇ミリグラムぜんぶ――はどのくらい効果が持続するのだろう？

　それに今夜は大晦日だ！　とフワン・ディエゴはとつぜん思い出した。きっとティーンエイジャーたちは真夜中過ぎまで起きていることだろう、小さな子たちは違うとしても。大人たちも大半は新年を迎えるために起きているんじゃないだろうか？

　ミリアムに、彼女の部屋へ誘われたらどうする？　夕食の席へバイアグラを持っていくべきだろうか？（いま一錠飲むのでは早すぎた）

　彼は、ミリアムなら自分にどんな服装をさせたがるか考えてみようとしながら、ゆっくりと服を着た。彼はこれまで、自分が実際に経験したよりも長く続く、より複雑で、そしてより多様な関係を作品で描いてきた。彼の読者たち――つまり、彼本人には会ったことのない人々――は、彼がレベルの高い性生活を送っていると思っているかもしれない。彼の小説には同性愛や両性愛も登場するし、平凡な昔ながらの異性愛もたくさんあった。フワン・ディエゴは作品のなかで、性に対しては開放的な政治的立場を貫いていた。だが、本人は誰かと同棲すらしたことはなく、平凡な昔ながらの異性愛者といえば、彼本人もその類の異性愛者だった。

自分はおそらく愛人としてはかなり退屈だろうとフワン・ディエゴは思った。自分の性生活といえるものはほぼ想像の世界にのみ存在すると、認めるにやぶさかではなかったろう――今だってそうだ、と彼は悲しい気持ちで考えた。彼がしているのはただミリアムについて想像することだけだ。彼女がエンカンタドールにチェックインした謎の客かどうか、彼は知りもしないのだ。

自分の性生活は主に想像上のものだと気づかされて、彼は意気消沈し、今日はロプレッサーの錠剤を半分だけにした。今回は、減退感をベータ遮断薬のせいばかりにはできない。フワン・ディエゴはバイアグラを一錠、ズボンの右前のポケットに入れておくことにした。こうやって、準備をしておくのだ――ミリアムだろうとミリアムでなかろうと。

彼はよく、右手を前のポケットに突っ込んだ。あの美しい麻雀牌を見る必要はフワン・ディエゴにはなかったが、触るのは好きだった――とても滑らかなのだ。このゲーム用ブロックがエドワード・ボンショーの青白い額に完璧なチェックマークをつけたのだ。セニョール・エドゥアルドは牌を思い出の品として持ち歩いていた。あの大切な人は、いまわのきわに――セニョール・エドゥアルドがもはやちゃんと服を着ることもなくなっただけでなく、ポケットのある服を着なくなったときに――麻雀牌をフワン・ディエゴにくれたのだった。かつてエドワード・ボンショーのブロンドの眉毛のあいだに食いこんだゲームの駒は、フワン・ディエゴのお守りとなった。

四角い灰青色のバイアグラの錠剤は竹と象牙でできた麻雀牌ほど滑らかではなかった。ゲーム用ブロックはバイアグラの錠剤――お助け薬、とフワン・ディエゴは見なしていた――の二倍の大きさだった。そして、エンカンタドールの二階の図書室に近い部屋に泊まっている招かれざる客がミリアムなら、フワン・ディエゴのズボンの右前ポケットに入っているバイアグラの錠剤は彼が持ち歩く二番目のお守りだった。

当然のことながら、ホテルの自室のドアがノックされる音に、彼の心は誤った期待でいっぱいになった。それはクラークに過ぎず、ディナーに呼びにきたのだった。フワン・ディエゴがバスルームと寝室の明りを消していると、クラークは天井ファンのスイッチを入れてまわしっぱなしにしておいたほうがいいと助言した。

「ヤモリがいるでしょ？」クラークはそう言って天井を指差した。小指より小さいヤモリが、ベッドのヘッドボードの上の天井にいた。フワン・ディエゴはメキシコのものを恋しく思うことはあまりなかった――だから戻ったことはなかった――が、ヤモリは恋しかった。ベッドの上の小さいやつは、フワン・ディエゴがファンをつけたまさにその瞬間、粘着力のある足先でさっと天井を横切っていった。

「ファンがしばらく回っていれば、ヤモリも落ち着きます」とクラークは言った。「眠ろうと思ってるときに、あいつらに走りまわられたくはないでしょう」

フワン・ディエゴはクラークに言われるまでヤモリに気づかなかった自分にがっかりした。自室のドアを閉めるときに、二匹目のヤモリがバスルームの壁をちょろちょろ走るのが目に入った――そいつは電光石火の速さでバスルームの鏡の裏に消えた。

「ヤモリが恋しくてね」とフワン・ディエゴはクラークに話した。そとのバルコニーに出ると、浜辺の騒々しい地元民向けのクラブから音楽が聞こえてきた。

「どうしてメキシコへ帰らないんですか──つまりその、ただの訪問ってことですけど?」クラークが訊ねた。

クラークはいつもこうだった、とフワン・ディエゴは思い出した。クラークはフワン・ディエゴの子供時代と思春期初期の「問題」が克服されることを望んでいた。クラークはすべての憤りが前向きに終息することを望んでいた、クラークの小説のように。皆が救われるべきだと、クラークは信じていた。何もかもが許されることを彼は思い描いた。クラークの手にかかると善は退屈に思えた。

だが、フワン・ディエゴとクラーク・フレンチが口論の種にできないものなどあっただろうか? 二〇〇五年に世を去った故ヨハネ・パウロ二世をめぐる彼らの論争には終わりがなかった。ポーランド出身の若い枢機卿だった彼は法王に選ばれ、そして非常に人気のある法王となったが、ヨハネ・パウロのポーランドを「正常に戻す」という取り組み──これは中絶をまた非合法化することを意味した──はフワン・ディエゴをひどく怒らせた。

クラークはポーランド人法王の「いのちの文化」という考え方──ヨハネ・パウロ二世は中絶や避妊に反対する、つまり「無防備な」胎児を「死の文化」の考え方から守るという自分の姿勢をこう命名した──を好ましく思うと述べていた。

「どうして先生は──よりにもよって、あんな経験をした先生が──いのちの考え方ではなく死の考え方を選ぶんです?」とクラークは恩師に問いかけたのだった。そして今やクラークはフワン・ディエゴにメキシコへ帰るべきなんじゃないかと(またも)提案している──ただの訪問として!

「私がどうして帰らないかは知っているだろう、クラーク」フワン・ディエゴは足を引きずって二階のバルコニーを進みながら、またしてもこう答えた（いつだったか、ビールを飲みすぎていたときには、フワン・ディエゴはクラークにこう言った。「メキシコは犯罪者と、カトリック教会の手中にあるんだぞ」）。

「エイズが教会のせいだなんて言わないでくださいよ――安全なセックスがすべてに対する答えだなんて言うつもりじゃないでしょうね？」とクラークは恩師に今度はこんなふうに問いかけた。あまりうまくぼかした言い方ではないな、とフワン・ディエゴは思った――必ずしもクラークが自分の言葉をぼかそうとしていたわけではないが。

　フワン・ディエゴはクラークがコンドームの使用を「プロパガンダ」と呼んでいたのを思い出した。クラークはおそらく法王ベネディクト十六世の言葉を言い変えていたのだろう。ベネディクトは、コンドームはエイズ問題を「悪化させるだけ」みたいなことを言ってたんじゃないか？　それともあれはクラークが言ったことだったっけ？

　そして今やフワン・ディエゴが、安全なセックスがすべてを解決するのかというクラークの質問に答えなかったので、クラークはベネディクトの主張をさらに説いた。「ベネディクトの見解は――つまり、疫病と闘う唯一有効な方法は精神の革新によるものだ――」

「クラーク！」とフワン・ディエゴは大声をあげた。「『精神の革新』なんてものはどれもさらなる古くさい家族観でしかない――異性婚とか、結婚前の性行為を慎むとかいうことでしかない――」

「僕には、疫病の勢力を衰えさせるひとつの方法のように聞こえますがね」クラークは小賢しく言った。彼は相変わらずの教条主義者だった！

「君の教会のついていけないルールと人間性でいうなら、私は人間性に賭けるね」とフワン・ディエゴは言った。「例えば貞潔誓願だ――」と彼は始めた。

「小さな子やティーンエイジャーが寝に行ってしまってからにしたほうが」とクラークは恩師に思い出させた。

バルコニーには二人だけで、そして大晦日の夜だった。きっとティーンエイジャーたちは大人より遅くまで起きているだろうとフワン・ディエゴは思ったが、「小児性愛のことを考えてみなさい、クラーク」としか言わなかった。

「やっぱり！　つぎはそれだろうと思ってた！」クラークは興奮して叫んだ。

ローマにおけるクリスマスメッセージで――まだあれから二週間も経っていない――法王ベネディクト十六世は、一九七〇年代まで小児性愛は正常であると考えられていたと述べた。これはフワン・ディエゴをさぞ怒らせただろうとクラークにはわかっていた。今や、当然のことながら、彼の恩師はいつもの手を使って、それ自体悪であるものもそれ自体善であるものもないとベネディクトが示唆したのはカトリック神学全体の責任だ、といわんばかりに法王の言葉を引用していた。

「クラーク、『より良い』と『より悪い』しかないとベネディクトは言ったんだぞ――君の法王はそう言ったんだ」とクラークの恩師はまくしたてた。

「言わせてもらいますけどね、教会外の一般社会における小児性愛の統計値は、教会内の統計値とまったく同じなんですけど？」とクラーク・フレンチはフワン・ディエゴに言った。

「ベネディクトはこう言った。『それ自体善であったり悪であったりするものは何もない』とね。彼は何もないと言ったんだよ、クラーク」とフワン・ディエゴは教え子に言った。「小児性愛はなんでもないことではない。小児性愛は間違いなく『それ自体悪』だよ、クラーク」

「子供たちが寝たあとで――」

「ここには子供なんかひとりもいないじゃないか、クラーク！」フワン・ディエゴは叫んだ。「バルコニーには、私たちだけだ！」彼はわめいた。

「そうですね――」クラーク・フレンチは用心深く答えて、あたりを見回した。どこかから子供たちの声が聞こえてきたが、子供の姿は（ティーンエイジャーとかほかの大人の姿さえ）どこにも見当たらなかった。

「カトリックの聖職者たちはキスは罪のもとだと信じている」フワン・ディエゴは小声で言った。「君の教会は産児制限に反対している、中絶に反対している、同性婚に反対している――君の教会はキスに反対してるんだぞ、クラーク！」

とつぜん、小さな子供たちの群れがバルコニーの二人の横を駆け抜けていった。ペタペタとビーチサンダルの音を響かせ、濡れた髪を輝かせながら。

「小さい子たちがベッドに入ったあとにしましょう――」クラーク・フレンチがまた言い始めた。

会話は彼にとっては試合だった、格闘技と似ていた。クラークなら不屈の宣教師になったことだろう。クラークにはかのイエズス会士の「わたしはすべてを知っている」的なところがあった――学ぶこと、そして福音を説くことを常に重視している。自身が苦難に陥るなどと考えただけで、おそらくクラークは奮い立つだろう。あり得ないような主張をするためだけに、喜んで苦しむだろう。

彼を虐待したら、にっこり笑って元気になるだろう。

「だいじょうぶですか？」クラークがフワン・ディエゴに訊ねた。

「ちょっと息が切れただけだ——この足でこんなに速く歩くのには慣れていないのでね」とフワン・ディエゴは答えた。「というか、足を引きずって歩きながらしゃべるのには」

二人が速度を落として階段を降り、エンカンタドールのメインロビーへ行くと、そこがダイニングルームだった。ホテルのレストランには屋根が張り出しており、くるくる巻かれた竹のすだれは、下ろせば風や雨を遮ることができる。椰子の木立や海の光景に向かって開かれているので、ダイニングルームは広々としたベランダといった風情だった。どのテーブルにも紙のパーティーハットが置かれていた。

クラーク・フレンチはなんという大家族の婿となったのだろう！　とフワン・ディエゴは思った。ホセファ・キンタナ医師には親戚が三十人か四十人いるに違いない。そしてその半分以上が子供か若者だった。

「先生が全員の名前を覚えるなんてことは誰も期待していませんからね」クラークはフワン・ディエゴに囁いた。

「例の謎の客だけどね」フワン・ディエゴは唐突に言った。「僕の隣に座るべきだ」

「先生の隣に？」クラークは訊き返した。

「そうだ。君たちは全員彼女を嫌ってる。すくなくとも私は中立だからね」とフワン・ディエゴはクラークに説明した。

「僕は彼女を嫌ってなんかいません——誰も彼女を知らないんですよ！　彼女は割り込んできたんだ、家族の——」

「わかってるよ、クラーク——わかってる」とフワン・ディエゴは答えた。「彼女は私の隣に座るべきだ。私たちは二人ともよそ者なんだから。君たちは皆お互い同士を知ってるんだからね」

「僕は彼女を子供たちのテーブルに座らせようかと思ってたんです」とクラークは話した。「いちばん騒々しい子供たちのいるテーブルとかにね」

「ほらね？　やっぱり君は彼女を嫌ってるじゃないか」とフワン・ディエゴは言った。

「冗談ですよ。ティーンエイジャーのテーブルがいいかな——いちばんひどい仏頂面をした子たちの——」とクラークは続けた。

「君は間違いなく彼女を嫌ってる。私は中立だからね」フワン・ディエゴは念を押した（ミリアムならティーンエイジャーを堕落させることだってできるぞ、とフワン・ディエゴは思った）。

「クラークおじさん！」丸顔の小さな男の子がクラークの手を引っ張った。

「やあ、ペドロ。どうしたの？」クラークはその小さな男の子に訊ねた。

「図書室の絵の裏に大きなヤモリがいるんだよ。絵の裏から出てきたの！」ペドロはおじに告げた。

「ジャ、イ、アン、トヤモリじゃないよね——まさかあれじゃないだろうね！」クラークは怖がっているふりをしながら叫んだ。

「そうだよ！　あのジャイアントヤモリだよ！」男の子は声を張り上げた。

「あのね、偶然なんだけどさ、ペドロ、この人はヤモリのことならなんでも知ってるんだ——ヤモリの専門家なんだよ。この人はヤモリが大好きなだけじゃない、ヤモリが恋しくてたまらないんだ」とクラークは子供に話した。「この人はゲレロさんだよ」とクラークは付け加え、フワン・ディエゴをペドロとともにその場に残してすっと行ってしまった。男の子はすぐさま年配の男の手を握った。

「ヤモリが大好きなの？」と少年は訊ねたが、フワン・ディエゴが答えるよりも早く、また問いかけた。「どうしてヤモリが恋しいの、おじさん？」

「いやあ、それはねえ——」フワン・ディエゴは話しかけてから言葉を切り、ちょっと時間稼ぎをした。図書室につながる階段のほうへと足を引きずって歩き始めた彼の奇妙な歩みは、十人ほどの子供たちを引き寄せた。五歳くらいか、あるいはペドロのように、それよりほんのすこし年上の子供たちだ。

「この人、ヤモリのことはなんでも知ってるんだ——ヤモリが大好きなんだよ」ペドロはほかの子供たちに話していた。「この人ヤモリが恋しいんだって。なんで？」ペドロはまたフワン・ディエゴに訊ねた。

「その足はどうしたの、おじさん？」ほかの子供たちのひとり、髪をお下げにした小さな女の子が問いかけた。

「おじさんはね、ダンプ・キッドだったんだ。オアハカのバスレーロのそばの掘っ立て小屋で暮らしていたんだよ——バスレーロっていうのは『ダンプ』、ゴミ捨て場のことだ。オアハカはメキシコにあるんだよ」フワン・ディエゴは子供たちに話した。「妹と住んでいた掘っ立て小屋にはドアはひとつしかなかった。毎朝起きると、その網戸になってるドアにはヤモリが一匹いたんだ。ヤモリはすごくすばしっこくてね、ぱちっと瞬きするあいだに消えてしまう」フワン・ディエゴは両手をぱんと打ち鳴らして効果を出しながら子供たちに語った。階段を上がるときには、彼の足の引きずりようはひどくなった。「ある朝、バックしてきたトラックに右足を轢かれたんだ。運転席側のサイドミラーが壊れていてね。運転手には私が見えなかった。彼が悪いんじゃない。彼はいい男だった。もう死んでしまったけれどね、彼が恋しいよ。ゴミ捨て場が恋しいし、ヤモリも恋しい」とフワン・ディエゴは子供たちに話した。大人も何人か、後を追って図書室へ上がってきていることに彼は気づいていなかった。クラーク・フレンチも恩師についてきていた。彼らが追いかけているのは、もちろん、フワン・ディエゴの物語だった。

あの足の悪いおじさん、ほんとにゴミ捨て場が恋しいって言ったの？　数人の子供たちが互いに問いかけあっていた。

「もしあたしがバスレーロに住んでいたとしたら、恋しくなんかならないと思う」お下げ髪の女の子がペドロに言った。「たぶん、おじさんは妹が恋しいんだ」と彼女は続けた。

「ヤモリが恋しいっていうのはわかるな」とペドロは女の子に言った。

「ヤモリはふつうは夜行性なんだ――夜のほうが活動的になる、虫も多いしね。ヤモリは虫を食べるんだよ。君たちに悪さはしない」とフワン・ディエゴは話した。

「おじさんの妹はどこにいるの？」お下げ髪の女の子がフワン・ディエゴに訊ねた。

「死んだよ」とフワン・ディエゴは答えた。ルペがどんなふうに死んだのか話そうとしたのだが、小さな子供に悪夢を見せたくはなかった。

「ほら！」とペドロが言った。彼は大きな絵を指差していた。絵はエンカンタドールの図書室の座り心地のよさそうなソファの上に掛かっていた。ヤモリはジャイアントと言っていい大きさで、離れたところからでも絵と同じくらい目立っていた。ヤモリは絵の横の壁にしがみついていた。フワン・ディエゴと子供たちが近づくと、ヤモリはもっと高いところへあがった。大きな爬虫類は、絵と天井の中間あたりで一行を見つめながら待ち構えていた。ほんとうに大きなヤモリで、ほとんど家猫くらいあった。

「その絵の男は聖人だよ」フワン・ディエゴは子供たちに教えた。「パリの大学で学んでいたこともあるんだ。兵士でもあった――バスクの兵士でね、怪我をしたんだ」

「どんなふうに怪我したの？」ペドロが訊ねた。

「大砲の弾でだよ」とフワン・ディエゴは答えた。

「大砲の弾なら死んじゃうんじゃない？」ペドロは問い返した。

「聖人になるような人なら死なないんじゃないかな」とフワン・ディエゴは答えた。

「この人、なんて名前なの？」お下げ髪の女の子が訊ねた。彼女は訊きたがりやだった。「この聖人は誰？」

「この人が誰なのか、君たちのクラークおじさんが知ってるよ」とフワン・ディエゴは返事をした。クラーク・フレンチがこちらをじっと見つめながら耳を傾けていることに彼は気づいていた――常に熱心な学生なのだ（クラークは大砲の弾に当たっても生き延びられそうな人間に見えた）。

「クラークおじさん！」子供たちが呼んだ。

「この聖人はなんて名前なの？」お下げ髪の女の子がしつこく訊ねた。

「聖イグナチオ・ロヨラだよ」クラーク・フレンチが子供たちに教えるのをフワン・ディエゴは聞いた。

　ジャイアントヤモリは小さなのと同様動きが素早かった。たぶんクラークの声があまりに自信に満ち溢れていたせいか、あるいはただ単に大きすぎたせいか。大きな爬虫類が体をぺちゃんこにできるのは驚きだった――わずかに揺らしたとはいえ、絵の後ろにすっと隠れてしまったのだ。絵は今や壁の上でちょっと傾いていたが、ヤモリなどさいしょからいなかったみたいだった。聖イグナチオ自身は、爬虫類は見なかったし、またロヨラは子供たちや大人たちに目を向けることさえしなかった。

フワン・ディエゴがこれまでに見たロヨラの肖像画――イエズス会教会（テンプロ・デ・ラ・コンパニーア・デ・ヘスス）や「迷い子」やオアハカの（そしてメキシコシティの）ほかのところで――はどれにしろ、頭は禿げているのに顎ひげを生やした聖人がこちらを見返しているものはなかった。聖イグナチオの視線は上を向いていた。ロヨラはいつも懇願するように天を仰いでいた。イエズス会の創始者はより高い権威を求めていた――ロヨラにはそばにいる者と目を合わせる気などなかった。

「夕食ですよ！」大人の声が呼びかけた。

「お話ししてくれてありがとう、おじさん」ペドロがフワン・ディエゴに言った。「いろんなものを恋しく思わなくちゃならなくて、お気の毒です」と男の子は付け足した。

皆で階段の上まで戻るとき、ペドロもお下げ髪の女の子もフワン・ディエゴと手をつなぎたがったが、階段は狭すぎた。足の悪い男があんな階段を二人の幼子と手をつないで降りるのは危なかっただろう。フワン・ディエゴは代わりに手すりを握っていなくてはならないとわきまえていた。

それに、階段の下でクラーク・フレンチが待っているのが見えた――きっと新しい席順に一族の最年長者の何人かが腹を立てたのだ。自分の隣に座りたがっていた一定年齢の女性たちがいるのだろうとフワン・ディエゴは想像した。そうした年配の女性たちが彼のもっとも熱心な読者だった――すくなくとも彼女たちはふつう、作家に話しかけるのをためらったりするタイプではなかった。

クラークが熱っぽく言ったのは、ただこれだけだった。「僕はとにかく先生が語られる話を聴くのが大好きなんです」

わたしの聖処女マリアの話を聴くのはあまり好きになれないかもしれないね、とフワン・ディエゴは思ったが、彼は異常な疲れを感じていた――飛行機のなかで寝ていて、おまけに車でも昼寝したというのに。フワン・ディエゴが「いろんなもの」を恋しく思わなくてはならないのを幼いペドロが気の毒がってくれたのは正しかった。恋しく思ういろんなもののことを考えただけで、フワン・ディエゴは皆がいっそう恋しくなった――子供たちに話したゴミ捨て場の物語は上っ面をひっかいたうちにも入らなかった。

席順はたいそう入念に考えられていた。子供たちのテーブルはダイニングルームの周辺部で、大人たちは中央のテーブルにまとめられていた。クラークの妻ホセファがフワン・ディエゴの一方の隣に座り、もう一方の側は空席だった。クラークは恩師のはす向かいに座った。誰もパーティーハットをかぶってはいなかった――今はまだ。

自分のテーブルの中央が、大部分、「一定年齢の女性たち」――彼が考えていたような人たちだ――で構成されているのを見ても、フワン・ディエゴは驚かなかった。彼女たちは心得顔で微笑みかけてきた。こちらが書いた小説を読んでいる（そしてその作家のすべてを知っていると思いこんでいる）女性たちの微笑みだ。その年配の女性たちのなかで、ひとりだけ微笑んでいない人がいた。

よく言うではないか、飼い主はペットに似ると。クラークが水のグラスにスプーンを打ちつけて鳴らしはじめるより先に、クラークが妻の一族に向かって長々と恩師を紹介するまえに、フワン・ディエゴは一瞬のうちにどれがカルメンおばさんか悟った。鮮やかな色の、鋭い歯を持つ貪欲なウツボにちょっとでも似た人は、ほかには見当たらなかった。そしてディナーテーブルの、実物よりきれいに見せる照明のなかで、カルメンおばさんの顎の垂れ肉はぶるぶる震えるウツボのエラと見紛うばかりだった。これまたウツボと同じく、カルメンおばさんはよそよそしさと不信の念を放射していた――死をもたらす攻撃を遠くから仕掛ける嚙みつきウツボの名高い力を、その超然とした様子で隠していた。

「お二人に言っておきたいことがあるの」テーブルが静かになると、キンタナ医師が夫とフワン・ディエゴに言った――クラークがようやく話を打ち切ったのだ。一皿目のセビーチェが供されていた。「宗教はなし、教会の政治学もなし、中絶とか産児制限の話は一言もだめ――お食事中はね」とホセファは言った。

「子供たちやティーンエイジャーが起きているあいだは――」とクラークが言い始めた。

「大人たちがここにいるあいだもね、クラーク――あなたがた二人だけにならないかぎり、その手の話は一切駄目ですからね」と妻は夫に言った。

「それにセックスも駄目ですよ」カルメンおばさんが言った。おばさんはフワン・ディエゴを見据えていた。セックスのことを書くのは彼だった――クラークではない。そしてウツボ女が「セックスも駄目」といった口調――しなびた口のなかに嫌な味が残るとでもいわんばかりの――は、そのことを話すこととそれをすることの両方を意味していた。

「となると残るは文学だ」クラークは攻撃的に言った。

「どんな文学かによるね」とフワン・ディエゴは答えた。腰を下ろしたとたん、彼はちょっとくらくらした。視界がぼやけた。これはバイアグラで起こることだ――ふつう、この感覚はすぐに消える。だが、右前ポケットを触ったフワン・ディエゴは、バイアグラを飲んでいないことを思い出した。ズボンの生地越しに、錠剤と麻雀牌があるのが感じられた。

もちろん、セビーチェにはシーフードが入っていた――エビのようなもの、それともザリガニの一種なのかもしれない。それに、くさび形のものはマンゴーだとフワン・ディエゴは気がついた。彼はサラダフォークの歯でマリネをちょっと突いてみた。柑橘類だな、間違いなく――たぶん、ライムだろう、とフワン・ディエゴは考えた。

カルメンおばさんは彼がこっそり味見しているのを見ていた。おばさんは、自分だってもうじゅうぶん我慢したのだということを示すかのように、サラダフォークを振りかざした。

「なんだって彼女を待たなきゃならないのか、理由がわからないわ」とカルメンおばさんは、フワン・ディエゴの隣の空席にフォークを向けながら言った。「身内でもないのに」ウツボ女は付け加えた。

フワン・ディエゴは足首に何かが、あるいは誰かが触れるのを感じた。テーブルの下から小さな顔が見上げている。あのお下げ髪の女の子が彼の足元に座っていた。「ねえ、おじさん」と女の子は言った。「女の人がね、おじさんに伝えてって――今行くからって」

「女の人って？」とフワン・ディエゴは女の子に訊ねた。クラークの妻を除いて、同じテーブルの人たち皆に、彼は自分の膝に向かって話しかけているように見えたに違いない。

「コンスエロ」とホセファは女の子に呼びかけた。「自分のテーブルに座ってなくちゃだめでしょ――さあ、戻りなさい」

「うん」とコンスエロは答えた。

「女の人って？」フワン・ディエゴはもう一度コンスエロに訊ねた。女の子はテーブルの下から這い出して、今やカルメンおばさんの冷酷な視線に耐えていた。

「ぱっと現れた女の人」とコンスエロは答えた。彼女は両方のお下げを引っ張って、頭を上下させた。そして駆け去った。ウエイターがワインを注いでいた――そのうちのひとりはフワン・ディエゴをタグビララン市の空港から乗せてきた少年運転手だった。

「君はきっと空港から謎のご婦人を乗せてきたはずだ」とフワン・ディエゴは手を振ってワインを断りながら訊ねたが、少年は何を言われたかわかっていないようだった。ホセファが少年にタガログ語で話しかけた。それでもなお、少年運転手は戸惑っているように見えた。彼はキンタナ医師になにやらくどくどと答えているようだった。

「彼は車に乗せてきてはいないって言ってます――彼女は車寄せにぱっと現れたんだって。誰も彼女の車も、運転手も見かけていないそうよ」とホセファは説明した。

「ますます面白くなってきた！」クラーク・フレンチが声高に言った。「この人にはワインは要らない――ビールしか飲まないんだ」とクラークは少年運転手に告げた。少年は運転席に座っていたときよりもウエイターをやっているときのほうがずっと自信なげだった。

「かしこまりました」と少年は答えた。

「昔お世話になった先生にあんなにたくさんビールを差し上げなくてもよかったのに」カルメンおばさんがとつぜんクラークに言った。「酔っぱらっていらしたの？」カルメンおばさんはフワン・ディエゴに問いかけた。「いったいまたなんだって、エアコンを切ったりしたんです？　マニラじゃ誰もエアコンを切ったりしませんよ！」

「いいかげんにしてください、カルメン」キンタナ医師がおばをたしなめた。「おばさんの大事な水槽の話はディナーの席にはふさわしくないわ。おばさんが『セックスは駄目』っておっしゃるなら、わたしは『魚は駄目』って言わせてもらいます。おわかり？」

「僕が悪かったんです、おばさん」とクラークが言いかけた。「水槽は僕の考えたことで――」

「凍えそうなくらい寒かったんです」とフワン・ディエゴはウツボ女に説明した。「エアコンは大嫌いなんです」と彼は皆に話した。「たぶん、確かにビールを飲みすぎたのかも――」

「謝らなくていいんです」とホセファが彼に言った。「ただの魚なんですから」

「ただの魚！」カルメンおばさんは叫んだ。

キンタナ医師はテーブルに身を乗り出して、カルメンおばさんのガサガサの手に触れた。「先週、先月、わたしがいくつヴァギナを見たかお聞きになりたい？」と彼女はおばに問いかけた。

「ホセファ！」クラークが叫んだ。

「魚は駄目、セックスは駄目」キンタナ医師はウツボ女に言い渡した。「魚の話をしたいっていうの、カルメン？　とにかく気をつけてください」

「モラレスが元気だといいんですが」フワン・ディエゴはその場を丸くおさめようとカルメンおばさんにそう言った。

「モラレスは変わってしまった――あの経験で変わったわ」カルメンおばさんは横柄に答えた。

「ウツボも駄目よ、カルメン」とホセファが言った。「とにかく気をつけて」

女性の医師たち――フワン・ディエゴは彼女たちが大好きだった！　マリソル・ゴメス医師のことは崇拝していた。親友であるローズマリー・スタイン医師のことはとても大切に思っていた。そしてここにはこの素晴らしいホセファ・キンタナ医師がいる！　フワン・ディエゴはクラークが好きだったが、はたしてクラークはかような妻にふさわしいのだろうか？

彼女は「ぱっと現れた」、お下げ髪の女の子は謎のご婦人についてそう言った。そして少年運転手は、件のご婦人はぱっと現れたんだと認めたのではなかったか？

だが、水槽についての会話が緊迫感に満ちたものだったので、誰も、フワン・ディエゴでさえも、例の招かれざる客のことは頭になかった——小さなヤモリが天井から降ってきた（というか、いきなりぽたっと落下してきた）あの瞬間には。ヤモリはフワン・ディエゴの隣の手つかずのセビーチェのなかに着地した。まるでその小さな生き物は、このサラダプレートは守る人がいないと承知していたかのようだった。ヤモリは会話のなかの唯一の空席に落ちてきたように見えた。

その爬虫類はボールペンのように細く、長さは半分しかなかった。二人の女性が悲鳴をあげた。ひとりは空席になっている謎の客の真向かいに座っていた身なりのよい女だった——彼女のメガネには柑橘系のマリネ液が飛び散っていた。くさび形のマンゴーがひとつサラダプレートから、退職した外科医だとフワン・ディエゴに紹介された年配の男のほうへ滑り落ちていた（彼とフワン・ディエゴが空席の両側に座っていた）。「一定年齢」の読者のひとりである外科医の妻は、身なりのよい女よりも大きな悲鳴をあげた。身なりのよい女のほうは今はもう落ち着いて、メガネを拭いていた。

「こういう生き物ときたら」と身なりのよい女が言った。

「誰もご招待してはいないと思いますがね？」退職した外科医は小さなヤモリに問いかけた。ヤモリは今や馴染みのないセビーチェのなかでうずくまっていた（動かずに）。カルメンおばさん以外の全員が笑った。不安げな表情の小さなヤモリは、どうやらおばさんにとっては笑いごとではなさそうだった。ヤモリは今にも跳び出しそうに見えた。でも、どこへ?

あとになって、ヤモリに気をとられて、ベージュのシルクのドレスを着たほっそりした女性に気がつかなかったと、皆が言うこととなった。彼女はぱっと現れた、とあとになって皆思った。誰も彼女がテーブルに近づいてくるところを目にしなかった、ぴったりフィットしたノースリーブのドレスを着た彼女はじゅうぶん見る価値があったのに。自分を待っている椅子のところへ知らないうちにすっとやってきたように思われた――ヤモリでさえ彼女が来るのを目に留めていなかった、ヤモリは非常に警戒心が強いのだが(もしあなたがヤモリで、生きていたいならば、警戒心は強いほうがいい)。

フワン・ディエゴは女の細い手首をほんの一瞬目にしただけだったのを思い出すこととなる。彼女の手にサラダフォークが握られているのは見なかった。彼女がヤモリの小枝のような脊椎を刺し貫き――自分の皿の上のくさび形のマンゴーに留めつけるまでは。

「捕まえた」とミリアムは言った。

今回は、カルメンおばさんだけが叫び声をあげた――自分が突き刺されたかのように。あらゆる出来事の目撃者として、子供はいつもあてにできる。もしかすると子供たちはミリアムが来るのを見ていたかもしれない。それに子供たちには彼女を見張っているだけの分別があった。

「ヤモリと同じくらい素早い人がいるとは思わなかった」後日ペドロはフワン・ディエゴにそう言った(彼らは二階の図書室で聖イグナチオ・ロヨラの絵を眺めながらジャイアントヤモリが出てくるのを待っていたのだが、あの大きなヤモリは二度と現れなかった)。

「ヤモリは本当に、本当に素早いんだ――とても捕まえられないんだよ」とフワン・ディエゴは男の子に話した。

「だけど、あの女の人は――」ペドロは言い始めたが、ちょっと言葉を切った。

「ああ、彼女は素早かったね」としかフワン・ディエゴは言わなかった。

静まり返ったダイニングルームで、ミリアムはサラダフォークを親指と人差し指のあいだに挟み、フワン・ディエゴにかつてのフロールのタバコの持ち方――まるでマリファナタバコを持つような――を思い出させた。「ウエイター」とミリアムは呼んだ。死んだヤモリは小さなフォークのきらめく歯からだらんとぶら下がっていた。ウエイターを務めるときには不器用な少年運転手が、ミリアムから凶器を受け取るために飛んできた。「新しいセビーチェもお願い」と彼女は命じて腰を下ろした。

「立たなくていいのよ、ダーリン」彼女は片手をフワン・ディエゴの肩に置いて言った。「そんなに長いあいだじゃなかったのはわかっているけど、会えなくてとっても寂しかったわ」と彼女は付け加えた。ダイニングルームにいる全員の耳に彼女の言葉が聞こえていた。誰もしゃべっていなかった。

「私も会えなくて寂しかった」フワン・ディエゴは答えた。

「でも、今はここにいるわよ」とミリアムは言った。

なら、二人は知り合いだったんだ、と皆が考えていた。彼女は皆が思っていたほど謎の客ではなかったのだ。彼女は急に、招かれざるっぽくなくなった。そしてフワン・ディエゴは必ずしも中立には見えなかった。

「こちらはミリアムです」とフワン・ディエゴは告げた。「そしてこちらはクラーク――クラーク・フレンチです、作家の。私の教え子なんです」とフワン・ディエゴは紹介した。

「あら、そうですか」ミリアムは控えめに微笑みながら言った。

「そしてクラークの奥さんのホセファ——ドクター・キンタナです」とフワン・ディエゴは続けた。

「ここにお医者様がいらっしゃるとは嬉しいわ」とミリアムはホセファに言った。「おかげでエンカンタドールの辺鄙な印象がちょっとましになります」

大声での挨拶の合唱が彼女に向けられた——ほかの医師たちが手を挙げていた（もちろんたいていは男だったが、女性の医師たちまでが手を挙げた）。

「まあ、素晴らしい——お医者さまの一族なのね」ミリアムは皆に微笑みかけた。カルメンおばさんだけがけっして喜ばしげではなかった、明らかに。おばさんはヤモリの側なのだ——なんといっても、おばさんはペット好きなのだから。

そして、子供たちはどうだろう？ とフワン・ディエゴは考えた。子供たちは謎の客をどう思っているだろう？

彼はミリアムの手が膝に触れるのを感じた。手は腿に置かれた。「新年おめでとう、ダーリン」と彼女は囁きかけた。フワン・ディエゴは彼女の足でふくらはぎにも触られているような気がした、ついで膝を。

「ねえ、おじさん」テーブルの下からコンスエロの声がした。今回は、お下げ髪の女の子はひとりではなかった。ペドロもいっしょにテーブルの下で這っていた。フワン・ディエゴは二人を見つめた。

ホセファには子供たちは見えていなかった——彼女はテーブルに身を乗り出して、何やら判読できない身ぶりの会話をクラークと交わしていた。

ミリアムがテーブルの下を覗き込んだ。彼女は二人の子供がこちらを見上げているのを目にした。

「この女の人、ヤモリが好きじゃないみたいだね、おじさん」とペドロが言った。

「ヤモリを恋しがったりしないね、きっと」とコンスエロも言った。

「セビーチェのなかのヤモリは好きじゃないわ」とミリアムは子供たちに答えた。「サラダのなかのヤモリを恋しくは思わないわね」彼女は付け加えた。

「おじさんは、どう思う？」お下げ髪の女の子はフワン・ディエゴに訊ねた。「おじさんの妹なら、どう思うかな？」と女の子は問いかけた。

「そうそう、どう――」ペドロも言いかけたが、ミリアムが子供たちのほうへ屈みこんだ。テーブルの下で、彼女の顔がいきなり子供たちにぐっと近づいた。

「よく聞きなさい、お二人さん」とミリアムは子供たちに言った。「妹さんがどう思うかなんて、この人に訊いちゃだめ――この人の妹はね、ライオンに殺されたの」

この言葉は子供たちを追い払った。二人は大慌てで這っていってしまった。

あの子たちに悪夢を見せたくはなかったんだけど、とフワン・ディエゴはミリアムに言おうとしたのだが、しゃべれなかった。あの子たちを怖がらせたくはなかったのに！と彼女に言おうとしたのだが、言葉が出てこなかった。まるでテーブルの下にルペの顔を見たような気がした、お下げ髪の女の子、コンスエロは、死んだときのルペよりはずっと幼いのに。

彼の視界はまたとつぜんぼやけた。今回は、バイアグラのせいではないとフワン・ディエゴにはわかっていた。

「ただの涙だ」と彼はミリアムに言った。「だいじょうぶ――具合が悪いわけじゃない。ただ泣けてしまうだけだ」彼はホセファに説明しようとした（キンタナ医師は彼の腕をとっていた）。

「だいじょうぶですか？」とクラークが恩師に訊ねた。

「だいじょうぶだよ、クラーク――どこもなんともない。泣けてしまうだけだ」とフワン・ディエゴは繰り返した。

「そりゃあそうよねえ、ダーリン――そりゃあそうよねえ」ミリアムはそう言いながら、彼のもう一方の腕を取った。そして彼の手にキスした。

「あのお下げ髪の可愛い子はどこ？　呼んでくださいな」ミリアムはキンタナ医師に言った。

「コンスエロ！」ホセファは呼んだ。女の子は彼らのテーブルに駆けてきた。ペドロもすぐ後ろからついてくる。

「来たわね、お二人さん！」ミリアムは大声をあげた。彼女はフワン・ディエゴの腕を離し、子供たちを抱きよせた。「怖がらないでね」と彼女は子供たちに語りかけた。「ミスター・ゲレロはね、妹のことを悲しんでいるの――いつも妹のことを考えているの。自分の妹がライオンに殺されたことをいつまでも忘れられなかったら、あなたたちだって泣くでしょう？」ミリアムは子供たちに問いかけた。

「うん！」コンスエロが叫んだ。

「そうかもね」ペドロも答えた。じつのところ彼は、忘れてしまうかもしれないという顔つきだった。

「だからね、それがミスター・ゲレロの気持ちなの――とにかく妹が恋しいのよ」ミリアムは子供たちに語った。

「恋しいよ――妹の名前はルペっていうんだ」フワン・ディエゴはなんとか子供たちにそう話した。

今はウエイターを務める少年運転手が、ビールを持ってきた。彼はビールをどうしたらいいものかわからないまま落ち着かなげにそこに突っ立っていた。

「置いておいてちょうだい！」ミリアムが命じ、ウエイターはそうした。

　コンスエロがフワン・ディエゴの膝に上ってきた。「だいじょうぶだからね」と小さな女の子は言っていた。女の子は自分のお下げを引っ張っていた――その言葉に彼は涙が止まらなかった。

「だいじょうぶだからね、おじさん」とコンスエロは何度も繰り返した。

　ミリアムはペドロを抱き上げ、自分の膝に座らせた。男の子は彼女の膝の上でなんとなく不安そうだったが、ミリアムはたちまち不安を消し去ってしまった。「ねえペドロ、君なら何が恋しくなるかしら？」とミリアムは問いかけた。「あのね、いつか――何かなくすとしたら、君なら何が恋しくなるかしらね？　誰を恋しく思うかしら？　君の大好きな人は誰？」

　この女は誰なんだ？　どこから来たんだ？　大人全員が考えていた――フワン・ディエゴもそう考えていた。彼はミリアムが欲しかった。会えてわくわくしていた。だが、彼女はどういう人間なのだろう、そして、ここで何をしているのだろう？　それに、なぜ全員が彼女に心を奪われているのだろう？　子供たちまでが、彼女に怖い思いをさせられたというのに。

「ええっとねえ」ペドロが真剣に顔をしかめながら、答えはじめた。「僕なら父さんが恋しくなるだろうな。きっと恋しくなる――いつかそのうち」

「そうね、もちろん、きっと恋しくなるわ――それはとってもいいことよ。わたしが言ってるのは、まさにそういうことなの」ミリアムは男の子にそう話した。小さなペドロは一種の物悲しさに襲われたようだった。もたれかかってきたペドロを、ミリアムは胸に抱いて揺すった。「賢い子ね」と彼女は男の子に囁いた。子供は目を閉じた。ため息をついた。ペドロがうっとりしている様子はみだらと言っていいくらいだった。

テーブルは——ダイニングルーム全体が——静まり返っているように思えた。「妹さんがいなくて、おじさん、かわいそう」コンスエロがフワン・ディエゴに言った。

「おじさんはだいじょうぶだよ」と彼は女の子に答えた。ひどく疲れていて、言葉を続けられなかった——疲れ果てていて、そのままにしているのがやっとだった。

タガログ語でキンタナ医師に何か言ったのは、あの少年運転手、自信のなさそうなウエイターだった。

「ええ、もちろん——メインコースを出してちょうだい。なんてこと訊くのよ——お出しなさい!」とホセファはウエイターに命じた(誰ひとりパーティーハットをかぶってはいなかった。まだパーティータイムではなかったのだ)。

「ペドロを見て!」とコンスエロが言った。女の子は笑っていた。「あの子、寝ちゃってる」

「あら、可愛いわねえ」ミリアムはそう言って、フワン・ディエゴに微笑みかけた。小さな男の子はミリアムの膝で、頭を彼女の胸にもたせかけてぐっすり眠っていた。あの年頃の男の子がまったく知らない人の膝でぐっすり眠ってしまうというのは、ちょっとないことだ——しかも彼女はあんなにおっかないのに!

彼女は誰なんだ? とフワン・ディエゴはまた考えたが、彼女に微笑み返すのをやめられなかった。たぶんその場の全員がミリアムのことを誰だろうと訝しんでいたはずだが、誰も何も言わなかったし、彼女を押しとどめるために小指一本あげる者はいなかった。

AVENUE OF MYSTERIES

John Irving

神秘大通り［上］

著者
ジョン・アーヴィング
訳者
小竹由美子
発行
2017年7月30日

発行者 佐藤隆信
発行所 株式会社新潮社
〒162-8711 東京都新宿区矢来町71
電話 編集部 03-3266-5411
読者係 03-3266-5111
http://www.shinchosha.co.jp

印刷所
株式会社精興社
製本所
大口製本印刷株式会社

乱丁・落丁本は、ご面倒ですが小社読者係宛お送り下さい。
送料小社負担にてお取替えいたします。
価格はカバーに表示してあります。
©Yumiko Kotake 2017, Printed in Japan
ISBN978-4-10-519117-7 C0097

また会う日まで（上・下）

ジョン・アーヴィング
小川高義訳

オルガニストの父を追う、刺青師の母と小さな息子。三十数年後、父を知らぬ子がついに見つけた愛は、思いもよらない形をしていた――。最新最長最強の自伝的大長篇！

あの川のほとりで（上・下）

ジョン・アーヴィング
小竹由美子訳

少年が熊と間違えて殴り殺したのは、父の愛人だった！　愛と偶然と暴力に翻弄されつつ逃避行する、料理人とその息子――。ハートフルで壮大な、半自伝的大長篇。

ひとりの体で（上・下）

ジョン・アーヴィング
小竹由美子訳

美しい図書館司書に恋をした少年は、ハンサムで冷酷なレスリング選手にも惹かれていた――。ある多情な作家の、半世紀にわたる性の記憶。切なくあたたかな傑作長篇。

☆新潮クレスト・ブックス☆
イラクサ

アリス・マンロー
小竹由美子訳

カナダの名匠マンローが切り取った、人生の普遍的瞬間。愛することの喜びと苦しみ、時の流れの優しさと残酷さ。NYタイムズ「今年の10冊」に選ばれた極上の短篇集。

☆新潮クレスト・ブックス☆
ジュリエット

アリス・マンロー
小竹由美子訳

母と娘、互いの届かない思いを描いた〈ジュリエット三部作〉を名匠アルモドバル監督が映画化！　マンローの恐るべき才能が冴えわたるギラー賞受賞の短篇小説集。

☆新潮クレスト・ブックス☆
屋根裏の仏さま

ジュリー・オオツカ
岩本正恵
小竹由美子訳

20世紀初頭、写真だけを頼りにアメリカに嫁いでいった日本の娘たち――。一人ひとりの囁きが圧倒的な声となって立ち上がる、美しい中篇小説。全米図書賞最終候補作。